ハティのはてしない空

Hattie Big Sky

Kirby Larson

カービー・ラーソン 作

杉田七重 訳

すずき出版

装画　木内達朗

装幀　長坂勇司

ハティのはてしない空

1 根なし草ハティ

一九一七年十二月十九日
アイオワ州、アーリントン

チャーリーへ

シンプソン先生は、一日のはじまりにお祈《いの》りをささげます。あなたをはじめ、若《わか》い志願兵みんなのために。でもほんとうは、カイゼル〔ドイツ皇帝《こうてい》〕のために祈《いの》ってあげたほうがいいと思うの——だって、あなたたちと対決したら、祈《いの》りが必要になるのはむこうだもの！

ホルトおじさんの店で、あなたのお母さんに会いました。あなたはまもなくイギリスに、そのあとはフランスに行くそうですね。教壇《きょうだん》のうしろにはってある地図を見るのもつらいです。アーリントンから、あんな遠く離《はな》れたところにいるんだって思ってしまうから。

ヒゲちゃんが、オレは元気だと、あなたに伝えてくれとのこと。とても寒い日がつづいたので、ずっとわたしの寝室《しんしつ》で寝《ね》かせています。アイビーおばさんが知ったら、かんかんに怒《おこ》ったでしょうね。ありがたいことに、おばさんもわかったみたいです。もうわたしは、むちでしつけるような歳《とし》じゃないって。そうでなかったら、いまも脚《あし》をぴしゃりとやられてるはずだもの。

アイビーおばさんときたら、折り返しに真っ赤な十字を刺繍《ししゅう》した、しゃれた白帽《はくぼう》をつくって、赤十字社の集まりにはかならずそれをかぶっていきます。会費を納《おさ》めた社員であることを見せつけたいのでしょう。おばさんは最近ちょっと変です。今朝なんか、わたしに体調はどうかしらってきいてきたりして。おばさんに健康状態をきかれるなんてはじめてのこと。どういう風の吹《ふ》きまわしでしょう。赤十字社の仕事で、人にやさしくすることを学んだのかもしれません。

ミルドレッド・パウエルは五足めの靴下《くつした》を編んでいます。全部が全部あなたのためってわけじゃないから、舞《ま》いあがらないでね。ミルドレッドは赤十字社のために編んでいるのです。学校に行ってる女の子はみんなそう。だけど一番いい一足は、たぶんあなた用だと思います。

軍服姿《ぐんぷくすがた》、きっとかっこいいんだろうな。制服の力ってすごいよね（笑）。まじめな話、あなたはわたしたちの誇《ほこ》る英雄《えいゆう》になるだろうって、みんなそう信じています。

アイビーおばさんが集まりからもどってきて、わたしを呼《よ》んでいます。なので今日はここまで。またすぐ手紙を書きますね。

あなたの友だち
ハティ・アイネズ・ブルックスより

手紙のインクを吸《す》いとってから、封筒《ふうとう》に入れた。アイビーおばさんはそのへんに転がっているものはなんでも平気で読んでしまう。わたしの部屋であろうと、わたしの机《つくえ》の上であろうと、おかまいなしに。

「ハティ」アイビーおばさんがまた呼《よ》んだ。「おりてらっしゃい！」

万全《ばんぜん》を期して、封筒《ふうとう》をまくらの下に入れておく。昨日、かなり泣いたせいで、まくらはまだぬれていた。といっても、ミルドレッド・パウエルのように、チャーリーがいなくなってからずっとわんわん泣いているわけじゃない。わたしが暗闇《くらやみ》のなかでチャーリーを想《おも》って泣いているのは、ヒゲちゃんとまくらしか知らなかった。チャーリーの身が心配なのはもちろんだけれど、わたしが夜に泣くのは、自分の身をかわいそうに思うからであって、まったくわがままな話だった。

これまで生きてきた十六年間、チャーリー・ホーリーと出会えたことは、わたしに起きた最もすばらしいできごとだった。アイビーおばさんとホルトおじさんといっしょに暮《く》らすようになった最初から、チャーリーはわたしを守ってくれた。極度のはずかしがり屋で、自分の名前さえ、ろくに言えなかったわたしを気づかって、チャーリーといっしょだった。チャーリーは初日からいっしょに登校してくれた。それからずっと学校へ行くときはチャーリーといっしょだった。ヒゲちゃんをわたしにくれたのもチャーリー。悲しげな顔の雄猫《おすねこ》は、ゴロゴロ喉《のど》を鳴らして、わたしの心によりそってくれた。左利《ひだりき》きのわたしにピッチングを教えて、サウスポーに育ててくれたのもチャーリーだった。だから夜になると彼《かれ》のことを想《おも》って、ひょっとしたらわたしのことを……なんて、ばかげた夢を見てしまうのだろう。チャーリーはミルドレッドに夢中だって、みんな知っているのに。これまで、あちこちをたらいまわしにされてきた経験から、夢なんて、かなわないとわかっていた――目のまえに見えているのに、つかもうとすると、手は空をつかむだけ。雲が集まっているのと同じ。

わたしたちのクラスは、みんなでチャーリーを駅まで見送ることにした。ミルドレッドはチャーリーの腕《うで》にがっちりしがみつき、チャーリーのお父さんは息子《むすこ》の背中《せなか》を何度もたたいていた。あれじゃあ、きっとあざが残っただろう。シンプソン先生がたいくつなスピーチをして、学校からのプレゼントをチャーリーに渡《わた》した。中身はウールの三角帽子《さんかくぼうし》と文房具《ぶんぼうぐ》だった。

「さあ、乗った乗った」車掌《しゃしょう》が大声で言った。

チャーリーが汽車のステップに勢いよく片足《かたあし》をのせたとき、わたしの心のなかで何かが動いた。ミルドレッドといっしょにされたくないから、でしゃばった真似《まね》はやめようと自分に言いた。

きかせてあった。それなのに、気がつくとチャーリーに駆《か》けよって、手のなかにそれをすべりこませていた。「幸運のお守り！」わたしが言うと、チャーリーは手のなかを見てにやっと笑った。それから最後にもう一度手をふり、汽車に乗りこんでしまった。

「ああ、チャーリー！」ミルドレッドがチャーリーのお母さんによりかかって泣きくずれる。「だいじょうぶよ、だいじょうぶ」チャーリーのお母さんはミルドレッドの背中《せなか》をぽんぽんたたいてあげていた。

お父さんはポケットからバンダナをひっぱりだし、大げさにひたいをふいてみせる。ついでに目もぬぐっているのがわかったけれど、わたしは気づかないふりをした。

ほかのみんなはゆっくりとプラットホームをおりていき、それぞれの車にもどっていった。わたしはしばらくそこに立っていて、チャーリーがポケットをたたいている姿《すがた》を想像する。ポケットには、わたしのあげた〝お願いの石〟が入っているだろう。その石のことを教えてくれたのもチャーリーだった。「黒い石。まんなかあたりに白い線がぐるりと入ってるのをさがすんだ。そいつを左の肩《かた》ごしに放《ほう》りなげて願いごとをすると、かならずかなうよ」チャーリーはそう言うと、気軽な調子で、お願いの石を次々と投げていき、まだひとつも投げていないわたしを見て笑った。わたしの願いは、お願いの石を投げてかなうようなものではなかった。

そうしてチャーリーが汽車に乗りこんでから、もう二か月。チャーリーのいない毎日は、ベーキングパウダーの入っていないビスケットの山のようだった。どれもこれもぺちゃんこで、ぼそぼそ。

「ハティ！」アイビーおばさんがけたたましく呼《よ》んでいる。まるで警報《けいほう》だ。

「はい、いま行きます！」わたしはあわてて下におりていった。

革張《かわば》りの茶色い椅子《いす》に、おばさんが女王様然とすわっている。ホルトおじさんは、上等なヒッコリー材の揺《ゆ》り椅子《いす》に腰《こし》をおろし、新聞をひざにのせていた。

わたしは応接間にこそこそと入っていき、編みかけの、へたっぴな靴下《くつした》を一足とりあげる。編みはじめたのはチャーリーが入隊した十月。戦争があと五年つづけば仕上がるだろう。靴下《くつした》を目のまえにかかげ、ぐちゃぐちゃになった編み目をじっと見る。いくらやさしいチャーリーだって、こんなものをはけと言われたら、いやがるにちがいない。

「今日イアンサ・ウェルズに会いに行ったの。とてもいい話をもらってきたわよ」アイビーおばさんは言って、赤い十字を刺繍《ししゅう》した帽子《ぼうし》をぬいだ。「イアンサのこと、あなた覚えてるでしょ、ホルト？」

「ふーむ」ホルトおじさんは新聞をゆさぶって隅《すみ》をそろえた。

「わたし、イアンサに言ったの。うちのハティはほんとうに役にたつのよって」

わたしはまた編み目をひとつ落とした。あなたは家庭的なことはからきしだめねと、おばさんからは毎日のように言われていた。

「わたしだって、高校は卒業してないのよ。学校教育なんて必要ない女の子もいるのよ」

ホルトおじさんは、読んでいる新聞の片端《かたはし》を落とし、わたしは編んでいる靴下《くつした》の編み目を落とした。なんだか雲行きがあやしい。

「とにかく学校なんてどうでもいいわ。イアンサ・ウェルズが、下宿屋の手伝いがほしいって言うんだから」

なるほど。そうだったのか。最近おばさんがわたしにやさしかった理由が、これでわかった。やっかいばらいの方法が見つかったんだ。

アイビーおばさんが、またスカートのしわをのばす。「神様は思いがけない形で手をさしのべてくださるものなの。イアンサはぜひ来てほしいって。こんないい話、迷ってちゃいけないわ」

頭がかっとしたけれど、何か言いかえすほど、わたしはばかじゃなかった。いまはまだ。

ホルトおじさんがプリンスアルバートの煙草《たばこ》をパイプにつめながら言う。「卒業まで、あとほんの数か月じゃないか」煙草《たばこ》に火をつけ、ひと口吸《す》ってまたつづける。「ハティの卒業を待つのが一番だと思うがね」ホルトおじさんがわたしに味方してくれるのは、これがはじめてではなかった。よし、このお礼に、今夜おじさんの靴《くつ》を磨《みが》いてあげよう。

アイビーおばさんは、夫の言葉など聞かなかったように、よどみなく先をつづける。「ハティは必要とされるところに行くっていう約束だったでしょ。イアンサが必要だって言ってるの」

「この家じゃ不要」わたしはつけたした。もちろん心のなかで。

桜の木の香《かお》りの煙《けむり》をくゆらせながら、ホルトおじさんが目を細める。「ハティ、おまえは学校を終えたいんじゃないか？」

わたしは編んでいた靴下《くつした》をひざの上に置いて、どう答えようか考えた。本は大好きだけれど、学校は、行かなきゃならないから行ってるだけのこと。とりわけ、チャーリーがいない、いまとなっては、おもしろくもなんともない。だけど、イアンサ・ウェルズの下で働くのとくらべれば……。

「この子には、学校の勉強はもうじゅうぶん」アイビーおばさんがぴしゃりと言う。「本人だって、そう思ってるはずよ！」そう言ってわたしをにらみつける。「わたしたちが考えてやるべきは、ハティの心の教育よ。イアンサの手伝いをすることで、若《わか》いうちから奉仕《ほうし》の精神が育つし、それに――」ここでおばさんは言葉につまった。下宿屋で働くことが、わたしみたいな人間に何を教えてくれることになるのか、自分でも想像がつかないみたいだった。「それに、ほかにも女性として必要な技術がいろいろ身につくわ。勤勉《きんべん》な女の子には、もってこいのチャンスじゃないの」

おばさんの頬《ほお》に真っ赤なぽつぽつが浮《う》かびあがった。まちがいなく、いらだっている。その理由もはっきりしている。ホルトおじさんがわたしに意見を求めた。しかもわたしの将来《しょうらい》について。そのことで頭に来ているのだ。〝根なし草ハティ〟に、意見を言う権利《けんり》などない。

わたしは歯が生えかわるまえに孤児《こじ》になった。父の身に起きたことは、鉱山労働者の家族には驚《おどろ》くべきことではなかった。石炭の粉じんに肺《はい》をやられたのだ。父が死んだとき、わたしはまだ二歳《さい》か三歳《さい》だった。五歳《さい》になったとき、母が死んでセアおばさんがわたしをひきとった。医者は母に肺炎《はいえん》の診断《しんだん》を下したものの、セアおばさんは、そうじゃなくて悲嘆《ひたん》に暮《く》れて死んだのだと言った。そのあとわたしは、さまざまな人にひきとられることになるのだが、このおばさんから、両親が心から愛しあっていたという確信をもらったのは、最高にありがたい贈《おく》り物《もの》だった。セアおばさんが歳《とし》をとりすぎてわたしを養えなくなったあとは、親戚《しんせき》の家を次から次へ渡《わた》り歩《ある》いた――そのなかにはずいぶん遠縁《とおえん》の家もあった。どこかの家で病人が出たりするたびに、手伝いの手としてひきとられていたが、やがてそんな手伝いをどこも必要としなくなり、他人の子を食べさせる余裕《よゆう》のある家もなくなった。

十三歳《さい》のとき、アイビーおばさんにひきとられた。血のつながりはまるでない。ホルトおじさんが、わたしの遠い親戚《しんせき》にあたる。アイビーおばさんは、キリスト教徒の義務を果たすべきときがやってきたと、嬉々《きき》として受け入れた。おばさんはわたしに、何も持たず、だれも頼《たよ》る人がいないことを、一日たりとも忘《わす》れることを許さなかった。自分がどれだけ恵《めぐ》まれているか、忘《わす》れてはならないと教えられた。わたしが唯一《ゆいいつ》恵《めぐ》まれていると思うのは、アイビーおばさんと血がつながっていないことだ。

部屋のなかがおそろしいほど静まりかえり、おじさんの歯がパイプにあたる音がする。甘《あま》い香《かお》りの煙《けむり》をはきだして、おじさんが口をひらいた。「とりあえずこの話は、保留ということにしようじゃないか」

アイビーおばさんは、わたしのまえでは、夫に対してむっとした顔を見せることはなかった。かわりにソファーに乱暴《らんぼう》にすわった。「あなたがそうおっしゃるなら」

おじさんはしばらくそわそわとパイプをいじっていたものの、やがて椅子《いす》の横の、パイプスタンドにのせてある新聞の山のなかをさがした。「あれはどこに置いたかな？」

「あれって、なんのことでしょう？」おばさんの声はガラスでも砕《くだ》きそうなほど、キンキンと鋭《するど》い。

「手紙だよ。今日ハティ宛《あて》に届《とど》いたじゃないか」積んであった新聞が床《ゆか》になだれ落ちた。ホルトおじさんは雑貨屋をしているが、おじさんほど文字をよく読む人をわたしは知らない。わたしも活字中毒といっていいけれど、読むのは小説だけ。おじさんは新聞が好きだった。ヨーロッパの戦争について、これはまずいことになるぞと、最初に教えてくれたのがおじさんだった。少しでも世の中に関心を持っていれば、だれだって気づくはずだと言って。わたしはチャーリーが入隊するまで、そんなことには少しも関心がなかった。

「手紙！」きっとチャーリーからだ！

「ハティに？」アイビーおばさんが言う。

ホルトおじさんは、妻がのばしてきた手を無視《むし》して、わたしの手に封筒《ふうとう》をよこした。

「だれから？」アイビーおばさんがきいた。

「モンタナにいる人からだ」ホルトおじさんは「アーリントン・ニュース」で壁《かべ》をつくった。

今夜の会話はこれで終わりという合図だ。

封筒《ふうとう》をひらくと、なかに二通の手紙が入っていた。最初の手紙は一九一七年の十一月十一日付けだった。

あなたのおじさんから、自分が死んだら送ってほしいと、同封《どうふう》した手紙を頼《たの》まれました。たくさんお世話になったあの人に、わたしができるせめてもの恩返しです。心が決まったら、わたしと夫のカールが、できるかぎり手助けをいたします。

ペリリー・ジョンソン・ミュラーより

「心が決まったら」って、なんのこと？　二通めの手紙をひらく。

ハティへ

おまえはきっとわたしのことを覚えてはおるまい。わたしはおまえのお母さんの、たったひとりの兄だ。もし結婚《けっこん》してふつうの生活を送っていたら、もっとずっとまえにおまえを呼《よ》びよせていただろう。いや気どるのはやめよう——わたしはずっとやくざ者だったのだ。けれどもこのモンタナにやってきて、人生をやりなおした。苦労の末に、ようやく土地が自分のものになりそうだというとき、医者からまもなく死ぬと言われた者の気持ちが、わかるだろうか。わたしとおまえには、同じ血が流れているということ以外にも、共通点がある。どちらも、自分のほんとうの家庭がないままに育ったことだ。おまえは孤児《こじ》になったが、わたしは六年生のときに家を出ていた。だから姪《めい》のおまえがアイオワにいるなんて、まったく知らなかったのだ。ここヴァイダの町へやってくれば、わたしが血のにじむような苦労を重ねて手に入れようとした土地がある。おまえはお母さんに似て、肝《きも》っ玉《たま》がすわっていると信じている。土地を自分のものにするために、残りの要件を満たせるだろう。それを満たせば——おまえには一年の期間が残されている——モンタナの三百二十エーカーの土地がすべておまえのものになる。

「えーーっ？」わたしはソファーのアームをつかんだ。

「何？　悪い知らせ？」アイビーおばさんがわたしのとなりに来て、肩《かた》ごしに手紙をのぞこうとする。もつれる舌で、わたしは手紙の最後の段落《だんらく》を声に出して読みだした。

意識のはっきりした状態で、ここに宣言《せんげん》する。わたしはハティ・アイネズ・ブルックスに、申請《しんせい》した土地の払《はら》い下《さ》げ請求《せいきゅう》の権利《けんり》、及《およ》び家と家財の相続権利《そうぞくけんり》を託《たく》し、合わせて、プラグと名づけた忠実《ちゅうじつ》な馬と、バイオレットと名づけた、いささかやっかいな雌牛《めうし》を託《たく》すものとする。

ハティ・アイネズ・ブルックスの伯父《おじ》
チェスター・ヒューバート・ライトがここに記す

追伸《ついしん》――ハティよ、あたたかい衣類と猫《ねこ》を一匹《ぴき》用意してきなさい。

アイビーおばさんがわたしの手から手紙をひったくった。わたしは驚《おどろ》きのあまり、されるがままになっていた。三百二十エーカー！　わたしの家！　モンタナ！

「なんなの、このばかげた話は」おばさんが言った。「こっちはもうイアンサに、あなたを手伝いに行かせるって約束してあるのよ」

「勤勉《きんべん》な女の子には、まさにもってこいのチャンスのようだ」わたしにそっとウインクするように、おじさんが言う。

「まともな話じゃないわ！」アイビーおばさんがはき捨《す》てるように言った。「ホルト、あなたはもうだまってて。ハティ――」

「おばさんの言ったとおり、神様は思いがけない形で手をさしのべてくださるんですね」わたしは手紙をおばさんからとりもどし、スカートのポケットにしまった。「それじゃあ、もういいでしょうか。わたし、手紙を書かないといけないので」

ペリリーへの手紙は一行ですんだ。

行きます。

しかし、チャーリーにこのことを知らせるには、もう少し言葉が必要だった。フランスに行く相手に、わたしのことで心配をかけたくなかったからだ。十回ほど書きなおしたあとで、やっとぴったりの追伸《ついしん》を書きくわえることができた。

次の手紙は、きっともっとおもしろくなるわよ。お楽しみに！

チャーリー宛《あて》のものと、ペリリー・ミュラー宛、二通の手紙をポストに投函した。ペリリーからの返事はすぐ届き、ウルフ・ポイントの駅で待ち合わせ、そこからチェスターおじさんの土地へ連れていくと書かれていた。まるでわたしの不安を見抜《みぬ》いたかのように、チェスターおじさんが追伸《ついしん》でふれていたわずかな用意に加えて、ペリリーはさらに必要になるものを書いておいてくれた。

持ち物のことですが、生活するのに必要なものは、だいたいのところ、おじさんが用意してそろっています。あとは日差しと雨をさえぎることのできる、がんじょうな帽子《ぼうし》をひとつ、それにシーツやまくらカバーもいくらか持ってくるといいでしょう。

チェスターおじさんはきれい好きとはいえない人でしたので。

新しい隣人《りんじん》
ペリリー・ミュラーより

もう少し思慮深《しりょぶか》い女の子だったら、ひとりで西部へむかい、土地を開拓《かいたく》するとなったら、少しは心がゆれるだろう。これまで、六か月ほどいとこの何人かと農場を手伝ったり、毎年ホルトおじさんの野菜畑を手伝ったものの、わたしの農作業に関する知識や経験はそこどまりだった。不安や心配が頭のなかにじわじわ入りこんでくるのを、ぱっと全部払《はら》いのける。これこそアイビーおばさんのもとを離《はな》れるチャンスなのだ。もう自分をやっかい者だなんて思わなくてよくなる。それだけはたしかだ。

心が決まると、入植者が最初にやるべきことをした――両親がわたしに残してくれた四百ドルのお金を銀行からひきだし、あたたかな衣類を買い、グレート・ノーザン鉄道で十二ドルの切符《きっぷ》を買った。荷づくりにさほど時間はかからなかった。ホルトおじさんから古いワークブーツをもらい、シンプソン先生からは『一九〇七年版、キャンベルの土壌管理《どじょうかんり》の手引き』をもらった。先生のお兄さん自身、モンタナに入植していてこれこそ入植者必携《ひっけい》の一冊《さつ》だと太鼓《たいこ》判《ばん》をおしたそうだ。それ以外にも、チャーリーのお母さんが、あたたかな抱擁《ほうよう》とともに、キャンバス地でできたがんじょうな手袋《てぶくろ》をくれた。わたしの最後の買い物は、ヒゲちゃんを入れる旅行バスケットとなった。

アイビーおばさんは依然《いぜん》として、こういった成り行きがまるごと気に入らず、駅に見送りにも来なかった。ホルトおじさんが新しいフォードでわたしを駅まで送ってくれた。

「ハティ、おまえがしっかり者だってことはわかってる」ホルトおじさんはわたしのトランクを車からおろしたあと、ヒゲちゃんの旅行バスケットを渡《わた》してくれた。

「だが、新たに学ぶことはいろいろ出てくる。人に頼《たよ》らずにやろうなんて、がんこに意地をはるのはよくないぞ」おじさんはポケットからパイプをとりだした。「アイビーがよく言ってるだろう。意地をはりすぎると――」

「痛《いた》い目《め》にあう」わたしがあとをひきとった。わたしがいつでも強気なのが、おばさんには危《あぶ》なっかしくて見ていられないらしく、しょっちゅう何やかやと言われてきた。

ホルトおじさんはパイプに煙草《たばこ》をつめるのに忙《いそが》しい。火をつけたとき、目がぬれているのがわかった。

「ありがとう、ホルトおじさん」三年にわたって、おじさんが示してくれた小さな親切の数々が頭のなかでちかちか光った。「わたし……」おじさんと目が合ったとき、これ以上何も言わなくても、わたしの気持ちを理解してくれているんだとわかった。

「手紙を書くって約束する」

「簡単《かんたん》に約束などするもんじゃない」わたしの肩《かた》をぎこちない手つきでたたく。「だが、いまどうしているのか、たまに知らせてもらえたらうれしいよ」

「さあ乗った、乗った！」手荷物を運ぶ駅のポーターが言った。

わたしはヒゲちゃんといっしょに汽車に乗りこんだ。ホルトおじさんは駅にたたずんで、手をふっている。わたしも手をふりかえした。それから、わたしは座席《ざせき》に腰《こし》を落ちつけ、西の方角をむいた。

2　車中にて

一九一八年一月
グレート・ノーザン鉄道の車中
ノース・ダコタ州のどこか

チャーリーへ

汽車に乗った最初の夜は興奮《こうふん》で眠《ねむ》れず、三日めの夜はにおいと音で眠《ねむ》れませんでした。海外へむかうあなたの旅にくらべれば、こんなものはなんでもないと言われそうですね。たしかにそのとおりではあるのですが、それにしても、いらいらするし、お腹《なか》はすくし、汚《きたな》いしで、しまいにわーっと大声を出してしまいそうです。シンプソン先生からもらった本はすぐ飽《あ》きてしまいました。だってどこを読んでも働け、働け、働けってそればっかり。汽車のパンフレットのほうがまだましです。そっちのほうは、魔法《まほう》のランプをこするみたいに、入植なんて簡単《かんたん》って書いてあるの。

これからむかう先に、ランプの精がいて願いをかなえてくれるなんて、わたしだって思ってはいません。だからこそ胸《むね》のうちで、次から次へと、不安がわきあがってくるのです。着いたら、まず何をすればいい？ 土地を自分のものにするために、どういうことをしなくちゃいけない？ もしわたしにそれができなかったら？ 自分がしなくちゃならないことをあれこれ考えて、頭のなかがぐるぐるまわっています。わたしがこんなふうにまごついているのを知ったら、アイビーおばさんはきっと、ほうらごらんなさいと、したり顔になるでしょう。口いっぱいに羽根を頬《ほお》ばったヒゲちゃんみたいに。どうやらわたしは、入植生活に慣れるのに、〝経験〟という名の厳《きび》しい先生に頼《たよ》るしかないようです。

チャーリーに書いていた手紙から顔をあげ、外に目をむける。汽車の薄《うす》よごれた窓《まど》から見える景色は、気がめいるばかりだった。わたしは手紙に書きたす。

パンフレットには、モンタナは牛乳《ぎゅうにゅう》とハチミツの土地だと書いてありますが、どこまでも雪におおわれた土地を見るかぎり、想像がつきません。きっとチェスターおじさんの土地に行けば、風景ががらりと変わるのでしょう。

そこでまたチェスターおじさんのことを考える。うわさには聞いていたけれど、それだけじゃ、ほんとうのところはわからないし、会ったことは一度もなかった。自分は〝やくざ者〟

だと書いてあった。それってどういう意味？　いったい何があって、おじさんはモンタナに行くことにしたんだろう？　わたしには、おじさんがそんなに悪い人だとは思えなかった。ほとんど知らないといっていい姪《めい》のことを覚えていて、遺書《いしょ》を残してくれたんだから。「おまえはお母さんに似て、肝《きも》っ玉《たま》がすわっていると信じている」と書いてあった。思わず背《せ》すじがすっとのびる。母と同じ強さがわたしにあるだろうかと考えたところで、さっぱりわからない。おじさんのことだけでなく、母のことだってほとんど知らないのだ。

　それでもよく想像はする。きっといまもわたしを空から見おろしているんじゃないかしら。母はなんて言うだろう？　やっぱりアイビーおばさんと同じ？　それともよく決断したと言ってくれるんだろうかって。これまで何度も思ったことを、また考えてしまう。自分がまだ赤んぼうで、思い出なんかひとつもないうちに両親を亡《な》くしていれば、もっと楽だったのだろうか？　いまわたしのなかに残っているふたりの思い出は、いらいらするほどおぼろげで、遠くにかすんでいた。手もとに残った一枚《まい》の写真、両親がいっしょに写っているその写真からすると、わたしは父のまっすぐな鼻と、母のいたずらっ子のような笑《え》みを受《う》け継《つ》いだらしい。それ以外に、どこにどう、両親から受《う》け継《つ》いだものがあるのか、わたしにはわかりようがなかった。それでも、モンタナへの移住を決め、チェスターおじさんの払《はら》い下《さ》げ請求《せいきゅう》の権利《けんり》を受《う》け継《つ》ぐことを決めたことは、きっと何か一族の血に流れる肝《きも》っ玉《たま》の太さの現れだと、そんな気がしてならなかった。

「ミャオー」ヒゲちゃんが、バスケットのなかで身をくねらせた。

「かわいそうに、せまいよね」ボディス〔腰《こし》までの丈《たけ》の女性が着る服〕にピンでとめてある母の腕時計《うでどけい》を確認《かくにん》する。「もうすぐ自由になれるからね」

汽車はまもなくウルフ・ポイントに到着《とうちゃく》するはずだ。パン生地《きじ》が発酵《はっこう》してふくらむ時間もからない。座席《ざせき》の上で腰《こし》を動かし、疲《つか》れたお尻《しり》の下で、こっそりとスカートのひだを直す。むかいにすわる太った男は、ずっと高いびきをかいていたのに、こちらが動いたのに気づいて目をさました。わたしはまたさっと窓《まど》に顔をむける。

「こういう田舎《いなか》の風景は、見ているだけで胸《むね》にじーんとくる、そうさね？」男がきいた。

わたしはぼそぼそと、あたりさわりのない答えを返した。

「どこまで、行くんだ？」男は身を乗りだし、煙草《たばこ》の煙《けむり》とウイスキーのにおいのまじった、むっとする息をはいた。

そのとなりにだらしなくすわった、洗濯板《せんたくいた》のようにやせたカウボーイが口をはさむ。「ヘレナ〔モンタナ州の州都〕だ。若《わか》い娘《むすめ》が目ざすのは、そこしかねえよ」

知らない人間と口をきくなと、アイビーおばさんにしょっちゅう言われていたものの、グレート・ノーザン鉄道の客車のように、大勢がせまいところにぎゅっとつめこまれていては、何も言わないのは失礼な気がした。

「ヴァイダにある、おじの農場に」わたしは答えた。「サークルの近くです」

太った男がはやしたて、ひざをぴしゃぴしゃたたく。「ネエちゃん、そりゃ、〝ナンモナシの近く〟っつうんだ。ホント、なーんもないところだ」

「ふん、にわか農家か」カウボーイがぼそっと言い、脂《あぶら》じみた帽子《ぼうし》をひっぱりおろして目もとを隠《かく》した。

「どういうことでしょう?」

「イナカッペ、イスワリ組、なんと言ってもいいさ」物騒《ぶっそう》なナイフをつかって、手に持った噛《か》み煙草《たばこ》のかたまりから、一回分をすぱっと切りとった。

「あそこに行きゃあ、一発あてられるなんて考える、ばかなやつらのことだよ」太った男が言って、薄《うす》よごれたハンカチでひたいを乱暴《らんぼう》にぬぐった。

「わ、わたしのおじは、すばらしい農場を持っているんです」と言って、新しい帽子《ぼうし》の位置を直す。「昨年なんか、ほ、豊作で」自分で言った嘘《うそ》に縮《ちぢ》みあがる。だけど、チェスターおじさんの農場は豊作じゃなかったとも聞いていない。

「まったくいまいましい鉄道だぜ」カウボーイが通路に置いてある真鍮《しんちゅう》のたんつぼにむかって、ペッとつばをはく。それがわずかにはずれたのを見て、胃がむかむかしてきた。

「あんたのおじさんとやらは、鉄道のパンフレットにだまされたんだなぁ」太った男が首をふりふり言う。「カブのかわりに金貨を掘《ほ》りおこせるとでも言われたんだろう」

「おじの農場は、それはもう……」適当な言葉が見つからずにいらいらする。「ものすごく豊かで」

太った男が度をこして下品な言葉を連発するので、わたしの胃はひっくりかえりそうだった。「くたばっちまえばいいんだ」男はつづける。「そういうやつらも、欲《よく》の皮《かわ》のつっぱった鉄道も、いっさいがっさいまとめてな。鉄道の連中は、モンタナにできもしない約束をさせて、人を陥《おとし》れようっつう算段《さんだん》だ」

あまりの剣幕《けんまく》に、こちらはたじたじとなる。気がつけば、乗客全員がうなずいて、この薄《うす》よごれたカウボーイと、赤ら顔の太っちょ男に賛成の言葉をささやいている。われ関せずという態度なのは、黒っぽいオーバーを着た男ひとりだけ。

この失礼きわまりない男たちに、何かぴしゃりと言ってやりたくて、舌がじんじんしてきた。昼食の入ったかごをつかんでひきよせ、自分に言いきかせる。レディもやはり、こういうときには、われ関せずという態度をとりつづけるべきだと。その教えは、アイビーおばさんのおかげで、いやというほど、しっかり身についていた。

「ウルフ・ポイント！　おおりの方はお支度《したく》を！」車掌《しゃしょう》が客車に顔をつきだした。「お嬢《じょう》さん、あんたのおりる駅はここだよ」

汽車はスピードをゆるめたものの、太っちょ男の熱弁はいっこうにゆるまない。もうこれ以上は聞いていられないと、わたしは荷物を集めた。

「……しまいにゃ、飢《う》えて死んじまう。ひきぎわってもんを知らんからな」まだしゃべりまくっている。「もしあんたが、わしの娘《むすめ》っ子《こ》だったら……」

その瞬間《しゅんかん》、汽車ががくんと動いてとまった。体のバランスと、自分の威厳《いげん》を失わないよう必死になりながら、わたしは旅行かばんと猫《ねこ》を入れたバスケットをつかんで通路をよろよろ歩いていく。レディのがまんも、そろそろ限界だ。長くてつらい旅だった。わたしの忍耐《にんたい》は二番めにいい服のように、すり切れていた。

「いいこと、わたしがもしあなたの娘《むすめ》だったら」正面から相手の顔を見すえて言ってやる。「この汽車がまた走りだすのを待って、それから身を投げてやる！」

客車内がいきなりしんとなった。それからカウボーイが野次《やじ》を飛ばす。「おいおい、いいように言われてるぞ、チェット」

ふるえる声でなんとか言う。「ではごきげんよう、紳士《しんし》のおふたり」ドアロを抜《ぬ》けようとしたとき、男に腕《うで》をつかまれた。

「ごめんなさい」早くも後悔《こうかい》がわきあがった。怒《いか》りを爆発《ばくはつ》させた代償《だいしょう》に、きっと殺されてしまうんだろう。〝西部の荒《あら》くれ男《おとこ》〟のことは、アイビーおばさんから百回も聞いていた。視線《しせん》を落とすと、その手は黒っぽいオーバーを着た男のものだった。

「マナーの悪さは、安ウイスキーのせいだと思いなさい」そう言って、帽子《ぼうし》をちょっと持ちあげてあいさつをする。「わたしに言わせてもらえば、きみならきっと、この厳《きび》しい土地で成功できる」

「ありがとうございます」ふるえをとめようとするものの、わたしの脚《あし》は言うことをきかない。

「おじの農場は、順調にいっているはずなんです」

「ああ、きっとそうだよ」男はやさしく言った。「そうに決まってる」それだけ言うと、客車のなかへまたひっこんだ。

わたしはそのまま通路を進み、がくがくする脚《あし》で汽車をおりた。へとへとに疲《つか》れ、無性《むしょう》に腹《はら》が立っていた。目のまえにチャーリーの顔を思いうかべ、彼《かれ》のやさしい心づかいを呼《よ》びおこしてみても、気分は変わらなかった。自分がかわいそうでたまらず、アイビーおばさんでもいいから、いますぐ会いたくてたまらない。少なくとも、おばさんのことなら、よくわかっていた。モンタナがどんなところかも、自分ではわかっているつもりだった。そこでは、夢は見るだけのものではなく、実際にしっかりつかむことができ、雲をつかむのとはちがうのだと。しかしいまごろになって、それがあやしくなってきた。

うしろをふりかえりながら、このまま汽車に飛びのって帰りたい気分だった。

「幸運を祈《いの》るよ、お嬢《じょう》さん」車掌《しゃしょう》がわたしのトランクを勢いよくおろした。「さあ、モンタナがお待ちかねだ」

3 モンタナの駅におりたって

一九一八年一月三日
モンタナ州、ウルフ・ポイント

親愛なるホルトおじさんへ

お祈《いの》りをささげるまえに、ちょっとだけ手紙を書きます。旅は楽しい冒険《ぼうけん》、なんて言えるのは、新聞を娯楽《ごらく》だと思えるおじさんみたいな人だけです！　今日の日を終えたわたしは、冒険《ぼうけん》の楽しい部分は、この先に待っているのだろうと、そう期待するしかありません。

ミュラー一家は、たしかに停車場に迎《むか》えに来てくれましたが、約束の時間よりちょっぴり遅《おく》れました。まったくひとりきりで――勇敢《ゆうかん》な猫《ねこ》一匹《ぴき》はべつとして――知った顔がひとつもない、見知らぬ停車場にたたずんでいると、わずか数分がなんと長く感じられることでしょう。おもしろいと思いませんか？　こうなったら頼《たよ》りになるのは自分だけだと思い、すぐさま考えて行動に移したわたしをおじさんはきっと誇《ほこ》らしく思うでしょう。

ぶるぶるふるえながら、手袋《てぶくろ》をはめた両手をわきの下にはさんで暖《だん》をとる。ウルフ・ポイントまで、ペリリーの一家はどのぐらい長い旅をしてくるのか、わたしにはさっぱりわからなかった。しかもこの天候！　もし途中《とちゅう》で何かあったら？　来られないことになったら？　馬が脚《あし》を折って、ここへたどりつく手だてが何もないとしたら？　もし――。

母の腕時計《うでどけい》にふれてみる。こういうときこそ、母親譲《ゆず》りの太い肝《きも》っ玉《たま》が必要だ。凍てつく空気のなかで、歯が凍《こお》ったリズムをカチカチ刻《きざ》む。こうしてプラットホームに立ちつくしているなんて、ふつうでは考えられない。ミュラー一家が到着《とうちゃく》するまえに凍死《とうし》してしまうだろう。通りの先に〝ホテル〟と書かれた看板《かんばん》が見えた。ここまでむちゃくちゃに寒いと、じっくり考えてなどいられない。トランクを置きっぱなしにして、旅行かばんと、ヒゲちゃんをつかんで、雪におおわれた通りを歩きだした。

駅から十歩も進まないうちに、女性の声に呼《よ》ばれた。「ちょっと、ちょっと！　あなた、ハティ・ブルックスじゃない？」

数分遅《おく》れただけで、たしかに約束どおり、ペリリー・ミュラーは駅に迎《むか》えに来た。夫が車輪をきしませてとめた幌馬車《ほろばしゃ》から、ペリリーがぴょんと飛びおりた。

「ああよかった、このぶんじゃ遅刻《ちこく》するだろうって気が気じゃなかったの」言いながら、さっとそばによってきた。「マティがね、ミュリーがいないって言うもんだから」

本人はじつに明快な説明と思っているらしいが、わたしのほうは、まったく意味がわからない。弱々しい笑《え》みを浮《う》かべるのがやっとだった。

「ペリリー・ミュラーさんですね」アイビーおばさんなら、ぜったい美人とは言わないだろう。まんまる顔にそぐわない、ひょろりと長い鼻。さびたような茶色の髪《かみ》が頭のあちこちでからまっている。たしかに美人とは言えない。それに歩き方もなんだかさえない。それでも、よく来たねと言うように、にっこり笑った顔は、わたしの好きな映画女優《えいがじょゆう》、ビーブ・ダニエルズに似ていた。

ペリリーは旅行かばんをとりあげて、わたしを頭のてっぺんから爪先《つまさき》までながめまわした。

「うん、やっぱり血がつながってるんだね、似てるよ」

「ほんとうに？」わたしは帽子《ぼうし》のつばにふれる。「チェスターおじさんには一度も会ってないんです」

「あの人にはほんとうによくしてもらってね」ペリリーが言う。「その恩返しにあなたの世話ができるなんて、よかった」そう言って、わたしを抱《だ》きしめようと腕《うで》をひらいた。こちらは思わず警戒《けいかい》し、ヒゲちゃんを胸《むね》に抱《だ》きしめた。ペリリーの笑顔《えがお》に一瞬《いっしゅん》とまどいが浮《う》かんだものの、あかぬけない顔をまたぱっと輝《かがや》かせた。「あたしだって、うれしいのよ。あなたは一番近いご近所さんになる。これからは、女どうしでおしゃべりができるわ！」

「ここまで出迎《でむか》えてくださるなんて、ほんとうにご親切に」わたしは言った。「おまけに新しい家まで送っていただけるなんて」

「いやだわ、やめてよ」ペリリーがふっくらした手をふる。「あたしにすれば、名誉《めいよ》なんだから！　ここじゃあ、新しい住人がやってくるのは、ビッグニュースなの。この先一か月、あたしは有名人でいられる」ペリリーは幌馬車《ほろばしゃ》のほうへわたしを連れていき、御者席《ぎょしゃせき》にすわっている、いかつい男を紹介《しょうかい》した。「この人がカール」

「グーテン・ターク〔ドイツ語で「こんにちは」の意味〕」カールが言って会釈《えしゃく》をする。

「こ、こんにちは」相手のあいさつに驚《おどろ》いて、舌がもつれてしまう。「グーテン・ターク」と、学校で少しだけ覚えたドイツ語をつかってみる。カールは笑い、ペリリーに手綱《たづな》を渡《わた》した。プラットホームまでずかずか歩いていって、わたしのトランクをとってくる。まるでなかには羽根しかつまっていないように、軽々と馬車に積んだ。

ペリリーはわたしを幌馬車《ほろばしゃ》に押《お》しこんでから、自分も乗り、ウールのばかでかい毛布で、ふたりの体をすっぽり包んだ。うしろをむいて、馬車の荷台を指さす。「で、この子がチェイス、八歳《さい》。それから、この子がマティで六歳《さい》、うちのおしゃべりなカサギちゃんよ。そして赤んぼうのファーン」

「こんにちは、みなさん」そう言って頭数《あたまかず》を数えてみる。「で、ミュリーはどこ？」

マティがぼろ布でつくった人形をかかげた。黒い糸を縫《ぬ》いつけた頭の一部が、一か所くっきりはげている。「ほら、ここよ！」マティの、ミトンをはめた両手のなかで人形がひょこひょこ踊《おど》る。「お会いできて、とてもうれしいですって」

何やらずいぶんまじめくさった口調で言うので、こちらもかしこまってあいさつをする。

「わたしも、お目にかかれてとてもうれしいです、ミュリー」

「こんにちは、ブルックスさん」チェイスが片手《かたて》をつきだし、わたしは握手《あくしゅ》をした。

「あなたにかわって、バイオレットとプラグにえさをやっておきました」バイオレットとプラグというのが、チェスターおじさんから受《う》け継《つ》いだ遺産《いさん》の、動物部門であると気づくまでに一《いっ》瞬間《しゅんま》があいた。

「いまはうちであずかってるの」ペリリーが説明する。「あなたが落ちついたらすぐ、チェイスに連れていかせるから」

次の瞬間《しゅんかん》、ファーンが泣きだした。カールはわたしの荷物を積みおえ、幌馬車《ほろばしゃ》をホテルへ走らせた。正面でみんなをおろしてから、カールは馬をあずけに行った。わたしたちは寒さから逃《のが》れようと、ロビーへ急いで入った。

「エリクソンホテルは豪華《ごうか》じゃないけど、料理はおいしいのよ」ペリリーが言う。「家まではずいぶん距離《きょり》があるから、今夜もどるってわけにはいかない。朝食を食べてから出発ね」

ファーンから毛布をはがし、マティがコートをぬぐのを手伝い、真鍮《しんちゅう》のたんつぼをのぞいているチェイスをしかる、そこまでペリリーはひと息でやってのけた。

「どのくらいかかるのかしら？」自分の新しい家が、もう手の届《とど》くところにあると思うと、胸《むね》のなかで心臓《しんぞう》がリスみたいに飛びはねた。

「きっと、明日の夕食には着くわよ」ペリリーは手のかかる子どもたちを一か所に集めた。「子どもたちはもう部屋に行かせたほうがいいわね」

「そうしてください。わたしのほうは、町で用事がいくつかあるんです。これからミスター・エブガードに会ってこようと思って」ヒゲちゃんは連れていけないので、チェイスにバスケットごとひきわたした。「土地の払《はら》い下《さ》げ請求《せいきゅう》の手続きとか、ほかにも必要なことをすませてきます」

「ネコちゃんと遊んでもいい？」マティがきき、バスケットのなかをのぞきこんだ。

「わたしがもどってきたらね。この子も少し落ちつかないと」

「エブガードの事務所はあっち。数軒《すうけん》行った先よ」ペリリーが指をさした。「終わったら、ホテルにもどってきて。買い物をつきあうから」

「いえ、お気づかいなく」めんどうをみなきゃいけない子どもを、もうひとり増やす必要はない。「ひとりでだいじょうぶですから」

「じゃあ、また夕食のときに」そう言うと、ペリリーは子どもたちをひとまとめにして階上へ連れていった。

事務所に着くと、ミスター・エブガードは来客中だったので、わたしはあいている椅子《いす》に腰《こし》をおろした。

「全部終わったようだな、トム」ミスター・エブガードが、むかいにすわった男に言っている。気苦労を絵に描《か》いたような男だ。「最終申請《さいしゅうしんせい》の料金は用意できているかな？」

トムはお札を数えて机《つくえ》の上に出した。「これじゃあぼったくりだ」首をふりふり言う。「書類づくりに、三十七ドル七十五セント。開墾《かいこん》を始めるときに、すでに二十二ドルを支払《しはら》ってるんだぞ！」

「わたしはおまえさんから儲《もう》けようなんて思わないよ、トム」ミスター・エブガードはペンを置いた。「わたしの手数料はたった二ドルだ」

「べつにあんたに文句があるわけじゃないよ」トムは笑って立ちあがった。「だけどさ、無料の払《はら》い下《さ》げ農地だってのに、いったいどこが無料なんだと、そう言いたくもなるじゃないか」

ミスター・エブガードはトムの手をにぎった。「おめでとう、トム。おまえさんもこれで、モンタナに三百二十エーカーの土地を持つ、りっぱな地主だ。幸運を祈《いの》るよ」

トムはわたしの横を過ぎるとき、帽子《ぼうし》をちょっと持ちあげてあいさつをした。「おはよう、お嬢《じょう》さん」

わたしは会釈《えしゃく》を返した。

「さて、ご用件は？」ミスター・エブガードが、たったいまあいた椅子《いす》をわたしに勧《すす》めた。

「ハティ・アイネズ・ブルックスと申します」わたしは椅子《いす》に腰《こし》をおろしながら、自分が思った以上にしっかりした大人に見えることを祈《いの》った。「チェスター・ブルックスの姪《めい》です」そう言って、チェスターおじさんの手紙を見せる。

「なんとまあ」ミスター・エブガードが首を横にふる。「こりゃ驚《おどろ》いた」

「あの？」

「いやはや……」ミスター・エブガードはペンで口ひげをとんとんたたいている。「歳《とし》はいくつだね？」

「十——七」自分のささいな嘘《うそ》に身が縮《ちぢ》まる。

「いくつだって？」

「十六です」

「なんと！」ペンが落ちた。「チェスターのやつ、何を考えていた？」

それには、わたしも何も答えられそうになく、だまっていた。

「だいたい、なんだって母親が許しを出した？」

「母は亡《な》くなりました」わたしはまだ服にとめてあった母の腕時計《うでどけい》にふれる。「父もそうです」

「ほう、そういうことか」不思議にもミスター・エブガードは、その事実を知って納得《なっとく》したようだった。「相続人。そして、世帯主」そう言うと、椅子《いす》にすわったままぐるっとまわり、ファイルのつまった木の棚《たな》をさぐりはじめた。「ワトソン、ウィリアムズ、ワイアット——

おっと、行きすぎた。よし、これだ。ライト、チェスター・ヒューバート」つかんだ書類を目のまえにかかげる。「この払《はら》い下《さ》げ農地は、ここから三十マイル〔約四十八キロ〕先だ。一番近い町から三マイル離《はな》れている。ヴァイダっていう町だよ」そう言ってにっこり笑う。「町なんて名はヴァイダにはちょっと大げさだがね。そこまで行く足はあるかい？」

わたしはうなずいた。「カールとペリリー・ミュラーが」

「いい連中だ。いろいろ気を配ってもらえるよ」またぐるっとまわって机《つくえ》にむきなおった。「きみはこの払《はら》い下《さ》げ農地の少なくとも八分の一を耕さないといけない、それはおじさんから聞いているね？　つまり四十エーカー〔約十六万二千平方メートル〕だ」眼鏡のへりごしに、わたしをじっと見る。「それから柵《さく》をつくるのに、杭《くい》を四百八十本打たねばならないことも？」

胃がひっくりかえり、口のなかは毛織物のようにバサバサに乾《かわ》いた。四十エーカー！　それにくらべたらホルトおじさんの庭は切手みたいなもの。おまけに四百八十本の杭《くい》って？　想像もつかない数だ。まるでここからアーリントンまでえんえんと杭《くい》を打たねばならないように思えてくる。「たしかにおじは、要件を満たす必要があると……」

「そう多くはないが、どれひとつ欠けてもだめなんだ」それからミスター・エブガードは、要件をひとつひとつあげていく。「第一に、家と柵《さく》をつくらねばならない。家はチェスターがもうつくったと聞いている。柵《さく》については、どうだかな」そこで人差し指を立てた。「第二に、耕作をしなければならない。たいていは、亜麻《あま》を植える――栽培《さいばい》が楽だからね。さっき言ったように、農地の八分の一だ」人差し指のとなりに中指がぴんと立った。「そして第三に」――さらに薬指が加わった――「すべてを三年のうちに終えねばならない。チェスターが開《かい》墾《こん》の意志を宣《せん》言《げん》したのは一九一五年の十一月だ、そうなるときみは――」机《つくえ》のうしろにはってあるウルフ・ポイント市民国法銀行のカレンダーにちらっと目をやった。「あと十か月ですべてをやってのけないといけない。それに最《さい》終《しゅう》申《しん》請《せい》にかかる費用も忘《わす》れちゃいけないよ」

わたしは弱々しい笑《え》みを浮《う》かべた。「わかってます。三十七ドル七十五セント。無料の土地に」

ミスター・エブガードの書類をめくる手がとまり、わたしをじっと見あげた。それから笑いだした。「のみこみが早いようだな」帳《ちょう》簿《ぼ》に何やら書きつけた。「ミス・ハティ・アイネズ・ブルックス、この事務所で十一月に会えるよう、心から祈《いの》っているよ」

「はい、がんばります」そう言って立ちあがった。

ミスター・エブガードも立ちあがり、握《あく》手《しゅ》の手をさしだした。「くれぐれも体に気をつけるんだよ、お嬢《じょう》さん。いろいろと物資を買いそろえる必要があるんじゃないかな？」

「これからそれを」わたしは言った。

「ハンソン現《げん》金《きん》払《ばら》い食料雑貨店に行くといい。ハンソンなら、良心的な値《ね》段《だん》で取引してくれる」

事務所のドアがまたひらき、新たに入ってきた男にミスター・エブガードが注意をむける。

じろじろ見てはいけないとわかっていても、入ってきた男は、なんとも風変わりだった。靴墨《くつずみ》のように真っ黒なあごひげが、ふさふさとウエストのあたりまでたれている。雪にまみれた金属ブラシのような眉《まゆ》の下に、顔より三十歳《さい》も若《わか》く見える目がついていた。首には、どこまでも長く布をつぎはぎしてつくった、世にも奇妙《きみょう》なスカーフをぐるぐる巻《ま》いており、大きな頭の上で毛皮の帽子《ぼうし》がずり落ちそうになっている。

少なくともコートは三枚《まい》以上着ていて、その布地といい、色といい、アーリントンではぜったい見られないものだ。

「ミス・ハティ・アイネズ・ブルックス、もうひとり、きみの隣人《りんじん》を紹介《しょうかい》させておくれ。こちらはジム・フォウラーだ」

「エブガード、若《わか》い女の子に難《むずか》しいことは言いっこなしだ」ミスター・フォウラーが手袋《てぶくろ》をはずして、ごつい手をさしだした。「みんなからは、雄鶏《おんどり》ジムって呼《よ》ばれてるんだ。まあ、あんたにはどうでもいいことだろうけど」

「はじめまして」わたしはミスター・フォウラー――雄鶏《おんどり》ジム――の手をにぎった。事務所内につんとするにおいがまたたくまに広がっていく。この鶏《にわとり》小屋《ごや》のようなにおいが、雄鶏《おんどり》ジムというあだ名の由来かもしれない。

「あんたもチェスをやるんだろ」雄鶏《おんどり》ジムが言う。「オレはさあ、チェスターをしょっちゅう負かしてたんだぜ」

「残念ですけど」ハンドバッグのなかからハンカチをさがして鼻を押《お》さえた。「わたしは、しないんです」

「だいじょうぶ、オレが教えてやるよ」雄鶏《おんどり》ジムがくっくと笑う。「ぜんぜん問題ない」

「あ―― ありがとう。でもすごく忙《いそが》しくて」わたしはじりじりとドアのほうへむかった。「このあたりはあったかくするのに忙《いそが》しい！」雄鶏《おんどり》ジムは自分の冗談《じょうだん》に愉快《ゆかい》そうに笑った。「このあたりじゃあ、そいつが一番の娯楽《ごらく》だもんな。夏が来りゃ、すずしくするんで忙《いそが》しい」

「ほらほらジム、若《わか》い娘《むすめ》さんをこわがらせるんじゃない、かわいそうに」ミスター・エブガードがわたしににっこり笑う。「まだここに来て数時間しかたってないというのに」

「じゃあ、ご近所さん。あんたは自分の用事をすませてきなよ。払《はら》い下《さ》げ農地でまた会おう！」雄鶏《おんどり》ジムがオーバーを二枚《まい》ぬぐと、またもやつんとするにおいが室内に満ちてきた。

「ありがとう、それじゃあまた」わたしはふたりにさよならを言って、そそくさと外に出た。いまではきーんと冷えた空気がたまらなくありがたい―― 頭をすっきり整理するにはこれが一番だ。チェスのことや、つんとするにおいの隣人《りんじん》のことなど、心配するには及《およ》ばない。それより、ミスター・エブガードはなんて言っていた？ 四十エーカーの土地に作物を植える。四百八十本の杭《くい》を打つ。わたしは冬の空気を胸《むね》の奥深《おくふか》くまで吸《す》いこみ、ショールを肩《かた》にぎゅっと巻《ま》きつけた。取《と》り越《こ》し苦労《ぐろう》なんて無意味なこと―― ホルトおじさんがいつもそう言っていた。それに、最初にくれた手紙で、ペリリーはカールといっしょに、わたしに力を貸してくれると言っていた。胸《むね》に山のようにわきあがってくる質問に、きっとふたりが答えてくれるはず。一度にひとつずつ片《かた》づけていけばいい。現に払《はら》い下《さ》げ農地を自分のものにした人たちがいる。わたしにだってできないわけがない。

ハンソン現金払《げんきんばら》い食料雑貨店はパン屋さんも兼《か》ねていて、通りを渡《わた》った真むかいにあった——うららかな春の日なら、まちがいなく散歩気分で歩けるだろう。しかしいまの季節は、雪の吹《ふ》きだまりにウールのスカートをとられながら、かたくしまって凍《こお》った道をこわごわと歩かねばならない。身を切るような風から早く逃《のが》れたいものの、すべって尻《しり》もちをついてもこまる。焦《あせ》る気持ちと慎重《しんちょう》になる気持ちのあいだでバランスをとり、綱渡《つなわた》りでもするように先へ進んでいく。何度も足をすべらせる、そのあいだにもずっと歯がカタカタ鳴っていた。掃《は》き清《きよ》められた木の階段《かいだん》にあがって、ようやく足もとが安定した。わずかな時間でも、苦労して歩いたせいで体は温まっている。ドアをあけてなかに入るなり、ピクルスと煙草《たばこ》とペパーミントのまじったにおいがして、ホルトおじさんの店にもどってきたような錯覚《さっかく》を覚えた。

店の主人はべつの客の応対をしていた。わたしに会釈《えしゃく》をしたものの、カウンターのまえにいる肉づきのいい女性から注意はそらさなかった。

「迷うわ、ハンソンさん。この黄色い絹《きぬ》、わたしの顔に似合うかしらね」女性がじれたように言っている。「もしかしたら紫《むらさき》がかった灰色《はいいろ》のほうが合うんじゃないかしら」

「黄色をお召《め》しになると、ひとすじの日差しのようですよ」店主がうけおう。

わたしは必死で笑いを噛《か》み殺《ころ》す。一発の稲妻《いなずま》と言ったほうがぴったりな感じだ。

ハンソンさんが年配の女性の相手をしているあいだ、わたしは棚《たな》のなかをぶらぶら見てまわった。買い物がすんだようで、女性と、それと同じ丈《たけ》の黄色い絹《きぬ》が、わたしにはひとことのあいさつもなしで、店からさっと出ていった。

「お世話になります」わたしは背《せ》すじをすっとのばした。「エブガードさんから紹介《しょうかい》されて、必要なものをそろえに来ました」

「どれどれ――あんたはチェスターの姪《めい》じゃないかい?」

「え、ええ、そのとおりです」

「ようこそ、ご近所さん」ハンソンさんが握手《あくしゅ》をしてくる。「しっかりめんどうをみてやってくれって、ペリリーからも、ことづかってるよ」にっこり笑う。「できるもんなら国じゅうのめんどうをみてやろうっていう、ペリリーはそういう人間なんだ」ガラスのカウンターのうしろからハンソンさんが出てきた。「当座《とうざ》のところ、うちの在庫は少ないし、いまいましいことに小麦と砂糖《さとう》に制限がかかっている。だが、あんたに必要なものは、ちゃんとそろうから安心していいよ」

ハンソンさんはものすごい勢いで品物を集めだした。わたしがびっくりしているのがわかったのか、説明をしだした。「いいかい、気温がマイナス五十度以下にまでさがり、玄関《げんかん》のドアが凍《こお》りついてあかなくなったとき、この二十ポンド〔約九キロ〕の豆がどれだけありがたいかわかるはずだ」

まもなくわたしに必要な物資がそろった――小麦粉がクォーター・バレル〔約四十リットル〕、ひき割《わ》りトウモロコシの粉が十五ポンド〔約七キロ〕、コーヒーが二十ポンド、灯油、干《ほ》しブドウをはじめとするドライフルーツ、紅茶《こうちゃ》一缶《かん》、肉の缶詰《かんづめ》とそのほかの缶詰《かんづめ》製品、香辛料《こうしんりょう》各種。

「砂糖《さとう》のほうは、二十五ポンド〔約十一キロ〕までしか売れないんだ」ハンソンさんがあやまる。「戦争だからね」

「それでじゅうぶんです」わたしは言った。そんなにたくさんの砂糖《さとう》をつかうなんて、想像もつかない。

ハンソンさんはカウンターの上に山積みにしたものの上に、砂糖《さとう》の入った袋《ふくろ》を加え、それから満足して舌を鳴らした。「これだけあれば、あんたひとりぐらい間に合うだろう」

「わたし以外に、あと五十人だって間に合います!」わたしは笑った。チャーリーにこの光景を見せてあげたかった――ごくふつうの女の子が、連隊をまるごと養えそうな物資をそろえたところを。

ドアが勢いよくあき、ペリリーが冷たい突風《とっぷう》を連れて、急いで店に入ってきた。

「ここに来てると思った」わたしの物資を調べるように見てから、よしとうなずく。

「シルバー・リーフ・ラードは、焼き物料理には最高なのよ」ペリリーは言って、五番の缶《かん》をぽんとたたく。「あとはバイオレットとプラグのえさをいくらか買っておかなきゃいけないわね」ハンソンさんはまた新たな数字を勘定《かんじょう》に入れた。わたしは大事な五ドル札を十四枚《まい》数えた。

ペリリーはハンソンさんにむきなおり、かかえてきたかごのふたをあけた。えも言われぬおいしそうなにおいが店内いっぱいに広がる。

「コーヒーがそろそろ終わりそうなの」そう言ってかごのなかへ手をのばす。「シュトルーデル〔果物やチーズを薄《うす》い生地《きじ》に巻《ま》いて焼いたドイツの菓子《かし》〕ふたつと交換《こうかん》してもらえない？」

ハンソンさんは、ガラスのカウンターを、しみでもついているかのようにこすりだした。

「なあ、ペリリー。みんなドイツがらみのものとは、あまり関《かか》わりあいになりたくないんだよ。戦争で……」ハンソンさんは首を横にふった。「うちのザウアクラウト〔塩漬《しおづ》け発酵《はっこう》キャベツ。ドイツの料理〕だって、売るために、〝リバティ・キャベツ（自由のキャベツ）〟って呼《よ》んでるんだ」

「だけど、あたしのシュトルーデルは、郡の品評会で最高賞をとったのよ！」

ハンソンさんは声を落とした。「それをつくるのは、しばらく休んだほうがいいんじゃないかな。それからカールには――」

店のドアがきしんであいた。凍《い》てつく風がぴゅーっと飛びこんできて、新たな客がやってきたことを知らせた。ハンソンさんは言いかけた言葉を途中《とちゅう》でやめる。「コーヒーならいくらか、分けてあげるよ」ペリリーにむかってそっと言った。「ツケでね」

ペリリーはかごのふたをぴしゃっと閉《し》めた。「いいえ、けっこう。カールは――」そこから先は、声がひっくりかえりそうなほど、大きくはりあげた。「あたしの夫は稼《かせ》ぎがいいんでね。ツケなんて必要ないわ」

「ペリリー――」ハンソンさんはペリリーにむかって片手《かたて》をのばした。

「まもなく夫がハティの物資を幌馬車《ほろばしゃ》に積みに来るから」そう言うと、くるっと背中《せなか》をむけ、店を出ていった。

わたしもあとについて外へ出たものの、ドアのまえでためらった。ペリリーはさっさと通りを進んでいき、わたしが何か考えて言うひまもなかった。チャーリーの手紙を思いだす。いまのところ外国へむかうまえに書いたものを一通受けとっていて、そのなかでチャーリーは、軍から支給された銃剣《じゅうけん》のことを書いて、「オレがいつでもカイゼルをひきうける」と、大いに息《いき》巻《ま》いていた。戦争は――そしてわたしたちの敵は――いまチャーリーがいるはずのフランスのように、ここからは遠く離《はな》れている。ハンソンさんだって、それはわかっているはずだ。ペリリーのかごから漂《ただよ》ったシナモンとリンゴのたまらなくおいしそうな香《かお》りを、ハンソンさんはかがなかったのだろうか？　食料の節約を唱えた、あのウィルソン大統領だって、あの香《かお》りにはあらがえないだろうに。

お昼になっていたので、オーケー・カフェに立ちよった。ハムのサンドウィッチとパイに、コーヒーで昼食をすませたあと、テーブルに五十五セントを置いて外に出た。寒かったけれど、午後のひとときをつかってウルフ・ポイントを見てまわることにした。自分の農地から三十マイルも離《はな》れていては、そうしょっちゅうは来られないだろう。町のむこう側には、堂々たるレンガづくりのシャーマン・ホテルがあたりに君臨《くんりん》するように建っている。町の公園に面していて、公園には野外演奏《やがいえんそう》の舞台《ぶたい》も完備されていた。そこの歩道はきれいに掃《は》き清《きよ》められて、雪も氷もなく、木ではなしにコンクリートが敷《し》かれていた。ウルフ・ポイントにモダンな生活様式が入ってきたことを示すものは、それればかりではない。ウルフ・ポイント自動車会社は、ビュイック、シボレー、ドッジといった自動車の広告を出していた。

わたしは農場主電話会社のまえを過ぎ、市民国法銀行に立ちよって口座《こうざ》をひらいた。となりにあるハクソル薬局で、ポンズのコールドクリームをひと瓶《びん》買っておく。こういったちょっとした用をすませるだけで、骨《ほね》の髄《ずい》まで冷えてしまい、あまりの寒さに「ザ・ファド」という名の衣料店に、流行の服を飾《かざ》ったショーウインドーがあっても、よってみる気にはなれなかった。町をすべて見てまわったわけではなかったけれど、感覚のなくなった足が、今日はもうここまでと宣言《せんげん》した。エリクソンホテルに急いでもどり、コーヒーを一杯《ぱい》注文して部屋に持っていき、六時の夕食の時間まで手紙を書いて過ごした。

夕食には、みんなにローストビーフをごちそうした。お財布《さいふ》にはけっしてやさしくないけれど、それぐらいするのはあたりまえのように思えた。

「何から何までお世話になって、せめてこれぐらいさせてください」断るペリリーにわたしはそう言った。モンタナの生活は、だれに対しても、まったく借りをつくらずに始めたかった。

そうすれば、アイビーおばさんや、たくさんの親戚《しんせき》と暮《く》らしてきたときのように、自分が人の世話にならなければ生きていけない人間だと思わなくてすむ。

終わってみれば、夕食は長い一日のなかで一番すばらしいできごととなった。子どもたちはとてもお行儀《ぎょうぎ》がよく、ペリリーが嵐《あらし》のようにしゃべりつづけるので、カールとわたしはただ椅《い》子《す》に背《せ》をあずけて、いろんな人のうわさ話に愉快《ゆかい》に耳をかたむけているだけでよかった。ペリリーは食料雑貨店であったことについては、カールにひとことも言わなかった。少なくとも、わたしがいるまえではそうだった。

夕食が終わると、おやすみなさいを言いあい、ペリリー一家は家族の部屋に、わたしも自分の部屋にひきあげた。ヒゲちゃんがベッドの足もとで軽いいびきをかくなか、古いフランネルのネグリジェを着て、いつものようにお祈《いの》りをささげる。しかし頭をまくらに置いて眠《ねむ》ろうとすると、これからはもう〝いつものように〟などと言えることはひとつもないのだとわかった。汽車に乗ったのは、〝根なし草ハティ〟でも、ウルフ・ポイントでおりたのは、入植者ハティ。自分の居場所を持つ人物。きっと希望がかなう人物なのだ。

ホルトおじさんのパイプからくゆる甘《あま》い煙《けむり》のように、甘《あま》い考えを頭のなかでくゆらせながら、わたしは眠《ねむ》りに落ちていった。

4 自分の家

一九一八年一月四日
わたしの新しい家
モンタナ州、ヴァイダより北西へ三マイル

チャーリーへ

正確には、まだ自分の家に着いたわけではありません。それどころか、まだウルフ・ポイントを出発してもいないの。三人の子どもを幌馬車《ほろばしゃ》に乗せるまでには、やらなければならないことがたくさんあるのです。二杯《はい》めのコーヒーを、わたしが時間をかけて飲んでいるあいだ、ペリリーとカールは子どもたちの世話に大わらわ。手紙の筆跡《ひっせき》がシンプソン先生に眉《まゆ》をひそめられるほどひどいのは、興奮《こうふん》に手がふるえているせいです。

もう少しすると、今度は寒さのせいでふるえることでしょう。幌馬車《ほろばしゃ》のなかで身をよせあい、ウールの毛布を鼻までかぶったとしても、まちがいなく、ローガンの氷室《ひむろ》のなかより寒いのですから!

あっ、いま呼《よ》ばれました。このつづきはまたあとで……わたしの新しい家で書きますね! その言葉はもう聞《き》き飽《あ》きたなんて言わないでね。わたしのほうは何度書いても飽《あ》きません。

みんなが顔を洗《あら》い、着がえをすませ、朝食を食べる、それだけで、ひと騒動《そうどう》だった。それでもようやく、身のまわりの品、子どもたち、猫《ねこ》を幌馬車《ほろばしゃ》に積みおわった。わたしは胃のなかに小さな興奮《こうふん》をかかえながら、雪をザクザク踏《ふ》んで、ペリリーのとなりの席にえいっと乗りこんだ。これからわたしの新しい家へむかうのだ。

カールが馬にむちをあてると、幌馬車《ほろばしゃ》が動きだした。チェスターおじさんの農地まで、こうして乗せていってもらえるのはありがたいことだった。それでもヒゲちゃん、ペリリー、三人の子ども、カール、わたし、わたしの物資ひとそろいを乗せると、幌馬車《ほろばしゃ》のなかはほとんど息もできないほどきつきつになった。といっても、一月の空気は凍《い》てついていて、そうたくさんは吸《す》いこめない。ペリリーも、子どもたちも、わたしも、毛布の奥深《おくふか》くまでもぐりこんだ。ひび割《わ》れて真っ赤な顔のカールは、表情ひとつ変えず、木一本生えていない大平原に、着実に幌《ほろ》馬車《ばしゃ》を進めていく。

「うちの人、よく知らない人たちのまえで英語をしゃべるのがはずかしいの」カールがほとんど口をひらかない理由をペリリーはそう説明する。「まちがいをするのがいやなのよ。だからあたしはいつも言ってやるの。あんたがこれまでしでかしたまちがいは、あたしと結婚《けっこん》して、子どもたちをひきとったことだけだって」そう言ってペリリーはげらげら笑い、カールは首をふった。

ペリリーが自分のお腹《なか》をぽんぽんたたく。「夏が来れば、カールの子どもが産まれるの」

「母さん、ほら見て！」チェイスが左手のほうを指さした。幌馬車《ほろばしゃ》の通る道はくねくね曲がりながら、浅い峡谷《きょうこく》につづいている。遠い昔には急流が流れていたものの、いまでは干上《ひあ》がって両わきに川岸を残すのみとなり、わたしたちを乗せた幌馬車《ほろばしゃ》は、そのあいだへもぐりこむようにして進んでいく。左の川岸のすぐそこに、オオカミが一頭、寒々しい青空を背景《はいけい》に立っていた。

「あの――」わたしは言いかけて咳《せき》ばらいをする。「ここのオオカミは、悪さをしないのかしら？」

「オオカミなんかこわくないよ」チェイスが言った。「あんまり近くによってきたら、ぼくが撃《う》ってやる」

「これまで、そうしなきゃいけないときがあったの？　オオカミを撃《う》ったことが？」わたしはきいた。ハンソンさんの店で、山ほど物資を仕入れたものの、その山のどこにも銃《じゅう》は入っていない。おそらくチェスターおじさんなら、一丁ぐらいどこかに置いてあるだろう。ただしわたしはつかい方を知らなかった。

「悪さはしない」ペリリーが言う。「ひもじくて出てくるの、あそこにいる一匹《ぴき》もそうよ。ねらうのは子牛やヒツジ。アイオワから出てきたかわいい女学生じゃないから」ペリリーはわたしのあばらをつっついて、自分の冗談《じょうだん》にお腹《なか》をかかえて笑った。

わたしは顔のまわりにショールをひきよせ、ぴったりとおおった。まるでわずかなウールの布が、オオカミをはじめ、この先に立ちはだかるどんな危険《きけん》からも守ってくれるかのように。ショールのあいだから目だけを外にのぞかせていると、寒さで涙《なみだ》がたまってきた。やがて、ウールのショールごしに息を吸《す》うと、凍《こお》るような空気に肺《はい》を刺《さ》されないですむことがわかった。両足が、かかとについた氷のかたまりのように感じられる。ウールの靴下《くつした》を二枚重《にまいがさ》ねにしてはいても、このモンタナの寒さには太刀打《たちう》ちできなかった。木の座席《ざせき》で体をゆすってみると、血のめぐりがよくなって少しだけ体が温まる。それと同時にショールと帽子《ぼうし》の細いすきまが広がって、外の景色が目に迫《せま》ってきた。

この風景をチャーリーにどう説明したらいいだろう？　どこに目をやっても、景色を彩《いろど》る木一本ない。平たい土地と言ってしまっては、嘘《うそ》になるものの、それ以上に手っとり早く、手軽な説明はないだろう。あえて言うなら、巨人《きょじん》が寝《ね》るときにかけるキルトに似ている――色はもちろん白、何しろ数フィートの厚みで雪が積もっているのだ――それがはてしなく大きいベッドをすっぽりおおっているのは、下に巨人《きょじん》の爪先《つまさき》やひざがあるからだ。よく目を凝《こ》らしてみれば、巨人《きょじん》の腕《うで》やわきのあいだに、しわができているのもわかる。たしかに、これはテーブルの上板のような平たさではなかった。

あなたの誕生日《たんじょうび》に焼いてあげたシートケーキを覚えてる？

チャーリーの手紙にそう書こう。

モンタナは表面こそなめらかに見えるけれど、実際はそうではありません。

ふりかえると、ペリリーがわたしをじっと見ていた。

「チェスターの目、あなたとおんなじハシバミ色だった」ペリリーが言う。「髪《かみ》はぜんぜんなかったけど、きっとあなたと同じ、栗色《くりいろ》だったと思う。若《わか》かったころはきっと」一瞬記憶《いっしゅんきおく》をたどるように遠い目をした。

「どんな人だったんですか？」わたしはきいた。

ペリリーは考えこむように口をすぼめた。「静かな人だった。だけどあの人が何か言えば、みんな耳をかたむけた。それと驚《おどろ》いたことに、四六時中、何かしら読んでるの。あそこはもう、まぎれもない図書館ね」思いだしたのか、にっこり笑う。「だけどどこか悲しげだった。いったい何を悩《なや》んでいたのかわからないけど、どんなにうれしそうな顔をしていても、大きな声で笑っていても、その奥《おく》に、何か心の痛手《いたで》があるのがわかった」

「ひとりぼっちだった？」一度も会ったことのないおじを想像しようとする。わたしと同じ目をして、頭がつるつるのおじを。「つまり、死んだときに、ということですけど」

やさしい笑《え》みがペリリーの顔でまたたいた。「チェスターみたいな人が？　いいえ、ひとりぼっちなんかじゃなかったわ。わたしとカールがそばにいた。リーフィー・パーヴィスと雄鶏《おんどり》ジムもね」そう言ってわたしの腕《うで》をぽんぽんたたく。「あなたのことを話してたわ、ほんとうに最期《さいご》の最期《さいご》まで。あなたがやってくると聞いたら、ものすごく喜んだと思う」

それから数分は雪のなかを進む幌《ほろ》馬《ば》車《しゃ》のなか、どちらもだまってゆられていた。「会いたかったなあ」声に出して言ってみた。

「きっと、会ったとたんに仲よくなったわよ」ペリリーが言う。その場面を想像したら、なんだか気持ちがぽかぽかしてきた。少なくとも心は温まった。

しかし体となると、話はまったくべつだった。旅の興奮《こうふん》にも、ウルフ・ポイントを出発するときにくらべれば、ずいぶんかげりが出てきた。いつもなら、冗談《じょうだん》のひとつも出てくるところが、凍《い》てつく寒さのなか、幌《ほろ》馬《ば》車《しゃ》でごとごとゆられているあいだに、体に残っていたユーモアの、最後のひとかけらさえ、ふり落とされてしまったようだった。その同じ体に、母親譲《ゆず》りの肝《きも》っ玉《たま》がすわっていると、少なくともチェスターおじさんはそう言っていた。しかしそれも新しい家に着くまえに、かたく凍《こお》りついてしまったみたいだ。

「ほら、見えてきた！」チェイスが言う。興奮《こうふん》と寒さで声がキンキンしている。「ライトさんの家だよ」

わたしは信じられない気持ちで目を見はった。心の広いチャーリーなら、これを〝家〟と呼《よ》んでくれるかもしれない。アイビーおばさんの鶏《にわとり》だって、ずっといい建物に住んでいる。わたしの新しい家は、ホルトおじさんの道具小屋に毛が生えたような大きさで、つくりもそれと同じくらい粗末《そまつ》だった。羽目板のすきまから下張り用の黒いタール紙がのぞいていて、歯並《はなら》びの悪い歯のあいだに、黒い虫歯があるようだった。レンガの階段《かいだん》が二段《だん》ついた先に、粗削《あらけず》りのドアがついている。小さな窓《まど》――あとになって窓《まど》はこれひとつしかないとわかった――がドアの左側についていて、わたしのほうをうつろな目で見ている。それを見るわたしの目も、当然ながらうつろだった。

カールが幌馬車《ほろばしゃ》のスピードを落とした。

「おお、うるわしの我が家《わがや》！」ペリリーが歌うように言う。「荷物運びをみんなで手伝うからね。だけど長居はできない。暗くなってくるから。こっちも家に帰らないといけない」

「うるわしの我が家《わがや》」自分で言って、思わず声がしゃがれた。このかたむいた急ごしらえの九フィート〔約三メートル〕×十二フィート〔約四メートル〕の掘《ほ》ったて小屋《ごや》が……我が家《わがや》。

「ああ、シュネー」勢いよくドアをあけたカールがぼそっと言った。「雪だ」

「あらまあ」ペリリーが足踏《あしぶ》みして靴《くつ》の雪を落とす。「だれも鍵穴《かぎあな》につめものをしなかったのね」

薄暗《うすくら》がりのなかでも、鍵穴《かぎあな》から吹《ふ》きこんだ雪が床《ゆか》の端《はし》から端《はし》まで、冷たい白線をひいているのがわかった。まるで自然が、この先は立ち入り禁止だと、わたしを通せんぼうしているようだった。どうかいっしょに家に連れて帰ってくださいと、ペリリーに泣いてすがりたくなる気持ちと闘《たたか》う。

マティがわたしの手に小さな手をすべりこませてきた。「みんな集めて、わかして、コーヒーにして飲んじゃえばいい」

ペリリーが誇《ほこ》らしげに笑う。「一人前に、うまいことを言うわ」

「うん、それがいいね」わたしは涙《なみだ》をのみこんだ。「よかった、ほうきを買っておいて」

「そうこなくっちゃ」ペリリーがわたしの腕《うで》をぽんとたたいた。「お世辞にも見ばえがいいとは言えないわよね。だけど入植者の家なんて、みんなそう。土地が自分のものになってから、ちゃんとした家をつくっていけばいいんだから」

「あなたは……」やはりこういう掘《ほ》ったて小屋《ごや》に住んでいるのかと、それをきくのは失礼だろうか？「つまりその、土地は自分のものになったんですか？」

「あたしはもうとっくの昔！」ペリリーがげらげら笑う。「いまは、居心地《いごこち》のいい家に住んでるわ。だけど最初はみんなこんなもんよ。いや、もっとひどいかもしれない」ファーンを右の腰《こし》から左の腰《こし》に移す。「うちなんか、最初は土の家だったの。ほら、芝土《しばつち》をはぎとって、それをレンガがわりにしてつくった家。冬はあったかくて、夏はすずしい。だけどねえ、虫がすごいの。それに土がぼろぼろこぼれてくる。そこらじゅう土だらけ」ポケットからハンカチをひっぱりだしてファーンのたれた洟《はな》をぬぐってやる。「それにくらべたら、これはもうお城《しろ》みたいなもの。ほんとうよ」

チェイスが勢いよく入ってきた拍子《ひょうし》に、冷たい風がびゅっと吹《ふ》きこむ。「ほら、ブルックスさん。水をいくらかくんできた。今夜の洗《あら》い物《もの》やなんかにつかってよ」そう言ってバケツをストーブの上に置いた。

「ありがとう、チェイス」なんて親切な子だろう。

「この家の井戸《いど》は外にあるんだ」チェイスが指さす。「朝になったら、もっとくんでこなきゃだめだよ」

「ダス・イスト――これで全部」カールがわたしの荷物の最後の箱を運びこんだ。

「よし」ペリリーが言い、わたしのほうをむいた。「じゃあ、うちは帰るとするわ」

ケースのなかからヒゲちゃんが不満げに鳴く。彼《かれ》もまた、新しい家に少しも満足していないようだった。

「猫《ねこ》は数日のあいだは、家のなかに放しておいたほうがいいわよ」ペリリーが教える。

「たくましい猫《ねこ》だから、寒さはへっちゃらです」とわたし。

「そうじゃないの」ペリリーがわたしの腕《うで》をぽんぽんたたく。「ネズミを獲《と》らせるのよ」

わたしはぞっとした。「家のなかで?」

「チェスターはきれい好きとはほど遠かったから。それに、しばらく空き家になっていたわけだし、それに——」

わたしは片手《かたて》をあげて相手を制した。「〝それに〟はもういいです」

ペリリーがげらげら笑ってちゃかす。「あなた、おもしろいわ」ペリリーがランプと、小さな箱に入ったわたしの本をよこした。カールは覆《おお》いをかけた皿をタオルで包んだものと、シュトルーデルをひとつさしだした。

「火をおこしてね」とペリリー。「これをあったためて、今晩《こんばん》の夕食にするといいわ」

「こんなことまでしていただいて！」わたしは遠慮《えんりょ》したものの、ペリリーは耳をおおってしまった。「じゃあ、せめてものお返しに」わたしはコーヒー豆の入った袋《ふくろ》に手をのばした。「お願い、これと交換《こうかん》してください」

ペリリーの手が一瞬《いっしゅん》ためらった。それでも結局受けとった。「血のつながった人間っていうのは、見かけが似ているだけじゃないのね」ペリリーはわたしを抱《だ》きしめようと、また腕《うで》をのばしてきた。今度はわたしも逃《に》げなかった。

馬具の音をしゃんしゃん鳴らしながら、ペリリーたちは帰っていった。幌馬車《ほろばしゃ》が地平線上の小さな点になるまで、わたしはずっと見守っていた。

「ニャーオウ」ヒゲちゃんが鳴いた。自分の住まいがまえよりひどくなったのが不満そうだ。この掘《ほ》ったて小屋《ごや》——そう、これは家ではなく小屋——には、あたたかい家庭といった趣《おもむき》はどこにもなく、粗末《そまつ》な檻《おり》のようにわたしを閉《と》じこめても、外の脅威《きょうい》からは少しも守ってくれそうになかった。生活に必要な最低限のものはそろっているようだった。ストーブ、コーヒーポット、パンの焼き型、フライパンといったものに加えて、すでにガタが来ている、粗削《あらけず》りの収納棚《しゅうのうだな》がいくつかあった。

目のまえが真っ暗になって、床《ゆか》にくずれるようにうずくまった。わたしからの最初の手紙が届《とど》く場面が頭に浮《う》かぶ。「だから言ったでしょ」アイビーおばさんがホルトおじさんの鼻先に、わたしの手紙をつきつけている。「モンタナなんかに夢中になっている人間はろくなことにはならないのよ。あの子ったら、うちの豚《ぶた》よりひどい暮《く》らしをしてるじゃないの」

いま一番したいことは、何もかも忘《わす》れて、ひたすら泣きつづけることだった。けれども床《ゆか》は汚《きたな》いうえに、冷たい。

「ああ、神様。わたしはどうしたらいいのですか?」かかえたひざに、頭をのせる。ここまで旅をするのにはいてきた、ウールのスカートの上に涙《なみだ》がぽつんと落ちた。すると不思議なことが起きた。わたしの問いかけが神様に届《とど》いたかのようだった。

「ハティ・アイネズ・ブルックスよ、しっかりするのだ」頭のなかで声が言っている。「まだ残っている脳《のう》みそが凍《こお》らないうちに、火をおこすのだ」

その言葉に撃《う》たれたように、すぐ行動に移った。服からほこりを払《はら》い落《お》とし、ランプに火を入れ、この場所がなんとか家らしくなるよう片《かた》づけはじめた。ほうきをつかってせっせと掃除《そうじ》しているあいだは、どんどん大きくなるほこりの山に小さな黒いツブツブがまじっているのを見ても、その意味を考えずにすんだ。低いうなり声がヒゲちゃんの喉《のど》の奥《おく》から流れてきた。ストーブのまえにしゃがみこみ、敵意をむきだしにしてしっぽをぴくぴく動かしている。ふいにしっぽの動きがとまり、右の足がぱっとまえに飛びだした。キィッと、まるで妖精《ようせい》が鳴いたかのような小さな声があがると同時に、ヒゲちゃんは部屋の隅《すみ》へ突進《とっしん》した。噛《か》みくだく音が聞こえる。

わたしはぞっとしながら息を吸《す》った。「わかった、そういうことね」ふるえる手でマッチに火をつける。「あなたは夕食にありついた。わたしもいただいたほうがいいわね」

ストーブのそばに置いてある、ふちの欠けたほうろうのバケツに、たきつけにする太いジュニパー〔杜松《ねず》〕の枝が入っており、わたしはそれをストーブに入れていく。まもなくジュニパーが芳香《ほうこう》を放ちながら、パチパチはじけだした。

帰るとき、ペリリーが教えてくれた。払《はら》い下《さ》げ農地で火をつかうときは、乾燥《かんそう》したバッファローの糞《ふん》をくべるのだと。「バッファローはいなくなっちゃったけど。ありがたいことに、ちゃんと落とし物を残していってくれたの」わたしはチャーリーのお母さんから贈《おく》られた作業用手袋《てぶくろ》をはめて、なかに黒っぽいものがぎっしりつまった古いラード用バケツに手をのばした。プライドを捨《す》てて、すばやくストーブに放《ほう》る。まもなく小屋のなかは、耐《た》えられる寒さになってきた、ただし動きまわっていればという条件つき。そうでなければ体の中身がカチカチに凍《こお》ってしまう。

マティのアドバイスにしたがって、入りこんでいた雪の一番上をすくってコーヒーポットに入れておいたものが、もうストーブの上で温まっていた。コンロの奥《おく》にペリリーからもらったシチューの入った皿を置いて、こちらも温める。アイビーおばさんが木製の料理用ストーブをなかなか手放さなかったおかげで、こういうもののつかい方は心得ていた。パンを焼いたりするのは無理でも、簡単《かんたん》な料理ぐらいならできる。スプーンやなんかを集めてきて、小説やシェイクスピアの戯曲《ぎきょく》の下にうもれているテーブルも発掘《はっくつ》した。チェスターおじさんとわたしには共通する性格があった――ともに本が大好きということだ。

やっと凍《こご》えた体も少し温まり、わたしの頼《たよ》りになる灯油ランプが小屋のなかを明るく照らしていた。棚《たな》という棚《たな》にびっしり、テーブルから床《ゆか》の表面にもびっしり、どこを見ても本、新聞、古い雑誌《ざっし》が置いてあった。チェスターおじさんの家には上品な飾《かざ》りがないかわりに――部屋のどこをさがしても、花瓶《かびん》敷きひとつないと知ったら、アイビーおばさんはぞっとするだろう――たくさんの読み物があった。「ダコタ・ファーマー」、「ポピュラー・マガジン」、「サンデー・イブニング・ポスト」といった雑誌《ざっし》がたくさん積んである下に、本棚《ほんだな》としてつかわれていたらしい、からの木箱を見つけた。

古い敷物《しきもの》をぬるま湯にひたしてごしごしやると、すぐにテーブルにつやが出てきた。ほうろうの皿を置き、ブリキのフォークとスプーンを並《なら》べる。「まるでバンダービルト〔米国の実業家。大富《だいふ》豪《ごう》となり鉄道王と呼《よ》ばれた〕みたい！」わたしはヒゲちゃんにそう言った。ヒゲちゃんは料理の最初の一品を平らげたあとで、次は温まろうと、床《ゆか》にお腹《なか》をこすりつけながらストーブに近づいてきた。ちゃんとした椅子《いす》はないものの、ラード用のバケツをひっくりかえせば、わたしが腰《こし》かけるのにちょうどよかった。チェスターおじさんも、これをお気に入りの椅子《いす》にしていたのだろうか。

夕食が温まるころには、チェスターおじさんの家――わたしの家――は、これから少しずつ居心地《いごこち》よくなっていくと思えるようになった。自分のマグカップにコーヒーを、ヒゲちゃんのブリキの皿に牛乳《ぎゅうにゅう》を入れ、「わたしたちの新しい家に」と、声に出して乾杯《かんぱい》する。

それから、先ほど神様の声に導かれたことを思いだし、頭をさげた。

「神様、チェスターおじさんから連絡《れんらく》をもらったことに感謝をささげます。きっとおじさんは神様のもとで安らかに暮《く》らしていることでしょう。ペリリーとめぐりあわせてくださったこと、ペリリーがこのおいしい夕食をつくってくれたこと、神様がこうしてずっとわたしを守ってくださったことに感謝をささげます。ヒゲちゃんも、ネズミをおあたえいただいて感謝しています。アーメン」

スプーンが皿にカチカチあたる音を聞きながら夕食を食べる。シチューはセージとニンジンと希望の味がした。皿がからっぽになったあとも、その味はずっと舌に残っていた。ヒゲちゃんが皿をなめてきれいにしているあいだ、ペリリーからもらったシュトルーデルを切りわける。それは香《かお》り以上においしかった。ペリリーが町で取引をしようとして、手こずっていたのを思いだし、首をふる。人はときに、ほんとうにおばかさんになる。

規則的な息づかいが聞こえてきて、ヒゲちゃんが寝入《ねい》ったのだとわかった。長い一日だった。ストーブの貯水缶《ちょすいかん》からあたたかい湯をおたまで数杯《すうはい》すくい、一番大きなほうろうのボウルに入れてから、湯のなかで固形せっけんを泡《あわ》だてる。わずかな食器を手早く洗《あら》ってから、ひとつひとつ、おたまですくった湯をかけて泡《あわ》をすすぎ落とす。荷物のなかから小麦粉の麻袋《あさぶくろ》でつくったタオルをひっぱりだし、その上に食器をしばらく置いておく。自然乾燥《しぜんかんそう》なんかにはせず、きちんとふいた。すべてが片《かた》づくと、寝《ね》る用意を始めた。

せまい空間なので――アイビーおばさんの客間に、この家ひとつまるごと収《おさ》まってしまうだろう――ベッドは蝶番《ちょうつがい》で壁《かべ》にとめてあった。わたしはそれを壁《かべ》からおろした。チェスターおじさんの寝具《しんぐ》はぼろぼろで、ぞうきんに仕立てるのもおぼつかないように思えた。自分で持ってきたシーツひと組をつかって、手早くベッドを整える。火を落として数分もしないうちに、室内の温度が一気にさがった。「わたしたち、つららにならないといいね」ヒゲちゃんに声をかける。ヒゲちゃんがベッドにぴょんと飛びあがってきた。

スカートとブラウスをぬぎ、急いでフランネルのネグリジェを着るあいだ、体温をさげないよう、声をかぎりに歌をうたう。「進め、進め、キリストの戦士よ、いざ出陣《しゅつじん》だ！」ほとんどどなるように歌いながら、その場で足踏《あしぶ》みもし、ランプの火を吹《ふ》き消してベッドに飛びこむ。数分後、またベッドから飛びだした。衣類をさらに重ね着し、帽子《ぼうし》をかぶり、靴下《くつした》を二枚《まい》重ねてはいた。それからヒゲちゃんがわたしの足もとでまるくなり、ようやく眠《ねむ》れるだけあたたかくなった。

翌朝《よくあさ》起きたときには、目がぼんやりかすみ、お腹《なか》がすいていた。とにかく寒い。

ベッドから出ようとして、キルトをひっぱりあげて肩《かた》から巻《ま》きつける。

「寒いっ！」冷たい床《ゆか》の上をぴょんぴょんはねながら、ストーブへむかった。「この冷たい空気を削《けず》っておいて、夏が来たらレモネードに入れてやるぞ！」

「ミャオ」毛布の下、ヒゲちゃんが爪《つめ》でひっかきながら、ベッドのなかに自分の巣をつくろうとしている。

「そうはいかないわよ」わたしは声をかけ、ストーブに残っている昨夜のおき火に息を吹《ふ》きかける。「ベッドをたたまないと、動ける場所がないんだから」両手を頭上でぱちんと打ちながら両足をひらく、挙手体操《きょしゅたいそう》をしながら、バッファローの乾燥《かんそう》した糞《ふん》を大量に保存《ほぞん》してある樽《たる》まで行き、ひとつかみを、おき火にさっと投げ入れる。「何かお腹《なか》に入れて、体の内側から温めないと。急げ！」コーヒーポットをつかんだ。そして思いだした。水は外、猛烈《もうれつ》な寒さの屋外だった。衣類を着こみながら、自分で唱える。「教訓その一。朝飲むコーヒーのために、毎晩《まいばん》バケツに水をくんでおくこと」

ヒゲちゃんが喉《のど》をゴロゴロ鳴らして賛成した。

だれでもいい、いまこの瞬間《しゅんかん》、カウボーイが通りかかってドアの外に出ているわたしを見たら、きっと馬から転げ落ちるだろう。ありったけの布や衣類を、これでもか、これでもかと片《かた》っぽしから重ね着し、マティの人形のようになっていた。凍《こお》りついた階段《かいだん》をすり足でおりていき、雪におおわれた庭をつっきって井戸《いど》にむかう。

凍《こお》った空気を吸《す》うと、鼻の奥《おく》につき刺《さ》すような痛《いた》みが走った。目に涙《なみだ》がいっぱいもりあがってきて、ポンプの取っ手を見分けるのが精いっぱいだった。体温をさげないために、足を交互《こうご》にひょこひょこ動かしておく。寒すぎて頭がまわらない。足を動かしているうちに、水をくむより先に、すませておきたいことが出てきた。

前夜、寝《ね》るまえに外に走り出て、用は足してあった。そのときも遠いと思ったけれど、いまではもっと遠く感じられた――おまけに昨夜より確実に寒い。上水も下水も屋内に完備されていた、アイビーおばさんとホルトおじさんの家に、わたしはすっかり甘《あま》やかされていた。モンタナで慣れなければいけないことが、もうひとつできたというわけだ。屋外トイレですばやく用を足すと、手袋《てぶくろ》をはずしてモンゴメリーウォード〔米国の小売り業チェーンのカタログ〕の一ページをつかんでふき、下着をひっぱりあげた。

急いで井戸《いど》までもどり、ポンプを動かしはじめた。相当な力が必要だった。いったいチェイスは、八歳《さい》の細い腕《うで》で、どうやってこれを動かしたのだろう？　それでもまもなくバケツはいっぱいになった。熱々のコーヒーまであと一歩！

取っ手から手を放そうとして……できない。朝の空気で湿《しめ》っていた素手《すで》が、金属にしっかりはりついていた。

「痛《いた》いっ！」無理矢理《むりやり》はがそうとしたら、凍《こご》える手にヒリヒリと痛《いた》みが走った。それでもまだくっついて放れない。寒さのために、足もじんじんしてきた。長靴《ながぐつ》のなかではれあがり、黒ずんでいく足を想像する。歯が猛烈《もうれつ》な勢いでガチガチ鳴り、全部バラバラになってしまいそうだった。

おそらくわたしは、このうえない愚《おろ》かさのために命を落とした最初の入植者になるのだろう。春になって自分のガイコツが発見される、その光景を想像すると、とたんに行動に拍車《はくしゃ》がかかった。新たに力をこめて、手をねじり、ひっぱった。

「おはよう、ハティさん」若《わか》い声が呼《よ》んだ。「何やってるんですか？」チェイスが馬に乗って現れた。カールが幌馬車《ほろばしゃ》をひくのにつかっている馬の一頭に乗って、箱のような体型の大きな馬と、茶色に白の斑《ぶち》が入った雌牛《めうし》をひっぱってきた。

「あら、おはよう、チェイス」手がポンプの取っ手にくっついていなかったら井戸《いど》に飛びこんでいただろう。それくらいはずかしかった。「こまったことになったみたい」

チェイスはさっと馬をおりた。「うちの母さんは、古い手袋《てぶくろ》を取っ手に結びつけてるよ。冬のあいだはずっと」

「なるほど。それはすばらしいアイディアね、だけど……」最後まで言う必要はなかった。

チェイスは家のなかへ飛びこんでいき、ストーブの上にわずかばかり残っていたバケツの水をとってきた。ゆっくり、わたしの両手にかけていく。

「うっ！」いきなりの熱で、指のつけ根と関節のひとつひとつに痛《いた》みがつきあげてきた。取った手から両手が離《はな》れると、それをわきの下に入れて温める。「痛《いた》い」

チェイスがバケツを持ちあげ、わたしの腕《うで》をとった。「なかへ入ろう、ハティさん。温まらなきゃだめだよ」

ラードのバケツに倒《たお》れるようにしてすわりこみ、凍《こご》えてかたまって、なんの役にもたたない主人をよそに、八歳《さい》の少年がわたしの小屋のなかでせっせと働く。火をかきたて、コーヒーのポットを火にかけ、ヒゲちゃんのためにブリキの皿に牛乳《ぎゅうにゅう》を入れ、ストーブの貯水缶《ちょすいかん》をまたいっぱいにしようと、新たにバケツの水をくみに行く。

「朝食は食べた？」ようやくコーヒーを入れたマグカップを両手で包み、わたしはチェイスにきいた。

「うん、食べたよ」

「そっか、わたしはまだなの。もう一回食べない？」相手が答えるのを待たずに、店で買った物資のあいだにハンソンさんがはさんでくれた小冊子《しょうさっし》をさっとひらく。ロイヤル・ベーキング・パウダー・カンパニーが出している「戦時のとっておきレシピ」と題されたパンフレットで、小麦粉や卵《たまご》などを節約できる戦時中にぴったりの料理がのっていた。コーヒー・マグ二杯《はい》分のソバ粉をはかってボウルに入れ、ロイヤル・ベーキング・パウダー――アイビーおばさんは、これしかつかわなかった――をスプーン四杯《はい》と、塩をスプーン半分入れてかきまぜた。

「そこの棚《たな》にある牛乳《ぎゅうにゅう》を二缶《かん》とってくれる？」チェイスがとってくれた牛乳《ぎゅうにゅう》を、レシピに書かれているように、ソバ粉のなかにゆっくりと加えていく。

指をぺろっとなめ、油をひいてストーブの上で温めたフライパンにふれる。ジューッ。「よし、これでいい！」じんじんする指を口のなかにつっこんだ。わたしにできる料理といったら、このパンケーキぐらいだった。ふたつの皿に山のようにパンケーキが積みあがると、ふたりして食べはじめた。

体が温まって、お腹《なか》もいっぱいになったので、このへんでやめておこうと自分の皿を押《お》しやった。「そうそう、あなたのお母さん、ポンプの取っ手に手袋《てぶくろ》を結びつけてるそうね。またわたしがばかなことをするまえに、知っておくべきことが、ほかにもある？」こんな形でチェイスに教えてもらうことになっても、なぜだかみっともない気はしなかった。新しく来た隣人《りんじん》がまぬけであることをカールとペリリーに知られないよう願うばかりだった。

チェイスは得意になって先生役をこなし、入植者に必要な暮《く》らしの知恵《ちえ》を、あれこれ教えてくれた。「ジュニパーのたきつけは、節約してつかうんだよ」たきつけを保存《ほぞん》してある樽《たる》をのぞきこんだあとでチェイスが言う。「なかなか手に入らないからね」火の扱《あつか》いと家事に関する授業が終わると、チェイスはわたしを家畜小屋《かちくごや》に連れていき、バイオレットとプラグがそこに落ちつけるよう、手伝ってくれた。

「牛乳《ぎゅうにゅう》のしぼり方は知ってる？」チェイスがきいた。

「それだけは任せて」酪農《らくのう》を営む、またいとこのところで暮《く》らしたことがあった。「バイオレットはわがままだから」そう言って、チェイスが雌牛《めうし》のだだっ広い横腹《よこばら》をたたく。「しっぽに気をつけたほうがいいよ」

「わかった」

「チェスターおじさんが、うちにバイオレットの子牛をくれたんだ。それにぼくがバンビって名をつけた。グレンダイヴで一度、シカの赤ちゃんを見たことがあるんだ」

「それはすばらしい名前ね」そう言って、チェイスよりもおどおどした手つきで、バイオレットの体をぽんぽんたたいてやる。

プラグについても、「放牧馬で、自分のめんどうは自分でみられるよ」と、簡単《かんたん》に教えてくれた。「ハティ、ぼくはもう帰ったほうがいいや、でないと母さんが心配する」

チェイスが馬をつないでおいた庭へ、わたしもいっしょに出ていく。

「お礼はどうしたらいい？」チェイスの一家が、なんでもないことのように、わたしの世話をしてくれるのに、心を打たれていた。

「馬に乗るのに手を貸してよ」そう言ってチェイスは片足《かたあし》をあげた。

わたしが両手を組んでさしのべると、そこに足をかけて馬に乗った。「お母さんに、よろしく伝えてちょうだい」

「わかった」チェイスはぐるっと馬のむきを変えた。「朝食をごちそうさま、ハティ！」

それだけ言うと、わたしの頼《たよ》りになる八歳《さい》の騎士《きし》は去っていった。

まっすぐ家のなかに入り、手荷物をかきまわして古い手袋《てぶくろ》をひとつ見つけた。それを持ってまた外に出ていき、ポンプの取っ手に結びつける。

その夜、わたしのお祈《いの》りは感謝の言葉でいっぱいになった。

「チェイスとペリリーと、そしてわたしが学んだことに感謝します。ですが神様、それほど痛《いた》い思いをせずに学べるよう、お力を貸していただけたら、もっとありがたいことでしょう。アーメン」

ヒゲちゃんもアーメンのつもりで、ミャーと鳴いた。

5　農場生活のはじまり

一九一八年二月五日
モンタナ州、ヴァイダより北西へ三マイル

ホルトおじさんへ

　毎日何をしているのか、もっとくわしく教えてくれとのこと。こんなすごい生活をしているなんて、想像もつかないでしょう！　毎朝一番に、水をくんでこなければならず、それが終わると朝食を食べることを夢見ながら、プラグとバイオレットにえさと水をやります。これは生やさしいことではありません。シカゴの高層《こうそう》ビルのように、吹《ふ》きだまりの雪が高く積もっているのですから！　いまではそこまでたいへんではなくなりました。ヒゲちゃんとわたしで、家畜小屋《かちくごや》までの道を踏《ふ》みかためたからです。けれども最初の日は、一時間以上もかけて、雪をかきわけて進みました。このモンタナの冬がゴリアテ〔『旧約聖書《きゅうやくせいしょ》』に登場する人物。ダビデに石で殺されたペリシテ人《びと》の巨人戦士《きょじんせんし》〕で、自分がダビデのように思えるときがあります。聖書《せいしょ》の物語と同じように、最後はわたしが勝てることを祈《いの》るばかりです。

バイオレットの乳《ちち》をしぼったあとは、家畜小屋《かちくごや》を毎日掃除《そうじ》しなければなりません。寒いと、においはさほどきつくないと思うかもしれません。いいえ、そんなことはないんです。プラグは自分で自分のめんどうをみることができます。オート麦をひとにぎりやれば、あとは自分でえさを見つけて食べるのです。これほど頭のいい放牧馬は、ありがたいばかりです。

おじさんからもらった古いワークブーツは、これから永遠に重宝《ちょうほう》しそうです。大きすぎるんじゃないかと、おじさんは心配していたようですが、長靴下《ながくつした》をはいた上に新聞紙を巻《ま》きつけてからはくので、みごとにぴったりです。これがなかったら、春が来たときに、わたしの爪先《つまさき》はわずかも残っていないことでしょう。

ハティ・アイネズ・ブルックスより

ホルトおじさんへの手紙を書きおえたあとで、チャーリーの手紙に追伸《ついしん》を書きくわえた。

「ウルフ・ポイント・ヘラルド」で、こんな文章を見つけました。だれが書いたのか知らないけれど、あなたもこれを読んで仲間たちと笑ってください。

「わたしの火曜日は肉ナシ、わたしの水曜日は小麦ナシ、わたしの毎日はどんどん食料ナシになっていく―― わたしの家は熱ナシ、わたしのベッドはシーツナシ―― 全部キリスト教青年会に行ってしまった。酒場では、ごちそうナシ、コーヒーは砂糖《さとう》ナシ、そうしてどんどん貧しく、賢《かしこ》くなっていく。わたしの長靴下《ながくつした》は足ナシ、わたしのズボンは尻《しり》ナシ、ああ、カイゼルのく＊ったれ！」

家にいられるわたしたちの苦労は、あなたたちのそれとはくらべようもありませんが、それでもこうして笑って乗り切っているんですよ！

小麦をはじめ、足りないものだらけのクラスメイト、ハティより

二通の手紙に封《ふう》をしてから、急いで朝の仕事にかかる。着られるものはすべて着こんで、一歩ドアの外へ踏《ふ》みだしたとたん、氷のかたまりになってしまうことを忘《わす》れない。アイオワにいるときは、わたしの唯一《ゆいいつ》の自慢《じまん》だった、すべすべの手と顔。それがいまは見《み》る影《かげ》もなかった。高級なポンズのコールドクリームをいくら塗《ぬ》っても、あかぎれの頬《ほお》や鼻はどうしようもなく、いまではそれが、誇《ほこ》らしい入植者の証《あかし》になっていた。

ヒゲちゃんといっしょに、雪をかきわけるようにして家畜小屋《かちくごや》まで行く。どうして家からこんな離《はな》れたところに家畜小屋《かちくごや》をつくったのか、チェスターおじさんを恨《うら》んだことも、一度ならずあった。そうやって、苦労して歩いていると、そりの鈴《すず》の音がクリスマスのように聞こえてきた。ペンキを塗《ぬ》ったそりをひと組の灰色《はいいろ》の馬がひっぱっている。

「やあ、お隣《となり》さん、元気でやってるかい？」雄鶏《おんどり》ジムが大きな声であいさつをしてきた。たとえ仕事の真っ最中であろうと、こういうときは相手を呼《よ》びいれなければならないのがモンタナ流らしい。「コーヒーがはいってますよ」わたしは声をかけた。

雄鶏《おんどり》ジムは馬たちに何やら小声でささやいている。馬は二頭とも、背中《せなか》からもうもうと湯気をあげながら、頭をふって足を踏《ふ》みならした。「ヴァイダにむかう途中《とちゅう》なんだ。今日は遠慮《えんりょ》しとくよ」

「美しい馬ですね」わたしは言った。「毛の色がめずらしい」

「だろう」雄鶏《おんどり》ジムがにやっとする。「トラフト・マーティンをくやしがらせておきたいから、売らないんだ。このあたりで一番かっこいい馬に鞍《くら》を置いてるってのが、やつの自慢《じまん》だからな」

声の調子から、雄鶏《おんどり》ジムはトラフト・マーティンをやきもきさせるのが、うれしいのだとわかる。まだわたしはその人物とは会ったことがなかった。ペリリーから聞いた話では、彼《かれ》とその母親――ハンソンさんの店にいた黄色い絹《きぬ》の女性――は、このあたりで一番大きな牧場を経営しているらしい。わたしが払《はら》い下《さ》げを請求《せいきゅう》している農地の、北東の境界に、かしいだMの文字がつきだしていた。

「この天候はどうだい？」雄鶏《おんどり》ジムがきいた。

「そうね、冬が早く終わってくれればと思うわ。ここの春はきっとすばらしいんでしょうね」

すると相手はカラカラ笑った。「ああ、春がすばらしいってのは、ほんとうだ。あんたが泥《どろ》を好きならね。夏なんか、もっとすばらしいよ、地獄《じごく》の暑さが気にならないって言うんなら」わたしの顔に、うんざりした表情が浮《う》かんだにちがいない。雄鶏《おんどり》ジムがにやっとして、鼻をひくひくさせてこう言った。「昨日チヌークが吹《ふ》きわたったから、いくらかあったかくなるはずだよ」わたしの顔を見て、なんのことだかわかっていないと判断して説明する。「ときどき冬のさなかに吹《ふ》いてくる、あったかい風だよ」

「チヌーク」この言葉は覚えておいて、ホルトおじさんに教えないと。それに雄鶏《おんどり》ジムのことも。

「なあハテイ、チェスターとオレのあいだには、取り決めがあったんだ」

「え、そうなんですか？」胸《むね》が少し重たくなった。どんな取り決めだろう？　わたしもそれを受《う》け継《つ》がないといけないのだろうか？　ここまで旅をしてくるのと、必要なものをそろえるので、わたしの蓄《たくわ》えはもう少ししかなかった。

雄鶏《おんどり》ジムはポケットから大きな青いバンダナをひっぱりだし、ものすごい勢いで洟《はな》をかんだ。バンダナをはずしたとき、まだ顔に鼻がくっついているのが不思議なくらいだった。

「そうだよ。チェスでオレを勝たせるかわりに、オレがチェスターの手紙をヴァイダの郵便局《ゆうびんきょく》まで持っていって出してきてやるんだ」

わたしはあっけにとられた。「だけど、エブガードさんのところでも言ったように、わたしはチェスを知らないんですよ」

「願ったりかなったりだ。それなら負けるように教えるのはワケないからな」自分の冗談《じょうだん》にお腹《なか》をかかえて笑ったところを見て、クレメント・ムーアの古い詩「クリスマスのまえの晩《ばん》」に出てくる聖《せい》ニコラスを思いだした。サンタクロースをもっとみすぼらしくした感じに似ている。

「そうだ、ちょうど出そうと思ってた手紙が……」

「なら持っといで。待ってるよ」

くるっとむきを変えて急いで家へもどり、ブーツもぬがずに飛びこんだ。もどりがけに、チェスターおじさんが巻《ま》いておいたロープにつまずきそうになった。それを隅《すみ》へ蹴《け》る。チャーリー宛《あて》とホルトおじさん宛《あて》の手紙を雄鶏《おんどり》ジムに渡《わた》した。

「なるほど」相手はわかったような顔でうなずいた。「恋人《こいびと》はふたりか。そいつはいい。両方に気をもませようってわけだ」

ありがたいことに、すでに寒さで頬《ほお》が赤くなっていたので、はずかしさで顔が真っ赤になったのは気づかれずにすんだ。「ちがいます、恋人《こいびと》なんかじゃないわ」

雄鶏《おんどり》ジムはまた笑いころげた。「みんな口ではそう言うのさ!」馬の背《せ》を、手綱《たづな》でぴしっと打った。「近いうちに、チェスを教えにくるよ」馬が陽気な鈴《すず》の音をたてながら出発した。

「ホント、おもしろいご近所さんだと思わない?」わたしがきくと、ヒゲちゃんがミャウと小さく答えた。

それからふたりで急いで家畜小屋《かちくごや》へもどり、プラグとバイオレットの世話をする。せまい家《か》畜小屋《ちくごや》ではあるけれど、家畜《かちく》が二頭に、干《ほ》し草《くさ》の俵《たわら》が数個、予備の部品と熊手《くまで》一本が収《おさ》まっている。これまでわたしは家畜《かちく》とはあまり縁《えん》のない生活をしていた。忠実《ちゅうじつ》な放牧馬であるプラグは、数々のわたしの失敗を全部許してくれた。ひょっとしたら、なんでもわたしよりうまくやれるのに、そんなことをおくびにも出さないようにしているのかもしれなかった。わたしのやるわずかなえさをむしゃむしゃ食べたあとで、毎日自分でえさをさがしに行く。

バイオレットはそれとは大ちがいだった。プラグが日々示すやさしさのひとつひとつに対抗《たいこう》して、わがまま勝手をするのが牛の役目だと思っている。最初の一日で、彼女《かのじょ》から目を離《はな》してはいけないと思い知った。あのしっぽが、冬の寒さで凍《い》てついたわたしの顔をたたきまわし、鉄条網《てつじょうもう》でひっかかれたような痛《いた》みをあたえる。バケツのなかに乳《ちち》が満杯《まんぱい》になるころを見はからって、後脚《あとあし》で蹴《け》ってひっくりかえすのを何よりの楽しみにしている。

「あんた、シチューにするには肉がかたすぎてよかったわね」ある朝、バイオレットが、またお気に入りのいたずらをしたので、わたしはおどすように言ってやった。かっとなってお尻《しり》をぴしゃりとたたき、ひっくりかえってからになったバケツを起こす。わたしに新鮮《しんせん》な牛乳《ぎゅうにゅう》を提《てい》供《きょう》してくれる、ただ一頭の雌牛《めうし》というのでなかったら、最初の日にさっさと追いだしていただろう。それも喜んで。

「痛《いた》いっ！」バイオレットのしっぽが顔に飛んできた。まるでわたしの心を読んで、意地悪なことを考えたお仕置きをしてきたようだった。こちらももう一度ぴしゃりとたたいて、モンタナへ来る汽車のなかで覚えた下品な言葉をぶつける。ここなら、わたしの言葉を聞いて目をまわしそうになるアイビーおばさんもいないし、正直なところ、バチあたりな言葉をときどきさけんでみるのは、いらいら気分を発散する何よりの方法だった。

家畜《かちく》小屋《ごや》の仕事がすむと、プラグとバイオレットを外に出した。

雄鶏《おんどり》ジムが言ったように、数日まえに吹《ふ》きわたったチヌークが大平原を温めていた。ある一画では、もう春だと思ったのか、気の早い草が冷たい地面から顔を出していた。たいしたことはないものの、わずかな気候の変化に、馬も牛も満足そうだ。

さて次は、家へ体をむける。月曜日は洗濯《せんたく》をすると決めてあった。昨夜のうちに、桶《おけ》ふたつの水に衣類をつけておき、朝食を食べるまえに、洗濯用《せんたくよう》の煮釜《にがま》をストーブにのせ、井戸《いど》からやかんで何度も水をくんでいっぱいにしておいた。午前中ずっと火にかけてあったので、ほぼ煮《に》え立《た》っている。この近所に、洗濯《せんたく》の仕事をうけおって、お金をもらえる独身男性が二、三人いるとペリリーから聞いていた。雄鶏《おんどり》ジムもそのひとりだが、彼《かれ》の洗濯物《せんたくもの》に立ちむかう気があるかと言われれば、それはわからない。

白い衣類はしばらくストーブの上で煮《に》立《た》たせておく。熱い湯をパンの焼き型にいくらかそそぎ、なかに洗濯板《せんたくいた》を立てかけ、かたまりから切りとったせっけんでこすりだす。ごしごし洗《あら》って、じゃぶじゃぶすすぎ、ぎゅっとしぼる。全部を洗《あら》いおわり、白物の最後の一枚《まい》をゆすいでしぼりおわったときには、両手が赤むけたようになって、背中《せなか》が猛烈《もうれつ》に文句を言っていた。それでもまだ干《ほ》す作業が残っている。そのまえに手袋《てぶくろ》をはめる。手袋《てぶくろ》をはめた手で、洗濯物《せんたくもの》をロープにとめていくのは、やりにくくてしかたないが、素手《すで》でやったら指がガチガチに凍《こお》ってしまう。

毎日お決まりのたいくつな仕事をするあいだは、神様とおしゃべりをして気をまぎらすことにしていた。それにはかならず感謝の言葉で始めようと自分に決めてある。そのため、いつまでたっても始められないことがあった。洗濯《せんたく》かごのなかからペチコートを一枚《まい》とりあげる。

「神様、あたたかな風と春のきざしをもたらしてくださって、ありがとうございます」そう言って、ペチコートをとめる洗濯《せんたく》バサミをもうひとつとろうと腰《こし》を曲げる。「それに、わたしの洗濯物《せんたくもの》が少ないことにも感謝します」ここでペリリーのことを考える。あの家では五人分の洗濯《せんたく》をしないといけない。「とりわけ洗濯物《せんたくもの》のなかにおしめが一枚《まい》も入っていないのは、ほんとうにありがたいことです」それは考えただけでぞっとした。「こんなふうに、わたしはいつでも暮《く》らしのよい面に目をむけるようにしています。それでもバイオレットについては、どうしても聞いていただかなければなりません。あれはもう雌牛《めうし》というより悪魔《あくま》です」

雪の上に立つわたしの足もとにヒゲちゃんがじゃれつき、洗濯《せんたく》かごからこぼれた洗濯《せんたく》バサミをはたき飛ばした。ここに着いたばかりのころは、チャンスがあれば、いつでも家のなかへ飛びこんでいく猫《ねこ》だった。それがいまではネズミのおかげでまるまる太っているうえに、毛もふさふさしており、ほとんど毎日のように喜んで外で遊んでいた。

「ほらほら、ヒゲちゃん」手をのばして、耳のうしろをかいてやる。

「イエオウ！」わたしから、ぱっと離《はな》れて背《せ》を弓なりにした。

「どうしたのよ？」ヒゲちゃんは低くしゃがみこみ、不気味な警戒《けいかい》のうなり声をあげている。かたい頭に耳がぺたんとはりついていた。

わたしは庭に目を走らせるものの、ヒゲちゃんをおびえさせているようなものは、どこにも見あたらなかった。「ほらほら、ヒゲちゃん。何もこわいことないわよ」

うなり声がさらに大きくなった。「もうやめなさいって」こんなヒゲちゃんを見るのははじめてだった。「こっちまで、ビクビクしてきちゃうじゃないの」背《せ》すじに汗《あせ》がつーっとしたたり落ちた。自分の声で、ヒゲちゃんともども自分を落ちつかせるように、わたしはしゃべりつづける。

「ほら、だいじょうぶ。だいじょうぶだって」言いながら近づいていくと、ヒゲちゃんは宙《ちゅう》に飛びあがり、フーッとうなり声をあげて家畜小屋《かちくごや》の下にもぐりこんだ。

「いったいなんなの？」そして、それが見えた。オオカミが一頭、足音をしのばせて、くぼ地をこそこそ進んでいる。ほっそりした新鮮《しんせん》な草を食後のデザートに食べるバイオレットをねらっている。恐怖《きょうふ》に喉《のど》をしめつけられて、警告《けいこく》しようにも、しゃがれ声しか出てこない。バイオレットのいるところまで聞こえるわけがなく、たとえ聞こえたとしても、あのへんくつな性格では、がんとして動かないだろう。

　わたしは凍《こお》った地面を踏《ふ》みならした。「そら、そら！」喉《のど》をしめつけていた恐怖《きょうふ》の指がようやくゆるみ、大きな声が出てきた。「バイオレット！」

　オオカミはひるみもしない。

「逃《に》げるのよ、バイオレット！　何やってんの、早く！」声をかぎりにさけんだ。思考に必要な脳《のう》の一部が、恐怖《きょうふ》でちりちりに焼けてしまったにちがいない。気がつくと、わたしはオオカミに突進《とっしん》していた。このときもし自分の姿《すがた》を見ていたら、わたしだって泡《あわ》を食って逃《に》げていただろう――かかしさながらのかっこうをしながら、バンシー〔女の姿《すがた》をした妖精《ようせい》。泣《な》きさけんで、その家にやがて死人が出ることを予告する〕のようにさけんでいたのだから。

　オオカミの頭のなかにあるのはひとつだけ――ごちそうだ。わたしのほうにちらりとも目をむけず、後脚《あとあし》と腰《こし》を高々とあげて頭を低く落とし、飛びかかる機をうかがっている。

　バイオレットは新鮮《しんせん》な草のおいしさに酔《よ》っているのか、命の危険《きけん》が迫《せま》っていることに、おめでたくも気づいていない。もっと食べようと、また一歩踏《ふ》みだした。

　ホルトおじさんの古いワークブーツで、かたまった雪の上をどたどた進みながらも、わたしはかなり早く峡谷《きょうこく》の川岸に着いた。ひとあばれしてやったことで、さすがのオオカミも、わたしのほうに注意をむけた。

「あっちへ行って！」わたしはオオカミにむかってさけんだ。

するとバイオレットのほうが長い舌をつきだして鳴いた。「ルーーー！」

オオカミが音をたてずにまえへ踏《ふ》みだし、わたしの雌牛《めうし》に飛びかかった。

バイオレットは驚《おどろ》いて鼻を鳴らした。はじかれたように頭を動かし、オオカミが自分のしっぽにしっかり食《く》らいついているのを見た。まぬけな雌牛《めうし》は、自分の出せる精いっぱいの力で雪のなかを駆《か》けだした。

「放しなさい！」わたしは帽子《ぼうし》をぬいで自分の腿《もも》にたたきつけた。

びっくりして、オオカミがバイオレットのしっぽを放した。

「走るのよ、バイオレット！」わたしはバター攪乳器《かくにゅうき》のように、めちゃくちゃに両腕《りょううで》をふりまわした。「逃《に》げて！」

オオカミはショックから立ちなおり、バイオレットのしっぽにまた食《く》らいついた。わたしは無我夢中《むがむちゅう》で、投げるものをさがす。チヌークが、斜面《しゃめん》のてっぺん近くに広がる石だらけの地面を露出《ろしゅつ》させていた。そこからできるだけ大きな石を拾い、オオカミにむかって投げだした。

わたしがアイオワ州フェイエッテ郡一のピッチャー、チャーリー・ホーリーからピッチングを教わったことをオオカミは知らない。投げた石のひとつがオオカミの尻《しり》に命中し、もうひとつが首にあたった。それでもオオカミは逃《に》げない。バイオレットのしっぽをぐいぐいひっぱっている。

これで最後とばかりに、石に手をのばす。とどめを刺《さ》すのだ。わたしは石を投げた。

「キャン！」オオカミが吠《ほ》え、くるっと方向を変えて一目散に逃《に》げだした。口のあいだからバイオレットのしっぽが、ずいぶんな長さでぶらさがっていた。

バイオレットに追いついたときには、わたしのほうはすっかり凍《こご》えていた。太い革《かわ》の首輪をつかむと、バイオレットが迷子の子牛のように泣きわめきだした。食いちぎられて短くなったしっぽが、お尻《しり》の先でぴくぴく動いている。それがあの、むちのようなしっぽのなれの果てだった。

「まったくもう、バイオレットったら！」それまでの恐怖《きょうふ》が涙《なみだ》に変わり、ほっとして笑いだしてしまった。「アイビーおばさんの言ったとおりね。神様は思いがけない形で手をさしのべてくださるって」

オオカミとわたしは、ともに今回のことで得をしたようだった——オオカミはちょっとしたおやつを手に入れ、わたしはバイオレットの性悪《しょうわる》なしっぽから救われた。

どろどろになった帽子《ぼうし》を拾いあげ、バイオレットを家畜小屋《かちくごや》へもどし、いつもより多めの干《ほ》し草《くさ》をあたえて気を静めてやる。食いちぎられて赤むけになったしっぽの残りを見てみると、血がにじんでいた。手当てが必要なのはわかっていても、どうすればいいのか、わたしにはさっぱりわからない。清潔な布切れをきつく結んでやると、血はとまったようだった。自分の雌牛《めうし》を失うことを考えたら、もう笑ってなどいられず、おそろしいばかりだった。

やはりだれかに助けてもらうしかない。わたしはプラグに口笛を吹《ふ》いて背中《せなか》に乗った。雪の吹《ふ》きだまりのなかをとぼとぼ進んで、ペリリーの家へむかう。訪《たず》ねるのは今日がはじめてだったが、雄鶏《おんどり》ジムがそりで通ったばかりだから、ヴァイダまでそのあとをつけていけばいい。プラグのほうはもう慣れているらしく、近づくにつれて足が速くなる。

「さあ、どうぞどうぞ」ペリリーが手をふって、あたたかい家のなかに招き入れてくれた——ちゃんとした家で、ドアがふたつに、寝室《しんしつ》と客間がひとつずつある。ペリリーが肉厚の白いマグカップを持ってきた。「血が凍《こお》りそうになってるでしょ」そう言って、すわるように手で示す。「ほら、一杯《ぱい》のコーヒーで万事解決《ばんじかいけつ》」

「雌牛《めうし》のしっぽ、どうしたらいいかしら?」マグカップを受けとり、痛《いた》む手を温めてから、今朝の災難《さいなん》についてペリリーに話してきかせた。

ペリリーは大声で笑った。「それはなんとしてでも、自分の目で見たかったわねえ」それから今度は小さな声でくすくす笑う。「チェスターが知ったら、きっと大喜びしたと思うわ。とうとうバイオレットも、当然の報《むく》いを受けることになったって」

「傷《きず》が心配なの」わたしは言った。

「カールならわかると思うけど、留守なのよ」ペリリーはコーヒーのカップをおろした。「あたしの父親は、赤砂糖《あかざとう》にクモの巣をまぜて湿布剤《しっぷざい》をつくってた。だけどこの厳《きび》しい寒さのなかじゃ、クモの巣なんてどこで見つければいいんだか。小麦粉を練ったものとハトロン紙でもいいと思うけど」

「冬のこんなときに、いったいカールはなんの作業をしてるの？」言いながら、ぶるっとふるえた。「洗濯物《せんたくもの》を干《ほ》してきたけど、とり入れるころにはもう凍《こお》ってるでしょうね」

リンゴ箱でつくったベッドのなかで、ファーンが小さな泣き声をあげた。ペリリーがそちらへ行って背中《せなか》をぽんぽんたたき、なだめてやる。

それから棚《たな》の新聞をわたしに持ってきた。「作業じゃないの」

新聞の見出しに、「在留敵国人に登録の義務」という文字がでかでかと書かれていた。

本指示と提言は、モンタナ連邦執行官《れんぽうしっこうかん》の事務所を通じて司法省から送られてきたもので、敵国ドイツ出身の十四歳《さい》以上の全男性が対象である。登録をすますべき日時は、一九一八年二月四日から九日の午前六時から午後八時まで。州内の大都市九つをのぞき、各地区の郵便局長《ゆうびんきょくちょう》を登録係に定めるものとする。

「わけがわからない」わたしは新聞を置いた。

ペリリーはコーヒーのマグカップをとりあげたが、飲まなかった。両手で包んだカップを前後にゆらしている。「カールはいまごろヴァイダの郵便局《ゆうびんきょく》で登録をしてる」

「カールが？　敵国人って、どういうこと？」

「ドイツで生まれたから」

わたしはまた新聞に目を落とした。「きっと、何か理由があるにちがいないわ、ペリリー」

ペリリーがわたしの目を見すえた。「隣人《りんじん》をこんなふうに扱《あつか》うのに、どんな理由があるって言うのよ。カールみたいな人間が、どうしてこんな扱《あつか》いを受けなきゃいけないの？」

ホルトおじさんが読んで聞かせてくれた新聞記事のことをあれこれ思いだした。飢饉《ききん》にあえぐベルギー人や、戦争の残酷《ざんこく》さを伝えるおそろしい記事のことを。信じられないような話ばかりだった。しかしそういうことの責任はドイツ人兵士にあるのであって、わたしたちの知っている人間ではない。

「わからないわ。だけど何も理由がなかったら、こんなことしないでしょ？」どうしていいかわからなくなって両手を広げた。「ちがう？」

ガチャン。ペリリーがコーヒーカップを乱暴《らんぼう》に置いた。「登録に、まったくお金がかからないことをありがたく思うべきね」目をごしごしこすった。「それでもきっと、なんらかの代償《だいしょう》を払《はら》うことになる。トラフト・マーティンと彼《かれ》の郡国防会議が、放《ほう》っておかない」

ファーンがまたむずかりだした。「あらあら、あたりちらした罰《ばつ》ね」ペリリーが片手《かたて》をわたしの手にのせた。「ごめんね、ハティ。ときどき無性《むしょう》に腹《はら》が立っちゃって。あなたが悪いわけじゃない」

今度はわたしがペリリーの手に自分の手をのせた。「それくらい、わたしはぜんぜん平気。なんてったって、あのアイビーおばさんに鍛《きた》えられてきたから」

それを聞いて、ペリリーの顔に笑《え》みが広がった。「雌牛《めうし》のところへもどってやったほうがいいわ」そう言って、赤んぼうを抱《だ》きあげる。

「そうする」わたしはコーヒーを飲みほした。

「練り粉をつくる小麦粉はある？」ファーンをゆらしながらペリリーが言った。「なければ、いくらか分けてあげられるわよ」

ショールを巻《ま》いていたわたしの手が、途中《とちゅう》でとまった。「たっぷりあるわ」

ペリリーはなんでもわたしのためにしてくれる。いや、相手がだれであろうと。それはカールも同じだった。そういう事実は、どこで登録すればいいのだろう？

「何もまずいことにはならないわよ」カールのことを言ったのであって、バイオレットのことではないとわかってほしかった。

「そう願いたいわ」ペリリーはファーンの背中《せなか》をたたき、それから首を縦《たて》にふった。「小麦粉には、砂糖《さとう》をいくらかまぜてやる。しっぽに塗《ぬ》りたくって、上からハトロン紙で包むの。あとはしばって、そのまま一週間置いておけばいい」

「ありがとう」

ファーンの背中《せなか》をペリリーがたたき、ペリリーの背中《せなか》をわたしがたたいてから、ショールにしっかりくるまって外へ出た。

プラグの背中《せなか》でゆられながら、胸《むね》に不安がわきあがってくる。このあいだは、シュトルーデルで、今度は、この登録。戦争が起きているのはヨーロッパであって、ここじゃない。だれがどこで生まれたか、なぜそんなことで大騒《おおさわ》ぎしているんだろう？　大事なのは、その人が生きる場所ではなく、どう生きるかでは？　ヒゲちゃんがつかまえたネズミをなぶるように、いつまでも同じ考えをいじくりまわしたせいで、家に帰るまでのあいだずっと吹《ふ》きつけていた、身を切るような風もほとんど感じなかった。

6
嵐《あらし》

一九一八年二月十四日
モンタナ州、ヴァイダより北西へ三マイル

チャーリーへ

あなたの軍隊に入っても、わたしはなんとかやっていけそうな気がします。どんなに気温がさがっていようと、つねにあたたかくしていられる名人になりました。ペリリーの家の温度計は、先週、マイナス五十四度を記録したそうです。隣人《りんじん》のひとり、ダーフェイさんは、ウルフ・クリークで厚さ十八インチ（約四十五センチ）の氷を切りとっています。けれどもわたしの土地（ああ、こうやって書いているだけでうれしい）のまわりでは、雪はいくつもの美しい小山をつくっています。ときどきほんとうに、おとぎの国にいるような気がします。

数日まえ、ペリリーと子どもたちがやってきました。チェイスとマティはわたしの洗濯用《せんたくよう》のバケツをすりへらして穴《あな》をあけそうでした。雪山のひとつが家畜小屋《かちくごや》の屋根と同じぐらい高くなったので、ふたりともてっぺんまでのぼり、バケツにお尻《しり》をつっこんで、何度も何度もすべりおりたのです。ようやく家のなかに入ったときには、ふたりとも小さな爪先《つまさき》が紫色《むらさきいろ》になっていました。

マティの爪先《つまさき》はヒリヒリ、カユカユになって、「あたし、チモヤケになっちゃった？」と、かわいらしい声に心配をにじませてききました。それでマティの足をお湯につけてやり、〝チモヤケ〟になるのを防ぎました。マティはちっちゃなカササギちゃんと、ペリリーからそう呼《よ》ばれていますが、その呼《よ》び名《な》が手袋《てぶくろ》のようにぴたりとはまる女の子です。みんなでポップコーンをつくり、『宝島《たからじま》』のなかから、ある章を選んで、わたしが読んであげました。チェイスが目をきらきら輝《かがや》かせて聞いているところを、あなたに見てもらいたかったです。

あなたにピッチングを教えてもらったことを、バイオレットとわたしは永遠にありがたく思うでしょう。あの場面、ほんとうに見せたかった。お腹《なか》をすかせたオオカミが、バイオレットをねらったのですが、彼女《かのじょ》の気の強さと、わたしのコントロールのいい腕《うで》のおかげで、いまでも毎朝、新鮮《しんせん》な牛乳《ぎゅうにゅう》を飲むことができます。おまけにわたしは、東モンタナで一番ぶかっこうな、しっぽのない雌牛《めうし》を飼うことになりました。きっといつか、あなたに会わせることができるでしょう。

やらなければならないことが、ここには山ほどあるというのに、残る時間はあとたったの九か月。春にならないと、ほんとうの仕事を始められないのですが、かといって春を急がせるわけにはいきません。それでいまは、種のカタログによだれをたらしつつ、柵《さく》のつくり方について、しっかり勉強しています。それからチェスのやり方も。ただし雄鶏《おんどり》ジムとの対戦では、まだその効果はあまり出ていません。変わった人だけど、ジムはとても親切です。これまでに二度も、わたしをそりに乗せ、一番近いヴァイダの町（町というより、地図を針《はり》でつっついた点といったほうがいいぐらい！）まで連れていってくれました。ここからヴァイダまで三マイル〔約五キロ〕の道のりは、春が来れば心地《ここち》よい散歩コースになりそうです。いまは手近の新聞を片《かた》っぱしから読みあさっています。ペリリーとジムがくれるので、新聞はいつでも切れることがありません。戦争のニュースと、当然ながら、邪悪《じゃあく》なドイツ兵の記事がたくさんのっています。でもねチャーリー、カールが敵国人として登録しなければならないと、ペリリーにそう言われて、とても妙《みょう》な気がしました。そう、彼《かれ》はドイツ生まれ、でもカールはカールであって、赤んぼうを銃剣《じゅうけん》で刺《さ》すドイツ兵ではありません。あなたがここにいたら、説明してくれたでしょうね。まえによく、文章を図解する方法を教えてくれたように。

ペリリーのシュトルーデル、あなたにひとつ送ることができたらいいのに。ペリリーなら、お菓子《かし》づくりコンテストで、ミルドレッド・パウエルをきっと打ち負かせるわ！

あなたの旧友
ハティ・アイネズ・ブルックスより

汽車が走ってくるような轟音《ごうおん》。それが吹《ふ》き荒《あ》れる風の音だと気づいて、書いていた手紙から顔をあげた。ベッドのなかでぶるぶるふるえる。

「こういうときは、外に出る気はしないよね？」ヒゲちゃんは答えるかわりに、キルトの奥深《おくふか》くへもぐってしまった。どんな天候であろうと、毎日やらなければならない仕事があった。ベッドから飛びおりて、ストーブの横にかけてあるヴァイダ国法銀行のカレンダーをちらっと見る。

「今日はバレンタインデー！」コーヒーをわかしているあいだに乳《ちち》しぼりをする。「チャーリーに送ったカード、ちゃんと届《とど》いたかしら」ミルドレッドは、きっと甘《あま》ったるい言葉を山ほど書いたカードを送ったにちがいなく、だからわたしは、ヴァイダにある芝土《しばつち》づくりの、バブ・ネフツカー郵便局兼雑貨店《ゆうびんきょくけんざっかてん》の店で、安いカードのなかから一番おもしろいのをさがした。故郷《こきょう》からあんなに遠く離《はな》れているのだから、声をあげて笑うのが一番だと思った。

ひとつしかない窓《まど》から外をのぞくと、灰色《はいいろ》のフランネル地をぐしゃぐしゃにしたような空が目に飛びこんできた。こんこんと降《ふ》る雪のなか、家畜小屋《かちくごや》の輪郭《りんかく》がなんとか見分けられる。どんな状況《じょうきょう》であろうと、毎日の仕事はすませなければならない。わたしはオーバーをしっかり着こんで、家畜小屋《かちくごや》にむかってとぼとぼ歩きだした。プラグを放牧するかどうか、迷うところだった。しかしプラグはこれまで、雪を器用にひっかいて、その下にあるやわらかな草を見つけだしていた。それにプラグとバイオレットの両方を冬じゅう食べさせていけるだけのえさもなかった。うしろめたさから、オート麦をいつもより多くあげてから、家畜小屋《かちくごや》のドアをあけてプラグを外に出した。それから、わがままな雌牛《めうし》に、えさと水をやり、乳《ちち》をしぼった。

「だいじょうぶよ」そう言ってバイオレットのぴくぴくする横腹《よこばら》をたたいてやる。バイオレットはまえにうしろに、うしろにまえに動き、なんとも悲しそうな声で鳴いて落ちつかない。

「いったい、どうしたの?」あとでチェスターおじさんの本のなかから、畜産学《ちくさんがく》について書かれたものをさがそう。病気で失うために、このやっかいな雌牛《めうし》をわざわざオオカミから救ったわけではなかった。

「モーーーオオ」また鳴き、茶色の目をぐるんとまわす。しっぽはきれいに治っていて、鼻の湿《しめ》り気《け》もちょうどいいし、乳《ちち》の量も申し分なかった。きっと病気ではないのだろう。それでも何かが気になって落ちつかないのはまちがいなかった。

牛乳《ぎゅうにゅう》の入ったバケツを持ちあげて、外へ一歩踏《ふ》みだしたところで、それがなんなのかわかった。それまで吹《ふ》いていた身のしまるような風が、かんしゃくを起こして爆発《ばくはつ》していた。頭のまわりを風がぐるぐる吹《ふ》きまわり、肺《はい》から生気を吸《す》いとられそうだった。まともに息ができない。

「プラグ！」風にむかってさけんだつもりが、自然はその言葉をそのまま、わたしの喉《のど》に押《お》しかえしてきた。また強い風がびゅんと吹《ふ》いてきて、危《あや》うく倒《たお》れそうになる。プラグならこの嵐《あらし》をどうやって切《き》り抜《ぬ》けるか、わかっているはずだ。わたしは家にもどらないといけない。

凍《こお》るような雪が頭と肩《かた》をめった切りにする。数週間のあいだ、つまずくことしかなかった、チェスターおじさんの置きっぱなしにしたロープが、戸口を入ってすぐのところにとぐろを巻《ま》いていた。しまう場所がなくて、結局出しっぱなしにしてあった。そのつかい道がようやくわかってきた。片方《かたほう》の端《はし》を家に、もういっぽうの端《はし》を家畜《かちく》小屋《ごや》に結びつけるのだ。猛吹雪《もうふぶき》が一日以上もつづくとしたら、バイオレットの世話をしに家畜《かちく》小屋《ごや》へ行くには、何かつかまるものが必要だった。

牛乳《ぎゅうにゅう》のバケツを家のなかに入れて、ロープをつかみあげた。チェスターおじさんはすでに家の正面に大きな鉄の輪をとめつけてあった。まだ夢見心地《ゆめみごこち》だったころは、春になったらそこに、豊作を祈願《きがん》してタチアオイでも結びつけるものと思っていた。ロープのかたい巻《ま》きをほどき、片端《かたはし》をひっぱりながら、家畜《かちく》小屋《ごや》に苦労してもどっていく。息を整えようとするたびに、その息を怒《おこ》った風にひったくられる。パニックで胸《むね》が苦しくなるものの、自分にむち打ってなんとかまえへ進んでいく。まつげにつららがさがる。目を閉《と》じることができない。あいたまま凍《こお》ってしまったのだ。目はあいていても、視界《しかい》ははっきりしない。凍《い》てつく風が、バイオレットのしっぽよりも意地悪く、わたしをたたき、ひっかいていく。雪の上、片方《かたほう》の足をまえに出し、そのまえにもういっぽうの足を置いていく。

わずかずつ、苦労して家畜小屋《かちくごや》へ進んでいきながら、助けを求めて祈《いの》りを唱えた。「神様、わたしひとりでは乗り切れません」しかし助けはやってこなかった。自分ひとりでなんとかしないといけないのだ。凍《こお》るような空気を吸《す》って、呼吸《こきゅう》が乱《みだ》れる。やりとげなければいけない。道をつくらなければならない。雌牛《めうし》を失ったらどうするのだ。そう考えたら、あともう少しと、最後の数歩に力がこもった。そうして、ようやくのことで家畜小屋《かちくごや》にたどりつき、肩《かた》を大きく上下させ、すすり泣くようにして息を吸《す》った。顔は赤むけになっていた。ほっぺたからしたたり落ちる血が、舌にしょっぱく感じられる。ショールで顔を包む。薄《うす》っぺらな防御《ぼうぎょ》でも、これでずいぶんちがう。

手袋《てぶくろ》をはめた両手では、ロープを結びつけるのは難《むずか》しかった。しかたなくはずしたところ、まるで氷河のなかに手をつっこんだような感覚に襲《おそ》われた。あらゆる関節に一気に走った痛《いた》みに、思わずのけぞった。

「ほら、ほら頼《たの》むわよ」指が自分のものではないように思えた。まるで手の先についた木の棒《ぼう》みたいに、血も通っていない。「かぶせて、くぐらせる。そしてぎゅっとひっぱる」もう少しで結べるという瞬間《しゅんかん》、ヒューッと吹いてきた風《ふ》につきとばされ、ひざをついてしまう。何度も何度も、立ちあがった。そうやって、もう何時間もたったかと思えたころに、ようやく結べた。

両脚《りょうあし》はもうよれよれで、ロープにぐったりよりかかるようにして、左手の先に右手を出し、右手の先に左手を出しというように、交互《こうご》にロープをつかみながら進んでいく。ほとんど体をひきずるようにして家へもどっていった。

階段《かいだん》のてっぺんに、小さな黒っぽいものがかたまっている。ヒゲちゃん！　ふたりとも転がりこむようにして家のなかへ入った。わたしは息をはあはあし、ヒゲちゃんはミューミュー鳴いている。薄《うす》っぺらな板とタール紙の壁《かべ》では、この風にまったく太刀打《たちう》ちできなかった。あらゆるすきまを見つけて、風がしつこく入りこんでくる。目が温まって、涙《なみだ》がこぼれてきた。チップをひとつかみ分、またストーブにくべたら、心なしか寒さがやわらいできた。貴重《きちょう》な予備の毛布をドアにかぶせて釘《くぎ》でとめ、火を燃やしつづける。

しつこい風が襲《おそ》いかかるたびに、チェスターおじさんのつくった家は、ガタガタ、キーキー、うめき声をあげながらゆれた。わたしはもう一枚《まい》セーターを重ね着する。この家を見捨《みす》てるわけにはいかない。ぜったいに負けるもんか。

ある瞬間《しゅんかん》、音が聞こえた——なんだろう？　物音。吹《ふ》き荒《あ》れる風のなかで、妙《みょう》な物音が聞こえる。まるで人の声のような響《ひび》き。その声が、わたしの名を呼《よ》んでいるようだった。

首を二、三度ふって、もう一度耳をすます。嵐《あらし》のさけび以外、何も聞こえない。でも、たしかに——ほら！　やっぱり人の声。子どもの声！　毛布をひきはがし、ドアをあけ、外をのぞいた。

最初は激《はげ》しく渦巻《うずま》く雪しか見えなかった。「だれかいるの？」呼《よ》びかけたその声が、たちまち風に吸《す》いこまれてしまう。もう一度声をかける。「いるんでしょ！」今度は肺《はい》の奥《おく》から金切《かなき》り声《ごえ》を出した。

また声が聞こえた。「ハティ。ハティ！」次に目に入った光景に、いきなりひざをついてしまった。どんな風にたたきつけられるより衝撃的《しょうげきてき》だった。大きな影《かげ》が、家にむかって必死に近づいてくる。プラグ。プラグ。かけがえのないわたしの馬。そしてそのしっぽに必死にしがみついている、かけがえのない子ども、チェイスとマティ。

オーバーを着ることも考えずに外へ駆《か》けだし、はったばかりのロープにしがみつきながらまえへ進む。「こっちよ、プラグ。こっちよ、みんな」さけんだ声が、かすれてしまう。永遠とも思える時間が過ぎたころ、プラグがよろよろと、手の届《とど》くところまで近づいた。マティを腕《うで》のなかに抱《だ》きとり、チェイスにはロープにつかまるよう身ぶりで教える。チェイスは頭をかがめ、雪と風と格闘《かくとう》しながら、ようやくロープにつかまった。ふたりして、右手のまえに左手を出し、左手のまえに右手を出して、ロープを頼《たよ》りに苦労して家へむかう。風のあたらないところにプラグが身を落ちつけた。

マティの両手が死人のように冷たくなっていたので、家に入るとすぐ、凍《こお》った衣類をぬがしにかかった。

「どうしたの？」恐怖《きょうふ》に声がふるえるのを自分でもどうにもできなかった。

チェイスは紫色《むらさきいろ》になった両手をこすりあわせ、火のすぐそばまで近よった。「学校にいるとき、嵐《あらし》がやってくるのがわかったんだ。ネルソン先生から家に帰るように言われて。自分たちで帰れると思ったんだ……」チェイスは声をつまらせた。

「もうだいじょうぶよ」わたしはチェイスを安心させる。神様、あの賢《かしこ》い馬に感謝します。この嵐《あらし》のなか、子どもたちを導いてくれた馬に。「あなたはなんて勇敢《ゆうかん》な子かしら。プラグを見つけて、自分たちをここまでひっぱってこさせるなんて」

チェイスは力なく床《ゆか》にくずれ落ちた。肩《かた》をひくひく動かしてすすり泣いている。妹に涙《なみだ》を見られたら、さらにつらくなるだろうと、わたしはマティの気をそらせる。

「さて、お嬢《じょう》さん」マティの足をごしごしこすってやる。「あなたには、どんな服がお似合いかしら？」乾《かわ》いた服に着がえおわると、マティは六歳《さい》の子どもというより、かかしみたいに見えた。かといって文句ひとつ言わず、ストーブのそばで自分の服を乾《かわ》かすあいだ、持ってきた人形とおしゃべりをしている。

「チェイスもあったかくしないとね」わたしはそう言って、手持ちの衣類に適当なものがないか見てみる。八歳《さい》の男の子にぴったりなものはあまりなかった。フランネル地でできた、わたしのネグリジェをかかげてみせる。

「凍《こご》え死《じ》にしたほうがましだよ」とチェイス。

「そりゃそうね」むこうの隅《すみ》に、チェスターおじさんの衣類が山積みになっている。わたしには大きすぎて着られないので、シャツはキルトに、ズボンは裂《さ》いて敷物《しきもの》に織りあげようと思っていた。そうしないでよかったと、いまは心からそう思った。八歳《さい》の男の子のプライドと生死が、フランネルのシャツ一枚《まい》と男物の純毛《じゅんもう》のズボン一本にかかっていた。

衣類はどれも、ほんのちょっとにおった。それでも、八歳《さい》の男の子の体だって、それと同じようなものだと、チェイスとふれあったわずかな経験からそう思えた。「すっごく似合うわよ」大げさにほめてやる。

ふたりを着がえさせると、今度は何か食べさせなきゃいけないと気づいた。

「ミルクコーヒーは飲んだことある?」ふたりにきいた。

「ママがコーヒーは飲んじゃいけないって」マティが答えた。「ママ、あたしたちのこと、心配してるかな?」

「うちの子たちは頭がいいって、ちゃんとわかってるわよ。きっとこの嵐《あらし》をしのげる安全な場所を見つけただろうって、そう思ってるわ」それでマティは安心したようだった。

「このあいだの収穫《しゅうかく》のときに、ぼくは飲ませてもらったよ」チェイスが自慢《じまん》する。

わたしはうなずいた。「そうそう、わたしも小さなときに、よくお母さんにミルクコーヒーをつくってもらったっけ」バケツから小さなやかんに牛乳《ぎゅうにゅう》をいくらかそそぎ、ストーブの上に置いて温める。「あなたより小さいときよ、マティ。だからあなたのママも、きっといいって言うわよ」そう言って棚《たな》からマグカップを三つとりだした。「さてこのコーヒーには、何が合うと思う？」

「ぼくら、なんにもいりませんから」チェイスが答えた。

「ううん、ちょうだい」チェイスより正直な妹が言った。「ミュリーもお腹《なか》がへってるの」

わたしはパンを少し切りわけた。「ジャムをたっぷりつければ、そうまずくもないわよ」そう言って、子どもたちのまえに皿を一枚《まい》ずつ置いた。パンづくりは、まだ苦手だった。ふたりは何も言わず、勇敢《ゆうかん》に食べている。ペリリーはいい子に育てたものだ。

「ねえ、ふたりとも〝ファイブハンドレッド（トランプゲームの一種）〟をやったことない？」

マティは首をふった。「やったことないと思う」

わたしはトランプを持ってきて、ルールを説明した。「マティとわたしが組むからね。覚悟《かくご》しなさいよ、チェイス！」

ゲームの展開《てんかい》は早く、みんな大興奮《だいこうふん》だった。チェイスが勝負のコツをあっというまにのみこんでしまうのが驚《おどろ》きだった。数字に強いらしい。それになんという記憶力《きおくりょく》！　勝負の一回一回の成り行きが全部頭に入っていた。

「まちがいなく、クラスの優等生《ゆうとうせい》ね」びっくりして、そう言った。

チェイスは肩《かた》をすくめた。「まあまあってとこ」

わたしはトランプを切ってから、ふたりに配った。午後じゅうずっと、このファイブハンドレッドをやりつづけた。「何かほかのゲームをしたくない？」

「陶器《とうき》でできたお人形さんを持ってたらいいな、セアラ・マーティンみたいに」唇《くちびる》をぎゅっと噛《か》む。「願いごとゲーム」マティが言った。「あたしからやる」そう言って、ミュリーの毛糸でできた、よれよれの髪《かみ》をぽんぽんたたく。「そしたら、ミュリーにお友だちができるもん」

「ぼくは、シナモンロールが毎日食べられたらいいな」チェイスが言い、声をあげて笑った。

わたしはラード用バケツの椅子《いす》の上で背《せ》をそらす。「そうねえ、わたしは、春が来て小麦を植えられたらいいな」

チェイスがぱっと顔を輝《かがや》かせる。「最初は亜麻《あま》を植えるんだよ、そのあとが小麦。カールは、四月の終わりだって言ってた」

「そんなの願いごとじゃないよ」マティにしかられた。「仕事だもん」

「たしかにそうね」六歳《さい》の子どもががっかりする気持ちもよくわかる、それでもわたしは作物を植えなければならなかった。それが土地を自分のものにする要件の一部。自分の居場所を手に入れるという、夢の一部なのだ。十一月なんて、あとわずか数か月――時計がチクタク時を刻《きざ》んでいる。二月中旬《ちゅうじゅん》のいま、まだ柵《さく》の杭《くい》一本打っておらず、一フィートの土地も耕していない。これまでずっと、農作業について、シンプソン先生のくれた本を読むだけで満足してきたのだ。

「どんな願いを言ったっていいんだよ」チェイスが教える。「決まりなんてない。母さんがそう言ってた」

「あなたのお母さんは、ほんとうに頭がいいわ」貴重《きちょう》な石炭をひとすくい、ストーブにくべた。子どもたちがしんとなった――あまりに静かで、石炭の燃えるシューシューいう音が耳につく。

マティが両手を打ちあわせた。「あたし、お人形さん、ふたっつ！」

「やるわね。さあ、チェイス、あなたは？」

チェイスは肩《かた》ごしにわたしの本棚《ほんだな》を見やった。立ちあがり、本棚《ほんだな》に歩いていって、何冊《なんさつ》かの本の背《せ》を指でなでおろした。「そこらじゅうに本がある場所で暮《く》らしたい。ほんものの図書館があるほんものの町。そうすれば、海賊《かいぞく》や探検家《たんけんか》や、いろんなことが書いてある本が読める」

そう言って、一瞬《いっしゅん》遠くを見つめるような目をしたので、自分がまさにそういうすばらしい場所にいるところを想像しているのだとわかった。

「願いがかなうといいわね」チェイスに言ってやる。「マティ、あなたの願いもね」

「ハティのほんとうの願いは？」チェイスがきいてきた。テーブルにもどってきてすわり、八歳《さい》の子どもらしい好奇心《こうきしん》をむきだしにして、わたしの顔をさぐるように見ている。

わたしは両手をふりあげた。「もう、降参《こうさん》」わたしが心から願っているのは、あなたたちがすでに手にしているものなのだと、この子たちにどう説明すればいいのだろう？　家族の一員になること。自分のうちと呼《よ》べる場所を持つこと。言わずにおくのがいいんだろう。棚《たな》に並《なら》んだ本にちらっと目をやる。「じゃあ、チェイス、お話の時間用に本を一冊《さつ》選んでくれない？

この嵐《あらし》は当分やみそうにないわ。今夜はここに泊《と》まることになりそうよ」

「おうちじゃないとこに泊《と》まるなんて、したことない」マティが言った。いたずらっぽい顔が心配にくもる。リンゴ箱の上で、胸《むね》にひざをひきよせ、まえにうしろにぐらぐらゆれる。声もたてず、涙《なみだ》だけが、マティのほっぺたをぽとぽと伝った。マティは人形を胸《むね》にぎゅっと抱《だ》きしめた。

「ちょっと。泣くようなことじゃないでしょ」自分の口調がアイビーおばさんに似ていると気づいて、ぞっとした。もう少しやさしく言ってみる。「じゃあ元気づけに、わたしのパンをもう一枚《まい》あげようかな」その言葉に、兄妹《きょうだい》そろって、にやっと笑った。わたしは手をのばしてマティの手を包み、きゅっ、きゅっ、きゅっとにぎってやる。「秘密《ひみつ》の伝言。わたしのお母さんが、教えてくれたの。マティもママに教えてあげるといいわ」

「なんて言ったの？」マティはほっぺたの涙《なみだ》をごしごしこすった。

口に出して言うのが照れくさく、わたしは顔を赤らめた。「愛・して・る」

一瞬《いっしゅん》マティは茶色の目を大きくひらいて、わたしの顔をじっと見た。それからわたしに手をのばしてきて、きゅっ、きゅっ、きゅっとにぎる。わたしもこぼれそうになる涙《なみだ》をぐっとこらえた。

チェイスが本を選んできた。「ネルソン先生が、ロバート・ルイス・スティーヴンソンの『宝島《たからじま》』を読んでくれることになってるんだ。だからこっちにした」そう言って、『子どもの詩

『園(その)』をさしだし、椅子(いす)にしているリンゴ箱をストーブのそばにぐいとひきよせた。

マティはわたしのひざのそばに立っている。本をひらくと、マティがじりじりと近づいてきた。

「ママが本を読むときは、おひざにすわらせてくれるの」マティが言った。

「そっかそっか」わたしはすっかりまごついてしまった。「じゃ、ここにすわったらどうかな」自分のひざをぽんとたたいた。マティがあがってきて、やせ型ながらしっかりした体をすりつけてきた。コーヒーとジャムと湿《しめ》ったウールのにおいがする。本を読みだすと、マティはくつろいでわたしにもたれてきた。ふたりの体がとけあって、どこからどこまでが自分の体か、わからなくなる。詩をふたつ読みおわったところで、マティはぐっすり眠《ねむ》った。さらにふたつ読んだところで、チェイスがいびきをかきだした。ふたりをわたしのベッドにそっと運び、首もとまできっちり寝具《しんぐ》をかけてやる。それから自分も寝る支度《したく》をして、ふたりの寝《ね》ているベッドに入った。一度マティが、「ママ!」と声をあげたけれど、目はさめていなかった。もう一度寝具《しんぐ》をしっかりかけてやり、それからうっとりとふたりの顔をながめた。ため息をひとつついて、ベッドのへりで身をまるめ、生まれてから十六年で一番安らかに眠《ねむ》った。

シャン、シャン、シャン、シャンという、そりの鈴《すず》の音で目がさめた。子どもふたりがわたしのベッドの上で、手足をでたらめにのばして寝《ね》ている。一瞬《いっしゅん》、頭がぼうっとしてわけがわからない。

子ども？

「こんにちは！」鈴《すず》の音のむこうから声がした。「こんにちは！」聞き覚えのある太い声が、いつもとちがってせっぱつまっている。カールのひどいなまりも、恐怖《きょうふ》を包みかくすことはできなかった。

わたしはオーバーをひったくるようにしてつかみ、勢いよくドアをあけた。「みんな無事よ」大声で言った。「プラグがここへ連れてきたの」

カールは馬たちをつないで、そりからすべりおりた。転ぶかと思ったら、うまく体勢を立てなおした――まるで脚《あし》に体重を支える力がないかのようだった。手をふって家のなかに招き入れた。

「寒かったでしょ！」わたしは急いでコーヒーを温める。

「カール！」マティがわたしのベッドから飛びおりて、カールの腕《うで》に飛びこんだ。カールの目に涙《なみだ》が光るのが見えた。「気をつけたほうがいいわよ、カール」わたしは軽口をたたく。「このふたりはトランプでギャンブルができるわよ。それにもう平気でコーヒーなんか飲んじゃってるんだから」

カールはどっかりと腰《こし》をおろした。マティがまだしがみついている。

「冷たい空気のせいで、ナイアガラの滝《たき》よりザーザーと、鼻水が出ちゃうのよ」わたしは冗談《じょうだん》めかして言った。

カールはばかでかい赤いハンカチをひっぱりだして、洟《はな》をかんだ。「カルト・ヤ（ああ、寒い）」とカール。

わたしはカールのまえにコーヒーを置く。「パンとジャムもあるから」

「ダンケ（ありがとう）」うなずいて、チェイスにむかって手をのばす。

「パンをもらったら、きっとコーヒーにひたしたくなるよ」チェイスが言う。「そうすれば、ちょっとはやわらかくなるからさ」

わたしは声をあげて笑った。「人のつくったパンをけなそうってわけ？」チェイスの横《よこ》っ面《つら》をはる真似《まね》をしてやる。「この恩知らず」カールのかげの安全な場所から、チェイスがにやっと笑ってみせる。

わたしたちのふざけたやりとりをカールが理解しているかどうかはわからない。それでもその顔から、マティとチェイスがわたしといっしょにいて安心だったことはわかっているらしい。

「ダンケ」またカールが言った。

「ほら、カールはおいしいみたいよ」さらに何枚《なんまい》かパンを切りわけた。ベーコンも少し切って、油で炒《いた》めることにする。「あったかいものでお腹《なか》をいっぱいにして、それから帰ったほうがいいわ。あなたたちのお母さん、早く帰ってこないかって窓《まど》ガラスに穴《あな》があくぐらい、ずっと外をのぞいているわよ」

カールがもう一枚《まい》パンをとろうと、ひび割《わ》れて血のにじむ手をのばした。頬《ほお》の皮膚《ひふ》に白い斑《はん》点《てん》が浮《う》かんでいる。凍傷《とうしょう》だ。「そのブーツ、ぬいでちょうだい」こっちがきっぱり言うと、カールは素直《すなお》にしたがった。チョークのように白くなった爪先《つまさき》を見て、わたしは息をのんだ。見たところ、ひと晩《ばん》じゅう、ペリリーの子どもたちをさがしまわっていたようだ。わたしはまばたきをして涙《なみだ》をこらえた。

「その桶《おけ》をこっちへよこして」チェイスに言った。「冷えた爪先《つまさき》には、あったかいお風呂《ふろ》が一番よ」どうってことないような声で言い、カールの足を見せないように、子どもたちを忙《いそが》しくさせた。

桶《おけ》を置いて、足にお湯をかけていくと、カールが顔をしかめた。湯にひたした布切れを渡《わた》し、それで頬《ほお》の傷《きず》ついた部分を押《お》さえてもらった。人によっては、凍傷《とうしょう》の治療《ちりょう》には雪をこすりつけるのが一番だと言うけれど、凍《こお》った皮膚《ひふ》をとかすほうが、もっと理にかなっているように思えた。カールの爪先《つまさき》と顔が紫色《むらさきいろ》になるにつれて、自分の考えが正しいのかどうか不安になってきた。カールの足ははれあがり、水ぶくれができている。これでまたどうやってブーツをはいたらいいのだろう。それは、一番ひどい水ぶくれをベーキングソーダでつくったペーストで塗《ぬ》りつぶしても同じだった。

まだ手当てがちゃんとすんでいないのに、カールはもうじゅうぶんだと思っている。「ペリリーがきっと……」最後まで言いおえなかったが、じゅうぶんだった。カールは子どもたちを家に帰したいのだ。あちこちに置いて、もう乾《かわ》いている衣類をみんなで集めてまわった。わたしが子どもたちの着がえを手伝っているあいだに、カールは二杯《はい》めのコーヒーを飲みほした。「靴下《くつした》を乾《かわ》かす時間があったらよかったんだけど」言いながら、チェスターおじさんの衣類をさぐる。「これよ、これをはいていけばいいわ」冷えてぬれた靴下《くつした》の上から、ブーツをはくのは足によくないだろう。

カールは乾《かわ》いた靴下《くつした》をはき、それからブーツをはいて手袋《てぶくろ》をつけた。わたしの手をぽんぽんたたく。何か言おうとするように口をひらいたものの、咳《せき》ばらいに変わってしまった。

またカールの腕《うで》にマティが飛びこんでいき、カールは抱《だ》きあげたマティの顔をわたしのほうへよせる。「ぶちゅっ！」六歳《さい》の子どもらしいべちょべちょのキスをしてきた。けれどもわたしは頬《ほお》をぬぐいはしなかった。

「あっ、待って！」本棚《ほんだな》まで二歩で行く。読みかけだった本をとってチェイスに渡《わた》す。「貸しておくね」そう言ってチェイスの肩《かた》をぎゅっとにぎる。

チェイスは本を大事そうにコートのふところに入れた。「ぜったい汚《よご》さないように読む、約束するよ」

「じゃあ三人とも、家まで気をつけて帰ってね！」

寒い外に勢いよく出ていき、そろってそりに乗った。うちのひとつしかない窓《まど》は小さく、そこから三人が帰っていくのを見守ることはできないけれど、音は聞こえる。鈴《すず》の音のひとつひとつに、じっと耳をすました。

7 柵《さく》

一九一八年三月五日
モンタナ州、ヴァイダより北西へ三マイル

チャーリーへ

美しい雪がとけて、あたり一帯が豚《ぶた》の楽園に変わっています。何しろそこらじゅうぬかるみだらけ。今朝、バイオレットの乳《ちち》をしぼりに行く途中《とちゅう》、すぽっとブーツがぬげてしまったほど、どろどろです。先週種まきを始めようと準備をしていたら、カールと雄鶏《おんどり》ジムがそろってげらげら笑いました。ジムときたら「種がおぼれちまうよ」ですって。それで今日は、柵《さく》をつくる技術を完璧《かんぺき》にマスターすることにしました。

あなたの手紙——わたしのモンタナの家にはじめて届《とど》いたもの——は穴《あな》だらけで、虫でも入っていたのかと思いました。検閲《けんえつ》の人たちは、なんて仕事熱心なんでしょう！　手紙の内容を解読するのは、とてつもなく難《むずか》しいパズルを解くようなものです。

表面《おもてめん》で不適切な字句を切《き》り抜《ぬ》かれると、裏側《うらがわ》を読むのもたいへん。新しい駐屯地《ちゅうとんち》では、テントではなく兵舎で寝《ね》ているというのはわかりました。だけど、夜中の雨を防ぐために、寝《ね》るときにレインコートを着ないといけないなら、テント生活とさほど変わらない気がします。

このあいだのチェスの対戦中（負けました）、ジムから戦争の状況《じょうきょう》についてたくさん聞きました。連合軍の勢力が独軍をパリまで押《お》しかえしたと言ってましたが、タスカニア号が魚雷攻撃《ぎょらいこうげき》を受けたという話には、胸《むね》がつぶれそうでした。水夫さんたちは全員亡《な》くなったのです。少なくとも、あなたは陸地にいる、それがとてもありがたいことに思えます。勇敢《ゆうかん》なアメリカ兵のことを心配していないときは、この国で起きていることが心配になります。国民をそそのかしたという罪に問われる人が毎日のように出ています。まるで何をやっても、煽動《せんどう》ととられるおそれがあるみたい。ユーモラスな体形をしたドイツ原産の犬、ダックスフントは、いまでは〝リバティ・ドッグ（自由の犬）〟と呼《よ》ばれていると、何かに書いてあるのを読みました。こんなの信じられる？　ここでは、何かドイツ語をひとつしゃべっただけでも、違法《いほう》だとささやかれています。シャッツ牧師とルーテル教会の教区民にとってはまさに受難《じゅなん》のときになるだろうと、雄鶏《おんどり》ジムが言っています。「牧師が何を話そうと、みんな耳に入らなくなる。だれもついていけなくなる」ですって。ジムの言葉はあまりにあけすけで、ここにすべてを書くわけにはいきません。けれどもやはりわたしも、ジムと同じように首をかしげています。母語で神様にお祈《いの》りをささげて、いったい何が悪いのだろうと。ときどきどう考えればいいのか、まったくわからなくなるときがあります。

あなたの混乱《こんらん》した友人
ハティ・アイネズ・ブルックスより

種をまくことができないので、もうひとつの大仕事にかかった。柵《さく》づくりだ。土地を自分のものにするために、やりとげなければいけないことのひとつ。避《さ》けてとおることはできない。チェスターおじさんも、ちょっと手を出してみたものの、あまり気を入れていなかった。仕上がっているのは、歩いて十歩分の距離《きょり》だけ。資材は山ほど買ってあって、定められた四百八十本の杭《くい》を打つにはじゅうぶんだった。寒くてさみしい夜、全部でどのぐらいの距離《きょり》になるか計算しておいた。十六フィート半〔約五メートル〕×四百八十本の杭《くい》。七千九百二十フィート〔約二千四百十四メートル〕。泣きだしそうになった。みんながその距離《きょり》を杭《くい》の数で話すのも無理はない――それなら、なんとかやれそうな気がするからだ。どう計算をしようと、とりあえず柵《さく》にかかる費用はすべて支払《しはら》いずみ。それがありがたいことはまちがいない。必要なものはすべて家畜小屋《かちくごや》のうしろに積みあがっていて、やる気のある働き手を待っていた。それが結局、わたしになったわけだ。

「神様、チャーリーのお母さんがくれた手袋《てぶくろ》に感謝いたします」いつものように、気分を上むきにする会話から始める。クジラひげのコルセットをつけているアイビーおばさんが、いまのわたしの正装《せいそう》を見たら、悲嘆《ひたん》に暮《く》れることだろう。ホルトおじさんの古いワークブーツをはき、カールからもらった継《つ》ぎのあたったオーバーオールのすそを折ってはき、分厚いキャンバス地の手袋《てぶくろ》をはめ、頭に麦《むぎ》わら帽《ぼう》をかぶる。有刺鉄線《ゆうしてっせん》をひと巻《ま》きにハンマーひとつ、それに針金《はりがね》の留《と》め釘《くぎ》が入った袋《ふくろ》をとりあげて準備完了《かんりょう》。あとは峡谷《きょうこく》のずっと先までとぼとぼ歩いていって、昨日作業を終えた地点からまた開始する。自分の農地の東南のへりに柵《さく》をつくっていくのだが、そこはちょうどカールとペリリーの土地と接する部分だった。

柵《さく》なんて、ごくあたりまえにそこにあるものだと思っている人でも、一フィートでも二フィートでも、いざ自分の力でつくらねばならないとなると、がぜん見方が変わってくるはずだ。一見簡単《かんたん》そうに思える。ところがそうではない。まず地面に穴《あな》をひとつ掘《ほ》るだけでひと苦労。穴《あな》に杭《くい》をねじこむのがまたたいへん。それが終わると杭《くい》の根もとを土できれいにしっかりかためないといけない。そこまでやって、次の杭《くい》に移るのだ。一週間のあいだ、つるはしとシャベルをつかって杭《くい》の穴《あな》を掘《ほ》りつづけた。最初の晩《ばん》は両手にまめができて痛《いた》くてたまらず、夕食でスプーンをつかうのさえ不自由した。次の日の晩《ばん》は、白い軟膏《なんこう》を惜《お》しげもなくつかった――ホルトおじさん自家製の、シカの角、アルニカ〔キク科の草〕、ウィッチヘーゼル〔マンサクの木〕、樟脳《しょうのう》、卵《たまご》、リンゴ酢《す》をまぜたものだ。ありがたいことに、においの強さと同じぐらい、痛《いた》みをやわらげる力も強かった。三日めの晩《ばん》はあまりにお腹《なか》がへったのと疲《つか》れたのとで、両手の痛《いた》みも感じられないほどだった。

プラグにひかせるために、手近な材料で石ぞりをつくった。自分の農地のそこらじゅうに、大きな石が数え切れないほど散らばっているのを見ていると、聖書《せいしょ》に出てくるノアのような気分になってくる。ノアは、洪水《こうずい》に浮《う》かぶ石の船をつくろうとしたわけだが、わたしに必要なのは、うねうねとつづく大平原をすべっていく、石のそりだ。やっとのことで、平べったくてしっかりした、それでいてプラグがひくには重すぎない石がひとつ見つかった。これはカールから学んだ。カールがうちの農地と接する境界線に、自分の資材を運んできたとき、石ぞりをつかっているのを見たのだ。これを知らずに作業していたら、ダイヤヤナギ〔北米産のヤナギ。幹にダイヤの形のすじがつく〕の杭《くい》を打って、すべて針金《はりがね》で囲うころには、わたしは九十歳《さい》にもなっていたことだろう。

石ぞりに荷物を積んでひもでしばってから、舌を鳴らしてプラグに合図し、出発する。前日は巨大《きょだい》なチョークチェリー〔北米産の桜。渋《しぶ》い実をつける〕の近くまで作業を終えていた。今日はそのあたりの杭《くい》を有刺鉄線《ゆうしてっせん》でつなぎ、うまくいけば、さらに多くの杭《くい》を打ちこもうと考えていた。

プラグとわたしはぬかるむ泥《どろ》のなかを苦労して進み、柵《さく》のほうへむかった。

「これ、どういうこと？」チョークチェリーまでたどりついたとたん、わたしの手から道具が落ちた。ふりかえり、あたりのようすをたしかめる。まちがいなく、ここだ。けれどもわたしの柵《さく》はここで終わってはいなかった。この先にさらにたくさん、おそらく四十本ほど杭《くい》が打たれている。どういうことか、もっと近くで見てみる。前日に自分が作業したあとはすぐわかる。留《と》め釘《くぎ》が曲がっていて、おかしな具合に針金《はりがね》を押《お》さえているものの、一応杭《くい》はしっかり立っている。

けれどもチョークチェリーの先からは、留《と》め釘《くぎ》がまっすぐ正確に打たれていた。ずっと昔に母から読んでもらったお話を思いだした。最後に残った靴革《くつかわ》をつかって、三人の妖精《ようせい》の服装《ふくそう》一式をつくってあげた靴屋《くつや》さんの話だ。それからというもの、靴屋《くつや》さんが朝起きるたびに、作業台の上に新品の美しい靴《くつ》が一足置いてある。靴屋《くつや》さんの親切に、妖精《ようせい》たちがお返しをしたのだった。

いまわたしが目にしているのは架空《かくう》の世界の話ではなく、現実に起きていることだ。わたしを助けてくれる妖精《ようせい》が柵《さく》づくりを終えたつづきから、わたしは作業を始めた。よってある針金《はりがね》をのばしては、適当な場所に留《と》め釘《くぎ》を打ちつけてとめ、また針金《はりがね》をのばして、留《と》め釘《くぎ》でとめていく、それをくりかえしながら、ウルフ・ポイントでハンソンさんとペリリーのあいだでかわされた会話を思いだした。ザウアクラウトを〝リバティ・キャベツ〟と呼《よ》んで夕食に食べる人たちの話。それから、義務を遂行《すいこう》するチャーリーが、ドイツ人をひとりでもふたりでもやっつけてやろうと躍起《やっき》になっていること。この世につくられたさまざまな柵《さく》のことを考える。カイゼルとその腹心《ふくしん》たちがするように、人と人とをへだてて引《ひ》き裂《さ》く柵《さく》もあれば、カール・ミュラーがわたしのためにつくってくれたこの柵《さく》のように、人と人とをつなぐ柵《さく》もある。

「ねえ、プラグ」賢《かしこ》い馬の背《せ》をやさしくたたく。「チャーリーへの手紙に書いたことと同じね。この世界はまったくパズルだわ。いったいわたしが何歳《なんさい》になったら、この謎《なぞ》が解けるのかしら」

プラグは答えるかわりに、より青々した草が生えているところを見つけて、食べに行った。自分にできることを終えたので、お昼を食べに家へ帰る。まだからっぽの鶏舎《けいしゃ》――早いうちに、シアーズ・ローバックでひよこを何羽《なんわ》か仕入れたいと思っている――の上にヒゲちゃんがちょこんとのっかって、白い前脚《まえあし》から熱心に泥《どろ》をなめとっている。

家へむかおうとして、ぴたりと足がとまった。家畜小屋《かちくごや》から物音が聞こえてくる。雌牛《めうし》がたてる音とは明らかにちがう。背《せ》すじに冷たいものが流れる。家畜小屋《かちくごや》に何がいるのか――いやおそらく、だれが、だろう――まったく見当がつかない。わたしはハンマーをふりあげて、じりじりと家畜小屋《かちくごや》に近づいていった。考えるまもなく、ドアがバタンとあいて、背《せ》の高い骨《ほね》ばった女性が飛びだしてきた。わたしをひと目で、さっと検分する。

「それで一発がつんとやろうって？」そう言って、わたしに一歩近づいてきた。その瞬間《しゅんかん》、壁《かべ》に散弾銃《さんだんじゅう》が立てかけてあるのが見えた。

「あなたは――」

「リーフィー・パーヴィス」その女性は大きな手をつきだしてきた。「あいさつによったんだけどね」

「それなら家畜小屋《かちくごや》じゃなく、家のほうを訪《たず》ねてくださるのがふつうじゃないかしら」名前を言われても、会うのははじめてで、どういう人なのかわからなかった。

相手はわたしの言葉に大笑いした。「チェスターそっくりな言いぐさだね」

「その姪《めい》です」わたしはハンマーをおろした。「ハティ・ブルックス」

「知ってるよ」そう言って、干《ほ》し草《くさ》の束が積み重なったかげに手をのばした。「手を貸してくれないかい？」

奥《おく》の壁《かべ》に押《お》しつけられていたのは、木製のトランクで、三本の分厚い革《かわ》ひもでしっかり閉《と》じられていた。まんなかの革《かわ》ひもに、ＣＨＢの頭文字《かしらもじ》が刻《きざ》まれている。

「これって、チェスターおじさんの？」古びた革《かわ》ひもをなでるわたしの指が、留《と》め金《がね》のところでとまった。

このトランクにわたしの過去に関するものが入っている？　お母さんゆかりのものも？

「あの人は自分の過去をほとんど話さない人だったからね」リーフィーが言う。「病気が重くなったとき、これをここに移してくれって、わたしに頼《たの》んできたんだ。あんたより先に、だれにもこの中身をさわらせたくなかったんだろう」リーフィーのしわの刻《きざ》まれた顔に、物思いに沈《しず》む表情が浮《う》かんだ。「できれば自分であんたに見せたかったんだろうね」リーフィーはトランクを片手《かたて》でぽんとたたいた。

「おじさんが亡《な》くなったとき、そばにいてくださったんですね」ペリリーの言葉をやっと思いだした。「ありがとうございます」

「あたしたちのだれがそういうことになっても、チェスターは同じことをしてくれたと思うよ」リーフィーは着ている男物のシャツのポケットに手を入れて、煙草《たばこ》の箱をとりだした。アイビーおばさんが見たら、その場で卒倒《そっとう》しただろうけど、紙煙草《かみたばこ》をくるんと器用にまるめるリーフィーの手つきに、わたしは思わず見とれた。

トランクのなかを見てみたい好奇心《こうきしん》と闘《たたか》って、こういうときの礼儀《れいぎ》を思いだす。「なかに入ってお昼をいっしょにどうですか？　乗ってきた馬に、水をやらなくていいのかしら？」

煙草《たばこ》の煙《けむり》といっしょに、リーフィーの口から笑い声が転がりでてきた。「あたしが乗ってきたのは、雌《めす》のすね」

「どういうことでしょう」

リーフィーはスカートをたくしあげて、がっちりしたブーツを見せた。「歩いてきたんだよ。このぬかるみのなかじゃ、一歩進んで二歩さがらなきゃいけない。まったくめんどうだよ」また声をあげて笑った。「どこへ行くにも、反対の方角へ歩いていくしかない」

わたしも声をあげて笑った。リーフィーの人なつっこさには、だれでもひきこまれてしまうだろう。「だけど雄鶏《おんどり》ジムの話では、夏は春よりたいへんですって！」わたしもはしゃいで大声になった。

「言えてる」リーフィーはひたいをぬぐった。「すべって転んでるほうが、かんかん照りよりましだ」それから自分を指さした。「というわけで、馬はいないけど、この老いぼれに水をやるのは苦にならない」

「あっというまにコーヒーがわくから」わたしは言った。「それに、もし嫌《きら》いじゃなければ、豆も――」

家畜小屋《かちくごや》を出たとたん、地面がふるえて地響《じひび》きがした。「なんなの？」あたりを見まわすと、地面をふるわせているものの正体がわかった。

馬に乗った男が、おそらく五人ほど、大平原を走っていた。前方にいる雌牛《めうし》をおそろしいスピードで追っている。雌牛《めうし》は男たちと馬におびえて、ジグザグに走っていた。それから牛がぐるっと方向を変え、ものすごい勢いで峡谷《きょうこく》を駆《か》けだした。わたしの家にまっすぐむかってくる。

「危《あぶ》ない！」わたしは金切《かなき》り声《ごえ》をあげた。「やめて！」

馬に乗った男たちはスピードをゆるめなかった。いまでは四人いるのがわかった。四頭の馬と一頭の雌牛《めうし》が、わたしの家めがけて猛烈《もうれつ》な勢いで走ってくる。

「とまって！　とまって！」思わずそっちへ駆《か》けだした。

逆上した雌牛《めうし》の口から、ロープのようによだれがたれていた。目玉がぐるんとまわって、完全に白目をむいた。きっとわたしのことも見えていないのだろう。

「とまってぇーーーっ！」声をかぎりにさけんだ。馬に乗っているひとりが、笑い声をあげたような気がした。そのまま、みんなそろって、わたしの家のほうへ突進《とっしん》してくる。雌牛《めうし》を家にぶつけようとしてるんだ！

ズギューン！

わたしのうしろで銃声《じゅうせい》が響《ひび》いた。ふりむくと、リーフィーがいて、散弾銃《さんだんじゅう》の撃鉄をあげて、もう一度発砲《はっぽう》しようとしていた。

ズギューン！

先頭の乗り手がいきなりとまった。腕《うで》を宙《ちゅう》にかかげて仲間に合図する。すると全員が一丸となってさっと方向転換《ほうこうてんかん》し、雌牛《めうし》のことなど忘《わす》れたように走り去っていった。雌牛《めうし》のほうは、めちゃくちゃなスピードをゆるめて小走りになり、家の先でとまるとわき腹《ばら》をひくひく動かした。

わたしは息をとめていたことに気づき、ふーっとはいた。

「あの人たち、なんなの？」オーバーオールで汗《あせ》をかいた手のひらをぬぐう。「またもどってくるんじゃや？」

リーフィーが目をすうっと細めた。「乗馬ズボンにひっつき虫〔オナモミなど〕でもついたなら、文句のひとつも言いに来るだろうよ。だけどあんたは何も心配しなくてだいじょうぶ。連中とは関《かか》わらないこと。それがあたしからの忠告《ちゅうこく》だ」そう言って自分の銃《じゅう》をわたしによこしてきた。

「かわいそうに、水をやったほうがいい」リーフィーはずかずか歩いていって、雌牛《めうし》の分厚い革《かわ》の首輪をおそれることなくつかみ、家畜小屋《かちくごや》にひっぱっていった。「バイオレット、お客さんだよ」

わたしはふるえる手で銃《じゅう》を持ち、あとについていく。

「いったいどうしてあんなことを?」がっくりとすわりこみ、チェスターおじさんのトランクによりかかった。

リーフィーは首を横にふる。「この郡で一番不要なのが、ドーソン郡国防会議のトラフト・マーティンたちさ」

「だけど、それは愛国者の組織では?」国防会議については新聞で読んでいた。州知事が組織する団体だ。「みんなが食料規則を守って、自由公債《じゆうこうさい》を買うよう、働きかけたりするんじゃないのかしら?」

「あたしに言わせれば、あれは、いい大人が学生みたいにふるまう口実以外の何ものでもないわね」ふんと鼻を鳴らす。「だってそうだろ――善人《ぜんにん》の雌牛《めうし》を追いたてて死なせるようなことが、どこでどう愛国につながるっていうんだい?」雌牛《めうし》のわき腹《ばら》をぴしゃっとたたいて、強調する。牛はびっくりしたものの、またむしゃむしゃと食べだした。「この戦争のおかげで、みんな隣人《りんじん》ってものがどういうものか、忘《わす》れかけてるんだ」

「これはだれの牛?」

「これからヒツジの放牧地へ行ってエリー・ワトソンに会うんだ。途中《とちゅう》で、ペリリーのところへもどしてやるよ。とりあえずそうとだけ言っておく」

ペリリーの名前を聞いて、わたしの胃が不安にゆれた。「わからない。どうしてあの人たち、こんなことをするの？　カールとペリリーはいい人たちなのに」わたしの農地の一部にしっかり立った柵《さく》が、それを証明している。

「戦争は、ああいう連中が必要な言《い》い訳《わけ》をなんでもあたえてくれるのさ」リーフィーは、古い馬用毛布で牛をこすってやる。「生まれた場所がどこかで、ばかみたいに騒《さわ》ぎたてて。いまはもうここにいるんだから、ここでどう暮《く》らしているかが重要だってのに」

リーフィーは毛布をわきに放《ほう》りなげ、わたしのほうへ近づいてきた。「気にしないほうがいいなんて、言わないでおくれよ。あたしは気難《きむずか》しい老雌鶏《ろうめんどり》と同じで、なんでも食ってかかるほうだから」そう言って、わたしの腕《うで》をぽんと力強くたたく。「もう行ったほうがよさそうだ」

わたしがロープを渡《わた》すと、リーフィーは雌牛《めうし》の首輪に結びつけた。

それから、またわたしの顔をじっと見る。「ここに銃《じゅう》はあるかい？」

「いいえ」オオカミのことを思った。「撃《う》ったことも一度もない」

「べつに相手をおどかすのに、いつも銃《じゅう》をつかわなきゃいけないってこともないけどね」

わたしが何か答えるまえに、リーフィーはもう庭をつっきって、雌牛《めうし》といっしょにぬかるみのなかをずぼずぼ歩いてヒツジの放牧地へむかった。途中《とちゅう》ミュラー家の地所によるのだ。

リーフィーの姿《すがた》が見えなくなってから、結局豆を食べるどころか、水もコーヒーも一滴《てき》も飲まずに行ってしまったことに気づいた。ワトソンさんのところでだれかが何か食べさせてくれることを願うしかなかった。

それからまた家畜小屋《かちくごや》へもどった。雌牛《めうし》の騒《さわ》ぎで、まだふるえがとまらず、トランクの横にひざをついて、革《かわ》ひもに指をすべらせる。いったいチェスターおじさんは、何をわたしに見せたかったのだろう？　おじさんの謎《なぞ》めいた人生について、これで何かしら答えが得られるのだろうか？　左の革《かわ》ひもをはずし、右をはずした。湾曲《わんきょく》したふたをゆっくりと持ちあげる。重くてがんじょうだ。これなら、どんな秘密《ひみつ》も厳重《げんじゅう》にしまっておける気がする。

家のなかは散らかしていたのに、トランクのなかはきれいに片《かた》づいていた。底のほうから山がいくつもていねいに積みあがっている。古いウールの靴下《くつした》とズボンのあいだには、思い出の品がたくさんしこまれていた――サーカスのポスター、ダンスカード〔舞踏会《ぶとうかい》で女性が踊《おど》る相手の名を書いたメモ〕、写真が数枚《すうまい》。写真の一枚《まい》一枚《まい》をじっくり見ていったけれど、わたしの知っている顔はなかった。もう少し深いところをさぐろうと、本の束をわきへどかす。茶色のハトロン紙にくるまれ、更紗《さらさ》の端切《はぎ》れで結んであるのは、女の子が好みそうな端切《はぎ》れの束だった。だれかがキルトをつくるのに用意したのだろうか。でもだれが？　布の色はあざやかで、まだ新しいものや、洗《あら》ってないものもあった。これがチェスターおじさんの悲しみの一部？　若《わか》いころに恋《こい》した人がキルトをつくりはじめたものの、何か悲劇的《ひげきてき》なことが起きて、完成することは永遠になかった？　わたしは地面についていたひざを起こした。

他人の目にふれさせないでくれと、おじさんがリーフィーに頼《たの》まなければいけないようなものは、トランクのなかに何ひとつ見つからなかった。おじさんが過去に〝やくざ者〟だったことを示すものも何もない。そしてわたしがほんとうに見たかった——やはり言わずにはいられない——母や父の写真も見つからなかった。トランクの中身をもとにもどし、ふたを閉《し》めて革《かわ》ひもをとめた。

チェスターおじさんの人生と同じように、この一日も謎《なぞ》だらけだった。チャーリーが何度も教えてくれた、ボールの投げ方を思いだす。チャーリーはそれを「ナックルボール」と呼《よ》んでいた。いったいどこへ飛んでくるかバッターにはまったくわからない。ときにはピッチャー自身、予測不可能だった。

そう、まさにナックルボールの日。わたしの柵《さく》づくりをカールがいつのまにか手伝ってくれたのを知り、リーフィーと会っておじさんのトランクのことを知り、郡の国防会議のことを知り、そのメンバーが雌牛《めうし》をいじめて追いたてるのを見た。この日がどんな結末を迎《むか》えるのか、まったく予測不可能だった。

わたしは勢いをつけて立ちあがった。神経が落ちついてくると、今度はお腹《なか》が鳴りだした。人生の謎《なぞ》については、またあとで考えればいい——いまは食事のほうが大事。

リーフィーが訪《たず》ねてきた日から、小麦畑にする土地の三分の一ぐらいの石を拾いおえた。ほかの人の土地のあちこちに、石の山が、危《あぶ》なっかしげにつづいているのはどうしてかときいたことがあった。ペリリーは聖書《せいしょ》からそのまま答えをひっぱりだしてきた。「種をまく人のたとえ、忘《わす》れちゃったの？」そう言ってわたしをからかった。「石だらけの土地にまかれた種が、どんなふうにだめになったか？」ぱらぱらした土を手ですくってみせる。「種をまくまえには、石を拾っておかないといけないのよ、ハティ。でないと何も育たない」

それでわたしは、背中《せなか》と両手を痛《いた》めながら、また石を拾い、自分もぐらぐらする石の山をつくりはじめた。そのあいだヒゲちゃんは、わたしがおどかして追いはらったガーターヘビ〔北米に生息する無毒のヘビ〕を追いかけている。ちっちゃなヘビが一匹《ぴき》、体をねじって飛びあがり、ヒゲちゃんに体当たりしてきた。ちょっとやそっとじゃ驚《おどろ》かない老練な猫《ねこ》が、地面から四フィートの高さまで飛びあがり、わたしはげらげら笑った。「石とヘビが売れるなら、わたしはドーソン郡の土地を全部買《か》い占《し》めることができるでしょうね」ヒゲちゃんはわたしの言葉に答えるかわりに、お腹《なか》をすかせて虫をついばみに来たフタオビチドリを追いはらった。

ボンネット〔あごの下でひもを結ぶ帽子《ぼうし》〕のひもを結びなおそうと、立ちあがって背《せ》を起こすと、馬に乗った人がひとり、こちらへ近づいてくるのが見えた。

「はじめまして、お嬢《じょう》さん」乗り手は鞍《くら》の上で背《せ》すじをぴんとのばしている。「ご近所さんなのに、まだ一度も顔を合わせていなかった」そう言うと、馬をおりて、右手をさしだしてきた。

わたしは石を拾った畑をつっきって近づいていき、握手《あくしゅ》をした。「ハティ・ブルックスです」

「トラフト・マーティンだ」

思わず目を見はった。こんなハンサムな人間が悪人であるはずがない。本人もふくめ、郡国防会議のことをリーフィーがなんと言ったにしても。

「もっと早くに会っていればよかった」相手はそう言ってにやっと笑う。ハンサムな顔がますます魅力的《みりょくてき》になった。年齢《ねんれい》はせいぜい二十歳《はたち》と言ったところだろう。

「人の家を訪《たず》ねるのは、日曜日が一番だと思ってたけど」わたしはボンネットを頭のうしろにずらした。

相手はまたにやっとして、今度は目もいっしょに笑っていた。「いやそれがちょうど馬のことで雄鶏《おんどり》ジムと話をするのに、このへんまで出てきたものだから」

トラフト・マーティンが自分の馬をほしがっていると、ジムが言っていたのを思いだした。

「売らないって言われたでしょ?」あてずっぽうで言ってみた。

相手の目の奥《おく》で、何かが光った。「いまはまだ」

わたしの背《せ》すじに冷たいものが走る。「人の値打《ねう》ちは見た目より行動で決まる」と、アイビーおばさんによくお説教をされた。その言葉がいま、トラフト・マーティンにあてはまるように思えた。

「ミスター・マーティン、申《もう》し訳《わけ》ないけど、このへんで。日暮《ひぐ》れまでにこのあたりをきれいにしなくちゃいけないの」そう言って、石だらけの区画に手をふってみせた。

「尊敬《そんけい》するよ」トラフト・マーティンはポケットから小袋《こぶくろ》をとりだし、紙煙草《かみたばこ》を巻《ま》きだした。

「たいへんな作業だ。それに孤独《こどく》だ」

わたしは石を拾おうと腰《こし》をかがめ、それからはっとしてとまった。相手の言葉にふくまれる何かが心にひっかかった。孤独《こどく》がどんなものか知っている人の響《ひび》きだ。ひとりぼっち。「〝たいへんな〟ってところは、そろそろ慣れてきたわ」わたしは言った。カツン、カツン、カツン。さらに三つの石を拾って投げる。

何も言わず、トラフト・マーティンがずかずかとやってきて、わたしが拾っている場所で、自分も石を拾いだした。カツン、カツン、カツン。「そんな、悪いから」

相手は煙草《たばこ》をくわえたまま言う。「お隣《となり》さんだからね」カツン、カツン、カツン。わけがわからない。聞いたところによると、トラフト・マーティンとくらべたら、悪魔《あくま》だって聖人《せいじん》に見えるという。いったいどんな悪魔《あくま》が、他人の土地の石を拾ってくれるのだろう？わからなかった。わたしたちは一時間ほどいっしょに働いた。太陽が地平線にむかってすべり落ちてくる。トラフトは手首の甲《こう》でひたいをぬぐった。「そろそろ失礼しよう」

わたしは両手から土を払《はら》った。「ご親切にありがとうございます」

「隣人《りんじん》はたがいに助け合うものだ。そう思わないかい？」

「自分が他人にしてもらいたいように他の人にしなさい」わたしは言った。

トラフトはわたしにむかってうなずき、それから馬に乗った。

「さあ行こう、トラブル」馬といっしょにぐるっと方向転換《ほうこうてんかん》する。「会えてよかったよ、ミス・ブルックス」それだけ言って、去っていった。ヒゲちゃんがうしろから近づいてきて、脚《あし》に体をこすりつける。

「トラブルか」愉快《ゆかい》な気分になり、腰《こし》をかがめてヒゲちゃんの耳のうしろをかいてやる。「なんだか、トラフト・マーティンのミドル・ネームみたいね」


その夜は、四枚《まい》の壁《かべ》にしめつけられる気がして息苦しく、外の階段《かいだん》で本を読むことにした。数ページを読んだところで、わきへ置く。トラフトが畑仕事を手伝ってくれたことで、アーリントンの柵《さく》の半分ほどをチャーリーといっしょにペンキ塗《ぬ》りした夏の日のことを思いだした。ふたりでやると、仕事というより、キャラメルづくりをしているような感じがした。

チェスターおじさんの家のざらざらした羽目板によりかかり、モンタナの空を見あげる。同じ空がアイオワを――それを言うならチャーリーのいるフランスをも――おおっているのはわかっている。けれどもこんな空はほかのどこへ行っても見られないような気がする。ふつうなら、そこに届《とど》きそうな木々や山々があり、空が低く見えるものだ。それがここにはほとんどないから、なめらかな空が、どこまでも高く遠く広がって、目に見えないフレームに入った天空のキルトのように見える。アイオワではかなりの時間、雲や星を見て過ごすことがあった。アイビーおばさんとホルトおじさんの家の、裏《うら》の芝生《しばふ》に寝転《ねころ》がっていると、両手をのばして空の底をざーっとひっかければ、ひとにぎり分の星がかき集められるような気がした。

けれどもこのモンタナの空では、どんなに大きな巨人《きょじん》であろうと、空に指先さえ届《とど》くとは思えなかった。この空を見ていると、自分がウチワサボテンのように思えてくる。踏《ふ》みつぶすと足の下でぐしゃっとつぶれる、ヴァイダ近くの大平原に生える、小さくて、とるに足りないサボテンだ。ひょっとしてわたしは孤独《こどく》を感じている？　いったいどうして？　マティとチェイスが毎日のように学校帰りによってくれるし、雄鶏《おんどり》ジムも自分の家から、わたしの家まで深い道ができるほど、足繁《あししげ》く通ってくれるというのに。チェスターおじさんの大きな辞書なら、いまの気持ちを表現する言葉がのっているだろうか？　孤立《こりつ》した？　わびしい？　よるべない？

「ほら、トランプのババ抜《ぬ》きをやってると相手のいないカードが一枚《まい》残るでしょ」ヒゲちゃんに話しかける。「そうそう、まさにそれ。あまりものって感じ」ヒゲちゃんがわたしのひざの上で身をくねらせ、ゴロゴロ喉《のど》を鳴らす。わたしはその黒い頭をなでてやる。「あなたがいてくれる、それはありがたいのよ。でもね、わたしたちの関係は、パートナーというのとはちょっとちがう気がするの」

ヒゲちゃんは、かいてくれと言うように、ひっくりかえってお腹《なか》を見せる。ヒゲちゃんは、あたたかい場所で眠《ねむ》れて、食べるものがあって、ときどきなでてくれる人がいれば、それですべて安心なのだ。きっとわたしも彼《かれ》をお手本にして、くよくよ悩《なや》むのはやめて、十一月にミスター・エブガードの事務所に堂々と入っていくときのことを考えるべきなんだろう。目を閉《と》じて、秋の亜麻畑《あまばたけ》を想像する。ペリリーの話では、まるで海のように、青い花がいっせいに咲《さ》きそろうという。それから金色の穂《ほ》をふさふさと輝《かがや》かせる小麦畑。わたしの農地を囲う柵《さく》の一本一本が目に浮かぶ。

「大地主になるなんて、すごくすてきなことじゃない?」ヒゲちゃんがわたしの手を払いのけた。もうなでてもらうのはおしまいらしい。わたしもくよくよするのはもうおしまいにしよう。このはてしない空の下なら、わたしみたいな人間――〝根なし草ハティ〟――でも、一生懸《いっしょうけん》命《めい》働いて、自分の土地を手に入れることができるのだ。自分の家と呼《よ》べる場所が。それが、わたしの一番の願いだったのでは？

まるでキルトにくるまれたように、あたたかいものがわたしをすっぽり包む。感謝の言葉をささやいてから家のなかに入り、明かりを消してベッドのなかにもぐりこんだ。

8　恐怖《きょうふ》のにおい

三月十五日
モンタナ州、ヴァイダより北西へ三マイル

チャーリーへ

ヒゲちゃんがよろしくとのこと。山ほどのネズミと、ほかに何を食べているのか知らないけど、むっちり太ったヒゲちゃんには、会っても本人だとはわからないでしょう。まだチェイスには慣れていませんが、マティには好き放題をさせて、いつまでもなでられています。ある日など、マティはヒゲちゃんに、ミュリーのボンネットまでかぶせたの！　あのかわいらしい声で頼《たの》めば、だれでも言いなりになってしまう。まったくすごい女の子です。

話は変わって、あなたはエンジンとりつけの仕事をしているそうですね。飛行機を扱《あつか》う仕事なんて、聞いただけでワクワクしてきます。どうかプロペラには気をつけて！

夏時間という言葉を聞いたことがありますか？ イースターの日曜日にそれを開始するなんて、ずいぶんおかしなことに思えます。ウィルソン大統領の話では、これを実施《じっし》することで、何百トンもの石炭を節約でき、戦争に国民協力ができるとのこと。あなたたちが雨漏《あまも》りのする兵舎で眠《ねむ》り、ほかにも数々の犠牲《ぎせい》を強《し》いられていることを思えば、これぐらいの生活の変化は、なんでもないことのように思えます。

毎回手紙の余白に描《か》かれている星、あれが何を意味するのか、謎《なぞ》が解けました。どれも悲しいしるしなのですね。軍旗に金色の星を刺繍《ししゅう》し、息子《むすこ》が国のために究極の犠《ぎ》牲《せい》を払《はら》ったことを知らせる。そんな母親のひとりひとりを思うと、涙《なみだ》が出てきます。

この戦争が早く終わるように毎晩祈《まいばんいの》りをささげています。そして、フェイエッテ郡一のピッチャーをはじめ、兵士たちがひとり残らず無事に家に帰れるように祈《いの》っています。

心配でたまらない、あなたの友人
ハティより

アイビーおばさんがキッチンの壁《かべ》にかけていた刺繍《ししゅう》の基礎縫《きそぬ》いには、「月曜日は洗濯《せんたく》の日、火曜日はアイロンがけの日、水曜日は修繕《しゅうぜん》の日、木曜日は買い物の日、金曜日は掃除《そうじ》の日、土曜日はパンを焼く日、日曜日は休息の日」という言葉が刺《さ》してあった。今日は火曜日なので、アイロンをふたつともストーブで加熱し、キッチンのテーブルを清潔な毛布でおおう。シーツはアイロンがけが一番たいへんなので、まずそれから始める。片方《かたほう》のアイロンがさめたら、それをストーブの上にもどして、熱くなっているほうととりかえ、灰《はい》がついているといけないので、小麦粉を入れていた古い麻袋《あさぶくろ》の上でまずこする。次にキャミソールや他の下着類にアイロンをかけようと、並《なら》べおわったところで、庭から馬の音が聞こえた。

「やあ、こんにちは！」男の声が呼《よ》んだ。「ミス・ブルックス？」

あいているドアから外をのぞく。トラフト！　一瞬《いっしゅん》、実用一点ばりのチェスターおじさんの古いオーバーオールではなくて、今朝は自分のスカートをはけばよかったと後悔《こうかい》する。

「おはよう、お嬢《じょう》さん」トラフトの馬は汗《あせ》で毛がぬれていた。「トラブルに水を飲ませてもらえないかな？」

わたしはうなずいた。「長旅だったの？」

「まあそんなところかな」拍車《はくしゃ》の音をたてて、地面にすべりおりた。

「コーヒーでもいかが？」わたしは家のほうを手でさした。「それにパンもどう？　ペリリーのつくったパンとはくらべものにならないけど、食べても死にはしないわ」

トラフトが声をあげて笑った。「なんだかぼくの料理と似ているな」馬に水をやり、手綱《たづな》をつないでから、家のなかへ入ってきた。

「そこにすわっ――」ぎょっとした。世間さまに――そしてトラフト・マーティンに――どうぞ見てくださいといわんばかりに、わたしの下着類が並《なら》べてあった。それらをひったくるようにしてとりあげ、近くにあったからっぽのラード用のバケツに放《ほう》りこむ。

「ずいぶん居心地《いごこち》がよさそうな家になったね」相手はそ知らぬ顔で言ったものの、キラッと光った目から、わたしにはわかった。見られてしまった。ああ、どうしよう。アイビーおばさんならどう思ったかしら？

わたしはリンゴ箱を指さした。「とりわけこの椅子《いす》は、すわり心地《ごこち》がいいわよ」ラードバケツを急いでひっくりかえし、中身を見られないようにしてから、ちょっとした軽食の用意にかかった。

トラフトはパン数枚《すうまい》に、チェスターおじさんがつくったバッファロー・グミのジャムをつけ、二杯《はい》のコーヒーといっしょに豪快《ごうかい》に食べた。それから皿とカップを押《お》しやった。

「ごちそうさま。うまくて腹《はら》にがつんと来たよ」そう言ってブーツをはいた左足をゆさぶる。

「いや、足まで来た」

「軽いパンをつくりたいと思ってるんだけど」わたしは言った。

トラフトがにやっとする。「こんな湿気《しっけ》の多い天気じゃあ、軽いパンをつくるのは難《むずか》しいさ。今度つくるときはストーブの貯水缶《ちょすいかん》の上にスポンジをかぶせておくといい。うちの母がそうやってる」

「驚《おどろ》いた、ミスター・マーティン。『レディーズ・ホーム・ジャーナル〔家庭婦人むけの月刊誌《げっかんし》〕』を定期購読《こうどく》するより、あなたに話を聞いたほうがいいみたい」わたしは自分のコーヒーを飲みほした。

「うちの母っていえば、イースターの日に、きみを教会に誘《さそ》いたがってる。そのあとで食事をして、裁縫会《さいほうかい》〔慈善《じぜん》のために定期的に集まって縫《ぬ》い物《もの》をする〕をするんだ。赤十字のために」トラフトは立ちあがった。頬《ほお》が赤いのはあかぎれがひどいせいか、それとも照れているのか、よくわからない。「ぼくが喜んで連れていくよ」

「まあ、ありがとう。でもわからない――つまり、畑仕事がなければ、たぶん行くと思う。でもそのときは自分で行けるから」ここから教会まで、男の人の馬に乗せていってもらうというのは、このあたりでどんなことを意味するのかはわからないが、故郷《こきょう》では、そういうことは恋愛中《れんあいちゅう》のカップルがすることだった。

「それじゃあ、好きなように」帽子《ぼうし》をとって頭にのせ、位置を調整しているあいだ、じっとわたしの顔を見ている。そんな表情をされると、やっぱり誘《さそ》いに乗ろうかという気持ちになってくる。「ああそうだ、忘《わす》れるところだった。バブ・ネフツカーの店に今朝よったら、きみに手紙が来ていた。それならぼくが持っていってやろうって」シャツのふところに手を入れて、小さな包みをひっぱりだした。

「まあ、ご親切に」

「どうってことないよ」肩《かた》をすくめてジャケットを整えた。「このあたりの景色が好きなんでね」

今度はわたしが赤くなる番だった。

ひとつうなずいて、トラフトは出ていった。彼《かれ》が馬に乗って、去っていくのをじっと見守った。もらった包みで顔をあおぐ——おかしい、なんだって家のなかが急に暑くなったんだろう。首を左右にふって包みを解くと、二通の手紙と「ウルフ・ポイント・ヘラルド」が入っていた。最初の手紙はホルトおじさんからで、そこにつけられた、ちょっとした追伸《ついしん》を読むと、いつまでもうれしさがつづく。

このあいだの手紙は、じつにおもしろかった。

二通めはチャーリーから。一か月まえの日付で、アーリントンから出したものだった——封筒《ふうとう》に、しみやしわがついている。「検閲《けんえつ》ずみ」というスタンプが、封筒《ふうとう》の裏《うら》にしっかりおされていた。

一九一八年二月十日

ハティへ

ぼくは文句を言わない人間だが、それでもフランスに来て三か月もたつのに、きみからは一通の手紙も届《とど》かない。昔なじみのチャーリーのことなんか、もう考えもしないってことかい？　そうでないことを祈《いの》っている。

承知のとおり、まだ戦争には勝っていない。あと数日待ってくれ！　いまは、ひたすら軍事教練の毎日で、病気にならないよう気をつけている。ルームメイトが赤痢《せきり》になっていま病院に入院しているんだ。なんの働きもできないうちに、全員病室行きにならないことを祈《いの》るばかりだ。

軍服に身を包んだぼくの姿《すがた》を見たら、あまりのかっこよさに失神するだろう。赤十字の看護婦《かんごふ》が昨日写真にとってくれた。焼きあがったら、きみに送るつもりだ。

いまどこにいるかについて、くわしいことは教えられない――ごらんのように、検閲《けんえつ》のおかげで、ほとんどの手紙はスイスチーズみたいに穴《あな》だらけ――それでも、いつかここを再訪《さいほう》したいと思っているよ。ここには何百年も昔からある建物が並《なら》んでいる。食事は母の料理したものよりうまいし、フランス産ワインもちょこっと味見したなんてことは、母にはないしょだよ。ワインはすばらしい喉《のど》ごしだった。

今日は手榴弾《しゅりゅうだん》をつかう練習をした。フェイエッテ郡一のピッチャーには、そんなものはどうってことない。きみにピッチングを教えた日のことを思いだすよ。ほら、老雄鶏《ろうおんどり》のジャックの頭に、きみがボールをあててしまっただろう？　あれから、きみの腕《うで》はかなり上達したものの、かわいそうなジャックが完全に回復したかどうかはわからない。

驚《おどろ》かないでくれよ。軍が飛行機整備士になるための勉強をする人間を募集《ぼしゅう》したんだ。もちろんふたつ返事で志願して、すぐ受かったよ。これがぼくにぴったりでさ、おまえは仕事を覚えるのがじつに早いって、軍曹《ぐんそう》にも言われた。

昔なじみのことを忘《わす》れないでくれよ。すぐにでも一行でも二行でも、手紙を書いてほしい。

チャーリーより

このごろの郵便事情《ゆうびんじじょう》は、まったくいらいらしてしょうがない。モンタナに来てからすでに五通の手紙をチャーリーに送っている。それが彼《かれ》のもとに届《とど》くのには永遠の時間が必要で、まちがいなくふたりの手紙は入れちがってしまっていた。けれども、たとえいつ手紙を受けとったとしても、オオカミをやっつけたエピソードには、きっとチャーリーもおもしろがってくつくつ笑うことだろう。不思議なことに、わたしたちはどちらも、生きのびるために野球の技術を活用していた。

チャーリーの手紙をもう一度読んでから、もう一杯《ぱい》コーヒーをいれて、新聞の一字一句を味わうようにして読んでいく。アイロンはあとまわしでいい。ヘラルド紙の一面によると、イギリス軍はシュトゥットガルトで日中の急襲作戦《きゅうしゅうさくせん》を展開《てんかい》したらしい。それに、また病院船が魚雷《ぎょらい》攻撃《こうげき》を受けたものの、今回は沈没《ちんぼつ》を免《まぬが》れたとある。フランスで何が起きているかについては、何も報じられていなかった。アイビーおばさんに言わせると、知らせがないのがよい知らせらしいけれど、新聞の一面に目を走らせるたびに、わたしの胃はぎゅっと縮《ちぢ》む。事件らしいものといえば、ヘンリー・ハーンの葦毛《あしげ》の雌馬《めうま》がまた逃《に》げだしたというぐらい。あとはグレーシャー劇場《げきじょう》で『イン・ザ・バランス』をやっていて、アール・ウィリアムズが主演だという記事。演劇《えんげき》など久しく見ておらず、キティ・ゴードンが出ている『パープル・リリー』を見たのが最後だ。あれはチャーリーが軍に入隊する直前だった。

昔のハティなら、映画《えいが》の広告をいつまでもながめていただろうけれど、新しいハティはちがう。まっすぐ市場報告のページに移り、亜麻《あま》は一ブッシェルあたり、三ドル六十六セントで取引されていることを知る。シカゴ市場では、小麦一ブッシェルが二ドル二十セントで取引されていた。新聞の余白にいくつかの数字を走り書きする。チェスターおじさんは二十エーカーの土地に亜麻《あま》を植えて、八十ブッシェルの収穫《しゅうかく》を得ていた。わたしだって、それと同じぐらいの収穫《しゅうかく》は見こめるにちがいない。八かける六、四をくりあげる。それで二百九十二ドル八十セント。厳《きび》しいけれど赤字にはならないと、おじさんなら言うだろう。二十エーカーの土地に亜麻《あま》を、もう二十エーカーの土地に小麦を植えれば、要件の四十エーカーを満たせる。小麦の収穫《しゅうかく》は、どのぐらい見こめるだろう。これもカールにきかないといけない。思わず目をごしごしする。農夫たちが、いつも厳《きび》しい顔をしているのも無理はなかった。

新聞をばさっと閉《と》じる。うしろのページに求人広告がのっていた。シャムロック・カフェでは〝中国料理のベテランコック〟を募集《ぼしゅう》していた。わたしには完全に無理。〝下宿屋スミス・ルーミング・ハウスまもなく開業、経験豊富な部屋係メイドを募集《ぼしゅう》〟。思わずため息がもれた。イアンサ・ウェルズの下宿屋で働くよりと、アイオワを出てきたはずだったが、それでも土地を自分のものにするには、このスミス・ルーミング・ハウスに働きに出るしかなさそうだ。みんなそうしているのだ。土地の開墾《かいこん》をしながら、働きに出る。いったいどうやって時間を見つけているのだろう。ゴーリーさんの妹クラリスはパウダークリーク・スクールで教えているし、ウェイン・ロビンズは教会からネフツカーさんの店へ働きに出ている。リーフィーから聞いた話では、イギリスからやってきた若《わか》い男は、馬に乗って町から町を渡《わた》り歩《ある》き、人々の写真をとっているという。その人の土地はブロッカウェイのほうにあった。

わたしは学校で教えることはできないし、バブ・ネフツカーの店には手伝いの人がいくらでもいる。それに当然ながら、カメラなど持っていない。こんな人間に、ふさわしい仕事など見つかりそうもなかった。

「神様、そろそろ思いがけない形で手をさしのべてくださってもいいのではないでしょうか」

声に出して言ってみた。ヒゲちゃんが驚《おどろ》いて目をさました。作物の出来がよかったとしても、四十エーカーの土地の収穫《しゅうかく》をわたしひとりで行うことはできない。雄鶏《おんどり》ジムの話では、たいていの人はウェイン・ロビンズかゴーリーさんを雇《やと》うそうだ——ふたりは結束機と脱穀機《だっこくき》を持っている。いくらぐらいかかるのか、それはまだきいていなかった。今度会ったときにきいてみないと。目のまえでドルのマークが矢のように飛んでいく。

最後のコーヒーを飲みほして、アイロンがけを終えようと立ちあがった。お金がじゅうぶんにあろうとなかろうと、切《き》り抜《ぬ》ける——チェスターおじさんの土地を自分のものにするのだ。なんとしてでもやりとげる。

毎日の生活に、いつのまにか新しいひとときが加わった。家のわきの道を学校帰りのチェイスとマティが、しょっちゅう通るようになったのだ。手をふるぐらいで帰っていくときもあれば、家によって、いろいろおしゃべりしていくときもあった。

チェイスはまちがいなく、ひとかどの人物になると思えた。ほかの人間がだれも考えつかないこと、ましてや八歳《さい》の子どもの頭には浮《う》かぶはずのないことをぱっと考えつくのだ。たとえば、自分で飼っている子牛のバンビをしつけて、フタオビチドリの鳴き声のような口笛を吹《ふ》くだけで、よってくるようにさせた。先週は手のこんだ罠《わな》をつくって、プレーリードッグをつかまえた。

「こいつを歯車と滑車《かっしゃ》でつくったしかけにつないで、動力として利用するんだ」そう言って、びっくりするようなしかけを見せてくれた。「これがチップの入ったバケツに入っていって——」そう言って自分の両手をくるくるまわし——「そらそら！　チップがぱっとストーブのなかへ入るんだ。もう手を汚《よご》さないですむ」プレーリードッグをつかまえるところまでは成功したものの、そこから先の発明はチェイスの想像したようにはぜんぜんならなかった。それでもしつこくあきらめない。

おまけにチェイスはよく本を読む。純粋《じゅんすい》に物語に飢《う》えていた。チェイスがページに書かれた言葉に夢中になるいっぽうで、マティはしゃべる言葉が大好きだった。相手がだれであろうと、話にひきこんでしまい、マティとミュリーの会話から、わたしはヴァイダで起きているできごとのほとんどを知ることができた。たとえ町の近くに住んでいる人のように家に電話があったとしても、共同加入線でつながっている人の話を盗《ぬす》み聞《ぎ》きする必要もないだろう。マティがつねに最新情報を教えてくれるからだ。といっても、話題は六歳《さい》の子が興味を持つことにかぎられるのだが。

その日はすずしく、最近降《ふ》った雨で湿気《しっけ》があった。今日もまた、わたしの小麦畑になる土地の石拾いにはもってこいの日だった。ここの土地は、木はとぼしいのに、石ころはふんだんにある。中国にあるという、万里《ばんり》の長城《ちょうじょう》にも負けない壁《かべ》がつくれそうに思えてくる。きっとわたしは天国に行っても石を拾っているにちがいない。

あの太陽の角度からすると、そろそろ小さな影《かげ》がふたつ、現れるころだろう。ペリリーが〝痛《いた》む指のためのビスケット〟と呼《よ》ぶものをいくらかつくって用意してある。指が痛《いた》くて生地《きじ》をこねられないときに、まるめた生地《きじ》をハサミでちょんちょん切って、そのまま焼いたものだ。

シナモンシュガーをふりかけておいたので、あのふたりは、家に帰る道のりも短く感じられることだろう。

石を投げて山をつくり、チェイスとマティが通りかかるのを待ちながら、次にホルトおじさんに出す手紙の文章を頭のなかで組み立てる。大平原のにおいをおじさんに伝えたくてたまらない。チヌークが吹《ふ》いたあとの、春のきざしを感じられる甘《あま》いにおい、鼻をくすぐるセージのつんとした香《かお》り、上等なステーキ肉を焼いているときに、わたしの畑に広がるにおいも。

「ここでさまざまにまじりあう豊かなにおいを表現するためには、新たなアルファベットを発明しないと無理な気がします。家畜小屋《かちくごや》の掃除《そうじ》をするときだけは、深く息を吸《す》いこまないほうがいいとわかったけれど、それ以外のにおいは、どれもこれもすばらしく、もしそういう表現があるなら、まさに希望に満ちたにおいと言うべきでしょう」

そんなふうに、手紙に書く言葉を頭のなかであれこれ考えていたので、わたしの家にやってくる小さな侵入者《しんにゅうしゃ》たちのことを忘《わす》れるところだった。

「ううっ」何時間もかがみっぱなしだったので、背《せ》すじをのばしたとたん、腰《こし》から爪先《つまさき》まできりきりと痛《いた》んだ。地平線に目を走らせる。ほら、いた。手をふって大声で呼《よ》ぶ。「焼きたてのビスケットがあるわよ」陽気な声で教えた。

けれどもふたりとも、こちらへやって来ない。それどころか走って——つまずいて——逃《に》げていく。大きいのが小さいのをひっぱって、ふたつの人影《ひとかげ》が川岸をずっと進んでいる。

「マティ！　チェイス！」もう一度呼《よ》んだ。ふたりとも、畑にかがんでいるわたしが見えなかったんだろう。それからふたりのうしろに、べつの人影《ひとかげ》が三つあるのがわかった。これはあまり楽しそうな場面ではなさそうだ。

「そこの子たち！」大声でどなった。スカートをたくしあげ、畑を斜《なな》めにつっきって子どもたちのいるところへむかう。わたしは、かなりがんばらないといけない。むこうは脚《あし》こそ短いものの、とことんむきになって走っていた。

はあはあ肩《かた》で息をしながら、川岸のてっぺんまであがった。気がつくとチェイスとマティと、入《い》り乱《みだ》れた三人の男の子たちのあいだに割《わ》って入っていた。「わっ！」石がひとつ、がつんと肩《かた》にあたった。「ここでいったい何をしてるの？」

三人組が足をとめた。かまえた手には、全員石をにぎっている。だれもわたしの問いに答えない。

石をぶつけられた肩《かた》をさする。わたしが入ったことで、敵味方が同等になった――同じことを三人組も考えたのだろう。

「そこのきみ」三人のなかで一番背《せ》の高い子に話しかける。リーダーにちがいない。「ここで何をしてるのかって、きいてるのよ」

相手はわたしをにらみつけるばかり。がんとしてその場を動かない。

わたしはゆっくりと腰《こし》をかがめ、肩《かた》にあたった石を拾いあげた。ほかのふたりが腕《うで》をおろした。

「遊んでただけだよ」リーダーが言った。

「人にむかって石を投げるのは、遊んでるなんて言わないわ」チェイスとマティに一歩近よる。

「ひきょう者のやることよ」その言葉はうまいところをついたようだった。背《せ》の高い男の子が一歩まえへ出てきた。わたしは背《せ》すじをぴんとのばす。

「あなたたち、家は？」運試《うんだめ》しのサイコロみたいに手のなかで石を転がす。

答えない。

背《せ》の高い子の顔にどこか見覚えがあった。「あなた、マーティン家の子じゃない？」

「あんたに答える必要なんかない」

「そうね。でも光栄にもあなたと知り合いになったことを、あなたのお母さんは知りたいんじゃないかしら。日曜日に教会で会うのよ」

「あんた、なんで口出ししてくんだよ？」相手はちょっとひるみながらも、言いかえしてきた。

「あんたもドイツ野郎《やろう》の愛人かい？」

あどけない声が、そんな汚《きたな》い蔑称《べっしょう》を口にするのを聞くと胸《むね》が痛《いた》んだ。「わたしはこの子たちの友だちなの」手のひらの上で石をぽんぽん投げてみせる。わたしの言葉が相手にほとんどこたえていないのは明らかだった。そろそろ作戦変更《へんこう》だ。

何か石をぶつけられるものをさがす。むこうに生えている野生のプラムの木が、かっこうの標的になりそうだ。石を投げる。木の幹に痛快《つうかい》な音をたてて命中した。

「おれ、帰んないと」背《せ》の低いほうのひとりが、びくっと一歩あとずさった。「乳《ち》しぼりに遅《おく》れると、父さんにむちで打たれるんだ」その子ともうひとりは手に持っていた石を捨《す》てた。

「行こうぜ、ロン」ふたりしてリーダーをせきたてる。

ロンは最後にふてぶてしい目でわたしを見かえし、「ドイツ野郎《やろう》の愛人」とはき捨《す》てるように言った。

わたしは相手の目を見すえた。「なんとでも言いなさい」わたしは腰《こし》をかがめて新たな石を拾う。三人とも精いっぱい強がりながらわたしに背《せ》をむけ、はやる足を抑《おさ》えて川岸を大股《おおまた》で進んでいき、やがて見えなくなった。

「いったいどういうこと？」わたしはきいた。

チェイスは首を横にふった。もうずかずか歩きだしている。

「カールの本をとったの」マティの目が悲しそうにくもり、胸《むね》がつまった。

「チェイス！」走っていって、相手の細く強い腕《うで》に自分の腕《うで》をひっかけて、こちらをむかせた。

「ちょっと！」

頬《ほお》に乾《かわ》いた血のあとがすじをひき、鼻から血のしずくがたれている。生々しい赤い傷《きず》があちこちについて、右目に光っているものが、いまにも落ちそうになっている。

「ほら」わたしはエプロンの隅《すみ》をふるえる手で持ち、顔をふいてやる。チェイスはじっとしていたが、それからいきなりぱっと離《はな》れた。

「もう二度と学校なんか行かない」歯を噛《か》みしめて言う。「母さんが行かせやしない」鼻をまたさっとこすると、赤い血のすじが顔を横切った。

「とにかく、家に入ってきれいにしよう」息子《むすこ》のこんな姿《すがた》をペリリーに見せたくなかった。

チェイスは一瞬《いっしゅん》ためらい、それから素直《すなお》に言うことをきいた。「わかった」

川岸を歩いて帰る道すがら、チェイスから話をききだした。チェイスが言わない細かいことは、マティがミュリーの助けを借りて話してくれた。

「カールのお母さんの本だったんだ」わたしの家の階段《かいだん》をあがりながらチェイスが言った。

「古いおとぎ話」

「でね、それをロンが投げたの――」マティが自分の鼻をつまみ、人形の鼻もおおって言う。「おべんじょのなかに」

わたしはストーブの貯水缶《ちょすいかん》からボウルにお湯をすくい、ぼろ布をひたしてしぼってから、チェイスに渡《わた》した。チェイスはそれで顔をそっとふいた。

「どうして？」わたしはきいた。

「ドイツ語の本を持ってるのは法律違反《ほうりついはん》だって言って」チェイスがあんまり小さな声で言うものだから、危《あや》うく聞きのがしそうだった。

布をチェイスの手からとって、もう一度お湯ですすぐ――お湯が夕陽《ゆうひ》のようなピンク色に染《そ》まった。「ネルソン先生はなんて言ったの?」

チェイスが首をふった。

マティがわたしにむかってミュリーをゆり動かす。「チェイスが言わなかったから、ミュリーが怒《おこ》ってるの」

「先生に言わなかったの?」

すりむいた頬《ほお》に軟膏《なんこう》を塗《ぬ》ってやると、チェイスが顔をしかめた。「ロンのことは自分でなんとかできる」

わたしは軟膏《なんこう》を塗《ぬ》るのをやめた。「はずだったのにね」

「からかわないでよ」チェイスがぱっと身をひいた。

わたしはひざに両手を落とした。「そのとおりね。でも、からかうつもりはないし、これは笑いごとですませられるようなことじゃないわ」

「あのビスケット、いいにおいがするって、ミュリーが言ってるよ」マティがそう言ったので、わたしはビスケットをふたりに出し、おみやげにいくつかを包んであげた。

「だいじょうぶよ」ふたりが帰るとき、チェイスの肩《かた》をたたいてそう言った。「もうあなたに悪さはしてこない。もしそんなことになったら、ネルソン先生に言えばいい」

チェイスはマティの手をぎゅっとにぎって、まえへひっぱった。

「その必要はないよ。だって、もう学校には行かないから」

小高い川岸をのぼって、とぼとぼ歩いていくふたりを、わたしはじっと見守った。ホルトおじさんに書くつもりだった手紙の言葉が頭に浮《う》かぶ。深く息を吸《す》ってみたけれど、においはすばらしくもなければ、希望に満ちてもいなかった。風のなかに新たなにおいがまじっている。喉《のど》をつまらせ、心臓《しんぞう》を痛《いた》くさせるにおい。これが、人を信じられない恐怖《きょうふ》のにおいなのだろうか？

腰《こし》をかがめて作業用手袋《てぶくろ》を拾う。世の中がどうあれ、わたしの畑にはまだ石がある。作業にもどらなくてはならなかった。

9 教会

一九一八年三月三十日
モンタナ州、ヴァイダより北西へ三マイル

ホルトおじさんへ

アイビーおばさんはもうわたしの魂《たましい》のために祈《いの》るのはやめてもだいじょうぶです。イースター〔復活祭〕の日にあたる明日、わたしはこのヴァイダに来てはじめて教会の礼拝《れいはい》に参加します。おまけにそのあとの婦人編み物会にまで残ると聞けば、おばさんはなおさら喜ぶにちがいありません。ただし編み物については――わたしのやる気はまんまんでも、指がついてきてくれません。それでも、毛糸玉を巻《ま》くことぐらいはわたしにだってできます。

隣人《りんじん》のひとり、トラフト・マーティンが教会に連れていってやると言ってくれたのですが、断りました。彼《かれ》は家族で牧場経営をしていて、このあたりでは一番大きな牧場を持っています。ハンサムで、これまでに二度わたしの家に立ちよって畑の石拾いを手伝ってくれました。どんな悪人だとしても、それだけしてくれればたいしたものです。けれどもわたしの心にはすでに約束した相手がいます——三百二十エーカーの土地。十一月、正式に土地が自分のものになったあとなら、男友だちのことにも頭がまわるようになるでしょう。

『一九〇七年版、キャンベルの土壌管理《どじょうかんり》の手引き』を読みおわり、いまは雄鶏《おんどり》ジムから借りた家禽日誌《かきんにっし》を読んで、鶏《にわとり》がうちにやってきたときに備えています。読書傾向《けいこう》がここに来てがらりと変わりました。まだ三か月しかたっていないのに、オーバーオールにドタ靴《ぐつ》というかっこうで、見かけはいっぱしの農夫。まもなく農業の腕《うで》もあがることでしょう。

イースターのまえの土曜日に掃除《そうじ》をした。まず朝食の片《かた》づけをすませ、それから厚板を敷《し》いた床《ゆか》を磨《みが》く。床掃除《ゆかそうじ》につかった水で階段《かいだん》を洗《あら》い流《なが》し、残った水はドア口の、コーヒー缶《かん》にまいた種の水やりにつかう。八月になれば、この缶《かん》のなかからヒマワリが勢いよく咲《さ》く、それを想像しただけで顔がほころんでくる。たっぷり時間をかけて家のなかの仕事をすませ、ライ豆とハムで夕食をとったあとは、家畜小屋《かちくごや》から洗《あら》い桶《おけ》を運んできて、ストーブの貯水缶《ちょすいかん》にあるお湯を、やかんをつかって何杯《なんばい》も入れて、じょじょにいっぱいにしていく。土曜の夜のお風呂《ふろ》が終わったあとは、ぼろ布をカーラーがわりにして髪《かみ》を巻《ま》いておいた。わざわざこんな手間をかけるのは、アイオワを出てからはじめてのことだが、イースターの日は、おめかしするのにもってこいなのだ。

翌朝《よくあさ》、プラグはじつに紳士《しんし》で、どろどろのぬかるみを器用によけて進んでいった。かごには、チェスターおじさんの缶詰《かんづめ》の野生プラムをメイソンの貯蔵瓶《ちょぞうびん》ふたつにつめたものが入っている。礼拝《れいはい》のあとの食事のときに、みんなで分けて食べるつもりだった。町まで馬で行くのは気持ちがよく、心が安まった。友だちがいっしょなら、もっと楽しかったのだろうが、いっしょに参加しないかと誘《さそ》ったペリリーには首をふられてしまった。「もう長いこと行ってないのよ」

「それなら、また行きだすのに、いまが絶好のチャンスじゃないの」連れがいれば、どれだけ頼《たの》もしいことだろう。「それに子どもたちの日曜学校もあるし」

けれどもペリリーはかたくなにこばみ、その理由もまったく明らかにしなかった。それで結局、自分ひとり、とぼとぼ町にむかうことになったのだ。

教会に近づくにつれて、オルガンの奏《かな》でるかすかな旋律《せんりつ》が耳をとらえた。なつかしさが波のように押《お》しよせてくる――チャーリーと最後に教会に行った日曜日以来、はじめて耳にする賛美歌だ。

「よく来たわね、いらっしゃい！」若《わか》い女性があいさつをしてきて、グレース・ロビンズだと名乗った。「うれしいわ、やっと会えた」勝手に腕《うで》を組んで、教会のなかへひっぱっていく。

わたしたちはいっしょに会衆席《かいしゅうせき》にすわった。「食事のあとで、ちょっと編み物をすることになってるの」グレースがささやくと、オルガン奏者《そうしゃ》がボリュームをあげた。「兵士たちのためにね」

あの黄色い絹《きぬ》のドレスで華《はな》やかに装《よそお》ったミセス・マーティンが、ひそひそ話をするグレースに、だまりなさいとばかりに、いらいらした顔を見せる。グレースはふくれたものの、結局だまった。

礼拝《れいはい》が終わってツイード牧師と握手《あくしゅ》をし、みんなで集まっておいしい食事をとったあと、女たちはふたつのグループに分かれた。ひとつのグループは食事の片《かた》づけをし、もうひとつは――グレースにそちらにひっぱっていかれた――テーブルがわりの木《こ》びき台《だい》のまえにすわり、編み物の用具をとりだした。

「編《あ》み棒《ぼう》を余分に持ってきたの」グレースが言う。大きなかごのなかを手探《てさぐ》りしている。「ほら、それに毛糸もひと玉」それをわたしによこしてきた。

わたしは必要な数の編み目をがまん強くつくっていきながら、ようやく編みおえてチャーリーに送った靴下《くつした》のことを思いだした。あれには円盤《えんばん》の形をしたスイスチーズよりたくさんの穴《あな》があいていた。室内のあちらこちらを見てみる。ほかの編《あ》み棒《ぼう》はみな、カチカチ音をさせながらすいすい動いているのに、わたしの編《あ》み棒《ぼう》だけはぎくしゃく動いて、耳ざわりな音をたてている。

グレースが同情するような目をよこした。「ねえ、夏時間ってどう思う?」毛糸をついとひっぱって、玉からさらに糸をひきだして言う。

「石炭の節約になるって話ですよ」わたしは言った。「十二か国が採用するって」チャーリーもフランスで一時間早く起きるようになるのだろうか?

「そういうことを、何もイースターの日から始めなくたっていいのに」まだ紹介《しょうかい》もしあっていない、ぷっくり太った女性が言った。

「ウィルソン大統領って、どう? あの氷のように冷たい人間つらら」ミセス・シリンジャーが文句を言う。「それにあの人、長老派《ちょうろうは》教会の牧師の息子《むすこ》でしょ」

グレースが自分の編んでいるものに顔をしかめた。「目をひとつ落としちゃったみたい」

「それをふくめ、戦争遂行《すいこう》の手助けになるなら、どんな法律《ほうりつ》も支持するのが、愛国者の義務ですよ」ミセス・マーティンがきっぱり言った。

「先週、うちの兄が入隊したって言ったかしら?」グレースが誇《ほこ》らしげに言う。「いまちょうどルイス駐屯地《ちゅうとんち》にむかってるところよ」

ミセス・マーティンの口がぴくっとひきつった。グレースに痛《いた》いところをつかれたようだ。

「何も、お国に奉仕《ほうし》するのに軍服を着る必要はございません」ミセス・マーティンがぷりぷりして言う。それを聞いて、どうしてトラフトはまだ戦場に行っていないのだろうと不思議に思った。たしかに、法律《ほうりつ》が定めるとおりに登録はしても、自分の番号が呼《よ》び出《だ》されない人もたくさんいるのは知っている。チャーリーの場合はもちろん、徴兵《ちょうへい》されるのを待ってなどいられなかった。自ら志願したのだ。

先をつづけるミセス・マーティンの声は怒《いか》りでぴりぴりしていた。「たとえば、うちの息子《むすこ》は郡国防会議に入ってお国に奉仕《ほうし》しています。それにミスター・ネフツカーは徴兵委員会《ちょうへいいいんかい》に入っていますし、それに――」ひとことごとに声が高くなり、耳にキンキン響《ひび》いてくる。明らかにグレースは痛《いた》いところをついたのだ。

「リオーナ」ミセス・シリンジャーがなだめる。「あなた、わたしたちにちょっとしたニュースがあるって聞いたけど」

ミセス・マーティンはちょっともったいぶって黄色い絹《きぬ》をさらさらいわせてから、ミセス・シリンジャーにむきなおった。「これは女性のみなさんが真っ先に知るべきことだと思いましてね」早く教えてと懇願《こんがん》されるのを待つかのように、椅子《いす》の上でふんぞりかえる。だれも懇願《こんがん》しなかった。ミセス・マーティンはつづけた。「ツイード牧師とわたくしとで、ヴァイダの教会にもそろそろ聖歌隊《せいかたい》を置くべきだと、意見が一致《いっち》しました。牧師さまから直接話を持ちかけられましたのよ」

グレースがわたしに顔をむけ、あきれて目をぐるぐるさせる。

「聖歌隊《せいかたい》、なんてすばらしいアイディアかしら！」わたしは言い、グレースのびっくり仰天《ぎょうてん》している顔に吹《ふ》きださないように気をつける。この小さな会衆《かいしゅう》は、まさに寄せ集めといってよく、まとまりがなかった。聖歌隊《せいかたい》でも組織すれば、みんなの心がひとつになって、礼拝《れいはい》の雰囲気《ふんいき》もずいぶん明るくなるような気がした。それにペリリーをまた教会に呼《よ》びもどす、かっこうの理由もできる。「まさに聖歌隊《せいかたい》にぴったりの人がいるんです」

「あなたは、お歌いになるのかしら、ミス・ブルックス？」ミセス・マーティンが眼鏡のへりからわたしの顔をじっと見る。

「まさか、ちがいますよ。わたしなんか、ぜんぜんだめ！」自分で言ってげらげら笑う。「その人は、わたしなんかよりはるかに歌がうまいんです」

「ハティ」グレースがわたしの腕《うで》をぽんぽんたたく。「うちの雌牛《めうし》だって、あなたよりうまく歌うかもね」

みんなといっしょにわたしも笑った。「アイビーおばさんの教会では、子どもたちの聖歌隊《せいかたい》をやめてくれと頼《たの》まれました。金切《かなき》り声《ごえ》を出したせいで」

「あなたがふさわしくないと言うなら、だれを入れろと言うのかしら？」ミセス・マーティンが言った。

「天使の声を持つ人」わたしは編《あ》み棒《ぼう》を置いた。「ペリリー・ミュラーです」

部屋のなかがしんとなった。グレースがわたしにちらっと目をよこしたものの、それが何を意味しているのか、わたしにはわからなかった。

「ペリリーの歌を聴《き》いてみてください」わたしは沈黙《ちんもく》をうめようと言葉をつづける。「それに彼女《かのじょ》はほとんどすべての賛美歌を知ってるんです」

ミセス・マーティンは薄《うす》い唇《くちびる》をハンカチでそっと押《お》さえた。「他人の悪口を言うのは好きじゃありません」そう言いながらも話しだす。しゃべっていくうちに、興奮《こうふん》の面持《おもも》ちになる。「ですけどね、ペリリーは、ミュラー家の人は礼拝《れいはい》には参加しないのよ」

「いまはまだ」わたしは言った。

「誘《さそ》うのはやめなさい」とミセス・マーティン。

「どうしてです？」雌鶏《めんどり》のセージ煮《に》こみを煮立《にた》ててるときみたいに、わたしの血がふつふつたぎりだした。

「あっ、そこの毛糸、からまってるわよ、ハティ」グレースが言った。「貸してごらん」わたしの編み物に手をのばしてきた。

ミセス・マーティンは咳《せき》ばらいをした。「からまっているのは、毛糸だけじゃないようね」これまで以上に達者な口だった。「ミス・ブルックス、もう少し落ちついたときに考えれば、わかってもらえるのじゃないかしら。ペリリー・ミュラーをわたしたちの聖歌隊《せいかたい》に加えるのは適切じゃないってね」そう言うと、自分の編《あ》み棒《ぼう》をひざの上に置いてあった緑の毛糸玉に刺《さ》した。「だいいち、あなたはまだ若《わか》いし」冷たい目でわたしを見すえた。「おいくつ？」

きかれたことに驚《おどろ》いて、口からぽろっと出てしまった。「十六。十月で十七です」

「そんな歳《とし》なのに、土地を自分のものにしようと考えている。たったひとりで」ミセス・マーティンは編み物をバッグのなかに入れて立ちあがり、コートをとりあげた。「それについては、いずれ郡国防会議が関心をむけてくるでしょうね」

わたしの胃がよじれた。「どういう意味ですか?」ミセス・マーティンにつめよった。

グレースがわたしの腕《うで》に手をのせ、ひとことささやいた。「やめて」

わたしは苦いものをのみこみ、勢いをつけて椅子《いす》から立ちあがった。「失礼します。晩《ばん》の仕事があるので、帰ります」

ヴァイダから家までは、馬に乗って三マイルの距離《きょり》だが、そのうちの一歩分の距離《きょり》さえ、自分がどうしていたのか記憶《きおく》がない。プラグの背中《せなか》に、小麦粉を入れる麻袋《あさぶくろ》のようにすわっていた。ヘラルド紙で、〝戦争神経症《せんそうしんけいしょう》〟について書かれた記事を読んだことがあった。戦場の兵士があまりにショックなできごとにあって、精神的に崩壊《ほうかい》する。それこそまさに、そのときのわたしの状態だった。

プラグを家畜小屋《かちくごや》に入れて、体をよくふいてやる。オート麦をひとつかみやると、ベルベットのような感触《かんしょく》の舌が、なぐさめるように手にふれた。おそらくミセス・マーティンは自分が何をしゃべっているのか、わかっていないのだろう。なぜ郡国防会議が、わたしの土地にとやかく言う必要があるのだろう? 年齢《ねんれい》となんの関係がある? チェスターおじさんがわたしに残してくれた土地だ。ほかのだれでもない、このわたしに。

いくぶん心が軽くなり、プラグの背中《せなか》をぽんぽんたたき、バイオレットにやさしい言葉までかけてやった。

その心の軽さも、家まで来たとたん、このあいだつくったパンの生地《きじ》のように、たちまち重くなった。ドアが半びらきになっている。じりじり近づいていって、そっと押《お》してあける。

「リーフィー?」たぶんまた彼女《かのじょ》がよったのだろう。通りがかりにいつもよる習慣になっていた。「いないの?」

答えがない。

「ヒゲちゃん?」わたしはなかへ入った。

やはりしーんとしている。

奥《おく》へ入っていく。だれもいなかった。けれどもだれかがいた気配はあって、キッチンのテーブルの上に何か置いてあった。手にとってみる。

粗末《そまつ》な広告チラシのようだった。「モンタナ愛国連盟《あいこくれんめい》に加入を」と書いてある。「国内からドイツ人を追放し、階級間の対立を阻止《そし》し、純粋《じゅんすい》な愛国心を高めよう。忠誠心《ちゅうせいしん》に篤《あつ》いモンタナの住人なら老若男女《ろうにゃくなんにょ》を問わず、加入できます」。

わたしは自分の家のなかをぐるっとまわって、わずかな所持品を確認《かくにん》する。何も荒《あ》らされたようすはなかった。心の平安をのぞいて。

10 うれしい知らせ

一九一八年四月二日
モンタナ州、ヴァイダより北西へ三マイル

チャーリーへ

早く小包を送れるといいなと思っています。心配しないで! 今度も手編みの靴《くつ》下《した》ってわけじゃないから。このあいだ送った靴下《くつした》で、あなたもお友だちも、ずいぶん笑ってくださったようで光栄です。編み物の才能に欠けている分、わたしにはキルトを縫《ぬ》う才能がそなわっているようです。上達が早いとペリリーも喜んでくれ、ほんとうを言うと、やっと取《と》り柄《え》がひとつできたと、自分でもほっとしています。そうです、あなたにつくっているのはキルト。よくある水車のパターンをわたしなりに応用した新しいパターンで、題して「チャーリーのプロペラ」。あなたの飛行機整備士への昇《しょう》進《しん》に敬意《けいい》を表して贈《おく》ります。防水にはなっていないけれど、体をしっかり温めてくれるでしょう。

上達したといえば、チェスもそうです。先週は雄鶏《おんどり》ジムと対戦し、負けたとはいえ、接戦まで持ちこめました。ジムはルイストンで暮《く》らしているいとこから、不安になる話を聞いたそうです。そこの高校に暴徒が侵入《しんにゅう》して、ドイツ語の教科書をすべてひっぱりだして、焼《や》き捨《す》ててしまったというのです。学校が焼けなかったのが、ある意味奇跡《きせき》でした。教師のひとりは動揺《どうよう》するあまり、学校をやめて町を出たそうです。

わたしは土地を自分のものにするというゴールから目をそらさないようにがんばっています。このあいだ、種をまく時期を見きわめる方法をカールから教わりました。土の味を見るという、雄鶏《おんどり》ジムの方法よりはずっといいもので、土をひとつかみして、それを手のなかでぐしゃっとつぶすのです。わたしの畑の土はかたまりが多くてぼこぼこでした――これでは種が腐《くさ》ってしまいます。バブ・ネフツカーは、来月の半ばまでまけるからだいじょうぶと言うのですが、わたしとしては、できればそんなに長く待ちたくありません。

わたしの小さな農場報告に、あなたは笑っているかしら？　自分でも、なんだかおもしろいって思うことがあります。だって土や天気なんかのことで、毎日気をもんでいるのですから。かといって自分のためだけに心配しているのではありません。農業の仕事をするというのは、いまの時代、強い愛国心の現れです。わたしたちは、できるだけたくさんの作物を育てるよう、背中《せなか》を押《お》されていきます。考えてもみて！　わたしのつくった小麦が、兵隊さんの夕食になるかもしれないんだから。

でも、あなたの夕食にはならないでほしい。わたしの作物を収穫《しゅうかく》する八月よりずっとまえに、あなたが家に帰れますように。

あなたの友だち
ハティ・アイネズ・ブルックスより

自分の財布《さいふ》のなかをじっと見る。このなかに、紙を食べて生きている虫でも入っていたら、すぐに飢《う》え死《じ》にしてしまうだろう。モーセがイスラエルの民《たみ》を率いて砂漠《さばく》を渡《わた》ったとき、神様がひもじい民《たみ》の頼《たの》みにこたえて天からマナを降《ふ》らせてくれたことを思いだす。わたしははてしないモンタナの空をじっと見つめる。マナでもなんでも、いますぐに何か降《ふ》ってきてくれそうな気配はなかった。心配のあまり、神様にはっきり口にしてお願いしてみた。

「神様、収穫期《しゅうかくき》まで乗り切れるよう、ほんのちょっぴり収入《しゅうにゅう》をあたえてください」そう言ってから、さらに言葉を足す。「ご無理を言うつもりはありません、それでも助けてくださったらうれしいです」なんとしてでも、神様にもう一度思いがけない形で手をさしのべてほしかった。

どうしたらいいか何も考えが浮《う》かばず、天から稲妻《いなずま》のようにヒントがあたえられることもなく、家畜小屋《かちくごや》の仕事を終えた。

春は冬をしっかりと押《お》しのけていて、紫色《むらさきいろ》のプレーリー・クロッカスやイエロー・ベル、それに、そばを通るとさわらずにはいられない、ふわふわのキトゥン・テイルで、大平原はまだら模様《もよう》になっていた。ブーケをつくって、ペリリーに持っていこうかと思う。そうしたいのは山々だけれど、柵《さく》の杭《くい》が、わたしを呼《よ》んでいた。柵《さく》づくりに必要な資材を集めて仕事にむかった。

見なれた馬が見なれた人を乗せ、くねくね道を通って、わたしのほうへやってくる。ヴァイダにあるバブ・ネフツカーの店でわたしの郵便物《ゆうびんぶつ》をあずかり、こちらのほうへ来るときに持ってくるという仕事を、トラフト・マーティンは自分で買って出ていた。そのおかげで、わたしは町まで行かないですむのだが、その好意を喜んで受ける気にもなれなかった。

「ずいぶん進んだじゃないか」トラブルからするっとおりて、はき古した革靴《かわぐつ》で軽く地面に着地した。

「ほんとうにいつか終わるのかしら?」わたしはまた新たな留《と》め釘《くぎ》を打った。

トラフトは帽子《ぼうし》をぬいで、それを鞍《くら》がしらにひっかけた。後頭部の髪《かみ》がはねて、クエスチョンマークのような形になっている。ヘアトニックの、つんとする松のにおいがした。「少しのあいだ、釘《くぎ》を打つのを手伝おうか?」

わたしの腕《うで》は、ぜひお願いしたいと言っている。しかし、わたしのがんこな心は、「ありがとう、でもだいじょうぶです」と答えていた。

「きみの郵便物《ゆうびんぶつ》を持ってきたよ」トラフトはコートのポケットをたたいた。「それから、新聞も。新聞読むのが大好きなんだよね」

「ありがとう」作業用手袋《てぶくろ》をぬぐ。

トラフトはちょっとためらい、何かほかに言いたいことがあるようだった。それから手紙の入った包みを渡《わた》してきた。「またフランスから来てるね」

「クラスメイトだったチャーリー」相手の声に問いかける響《ひび》きがあったのでそう答え、手紙を昼食の入ったかごに押《お》しこんだ。

「仲のいい友だち？」なぜだかその言葉に、わたしの胃がひっくりかえった。

「長いつきあいなの。彼《かれ》が猫《ねこ》をくれたのよ」

トラフトはきびきびうなずき、そうすることでわずかな情報を頭のなかの正しいファイルにふり入れたようだった。

「いつかそのお返しをしなきゃと思ってるの」

トラフトは乗ってきた馬のほうへもどっていった。「それじゃあ、今日はこれで」

「ありがとう」相手がまだあぶみに足をかけるまえに、わたしはもう釘《くぎ》を打ちはじめた。

「そうだ、言《い》い忘《わす》れていた」トラフトが動きをとめた。「ダンスがあるんだ。ヴァイダの小学校の校舎で。きみも来ないかと思って」

「ダンスはしないの」アイビーおばさんが、ぜったいにいけませんとキンキン声をあげる場面が頭に浮《う》かぶ。「ダンスが終われば、酔《よ》っぱらってふしだらなことをするんだから！」

「愛国者の義務だって言ったら？」トラフトが言う。「自由公債《じゆうこうさい》を支援《しえん》するための、募金活動《ぼきんかつどう》の一環《いっかん》なんだ」

「愛国者」のひとことに、身がこわばった。テーブルの上に残されたメッセージに、まだ気がたっていた。「愛国連盟《あいこくれんめい》に加わるのと同じように？」

トラフトは驚《おどろ》いた。「なんだって？」

わたしは募集《ぼしゅう》チラシを見つけたことを話した。「どういうことなのか、わけがわからないわ」

トラフトはトラブルの手綱《たづな》をいじくっている。何か言っておくべきことがあるという感じなので、わたしは待った。

「きみは……」馬の首をなでる。「戦争について、何か言わなかったかい？　戦争に反対しているような印象を人にあたえることを？」

「わたしには、だれかを相手に戦争のことを語る理由なんてまったくないわ」雄鶏《おんどり》ジムは例外だったけれど、それはトラフトには関係のない話だ。

「なるほど、それじゃあきっと……」そこでまた口ごもった。「いやつまりハティ、最近じゃ、みんながみんな他人に目を光らせているから」

わたしは手に持ったハンマーをゆすってみせる。「たしかに、一日じゅう石を積んで、柵《さく》の杭《くい》を打っているだけなんだから、非国民に見えるかも」

「そんなふうに軽く考えるもんじゃない」火に水をかけた以上の速さで、相手の声が一気に冷えた。

「わたしのしたことの何が、愛国心のない人間だって思われるのか、教えてください」会話の底の流れがいつのまにか変わっていた。まるでいまにも渦《うず》にのみこまれてしまいそうな感じがする。どんなに魅力的《みりょくてき》であろうと、トラフト・マーティンは郡国防会議のリーダーだ。ミセス・マーティンの息子《むすこ》なのだ。

「きみにはきっと納得《なっとく》できないだろう。それでもぼくははっきり言っておこう。カール・ミュラーのことがうわさになっている」

「えっ？」わたしは危《あや》うくハンマーを手から落とすところだった。「どんなうわさ？」

「ヴァーン・ハミルトンが検挙された事件については、きみも知っているだろ？　煽動的《せんどうてき》なことを口にして罪に問われた。戦争には行かない、徴兵《ちょうへい》するなら棺桶《かんおけ》に入れてひっぱっていけと言ったのを？」

わたしはうなずいた。新聞で読んだことがあった。

「ある日バブの店でカールが、その男にはそういうことを言う権利《けんり》はあると言った。言論《げんろん》の自由だとかなんとか言って」

「それで？」

「ハティ、いまは戦争中なんだ」わたしの目をじっと見る。「カールは外国人で敵だ」

「敵なんかじゃないわ」わたしは言った。「知り合えて、ほんとうによかったって思える、最高にすばらしい人間よ」

トラフトはわたしに微笑《ほほえ》んでみせたが、それはアイビーおばさんの微笑《ほほえ》みと同じだった。あなたのためを思って、話題を変えてあげるのよと。

「きみを怒《おこ》らせるつもりなんて、まったくなかったんだ。ただ知っておいたほうがいいんじゃないかと思って」肩《かた》をすくめる。「きっと、どこかの子どもたちがきみをからかっているんだよ。それでそんなチラシを置いたんだ」

トラフトが話題を変えようとしているのだとしたら、それは失敗だった。「とにかく、カールはわたしの友人です」

「わかってる」トラフトはうなずいた。「彼《かれ》は運がいい男だ」

帽子《ぼうし》を鞍《くら》がしらからさっととり、頭にかぶせた。「ダンスのことだけど――そんなに警戒《けいかい》するもんじゃない。ちゃんとした目的があるんだ。もし来る気になったら、一曲はぼくのためにとっといてくれるとうれしいよ」いまはじつにあたたかな偽《いつわ》りのない笑《え》みを浮《う》かべている。ひょっとして相手にはまったく悪気がなかった言葉を、わたしが勝手に悪くとったのではないかと思えてきた。

わたしは笑《え》みを返した。「あなたの爪先《つまさき》はきっと後悔《こうかい》するわよ。わたし、ダンスは得意じゃないから」

「ぼくは教えるのがうまいよ」

「さて仕事にもどらないと」赤く染《そ》まった頬《ほお》を隠《かく》すために、柵《さく》のほうをむいた。

「それじゃあ、ダンスのときにまた」そう言うと、トラブルの背《せ》にさっと乗った。トラフトを乗せて、馬はぐるっと方向転換《ほうこうてんかん》し、蹄《ひづめ》の音をたてて走り去っていった。

トラブルの蹄《ひづめ》の音と同じリズムで、わたしの心臓《しんぞう》がドキドキ脈を打つ。うしろを手探《てさぐ》りし、石ぞりを見つけると、そこに背《せ》をもたせかけてすわった。トラフトといっしょにいると、まるでサーカスの綱渡《つなわた》りをしているような気分になる。息を数回深く吸《す》って、心臓《しんぞう》の鼓動《こどう》を落ちつかせる。たしかに、あのチラシはトラフトの言ったとおりにちがいない。まちがいなく、いたずらだ。それに、トラフトはわたしのためを思って、カールのことを話してくれたんだろう。町で何か話すときはもっと注意が必要だと、カールに言ってあげよう。もしかしたらトラフトと自分は似ているのかもしれない。自分にとって大事なものについては、どうしてもがんこになる。むこうにとってはそれが自分の牧場であり、この国なのだ。わたしのなかにも同じようにがんこな性質があって、アイビーおばさんが何度変えようとしても、それは変わらずに、わたしのなかにあった。

トラフトの足を踏《ふ》まないよう、必死になってダンスをしている場面を想像してみる。トラフトは一曲わたしと踊《おど》ったら、次はべつの相手を見つける、きっとそうにちがいない。あんなハンサムな男性と踊《おど》っているわたしを見たら、ミルドレッド・パウエルはきっと地団駄踏《じだんだふ》んでくやしがるんじゃないだろうか。八年生の卒業舞踏会《ぶとうかい》のことを思いだす。「まあ、ハティ」わたしにむかってミルドレッドは言った。「さすが優等生《ゆうとうせい》、こういう華《はな》やかな場面でも地味なかっこうをしてくるのね」ミルドレッドの仲間たちもいっしょになって笑った。けれどもそこでいつもやさしいチャーリーが進みでて、ワルツを踊《おど》ってくださいと申しこんできたのだ。チャーリーの足は、そんな誘《さそ》いをかけたことを後悔《こうかい》したにちがいないが、チャーリー自身は、わたしの不器用なダンスについては何も言わなかった。「青いドレス、よく似合うね」と、そう言ってくれた。

わたしはチャーリーのやさしさを思いだして、ため息をついた。それから針金《はりがね》をつけられるのを待ってずらりと並《なら》んでいる柵《さく》の杭《くい》をじっと見る。これにもやっぱりため息が出た。

ハンマーをとりあげてふたたび仕事にかかり、もうこれ以上一回もハンマーが持ちあがらないという状態になるまでがんばった。それから家でつめてきたランチをかきこんで、ガラスの瓶《びん》から、冷たい井戸水《いどみず》を飲んだ。ちょっと想像力を働かせれば、アーリントンにあるチャップマンのドラッグストアで、イチゴのソーダを飲んでいる気分になれる。あるいはホルトおじさんの店で買った、よく冷えたサルサパリラ〔サルサという植物のエキスで味つけした清涼飲料《せいりょういんりょう》〕でもいい。冷たいパンケーキ、つぶれたリンゴ、ひとつかみのドライフルーツも、想像力ひとつでおいしい食事になった。両手を払《はら》って、郵便物《ゆうびんぶつ》に手をのばす。新聞は、夕食や晩《ばん》の雑用仕事のあとのデザートがわりにする。

チャーリーから届《とど》いた手紙はぶっきらぼうだった。ようやくわたしの手紙が届《とど》いたとあり、現在二十四時間シフトで、飛行場に勤務《きんむ》していると書かれていた。最後をこうしめくくっていた。

ここでは人が続々倒《たお》れているが、戦争よりも、さまざまな病気にやられている人数のほうが多い。ぼくの部隊は、これまでのところなんとか切り抜《きぬ》けているものの、スペイン風邪《かぜ》で大勢の人が死んでいる。敵のドイツ野郎《やろう》と同じぐらいタチが悪いんだ。昨日は、マスタード・ガス〔第一次世界大戦中、ドイツ軍が使用した毒ガス〕を浴びて失明した人たちが列になって移動しているのに出くわした――まるでゾウの群れのように、よろよろ歩いていた。それぞれがとなりの人間の肩《かた》に手をおいていたよ。

その先の文章は検閲《けんえつ》のナイフで切りとられていた。さらに先を読んでいく――。

モンタナから来たっていうやつ三人と会った――たぶんグレート・フォールズの人間だと思う。野球の試合を早くやりたいって息巻《いきま》いている。ぼくも参加して、アイオワの力を見せつけてやるぞ！

きみの（孤独《こどく》な）仲間、チャーリーより

ぞっとして手紙を閉《と》じた。春の日差しが、いつのまにか数度温度をさげたように感じられる。チャーリーは軍への入隊を志願したとき、とても興奮《こうふん》していた。世界を自分の手で救ってやるという勢いだった。ふりかえればわたしも、チェスターおじさんの手紙に大興奮《だいこうふん》し、アイビーおばさんの家をあとにしてきたのだった。チャーリーとわたしは、同じ状況《じょうきょう》にあるのかもしれない。そこへ行けば自分が英雄《えいゆう》にでもなれそうな、そんな輝《かがや》かしい夢を見て、新たな世界へ飛びこんでいった。その夢はたしかに幻《まぼろし》ではなく、どこかにきっとあるはずなのだが、それをつかむには、土や、痛《いた》みや、悲しみを、掘《ほ》って、ひっかいて、必死に努力しないといけない。自分ならきっとできると信じて。

あれこれ考えたことを頭からふり落とし、ホルトおじさんから来た手紙に手をのばす。分厚い封筒《ふうとう》だった。長い手紙を書くのはおじさんの性分《しょうぶん》ではなかった。きっと以前にもらった手紙のように、あいだに雑誌《ざっし》でもはさんであるのだろう。

封筒《ふうとう》をあけると、なかから紙切れが一枚《まい》、ぱらりと床《ゆか》に落ちた。「ミス・ハティ・アイネズ・ブルックスに―― 十五ドルを支払《しはら》うものとする」。小切手？　もう一度見てみる。振出人《ふりだしにん》は「アーリントン・ニュース」。いったいどういうことなのか、説明を求めてホルトおじさんの封《ふう》筒《とう》のなかをさぐる。

ハティへ

おまえの手紙には、ずいぶん楽しませてもらい、目をひらかされたものだから、それをミスター・ジョージ・ミルトンバーガーにも読んでもらった。「アーリントン・ニュース」の編集者だ。入植者の暮《く》らしをこれだけ生き生き描写《びょうしゃ》していれば、幅広《はばひろ》い読者層《どくしゃそう》が興味を持って読むだろうと、わたしと意見が一致《いっち》した。彼《かれ》の手紙（同封《どうふう》した）を読んでくれればわかるだろうが、おまえの書いた話をもっと発表したいそうだ。その期待にこたえてくれることを願っている。

ホルトおじより、愛をこめて

ミスター・ミルトンバーガーからの手紙をひったくるようにして手にとった。一回分の記事に対して、十五ドルを支払《しはら》うと書いてあり、「できれば毎月」とのことだった。土地を所有する要件をすべて満たし、正真正銘《しょうしんしょうめい》の地主になるまでのあいだ。

「ハレルヤー、プラグ！」うれしさが爆発《ばくはつ》して、落ちついた馬を驚《おどろ》かせてしまった。マナはモンタナの空からたしかに降《ふ》ってきた——その空の下で営まれる暮《く》らしについて書いたおかげで。「現金よ！」あと何か月あるか、指を折って勘定《かんじょう》する。「四月、五月、六月、七月、八月、九月、十月、十一月——プラグ、八か月あるわよ。八かける十五は……」すばやく計算した。「百二十ドル！」はてしない青空にむかって、両腕《りょううで》を大きくのばした。「神様、ありがとうございます。やはり思いがけない形で手をさしのべてくださったのですね！」

手紙と小切手をていねいに、昼食を入れてきたかごにしまった。午後は、釘《くぎ》を一本一本打ちながら、次にミスター・ミルトンバーガーに送る一回分の記事を練りあげた。一か月に十五ドル！　土地が自分のものになるまでのあいだ！　最後の手続きに必要な三十七ドル七十五セントはとりわけてあった。もちろんそれ以外にもいろいろと出費があるだろう。それでも貯金でなんとかまかなえるはずだった。そうなると、新しいブーツを買えるかもしれない。ホルトおじさんの古いおさがりじゃなく、自分の足にぴったり合う長靴《ながぐつ》が。それに、「ウルフ・ポイント・ヘラルド」も自分で買える。新聞とブーツを合わせても、わずか七ドルの出費ですむ。興《こう》奮《ふん》が抑《おさ》えきれなかった。「プラグ、わたしたち、きっと成功するわ」ハンマーがまるで羽根のように軽く感じられ、残りの柵《さく》の釘《くぎ》はすいすい打っていけた。

最後の釘《くぎ》を打ちおわり、荷物をまとめたときには、花咲《さ》く大平原をふわふわ浮《う》きながら歩いているような気分だった。

「ほかの百万長者さんたちは、今日は何をしているかしらねえ、プラグ？」目の奥《おく》で、ペリリーの姿《すがた》がちかちかした。モンゴメリーウォードのカタログのなかの揺《ゆ》り椅《い》子《す》を指さしている。オーク材でできたそれは、三ドルだった。「赤んぼうを抱《だ》いてすわるのに、いいと思わない？」ペリリーはそう言っていた。ミュラー家では、いま新しいトラクターを買うために貯《ちょ》蓄《ちく》をしていた。だからペリリーが自分のためにそれだけのお金をつかえないのはわかっている。

その夜、乳《ちち》をしぼるのに、バイオレットはいつも以上に気《き》難《むずか》しかった。まるで欲《よく》ばりな手が自分の乳首《ちくび》にふれているのを知っているかのようだった。

「わかったわよ」わたしは言って、雌牛《めうし》のがんこそうなわき腹《ばら》をぴしゃりとたたいた。悪魔《あくま》のような雌牛《めうし》ではあるものの、今回だけは、天からのメッセージをわたしに伝えているような気がした。「わたしは古い長靴《ながぐつ》でがまんする。そうすればペリリーに揺《ゆ》り椅子《いす》を買ってあげられるもんね」

バイオレットは大きな茶色の目でわたしをじっと見て……それからわたしの右足を思いっきり踏《ふ》みつけた。神様からのメッセージだなんて、冗談《じょうだん》じゃない！

11　ドイツ野郎《やろう》

一九一八年四月五日
モンタナ州、ヴァイダより北西へ三マイル

ホルトおじさんへ

おじさんにどうやって感謝の気持ちを表せばいいでしょう？　毎月いただける小切手は、まもなく植えたいと願っている小麦のように、これからすくすく育っていくことでしょう。考えてもみてください――シンプソン先生がわたしの最初の記事をみんなのまえで読んでくださるかもしれないのです。分詞《ぶんし》のつかい方や、文構造のまちがいをきっと指摘《してき》されるだろうと思います。でも悪い例にされてもぜんぜんかまわない！　それぐらいうれしくてたまらないのです。

ミスター・キャンベルが、『土壌管理《どじょうかんり》の手引き』で説明している科学的研究について、カールに話そうとしたところ、首を横にふられてしまいました。ミスター・キャンベルの言葉にしたがうなら、四十エーカーの土地をまるまる、麦の栽培《さいばい》にあてるなら、七ブッシェルの種を注文すればいいようです。ところがカールの話では、二十ブッシェル！　両者のあいだには十三ブッシェルものひらきがあります。カールに教えてもらわないと、うまくいかないのはわかっていますが、それにしてもミスター・キャンベルは科学者です。小麦の種は一ブッシェルあたり二ドル五十セントですから、カールの言うとおりにすれば、ハティの金庫から三十三ドルほどのお金がよけいに出ていきます。おじさんのアドバイスをもらえれば、ありがたいです。

今週末に小学校の校舎で大きな行事があります——ダンスパーティーをひらいて、自由公債《じゆうこうさい》のためのお金を集めるのです。教会へ通うこと（アイビーおばさんに、ちゃんと通っていますと伝えてください）をのぞけば、この土地の人々とふれあう最初の場となります。ペリリーは何かケーキを焼いていくそうですが、わたしはサンドウィッチにしておいたほうがいいでしょう。パンなら最初につくったような、重くてパサパサしたものではないのが焼けるようになりました。

ハティ・アイネズ・ブルックスより

「ねえヒゲちゃん、どう思う？」ダンスに行くまえの夜、どれを着ていこうかと、選んだ服をテーブルの上に並《なら》べた。「黄色いギンガムチェックのワンピースか、それとも濃紺《のうこん》のスカートにボディスを合わせるか？」

ヒゲちゃんはそれぞれの服をくんくんかぐ。濃紺《のうこん》のスカートにくしゃみをした。

「やっぱり思ったとおりだわ」わたしはワンピースのほうをとりあげた。「このへんにも、そろそろ彩《いろど》りがほしいころだもんね！」ばかみたいだけれど、鳥の巣状態の髪《かみ》の毛《け》にもちょっと手を入れてみた。髪《かみ》を洗《あら》ってから、砂糖水《さとうみず》ですすぐ。それから髪《かみ》をとりわけて、ひと束、ひと束をぼろ布でセットしていった。土曜日に出かける直前まで、ぼろ布はつけたままにしていた。そうやって、なだめたりすかしたりして、ようやく人まえに出られるようなヘアスタイルができあがった。サイドの髪《かみ》は、母からもらったべっこうのコームでとめた。それでよしと言うように、ヒゲちゃんがミャーと鳴いた。

サンドウィッチをつくりおえたところで、雄鶏《おんどり》ジムの馬車が中庭に入ってくる音がした。欠けた部分の一番少ない皿にサンドウィッチをのせ、上に清潔なタオルをかぶせてから、オーバーとショールをつかんだ。

「見ちがえたよ、ハティ」ジムはわざわざ幌馬車《ほろばしゃ》からおりてきて、わたしが乗るのに手まで貸してくれた。

「ジムも、そんなに悪くないわよ」わたしはからかった。わたしとチェスをするようになってから、においの面ではすっかり改善《かいぜん》されていた。

「動きやすい靴《くつ》をはいてきただろうね」雄鶏《おんどり》ジムは座席《ざせき》にひょいと飛びのり、馬にむちをあてた。「ひと晩《ばん》じゅうダンスの相手にひっぱりだこだろうよ」

顔が赤くなったのがわかって、戦争のニュースに話題を変えた。ドイツ軍は、新たにフランスのソンム川とアルブ川のあいだに攻撃《こうげき》をかけ、九万人を捕虜《ほりょ》にした。チャーリーのことを考えずにはいられなかった。

「友だちがどこにいるか、ぜんぜんわからないのかい?」ジムがきいた。

「そう。一度町の名前を書いてくれたんだけど、検閲《けんえつ》で切りとられてしまって」しばらくじっとすわったまま考える。「飛行機を守るために、飛行場は激戦地《げきせんち》を避《さ》けて後方に備えてある、そう願いたいわ」

「そりゃそう願うのが当然だろう」とジム。

「うん、願ってる、それに祈《いの》ってる」わたしはそう言って、恐怖心《きょうふしん》を払《はら》いのけた。先週地元で最初の犠牲者《ぎせいしゃ》が出た。テラス出身のミスター・カークパトリックという人だ。知らない人ではあったものの、この人の死によって、戦争がずっと身近に感じられるようになった。あとの道のりは、ジムもわたしも、ともに押《お》しだまって馬車にゆられていた。

「いらっしゃい!」リーフィーがドア口からわたしたちに手をふった。「なかはあたたかいわよ」

わたしたちはすぐに会場に入り、オーバーをぬぎ、テーブルにサンドウィッチ、ケーキ、豆料理、カッテージチーズを並《なら》べるのを手伝った。わたしはコーヒーをいれるのも手伝った。ペリリーがケーキをひとつ持ってくる。

「天にものぼる、いいにおい！」リーフィーが大きな声で言った。「この足りないものだらけの時代に、どうしてこんなケーキを焼けるのさ？」

「あたし、小さいときから甘《あま》いものが好きでね。おばあちゃんがよく、なんでもないものから、手早くケーキをつくってくれた」ペリリーは照れ笑いをした。「最初にレーズンを煮《に》こんでおくの。そうすると甘《あま》くてしっとりと焼きあがるから」

マティがやってきて、わたしの脚《あし》にばっと抱《だ》きついてきた。「子猫《こねこ》が産まれたのよ！」ミュリーの薄《うす》くなった髪《かみ》をわたしになでさせてくれる。「みんなで一匹《ぴき》ずつ、名前をつけたの――あたしでしょ、チェイスでしょ、それにミュリーも」さらに体をくっつけてくる。「ミュリーはなかなか決められないから、あたしがいっしょに考えてあげたの」

子猫《こねこ》たちの名前をきくまえに、マティはわたしの知らない小さな女の子と鬼《おに》ごっこをしに行ってしまった。

まもなく部屋のなかが人でうまってきた。わたしはグレース・ロビンズに手をふった。夫のウェインと、ふたりの子どもがいっしょだった。グレースの娘《むすめ》のオリーブは、スキップしながらマティたちの鬼《おに》ごっこに加わりに行った。教室では、もう少し大きな子どもたちが追いかけっこをしているなか、シリンジャー兄弟がバイオリンの腕《うで》ならしをしている。教室の奥《おく》の隅《すみ》っこにチェイスの姿《すがた》が見えた。机《つくえ》のかげに隠《かく》れるようにして本を読んでいる。みんな声をあげて笑い、おしゃべりをしていた。トラフトの姿《すがた》はなかった。

「マーティン家の人々も来るかしら?」リーフィーにきいてみる。

リーフィーは顔をしかめた。「自由公債《じゆうこうさい》を買うところを見せびらかす、そんなチャンスをふいにすると思うかい? 来るよ」

「それはりっぱなことだと思うけど」わたしは言った。

リーフィーは片方《かたほう》の眉《まゆ》をつりあげてみせる。「ハティ、トラフトはね、トラブルを起こしてばかりいるって知らないの?」

「トラブルって、彼《かれ》の馬だと思ったけど」わたしは冗談《じょうだん》めかして言った。

「まったくもう」リーフィーは笑ってわたしの手をはたいた。「あたしが母さんから言われたことを教えてあげる――人の値打《ねう》ちは見かけより――」

「行動で決まる」わたしがあとをひきとった。「うちのおばさんからも、よく言われたわ」

「うわさをすれば、なんとやら」リーフィーが頭をドア口のほうへかたむけた。トラフト・マーティンがカウボーイの一団といっしょに入ってきた。

数人の男が彼《かれ》らに会釈《えしゃく》をしたが、音楽が始まると、人々の注意はダンスフロアのほうへ持っていかれた。

「シリンジャー兄弟は、タップ・ダンスの曲とかやるんじゃない?」リーフィーが言って、わたしのわき腹《ばら》をひじでつっつく。わたしたちはしばらく、ほかの人たちが踊《おど》るのをながめながら、手をたたいて大はしゃぎし、そのうち自分たちも踊《おど》りの輪に加わって愉快《ゆかい》な時間を過ごした。

とりわけ動きの速いツーステップのダンスを踊《おど》りおわったところで、肩《かた》をぽんとたたかれた。ふりかえると、目のまえにトラフト・マーティンがいた。

「会えてうれしいな、ミス・ブルックス」こざっぱりと整えた髪《かみ》は、パッカーのヘアトニックのにおいがした。チャーリーがよくつけていたのと同じにおいだ——チャーリーは父親のものを失敬《しっけい》してつかっていた。

「こんばんは」わたしは砂糖《さとう》でごわついた、ほつれ髪《がみ》を手でなでる。

「踊《おど》ってくれるかい？」相手は手をさしだした。

わたしはちらっとリーフィーに目をやる。リーフィーは顔をしかめて、そっぽをむいた。

「うまく踊《おど》れるかどうか」わたしは言った。

トラフトがにこっと笑顔《えがお》になった。石を拾うのを手伝ってくれたときと同じ笑《え》みだった。

「そうやって、つっ立っていてもうまくはならないよ」

リーフィーの視線《しせん》で背中《せなか》に穴《あな》があきそうになるのを感じながら、彼《かれ》の腕《うで》をとってダンスフロアへ進みでた。

シリンジャー兄弟が、テンポの速い曲に移った。

「怪我《けが》をしても、文句を言わないでね！」わたしはほかの女たちの列に入っていった。

実際やってみると、そう難《むずか》しくはなかった。パー・シリンジャーが大声でステップを教えてくれるのだ。

「ご婦人はおじぎして、紳士《しんし》たちもおじぎ。パートナーとくっついて、稲妻《いなずま》のようにまわれ！」調子よくさけぶシリンジャーの顔で、だらりとたれたセイウチひげがくねくね動く。「ご婦人を残して、スタートにもどれ。ご婦人はむかいの紳士《しんし》と背中合《せなかあ》わせでまわれ。思いっきりジャンプして二度とおりてくるな。さあ、くるくるまわれ。スカートのすそ広げて、まわれ！」

フロアは混雑していて、ステップをまちがえるすきまもない。もしまちがえても、笑ってパートナーの体をつかみ、またそこからやりなおせばいい。

次のダンスはワルツだった。「もう一曲どうだい？」トラフトがきく。わたしはうなずいた。トラフトは右手をわたしの腰《こし》にまわし、左手でわたしの右手をにぎった。ふたりの手がふれあったとき、ビリビリと全身に電流が駆《か》けぬけた。「きゃっ！」と言って、手を放した。

「ぼくの手、荒《あ》れてざらざらかい？」トラフトが手をジーンズにこすりつける。「それとも汗《あせ》まみれだった？」

「ちがう。ちがうの」ほんとうの理由なんかぜったいに言えない。「わたし――まだ手が、柵《さく》づくりでできたひびが治っていなくて」悪意のない嘘《うそ》を相手が信じてくれることを祈《いの》るばかりだ。

「ああ、それは痛《いた》いはずだよ」トラフトが言った。「ぼくのほうがよく気をつけるから」そう言って、今度はまるで母親の極上《ごくじょう》の陶製《とうせい》カップを扱《あつか》うように、そうっと手をにぎってきた。

わたしたちは踊《おど》りながら部屋じゅうをまわった。こんなふうに人と踊《おど》るのは生まれてはじめてだった。八年生のときにチャーリーと踊《おど》ったことはあるものの、チャーリーはわたしよりも下手《へた》だった。トラフトと踊《おど》っていると、お菓子《かし》のお城《しろ》で踊《おど》っている、おとぎ話のプリンセスのような気分になった。曲はあっというまに終わってしまった。

「夕食の時間だよ！」リーフィーが鍋《なべ》をたたいて、みんなに呼《よ》びかけた。トラフトはあいさつをして離《はな》れていき、わたしはサンドウィッチのまえにできた人々の列にのみこまれた。

グレースが列に並《なら》ぶわたしのうしろにすべりこんできた。背中《せなか》をちょんとつつき、「ハティに彼氏《かれし》ができた！」とからかった。わたしの頰《ほお》がかっと熱くなったのは、部屋にこもった熱気のせいではなかった。

「これはこれは！」リーフィーがおどけて両手をぱっとあげる。

「そんなんじゃないわ」わたしはもごもご言った。

「友人諸君《しょくん》、隣人諸君《りんじんしょくん》」パー・シリンジャーが呼《よ》びかける。「しっかり食べたら、なぜ今夜みんなで集まったか、その理由について語りあおう」

みんなは皿やコーヒーカップを満たしていく。ミスター・サボーが自由公債《じゆうこうさい》を買ってもらうための宣伝《せんでん》を始めた。エクセルシオール劇場《げきじょう》でフォー・ミニッツ・マンが披露《ひろう》するという口上ほど、なめらかではなかったものの、一生懸命《いっしょうけんめい》なのがわかった。

「さて、みなさんご存《ぞん》じのように、わたしの息子《むすこ》も、いままさに戦場に立っております」ミスター・サボーが言う。

「うちの息子《むすこ》もよ、忘《わす》れないで」女性の大きな声が響《ひび》いた――あれはミセス・エリックだろうか？

ミスター・サボーがうなずく。「モンタナからは、ほかのどの州よりもたくさんの男子が戦いにおもむいていると聞いております」

みんなのあいだから歓声《かんせい》があがった。

ミスター・サボーは両手をふってみんなの注意を集める。「わが州が、支援《しえん》していないなどと、だれにも非難《ひなん》されるわけにはいきません」また歓声《かんせい》があがった。「ここでわれわれが一丸となって支援《しえん》するのに、いまひとつ方法があります、すなわち自由公債《じゆうこうさい》を購入《こうにゅう》することです。第三次自由公債《じゆうこうさい》のモンタナの割《わ》り当《あ》ては三百万ドル」

だれかが甲高《かんだか》い口笛を吹《ふ》いた。

「不可能のように思えるかもしれません」ミスター・サボーが言う。「しかし、計算では、この偉大《いだい》なる州の男も女も子どもも、ひとりが三十ドルずつ出せば可能な数字です。これで自由が手に入るのなら、安い買い物ではありませんか。きっとみなさんは自分にできることをしてくださることでしょう。わたしは奥《おく》のテーブルにおります。さあ、ドイツ野郎《やろう》をくじいてやりましょう。一ドル一ドルの積み重ねが、勝利へとつながるのです」

「みんな、公債《こうさい》を買ってらっしゃい」リーフィーが大声で言った。「それからここに来て、ケーキを召《め》しあがれ」

「次のダンスに備えて、みんなエネルギーを蓄《たくわ》えてくれよ」パー・シリンジャーがつけくわえた。

わたしは自分のくたびれてよれよれになった五ドル紙幣《しへい》を奥《おく》のテーブルへ持っていった。ミスター・サボーが帳面にわたしの名前を書く。「これは頭金だよ。あと四回、一度にほんの十ドルずつ払《はら》えば、あんたも国の保障《ほしょう》する正真正銘《しょうしんしょうめい》の自由公債《じゆうこうさい》の持ち主になる」わたしにペンをよこした。「ここに署名《しょめい》を」

署名《しょめい》をしながらチャーリーのことを考える。わたしのわずかなお金はたいしたものではないけれど、国じゅうの人々がひとり残らず、わずかなお金を出しあえば、それが積もり積もって価値《かち》のあるものになるのだ。新聞社からもらったお金に心から感謝の気持ちがこみあげてくる。これがなかったら、一ペニーの戦争貯蓄《せんそうちょちく》切手だって買うことはできなかった、ましてや自由公債《じゆうこうさい》などとんでもない。

「じゃあこれを、ハティ」ミスター・サボーが緑色のボタンをひとつよこした。「これを身につけて、きみもアンクル・サム〔米国政府の愛称《あいしょう》〕の支援者《しえんしゃ》であることを示すんだ」

それをピンでとめていると、だれかがうしろからすっと近づいてきた。トラフトだ。

「だれの名前があるのか、見せてもらおうかな、サボーさん」トラフトが言った。

ミスター・サボーは受け取り帳を閉《と》じた。「きみには関係ないことだ」

「なるほど、じゃあ自分の目で見るとするか」トラフトが答えた。まるで放牧場を調べるように、室内に目を走らせた。「ドーソン郡国防会議のメンバーとして、国に進んで協力しない者をつきとめ、愛国者の義務を果たすよう勧《すす》めることが、ぼくの仕事だと思ってる」大きな声に驚《おどろ》いて、子どもたちは鬼《おに》ごっこをやめた。ペリリーがあわてて部屋をつっきっていき、マティをつかまえる——チェイスはどこにいるのかわからない。

「わが郡は、これまで発行された自由公債《じゆうこうさい》で、二回とも割《わ》り当《あ》てを達成してきたんだ」ミスター・サボーが言う。「今度は無理だと考える理由はどこにもない」

トラフトはカールのいるテーブルへ目をやる。「達成できないほうがうれしいと思っている人間もいるようだが」

わたしは息をのんだ。カールの人並《ひとな》みはずれた大きな手がぎゅっと結ばれ、ふたつのかたいこぶしになった。「やめて」とわたしはカールに目で訴《うった》える。いじめっ子の心の火をあおることがいかに簡単《かんたん》か、わたしはいやというほど知っていた。アイビーおばさんのところに引《ひ》っ越《こ》してきたばかりのころ、痛《いた》い経験を通して学んだのだ。フラニー・トンプソンという子が、わたしが孤児《こじ》だと言って、ひどいことばかり言うので、ある日とうとうがまんができなくなった。もしチャーリーがあいだに入ってくれていなかったら、わたしたちはいまだにやりあっていたことだろう。

カールはトラフトにむかって一歩を踏《ふ》みだした。トラフトも一歩踏《ふ》みだして対抗《たいこう》する。その場の緊張《きんちょう》を解いたのは、リーフィーだった。「音楽をお願い、パー」両手を力いっぱい打ちあわせ、パンという音が銃砲《じゅうほう》のように響《ひび》いた。部屋をつっきっていき、ミスター・サボーへ片手《かたて》をさしだす。「レディの心が決まりましたわ、ミスター・サボー。あなたを次のダンスパートナーに」

パーがバイオリンをつかみ、演奏《えんそう》を始めた。

「みなそれぞれに、国のために人並《ひとな》みの負担《ふたん》を担《にな》うのが当然じゃないのか？　ぼくが訴《うった》えたいのはそこなんだ」トラフトがだれにともなく言うと、カウボーイ仲間がやってきて、彼《かれ》のうしろに立った。音楽が鳴り、さあテンポの速いダンスで、大いに騒《さわ》ごうじゃないかとみんなを誘《さそ》っても、彼《かれ》らの耳には入っていかないらしい。ミスター・サボーの上唇《うわくちびる》に汗《あせ》が光っているのがわかった。リーフィーはトラフトとテーブルのあいだに割《わ》りこんでいく。わたしの両手は汗《あせ》にぬれてべとつき、足は床《ゆか》にはりついていた。ペリリーにちらっと目をやると、マティが母親のスカートをしっかりつかんでいた。カールに目をもどすと、彼《かれ》の手に注意がむいた。わたしの柵《さく》の釘《くぎ》を何百と打ってくれた手。カールはわたしの隣人《りんじん》だから手伝ってくれた。わたしの友人だから力を貸してくれたのだ。ひとつ大きく息を吸《す》い、両手をスカートでふいてから、まえへ進みでた。

「ミ、ミスター、マーティン」一回息を吸《す》ってから、もう一度言いなおす。「ミスター・マーティン」片手《かたて》をさしだす。「レディの心が決まりましたわ。わたしと踊《おど》っていただけますか？」

トラフト・マーティンはふりかえり、おもしろがるような表情を浮《う》かべた。その見透《みす》かすような視線《しせん》は、わたしの襟《えり》のうしろボタンまで届《とど》きそうだった。「なんともうれしいお誘《さそ》いですよ、ミス・ブルックス」わたしの手をとり、ダンスフロアに連れていき、すでに踊《おど》っているカップルたちのなかに入った。ウェインとグレース・ロビンズの夫婦《ふうふ》、リーフィーとミスター・サボーのペアの横を踊《おど》りながら過ぎていく。リーフィーはわたしと目を合わせようとしなかった。

「ダンスをありがとう、ハティ」音楽がテンポを落としてとまると、トラフトが言った。わたしをフロアの外まで送っていく。「ちょっとした助言をしておこう」

「なんでしょう、ミスター・マーティン？」そう言って、べとついてきた髪《かみ》を顔から払《はら》った。

トラフトは帽子《ぼうし》をちょっと持ちあげた。「ポーカーフェースが下手《へた》だね」そう言うと、仲間たちといっしょに出ていった。

パーはタイミングをはずさなかった。すぐに次の曲を弾《ひ》きだした。

わたしは気がつくと息をとめていた。ゴムのようにへなへなになった脚《あし》で、部屋のむこうまで歩いていき、ペリリーを見つけた。

「ほら、カールと一、二曲踊《おど》ってらっしゃいよ」ファーンをペリリーから抱《だ》きとった。「楽しいから」

「あの人、ダンス大好きなの」ペリリーが言った。

「じゃあ、なおさらよ」わたしは椅子《いす》をひとつ見つけ、そこに腰《こし》をおろした。ファーンは愛らしいまる顔の赤んぼうで、赤んぼうの扱《あつか》いにまったく慣れていない人に抱《だ》かれても、少しもむずかったりしない。わたしは当然ながら、そのひとりだった。

「ファーンはね、外が見えるように、こっちむきで抱《だ》かれるのがいいんだよ」マティがわたしの横に現れた。腕《うで》のなかにいるファーンの体をぐるっとまわし、背中《せなか》をわたしの胸《むね》にくっつけ、顔をダンスフロアのほうへむかせた。あたたかな赤んぼうの体がぴったりくっついている、それだけで驚《おどろ》くほど心が落ちついた。ざわざわしていた神経もほぼ落ちついてきた。マティがわたしのわきによりかかってくる。思わず顔がほころんでしまう——まるでわたしのほうが、ふたりの小さな子どもに支えられているようだった。

「ミュリーがね、ママを泣かせたの」マティは人形の髪《かみ》の毛《け》を結んでいる蝶結《ちょうむす》びのリボンをひっぱった。

「ミュリーが？　いったいどうして？」わたしは言った。

マティは悲しげにうなずいた。「ミュリーがね、お歌をうたったの。カールのママがよくカールにうたってくれた歌」

「歌を聴《き》いて、ペリリーが泣いたの？」小さなファーンがわたしの人差し指をつかみ、生えたばかりの下の歯でかみかみしてくる。わたしは室内にさっと目を走らせた。ペリリーとカールが踊《おど》りに出てきたのを合図に、ふた組のカップルがダンスフロアから出ていった。きっとトラフトが騒《さわ》ぎたてたせいだ、まちがいない。身を乗りだして息をつめる。次の瞬間《しゅんかん》、グレースとウェイン・ロビンズの夫婦《ふうふ》がフロアに出てきてあいたスペースをうめ、カールとペリリーといっしょに新たな輪をつくった。「助かった」ほっとしてつぶやいた。

「だけどね、チェイスは柵《さく》が倒《たお》れたせいだって言うの」マティが話をつづける。「柵《さく》が倒《たお》れたからママが泣いてるんだって」

「柵《さく》？」わたしはマティをふりかえった。

マティがうなずく。「たくさん倒《たお》れたの。嵐《あらし》もなかったし、牛がびっくりして飛びだしてもいない、なんにもないのに」マティがわたしの手についたファーンのよだれを自分の服の端《はし》でふいてくれる。それからわたしに顔をあげた。「ハティ、カールは〝ドイツ野郎《やろう》〟なの？」

マティの口からそんな言葉を聞くのは、どんなバチあたりな言葉を耳にするより、つらかった。わたしはマティの肩《かた》に腕《うで》をまわした。「そんな話に耳を貸しちゃだめ」

マティはミュリーのぼろぼろの服を指でいじる。「カールがね、ミュリーにゆりかごをつくってるの。ママは、産まれてくる赤んぼうのためにつくってるって思ってるけど、カールとあたしは、ほんとうはミュリーのためだって知ってるの」マティはわたしの腕《うで》の下で肩《かた》をくねらす。「リーフィーがスニッカードゥードル〔シナモン味のクッキー〕を焼いてくれたの。ひとつ持ってきてあげようか？」

「スニッカードゥードル、おいしそうね」ファーンがわたしの腕《うで》にぐったりもたれてきた。その体をそっと動かして肩《かた》にもたれさせ、背中《せなか》をやさしくたたいてやる。ふわふわの頭に顔をむけ、いかにも赤んぼうらしい、ファーンのにおいを胸《むね》に吸《す》いこむ。ペリリーとカールが踊《おど》りながら目のまえを通った。背《せ》が高くがっしりしたカールと、まんまるなお腹《なか》をせりだした、飾《かざ》らない顔のペリリー。そんなふたりを見ていたら、胸《むね》がいっぱいになって涙《なみだ》があふれそうになった。あわてて自分の心を見つめなおす。トラフトといると、心がふわふわ浮《う》かれる。でも、わたしはそういうのを求めてはいない。わたしが求めているのは、もっとしっかりしたもの。モンタナの三百二十エーカーの土地、それにカールやペリリーのように善良《ぜんりょう》でしっかりした人たちだ。

真夜中になって、またサンドウィッチとコーヒーがふるまわれ、みんなさらにダンスをした。わたしも何曲か、雄鶏《おんどり》ジム、ミスター・サボーと踊《おど》り、チェイスとも一度踊《おど》った。

「さあ、ラストダンスだ」パー・シリンジャーが呼《よ》びかけ、〝ホーム・スイートホーム・ワルツ〟を演奏《えんそう》しだした。

コーヒーカップやサンドウィッチの皿を洗《あら》いおわったときには、ペリリーはあくびをしていた。洗《あら》った食器はテーブルの上に並《なら》べておいて、それぞれが持ってきたものを持って帰れるようにしておく。

帰《かえ》り支度《じたく》がすんで出発するころには日がのぼりはじめていた。カール、ペリリー、わたしの三人で、眠《ねむ》ってしまった子どもたちをひとりずつミュラー家の幌馬車《ほろばしゃ》に運んだ。

「それじゃあ、おやすみなさい」ペリリーが言った。カールの肩《かた》に頭をのせて、馬車が校庭を出るまえに、もう眠《ねむ》りに入ってしまったようだった。

雄鶏《おんどり》ジムとわたしはだまって馬車にゆられ、濃《こ》い紺色《こんいろ》の夜空をながめた。まもなくこの空も、家に着くころには色あせたデニムのような薄青《うすあお》に変わり、やがてピンク色に染《そ》まっていくのだ。

「すぐ眠《ねむ》るんだよ」自分の家のまえまできて、幌馬車《ほろばしゃ》の座席から、するっとおりたわたしに、ジムが言った。

「そうしたい」あくびの出る口を押《お》さえた。「あと一時間もすれば、バイオレットが乳《ちち》をしぼれって騒《さわ》ぎだすだろうけど。送ってくれてありがとう」馬具の音を鳴らして去っていくジムに、疲《つか》れた手をふってさよならをする。

玄関《げんかん》のドアを右のお尻《しり》でドンとあけ、運んできたかごをふりあげる。ガシャンと音をたててかごをテーブルの上に置くと、口からまたあくびが出た。ずっと踊《おど》りっぱなしだったので、お腹《なか》がぺこぺこになっていた。サンドウィッチの残りでも食べようと、かごに手をのばす。と、手が何かにふれた。ミュリーだ！　ミュリーがいないのを知ったら、マティがひどく心配する。サンドウィッチをひと口かじり、それからぐるっとふりかえった。眠《ねむ》るのなんて、どうでもいいんじゃない？　プラグを走らせれば、これからミュラー家まで行って、乳《ちち》しぼりの時間にはもどってこられる。あとで昼寝《ひるね》をすればいいんだ。

二十歩も進まないうちに、親切心を起こしたことを後悔《こうかい》しだした。夜が明けきるまえの大平原ほど、人を怖《お》じ気《け》づかせるものはない。

ザクッ、ザクッ、ザクッ。プラグの蹄《ひづめ》が、あちこちに小さなサボテンが生える短くかたい芝《しば》を踏《ふ》む。

ガリッ、ガリッ、ガリッ。この音はなんだろう？　何か動物が、遅《おそ》い夕食を食べているにちがいない。二か月まえに飢《う》えたオオカミと出くわしたことを思いだしてぞっとする。バイオレットのしっぽは、とっくに消化してしまって、いまは何かもっとお腹《なか》にしっかりたまるものをさがしているにちがいない。たとえば、身長五フィート〔約百五十三センチ〕ちょっとで、体重百三十ポンド〔約五十九キロ〕ぐらいの何か。背中《せなか》をふるえが走り、プラグの背中《せなか》に乗っていてほんとうによかったと実感する。

むきだしの大平原がどれだけ無防備か、このへんの人たちはよくわかっていない。何しろ隠《かく》れるところがまったくないのだ。「さあ、プラグ」馬の両わき腹《ばら》を蹴《け》って、かたくなってきた芝土《しばつち》の上でスピードをあげさせる。この老練な馬なら、どんなものに追いかけられても逃《に》げ切《き》ることができるとわかっているのに、やっぱりおびえてしまう。しかし日の出間際《まぎわ》の時間に、たったひとりで大平原を進んでいれば、だれだって冷静にはなれない。

まだ明けきらない大平原の物音にびくついていなかったら、もっと早くに気づけたはずだった。峡谷《きょうこく》を一マイルほど進んだところで、あるにおいがした。

煙《けむり》。

プラグを急がせて、峡谷《きょうこく》を抜《ぬ》けていく。あわてふためいて岸のてっぺんを乗りこえたところで、乱暴《らんぼう》に投げられたボールのように、そのにおいが鼻を強く打った。何かが燃えている。

そして煙《けむり》は、ペリリーの家のほうから流れてきていた。

12 火事

四月のある悲しい日の終わりに
モンタナ州、ヴァイダより北西へ三マイル

チャーリーへ

おもしろいことに、あなたとわたしは似た経験をしています。ふたりのあいだには、気が遠くなるほどの距離《きょり》があるというのに。お母さんから送ってもらったせっけんを仲間といっしょにつかったとのこと、きっとみなさん喜んだことでしょう。わたしもまた、自分がもらったものを隣人《りんじん》と分け合う機会に恵《めぐ》まれました。その結果、日々どんどん増えている日常の仕事がひとつへりました。

プラグの蹄《ひづめ》の音に合わせて、わたしの心が祈《いの》りを唱える——どうか無事でいて。どうか無事でいて。もっと速く、速くとプラグに拍車《はくしゃ》をかける。「お願いです神様、どうかあの家ではありませんように」

プラグの背《せ》で体をはずませながら、地平線の端《はし》から端《はし》まで、必死に目を凝《こ》らしてさがす。そのうちに頭がずきずきしてくる。大平原では、いったいどこまで遠くが見えるのか、想像するのは難《むずか》しい。巨大《きょだい》な巻物《まきもの》を転がして広げたように、だだっぴろい芝生《しばふ》がどこまでもつづいている。そろそろ端《はし》が見えてきたかと思うと、さらに巻物《まきもの》は広がって、その先もえんえんとつづいている。けっして端《はし》まではたどりつけないのだろうか？

新たな峡谷《きょうこく》を横断して駆《か》けおり、そのむこうへ駆《か》けあがると家が見えてきた。ペリリーの家。燃えてはいない！　煙《けむり》はそのむこうからあがっていた。プラグをさらに先へ進める。

それから数分、大平原を走っていくと、やがてペリリーの中庭に踏《ふ》みこんだ。

チェイスがからっぽのバケツを両手に持って家から飛びだしてきた。ペリリーが井戸《いど》のポンプのまえに立ち、取っ手を必死に動かしている。こちらをひと目見て言った。

「あたしが水をくむから――運んでちょうだい」

わたしはうなずいた。プラグの手綱《たづな》を結びつけたときには、チェイスの持ってきたバケツはふたつとも満杯《まんぱい》になっていた。チェイスとわたしとでひとつずつバケツを持って家畜小屋《かちくごや》に走っていく。

それぞれバケツをカールに渡《わた》し、カールが火に水をぶちまけると、からになったバケツを持ってチェイスとわたしが井戸《いど》へ走る。井戸《いど》ではペリリーが水をくみだし、くみあがると、わたしとチェイスとでまたカールのところへ運んでいく。そんなバケツリレーを何十回もくりかえした。

それでも火の勢いはどんどん強くなっていく。わたしはよろけるようにして、新たな水をとりに行った。と、カールに腕《うで》をつかまれた。「もういい」カールはチェイスの手からもバケツをとりあげ、それを地面に置いた。

「消すのは無理だ」ふりかえってペリリーに合図し、水くみをやめさせる。

「小屋が!」チェイスががくんと地面にひざをついた。「うちの家畜小屋《かちくごや》が」

ペリリーがカールのもとへ走ってくる。疲《つか》れと、せりだしたお腹《なか》のために思うように進めない。カールがペリリーの肩《かた》に腕《うで》をまわし、胸《むね》に抱《だ》きよせた。チェイスの顔に涙《なみだ》が流れ、わたしもひざをついて、彼《かれ》の髪《かみ》をなで、「うん、うん」とうなずいてあげる。いまは何を言ってもなぐさめにはならないだろう。

わたしは魔法《まほう》にかかったように、燃えあがる火に見入った。青い炎《ほのお》がシロアリのように、木材をじわじわ噛《か》み荒《あ》らしていき、火に巻《ま》かれた羽目板がシューシュー悲鳴をあげている。カールの手でがんじょうに建てられた家畜小屋《かちくごや》は勇ましく戦っていたが、火はとことん飢《う》えていた。とどめを刺《さ》すかのようにゴーッとうなったかと思うと、ひと息に家畜小屋《かちくごや》をのみこんで羽目板をバリバリと食いつぶしていく。最後まで持ちこたえていた壁《かべ》が地面にどっとくずれ落ちた。

身の毛のよだつおそろしい光景でありながら、目を離《はな》すことがどうしてもできなかった。

泣きじゃくっていたチェイスが言う。「ぼくとカールとで、馬たちは外に出したんだ。馬は家の裏《うら》の峡谷《きょうこく》で草を食《は》んでる」そう言って目をごしごしこすった。「だけど……」喉《のど》をつまらせた。

峡谷《きょうこく》に目をやると、馬たちの姿《すがた》が見えた。馬しかいない。「マルテは？　バンビは？」

カールが首を横にふった。

雌牛《めうし》を失って、これからどうやって暮《く》らしていけばいいのだろう。牛乳《ぎゅうにゅう》も手に入らなくなる。バターもまったく。それに愛らしい子牛のバンビも。チェイスにちらっと目をやる。煤《すす》でよごれたどろどろの頬《ほお》に、涙《なみだ》のすじがついていた。

「何があったの？」わたしはきいた。

カールは炭になった小屋のまえに立っていて、顔についた煤《すす》が、戦いに出るまえに塗《ぬ》る絵の具のように見えた。

「家に着いたら煙《けむり》があがっていたのよ」ペリリーが言い、つきでたお腹《なか》をゆっくりなでる。「カールとチェイスが馬たちを外に出したときには、干《ほ》し藁《わら》に火が移って、あとはもうどうすることもできなくて――」お手あげというように、両手をあげた。

「でも、どうして火なんか」わたしは言った。

「シュヴァイン」カールが言った。

「ごめんなさい。意味がわからない」ペリリーの顔を見る。

「豚《ぶた》」ペリリーが答えた。目もとをさっとぬぐう。「二本脚《あし》のね」

ペリリーはカールの手をとり、わたしたちから離《はな》れ、家畜小屋《かちくごや》の残骸《ざんがい》をあとにして、ふたりで歩いていった。馬たちが草を食《は》んでいるところまで行って抱《だ》きあい、そこに立ちつくした。

わたしはチェイスの肩《かた》に手を置いた。「朝食を食べよう。マティたちといっしょに」

チェイスは服のそでで鼻の下をこすった。「お腹《なか》なんかへってない」

わたしは背中《せなか》をぽんとたたいてやる。背骨《せぼね》とあばら骨《ぼね》の一本一本がかたい筋肉《きんにく》で結びついているのが、手に感じられた。「ドーナツひとつぐらいならどう?」

「うん」チェイスは肩《かた》をくねらせて、わたしの腕《うで》から離《はな》れた。家へとぼとぼ歩いていく姿《すがた》は疲《つか》れきって、八歳《さい》の子どもというより、老人のようだった。見ているだけで痛《いた》ましく、胸《むね》がうずく。

わたしは子どもたちに朝食を食べさせた。カールとペリリーは長いあいだもどってこなかった。ふたりがやっと帰ってくると、わたしはペリリーを抱《だ》きしめ、カールの手をぽんぽんとたたいた。

「マイロン・ゴーリーのところへ頼《たの》みに行くことにしたわ。あの人なら、残骸《ざんがい》を片《かた》づけて建てなおすのに力を貸してくれる」ペリリーは煤《すす》でよごれた顔をよれよれのエプロンでふいた。

「それからルーテル教会の人たちもね」

「すぐ新しい家畜小屋《かちくごや》ができるわよ」わたしは言い、もう乾《かわ》いている皿をわざわざタオルでふいた。「今日はわたし、一日いたほうがいい？」

ペリリーがカールにちらっと目をやる。カールはキッチンのテーブルのまえにすわっている。ひじの近くに、コーヒーの入ったマグカップが置いてあるのも気づいていないようだ。

「いいえ。ありがたいけど、いいわ」


わたしは手綱《たづな》をゆるめて、家までプラグをゆっくり歩かせた。ひっきりなしに目にもりあがってくる涙《なみだ》のせいで、まえがよく見えなかった。もうだいじょうぶだろうと思っていると、目のまえにチェイスの顔がぱっと浮《う》かび、また涙《なみだ》がどっとあふれてくる。

それだから、峡谷《きょうこく》を走ってもうすぐ家に着くというときに、見かけたものがたしかにそうだったか自信がない。大きな馬に乗った人影《ひとかげ》が、わたしの家のほうから駆《か》けだしてきた。このへんであんなに大きな馬に乗っている人間はひとりしか知らない。

もしやと思い、プラグにスピードをあげさせる。中庭に着いたときには、もう馬に乗った人《ひと》影《かげ》はなく、いた気配さえもまったくなかった。どこも荒《あ》らされているようすはなかった。

長い夜と、それより長い朝だった。ベッドをおろしてもぐりこみたいのは山々だったが、雌《め》牛《うし》が乳《ちち》をしぼれと待っている。オーバーオールに着がえて、家畜小屋《かちくごや》にむかった。馬にゆられ、いまにも泣きだしそうな気分で帰る道すがら、とっぴょうしもない考えが頭に浮《う》かんでいた
——あまりにとっぴで、自分でも信じられないような考えだった。

家畜小屋《かちくごや》の裏《うら》にまわった。煙《けむり》をぶすぶすあげて、黒焦《くろこ》げになった干《ほ》し藁《わら》の束。それが石を積んだ上に妙《みょう》な角度で置かれていて、いまにも家畜小屋《かちくごや》に燃えうつりそうだった。

「たいへん！」熊手《くまで》を見つけてきて、くすぶる藁束《わらたば》の火があがっている部分をたたく。そうしながら、煙《けむり》をあげる藁束《わらたば》を家畜小屋《かちくごや》から遠く離《はな》れたところまでひきずっていく。バケツに水を入れに走り、藁束《わらたば》をそっくりびしょぬれにした。

トラフトだ。彼《かれ》がこんなことをしたのだ。そうとしか考えられない。あれはまちがいなくトラフトの馬だった。実害をあたえるというより、おどしのメッセージを置いていったのだ。カールの家畜小屋《かちくごや》に火をつけたあとで、ここに来たのだろうか？　彼《かれ》は正気じゃない？　正気じゃないのはわたし？

メッセージの内容は明らかだった――わたしの家畜小屋《かちくごや》もカールとペリリーの家畜小屋《かちくごや》と変わらず、今夜以降《いこう》は少しも安全でない。バイオレットの乳《ちち》をしぼろうと、なかに入ったところで、チェスターおじさんのトランクにぶつかった。もしおじさんだったら、どうしただろう？

バイオレットがしびれを切らしてモーと鳴く。

「ちょっと静かにしてて。すぐしぼってあげるから」トランクの革《かわ》ひもをはずして、ふたをあけた。おじさんなら、どうするべきか教えてくれるはず。この土地を残してくれるぐらい、わたしのことを気にかけていてくれたのだ。きっといまも見守ってくれているにちがいない。目を閉《と》じて手をのばす。最初にふれたものが、わたしを導いてくれるはずだ。目をあけて、自分の指がふれたものを見る。目に涙《なみだ》がチクチクもりあがってきた。「やくざ者かもしれないけど、おじさんはやっぱり正しい」

次の朝、バイオレットの不機嫌《ふきげん》そうな首にロープを巻《ま》きつけ、その端《はし》を片手《かたて》で持ち、もういっぽうの手に、チェスターおじさんのトランクからとりだした包みを持って出発した。近づくにつれ、びしょぬれの灰《はい》と破れた夢のにおいが強くなった。

カン、カン、カン！　ハンマーをつかう音がするのは、カールが早くも仕事に精を出している証拠《しょうこ》だ。馬たちを入れる小屋をつくっているのだろう。わたしは思わず顔をほころばせた。

その小屋に、今日から仲間が加わる。

チェイスが中庭にいた。「母さん！」わたしを見て、母親を呼《よ》んだ。「ハティが」

ドアがあいてペリリーが出てきた。まぶたが赤くはれて、目は疲《つか》れているものの、いつもの愛嬌《あいきょう》のある笑《え》みが浮《う》かんでいる。バイオレットを見て、首をかしげた。「ハティ、犬の散歩なら聞いたことがあるけど。雌牛《めうし》の散歩？」

わたしはチェイスにロープを渡《わた》した。「あなたはもう、彼女《かのじょ》の扱《あつか》いは心得てるでしょ」チェイスは母親の顔を見る。

「ハティ、こんなことしてもらうわけには――」

わたしは片手《かたて》をあげた。「うちに置いてはおけないわ。あなたがこれからもっと牛乳《ぎゅうにゅう》が必要になるっていうときに。それに、これからはちょくちょくよるようになるわよ。バイオレットの乳《ちち》を少し分けてもらいにね」わたしはチェイスをせきたてた。「さあ、世話をお願いね」それからペリリーにむかって言う。「コーヒー、はいってない？」

ペリリーは口に片手《かたて》を押《お》しつけた。それから一度深く息を吸《す》った。「それに焼きたてのビスケットもあるわ。さあ、入ってちょうだい」

ビスケットを数枚《すうまい》ごちそうになったあと、モスリン地で包まれ、更紗《さらさ》の布ひもで結んである薄《うす》い包みをとりだした。更紗《さらさ》の結び目がするりとほどける。何重かになったモスリンの包みを押《お》しやると、なかから色とりどりの布切れが出てきた。じょうぶな綿布、シャツの布地、ギンガム、更紗《さらさ》といった素材の布は、どれも青、緑、黄色といった色が少しあせている。わたしは端切《はぎ》れをさわって風合いをたしかめ、ずらりと並《なら》べてみる。

「そろそろキルトをつくりはじめないと」ペリリーのエプロンの下にある大きなふくらみを指さして言った。「赤ちゃんのためにね」

ペリリーは一瞬《いっしゅん》口ごもった。「こんなになんでもしてもらっていいの？　ほんとうにほんとうに？」

そう言われても、わたしには確信を持てることなど何ひとつなかった。「オハイオスターのモチーフにしようと思ってるの。ほら、〝きらきら星〟の歌もあるでしょ」

「あの歌、マティが大好きなのよ」ペリリーはテーブルごしに手をのばしてきて、わたしの手をぎゅっとにぎった。「ありがとう」

午後いっぱいかけて、ふたりで三角形の布を何枚《なんまい》も切りとり、組み合わせを考えた。「この布を、これのとなりに置いたらどうかしら？」わたしは青い更紗《さらさ》と緑のペイズリー模様《もよう》の布切れをかかげた。

ペリリーが考えこむように口をすぼめた。「それじゃあ色どうしがけんかするわね。これならどう？」そう言って、べつの布を緑の布の上に重ねた。やわらかな黄色い縦縞《たてじま》だ。

「センスいい」とわたし。

「うちの母さんがよく言ってた。キルトを組み合わせるのは、仲間を見つけるのといっしょだって」青い布団地《ふとんじ》を切り抜《ぬ》くあいだ、ハサミから目を離《はな》さない。「ときには、まったくちがう布どうし――人間どうしも同じだけど――を組み合わせたときに、ぐっと強いパターンができるときがあるの」

わたしは顔をあげてペリリーを見る。ペリリーは悲しそうな、それでいてやさしい笑《え》みをわたしにむけた。まるでわたしの心の奥深《おくふか》くまで見透《みす》かして、どんな欠点や短所もすべてわかっていながら、それでも自分の心を、さあどうぞとさしだしているかのようだった。わたしは胸《むね》がいっぱいになった。

「カールとどうやって出会ったのか、まだ何も話していなかったわね？」三角に切った青い綿布を重ねて束にしながら、ペリリーが言った。「最初の夫のレミュエルが出ていったあと。レミュエルはかわいそうな人だった。飲《の》み代《しろ》で破産しそうになったから、出ていってくれって言ったの。そうしたら、残っていたお金に手を出したんで、とめようとしたの」ペリリーが片《かた》方《ほう》のすねをたたいた。「あの人はお金を手に入れ、わたしは足をひきずることになった」

わたしははっと息をのんだ。「なぐられたの？」

ペリリーは答えなかった。手でテーブルクロスをなでている。「そのときファーンがお腹《なか》にいたの。あの子を失わずにすんで、神様に感謝したわ。リーフィーがやってきて、わたしが元気に働けるようになるまで、ずっとそばにいてくれた」

わたしはペリリーの手に自分の手を重ねた。「かわいそうに、つらかったでしょう」

「リーフィーはシカゴにいるときからカールを知っていたの。ここに着いてまもなく、あたしが働き手を必要としているって、リーフィーがカールに話してくれた。彼《かれ》が戸口をくぐったとき、この人は最初からうちにいるべき人なんだって、そんな気がしたのよね」ペリリーは腰《こし》をさすりながら、そのあいだもずっとわたしから目を離《はな》さなかった。「ハティ、ほんとうのところ、うちにはあまり頻繁《ひんぱん》に足をむけないほうがいい。めんどうなことになりそうだから。せめてしばらくのあいだは」三角に切った布を何枚《なんまい》か、もてあそぶ。「あなたの牛乳《ぎゅうにゅう》はチェイスに持っていかせるようにするわ」

頭のなかに、いくつかの場面がパッパッと映《うつ》った――テーブルに置かれていたチラシ。ダンスのときのトラフトの顔。火に巻《ま》かれたカールとペリリーの家畜小屋《かちくごや》。煙《けむり》をくすぶらせた藁《わら》の束。わたしは荒々《あらあら》しく息を吸《す》った。もう、めんどうなことを避《さ》けてなんかいられない。

「産まれてくる赤ちゃんも、そんなに大きくなってるんだから、すぐにキルトを縫《ぬ》いはじめないと。産まれるまえまでにできあがらないわ」

ペリリーはわたしの顔をじっと見て、やれやれと首をふった。「ハティ、あなたって人は――」そこで一度言葉を切り、自分のお腹《なか》をぽんぽんたたく。「やっぱり相当大きいって思う？」

それから、赤んぼうのことや、作物のこと、トコジラミをベッドからしめだす方法なんかについて話した。そういうことをふたりで話すのははじめてではなかったけれど、今日はいつもとちがった。モンタナに来て、チェスターおじさんの土地を自分のものにするというのは、わたしにとって大きなことだった。しかし、生きていくうちには、土地を自分のものにするよりも大きなことがあるのだと、気づきはじめてきた。わたしはいま自分の人生を自分の手でつかもうとしているのだ。アイビーおばさんにすれば、そんなわたしの生き方は、ぞっとすることにちがいない。でもその途上《とじょう》で、ペリリーのような友だちと出会えたことを思えば、わたしの選択《せんたく》はまちがいなく正しいはずだった。

13　天使の歌声

一九一八年四月
アーリントン・ニュース〜モンタナの田舎《いなか》だより〜

種をまく

農業にたずさわる人がさまざまなら、種をまく時期を判断する方法もさまざまです。わたしは一番近くに住む隣人《りんじん》カール・ミュラーが好んでつかう方法を採用しました。土をひとつかみ、にぎってみるのです。べっとりかたまりもせず、かといってパサパサくずれてもこない。ちゃんと形をたもっている。そうなったら、種まきを始めます。二十エーカーに亜麻《あま》と、もう二十エーカーに小麦を。永遠に来ないのではと思っていた日がついにやってきました。馬のプラグにはいつも助けられていますが、この種まきの作業でも、わたしが不慣れな部分をプラグが補《おぎな》ってくれると期待しています。それにしても人類ははるか昔からずっと種をまきつづけてきたのです——きっとわたしにだって、なんとかなることでしょう。

「よいしょっと」プラグのがっしりした背中《せなか》に馬具一式をとりつけ、それを調整してから、端《は》綱《づな》〔馬の口につけてひく綱《つな》〕をつける。

「いい子ね、いい子ね」と言って、背《せ》の隆起《りゅうき》をぽんぽんたたく。わたしがひき具の下の端《はし》からのびた鎖《くさり》を鋤《すき》の横木につなぐのを、プラグはしんぼう強く待っている。左右の手に一本ずつ手《た》綱《づな》を巻《ま》きつけて、鋤《すき》の取っ手をつかむ。

「よし、進め！」

プラグはゆっくり歩きだし、しだいに手綱《たづな》がはっていく。ぴんとはりきったところで足をとめ、ふりかえってわたしの顔をじっと見る。

「そうよ、畑を耕すの。あなたとわたしで。とにかく死ぬ気でやらないといけないの」そう言って、プラグの背《せ》に手綱《たづな》をぴしっと打ちつける。「たいへんだけど、やらなくちゃ」

プラグはわたしが本気であると判断したようだった。まえへ進みだす。わたしは鋤《すき》の取っ手に体重をかけて、刃《は》が芝土《しばつち》にできるだけ深くうまっているようにする。大平原の草を切り、二フィート〔約六十センチ〕ほどのチョコレート色の大地のリボンがめくれあがっていく。

「耕してるわよ、プラグ！」わたしはまた手綱《たづな》をぴしっと打ち、さらに六フィートほどの芝土《しばつち》のリボンを切りとった。鋤《すき》の取っ手がはねあがるたびに、手に手袋《てぶくろ》がこすれて痛《いた》い。

さらに六フィート進むと、両手にまめができてきた。手袋《てぶくろ》をしていてもそうだった。一列を耕しきったところで、まめがつぶれて血が出てきた。さらに五列耕すと、肩《かた》が痛《いた》み、両手の感覚がなくなった。

隣人《りんじん》が数人、馬で通りかかり、わたしの〝進捗状況《しんちょくじょうきょう》〟をながめていく。

「ふつうは、直線上に耕していくもんだけどな」雄鶏《おんどり》ジムが言う。「円を描《か》くのは、はじめて見る」顔を真っ赤にしてゲラゲラ笑った。

ちょうど芝土《しばつち》にしたたかに尻《しり》もちをついたところへ、リーフィーが通りかかった。

「日差しで目をやられたね」そう言って、薬草の包みを渡《わた》してくれた。「これをベーコンの脂《あぶら》とまぜてごらん。きっとよくなるよ。あたしは行かなきゃ。ペリリーのようすを見てこようと思ってね」

リーフィーの薬草のおかげで、わたしの目の状態はぐっとよくなった。

そのあと、カールが通りかかった。ふたりで並《なら》んで立ち、わたしの畑をじっと見る。カールが何を考えているかはわからないものの、わたしの頭のなかははっきりしていた。四十エーカーを耕しおわるころには九十歳《さい》になっているだろう。

「ガー・ニヒト・グート」カールが言って、首をふった。「機械をつかわないと無理だ」ハンドルをまわす真似《まね》をしてみせる。この物資不足の時代にあって、カールはなんとかトラクターを動かせるだけのガソリンを調達していた。たどたどしい英語ではあっても、カールは自分の条件をはっきり示した。わたしの畑を六十エーカー耕してやる、ただし収穫時《しゅうかくじ》に二十エーカー分の作物をもらえるという条件だ。わたしはこの申し出をじっくりと……二秒ほど考えた。めったにないお得な条件で、わたしはカールと取引をした。

数日して、カールが畑を耕しにやってくるのと入れちがいに、わたしはペリリーと一日を過ごしに彼《かれ》の家へむかった。それも条件のひとつだった。カールはペリリーをひとりにしておきたくなかった。赤んぼうは六月に産まれる予定だったが、リーフィーとわたしは、もっと早いのではないかと考えていた。

「いったいお腹《なか》のなかで何を育てているんだろ、まさかゾウじゃないよね?」

リーフィーにきかれてペリリーは声をあげて笑った。「ファーンが産まれるときのこと、覚えてる? リーフィーは、あたしに双子《ふたご》が産まれるんじゃないかって思ってたでしょ」ふたりはファーンが産まれたときのことをじつに細かい点まで話している。わたしはだまっているしかなかった。当然ながら、出産のことなど、わたしにはまったくちんぷんかんぷんだった。ペリリーに頼《たよ》られなくて助かった。リーフィーがいればだいじょうぶだ。

その日は月曜日で、洗濯《せんたく》の日だった——かならずめぐってくる。白いものを煮洗《にあら》いしているあいだ、ダンガリーの胸《むね》あてつきズボンなど、山ほどある子ども服をごしごしこする。ペリリーのいまの状態では、洗濯板《せんたくいた》を入れた洗《あら》い桶《おけ》にかがみこむのは難《むずか》しいし、体にもよくなかった。わたしがしぼった洗濯物《せんたくもの》をチェイスとマティに渡《わた》し、それをふたりが母親のところへ運んでいき、ペリリーが洗濯《せんたく》ロープに干《ほ》すようにした。

「ねえ、ハティ、あたしたちの洗濯物《せんたくもの》に誘《さそ》われてお客さんがやってきても驚《おどろ》かないでよ」ペリリーはマティの緑のギンガム地でできたワンピースをふってしわをのばす。

「お客さん？」最後にわたしが迎《むか》えたお客さんは、雄鶏《おんどり》ジムだった。夕食をいっしょに食べ、そのあとチェスをしていつものようにこっちが負けた。そしてジムはトコジラミを置きみやげにしていった。それを追いだすのに、灯油を一クォート〔約一キロ〕近くもつかってしまった。

ペリリーが立ちあがり、腰《こし》に手を置いて休める。「先週のお客は、レイヨウの群れだったのよ。風にはためくTシャツに誘《さそ》われて出てきたんだから！」そう言って声をあげて笑い――最近ではなかなか聞けなくなった声だった――それから、表情がさっと変わって、どこかが痛《いた》む顔になった。

「チェイス、揺《ゆ》り椅子《いす》を持ってきて」ペリリーがわたしのプレゼントを受けとってくれてよかった。新聞の記事を書いてもらったお金で買ったのだ。「赤ちゃんのために」と言ってわたしが贈《おく》り、「赤ちゃんのために」と言ってペリリーが受けとった。わたしが育った環境《かんきょう》に小さな子はいなかった。ひきとられた先の親戚《しんせき》の家は、みな子育ての時期は過ぎていて、わたしはつけたしだった。

ここに引《ひ》っ越《こ》してきた当初は、マティの絶え間ないおしゃべりや、赤んぼうのファーンがたらすよだれにいらいらしたりしたものだった。いまではファーンのことを考えてハンカチを持ち歩くようになり、マティの観察眼をおもしろいと思うようになっていた。きっとマティはおもしろい話を書くようになるだろう。わたしがこんなふうに小さな人たちを受け入れているのを見たら、チャーリーは大笑いするだろう。さらに驚《おどろ》くのはチェイス！　あの子のいない生活は、わたしにはもう考えられない。母親にとてもやさしいし、負けん気は強いものの、カールにはとても忠実《ちゅうじつ》だった。『宝島《たからじま》』はもう読みおえて、いまは『ユタの流れ者』を読みはじめていた。

「ほら、持ってきた」チェイスが揺《ゆ》り椅子《いす》を運んできた。わたしはそれを、わずかに日陰《ひかげ》になっている場所に持っていって、ペリリーをすわらせる。バイオレットのおかげで、冷えたバターミルクがあり、それをブリキのカップにいくらかそそいだ。これが背《せ》の高いほんもののグラスに氷といっしょに入っていたらどんなにすてきだろう。

「何を考えてるの」ペリリーが椅子《いす》をゆらしながら言う。

わたしはふふふと笑った。「くやしいけど、アイビーおばさんがよく言ってたことを思いだしたの。願っているからといってかなうわけじゃないって」

「うちの母親も同じことをよく言ってた」ペリリーがバターミルクを口にふくんだ。「もちろん、かなうことだってあるのよ」お腹《なか》を軽くたたいて、それからもうひと口飲んだ。「ああ、おいしい」母親のひざを目ざして、ファーンがよちよちやってくる。わたしは手の届《とど》くところに立っているチェイスのオーバーオールの肩《かた》ひもをつかんだ。「マティとファーンを連れていって。香草《こうそう》をとってきてほしいの。それをシチューに入れるわ」

チェイスがぎょっとして、わたしの顔をまじまじと見る。「シチューをつくるのは、パンを焼くより得意なの?」茶色の目が、日曜学校にいるときのようにまじめだ。

「チェイス・サミュエル・ジョンソン!」ペリリーがしかった。

チェイスはケラケラ笑う。なんて朗《ほが》らかな声だろう。ペリリーもいっしょになって笑った。

「もうあなたには二度とつくってやらないから」そう言いながら、わたしもケラケラ笑った。料理はいくぶん上達したものの、ペリリーにはとても及《およ》ばない。

子どもたちは、つんだ香草《こうそう》を入れるために、からになったラードバケツを集めてきて、それから谷へ出ていった。

ペリリーはバターミルクを飲みおえた。「なんだか眠《ねむ》くなっちゃった」ペリリーが言い、まもなく椅子《いす》のゆれ方がゆっくりになった。すぐに軽いいびきが聞こえてきた。

腕《うで》と背中《せなか》に無理を強《し》いて、洗濯《せんたく》に励《はげ》む。煮洗《にあら》いのための容器に水を足して、ずっと煮立《にた》たせておくようにしながら、よごれた衣服を洗濯板《せんたくいた》でごしごしこすり、しぼり、干《ほ》して乾《かわ》かす。アイビーおばさんがよく言ってたっけ。「男は日の出から日没《にちぼつ》まで働けばいい。女の仕事に終わりはない」わたしがそれを証明しているわ!

ファーンのおしめの最後の一枚《まい》を干《ほ》してから、腰《こし》と背中《せなか》をのばす。ペリリーは揺《ゆ》り椅子《いす》の上でいびきをかいて眠《ねむ》っていた。わたしも子どもたちのところへ行くことにした。歩きながら、「アーリントン・ニュース」にのせる記事を頭のなかで組み立てる。

厳《きび》しい自然のなかで暮《く》らしていると、本能が目ざめ、木の葉のねじれ具合や、岩の散らばり具合から、自分の獲物《えもの》がどちらの方角へ逃《に》げたかをつきとめられるようになります……などとひけらかすのは、ずるいことでしょう。ペリリーの家のまわりには、牧草になる背《せ》の高いバッファローグラスが苔《こけ》のようにみっしり生えているとはいえ、はだしで駆《か》けだしていった三人の子どものの足どりを追うのは、なんでもないことです。おまけにわたしには、どのあたりに野生のパセリが青々と茂《しげ》っているか正確にわかっているのですから。

すぐに三人のいたずらっ子たちに出くわした。バケツをいっぱいにすることよりも、峡谷《きょうこく》のむこうに石を飛ばすのに夢中のようだった。

腰《こし》をかがめ、つるつるした黒っぽい石を拾った。白い輪っかがついている。

「そういうのは、あんまり飛ばないんだよ」とチェイス。

「これは願いごとがかなう石なのよ」わたしは言った。「よく飛ぶ石よりも価値《かち》があるんだから」

「あたしもほしい」マティが言った。黒っぽい石で白い輪っかがとりまいている石をさがすのだと教えてやる。「願いごとを思いうかべたら、目を閉《と》じて、それから肩《かた》ごしに投げるのよ」マティはポケットを石でいっぱいにした。「あとでつかうようにとっておくの」マティが言った。「ほんとうにいいお願いが見つかったときに、いるでしょ」

「それはいい考えね」わたしは自分でも一ダースほど拾った。ひとつは種まきがうまくいくように願い、もうひとつは豊作を願った。それからもうふたつを肩《かた》ごしに投げた。チャーリーが無事に帰ってくることを願った。あとひとつはペリリーの産まれてくる赤んぼうのために。最後に残った石をいっぺんに投げて、土地を自分のものにできますようにと願った。

顔をあげると、いつのまにかファーンがよちよち歩いて離《はな》れていた。「ファーンには妖精《ようせい》の血が流れているにちがいないわ。あんなに夢中になって花をつんでるんだもの」チェイスにそう言った。ファーンはずんぐりした短い足で草原のなかをよちよち歩いていき、野生の草花の咲《さ》いている場所を次から次へ渡《わた》り歩《ある》いている。ぷっくりした片手《かたて》にわずかにつぶれたプレーリー・ローズの花をにぎり、もういっぽうの手には茎《くき》の曲がった野生のアイリスをにぎっている。

「ママにブーケを持って帰ろう！」マティはわたしにバケツをあずけて、仕事にかかった。チェイスといっしょになって、まぎれもない虹色《にじいろ》の花々をすくいあげた。ふたりが花をつみおわると、ファーンがしぶしぶ自分のふたつの宝物《たからもの》をさしだした。

「お母さん、きっと喜ぶわ」わたしは指についた花びらを払《はら》った。わたしも自分の幼《おさな》い子たちから、こんなブーケをもらえるようになるのかしら？　そんなことにあこがれるなどと考えたことは、これまで一度もなかった。チェイスの髪《かみ》をくしゃくしゃにする。「さあ、そろそろもどろう。わたしはこれからシチューづくりに奮闘《ふんとう》しないと」

ファーンが草の汁《しる》に染《そ》まった手でわたしの手をつかんだ。わたしはバケツをひとつ持ち、チェイスがふたつ持った。「あたしはミュリーを抱《だ》いていかなきゃいけないないから」とマティは言《い》い訳《わけ》した。

子どもたちの歩みに合わせて、ゆっくりしたペースでぶらぶら歩く。いい香《かお》りのする空気を胸《むね》いっぱいに吸《す》う。ウルフ・ポイントで最初に汽車をおりたときに香《かお》ってきたにおいを思いだす。ペリリーのように現実的に考える人なら、バッファローグラスが春の日差しに温められて甘《あま》い香《かお》りを放っているだけだと言うかもしれない。けれどもわたしにはそれだけとは思えなかった――これは家庭のにおいだ。ここが自分の居場所だと告げてくれるにおい。

すでにカレンダーの五か月近くを線で消している。この五か月でわたしが成しとげたことを知ったら、チャーリーはびっくりするのじゃないかしら？　このふたつの手で――カールの力も借りて――何マイルにも思える距離《きょり》に柵《さく》をはりめぐらした。まもなく最初の作物を植える。秋になれば、亜麻《あま》と小麦を収穫《しゅうかく》する。十一月でチェスターおじさんの土地所有要件を満たす期限が切れる。それはつまりわたしの期限。それまでには必要な支払《しはら》いをすべてすませて、やるべき仕事をすべて完了《かんりょう》しているだろう。そうして一九一九年には、新たな人間として一歩を踏《ふ》みだす――親戚《しんせき》の家を渡《わた》り歩《ある》いて雨露《あめつゆ》と飢《う》えをしのぐだけの、〝根なし草ハティ〟じゃなく、一家のあるじハティ・アイネズ・ブルックスとして。ちょっとかっこうをつければ、はてしない空の下、堂々と根をはるハティとして。

「ハティ」マティがわたしのスカートをひっぱった。「あれはカミナリ?」

夢からはっと現実にもどった。「何も聞こえないけど――」いや、聞こえる。遠いところで低い音がして、足の下で大地がかすかに振動《しんどう》している。「これは何?」

地面が激《はげ》しくふるえだし、遠くから聞こえてくるごうごうという音に、あたり一帯がのみこまれそうだ。

「馬だよ!」チェイスの顔から血の気がひいていく。「野生の馬!」

それを聞いたとたん、チェイスの言うことが正しいとわかった。口から泡《あわ》を吹《ふ》く荒々《あらあら》しい馬の群れが、まっすぐこちらへ突進《とっしん》してくるのだ。「雄馬《おうま》は、大人馬の首を噛《か》みくだくこともあるんだぞ」雄鶏《おんどり》ジムに注意されたことがあった。子どもたちにむかってきたらどうなるか、考えただけでぞっとした。

「さあ、おんぶしてあげる」ファーンに言って、背中《せなか》に乗せる。それからマティの手をひっつかみ、「全速力で逃《に》げるわよ!」と声をかけた。

花も香草《こうそう》もバケツも放《ほう》りだして、大平原をひた走る。手をつないで、おかしなヘビのように、ぐにゃぐにゃの列になって走った。天地創造《てんちそうぞう》のときって、きっとこんなだったろうと思うほどに、ごうごう音をたてて地面がのたうちまわる。

ふりかえると、見えてきた。馬の津波《つなみ》が峡谷《きょうこく》のむこう側から迫《せま》ってきた。あの勢いではすぐに追いつかれてしまう。

先頭の雄馬《おうま》が群れを率いており、雌馬《めうま》たちは彼《かれ》のリードにしたがって、わたしたちとの距離《きょり》を縮《ちぢ》めてくる。わたしは立ちどまってファーンをチェイスに託《たく》す。「家まで走るのよ」

「ハティ――」チェイスが驚《おどろ》いた。

「行って！」わたしはどなった。みんなぱっと駆《か》けだした。ポケットに入っている石のことを考える――オオカミやいじめっ子たちにはきき目があったものの、野生の馬相手では、まったく無力だ。どうしたらいいのか、何も考えが浮《う》かばない。それでも馬たちに峡谷《きょうこく》を渡《わた》らせてはならないことはわかる。子どもたちを傷《きず》つけさせるわけにはいかない。ふりかえった拍子《ひょうし》にスカートが風にはためいた。洗濯物《せんたくもの》がレイヨウの注意をひきつけたと、ペリリーが言っていたことを思いだした。馬は驚《おどろ》きやすいから、逆の効果をあたえられるかもしれない。

スカートとペチコートをはぎとり、ブルマー姿《すがた》で、頭のおかしくなった鳥みたいに両手でそれをふりまわす。雄馬《おうま》が谷の手前で凍《こお》りついた。群れもまたひとつにかたまって、彼《かれ》と同じように、いななき、足を踏《ふ》みならして、まえへうしろへ行ったり来たりをくりかえしている。

「ヒャヒャー！」わたしはばたばたとはばたき、スカートをふりまわしてさけびながら踊《おど》りまわってみせる。雄馬《おうま》はびくっとして鼻を鳴らし、高くはねあがり、峡谷《きょうこく》にむかって一歩を踏《ふ》みこんだ。「ヒャヒャー！」わたしは金切《かなき》り声《ごえ》をあげる。両腕《りょううで》をばたばたさせて、小説に出てくるデルビーシュ〔激《はげ》しい旋回舞踊《せんかいぶよう》などを行うイスラム教神秘主義《しんぴしゅぎ》の修行者《しゅぎょうしゃ》〕のように踊《おど》りまくる。雄馬《おうま》は頭を低くし、つやつやした太い首の隆々《りゅうりゅう》とした筋肉《きんにく》をふるわせる。一歩あとずさった。それからまた一歩。

わたしのウールの翼《つばさ》が両手の先でばたばたはばたく。「さがれ！　さがれ！」言いながら自分は前進していく。雄馬《おうま》ははねながら後退し、とまった。その場に凍《こお》りつき、おびえた目でわたしをぴたりと見すえた。相手の目にわたしはどんな生き物と映《うつ》っているのだろう？　おそろしい動物であることを祈《いの》るばかりだった。一歩、また一歩とじりじり進んでいき、とどめのはばたきをしてみせた。雄馬《おうま》は首をのけぞらせ、峡谷《きょうこく》の手前で行きつもどりつし、後脚《あとあし》ではねあがった。力強い頭をぐいとふると、いきなり速歩《はやあし》になり、ぐるっと方向転換《ほうこうてんかん》をして四本脚《あし》の群れを率いていった。

へとへとになって地面にくずれた。何かかたいものがお尻《しり》にあたった。何があたっているのかと、もぞもぞ動いて地面を手でさぐる。お願いの石のひとつで、めちゃくちゃに踊《おど》りまくっているときに、ポケットから落ちたにちがいなかった。馬がむきを変えて逃《に》げていったのは、この石のおかげか、それともわたしの恥《はじ》も外聞もない踊《おど》りが功を奏《そう》したのか、あるいは神様がここでも思いがけない形で手をさしのべてくださったのか。それはわからない。危機一髪《ききいっぱつ》だったのだと思うと、いつのまにかすすり泣いていた。もしもペリリーの子どもたちがあの馬の群れに襲《おそ》われていたら……わたしはペチコートで顔をふいた。もしものことなど考えてめそめそしているひまはない。弱気な考えをふるい捨《す》て、よれよれになったペチコートをにぎりしめ、ペリリーの家にむかう。これから洗濯物《せんたくもの》をとりこんで、夕食の用意をしなければならないのだ。

その夜、自分の家に帰って着がえをしていると、ポケットのなかからお願いの石が転がり出た。それをキッチンのテーブルの上に置き、これをいつも目に入れて、どんなときにも、希望を捨《す》てさえしなければ乗り切れることを忘《わす》れないようにしよう。灯油ランプをつけて、〝モンタナの田舎《いなか》だより〟を書きおえた。

この回を結ぶにあたって、ひとつ言わせてください——淑女《しゅくじょ》たるもの、せめてスカートの下にペチコートの一枚《まい》もつけないでは、けっして外出してはなりませんと、アイビーおばさんにはいつもしかられてきましたが、いまはそうしてくれたことに心から感謝しています。わたしの頼《たの》もしいペチコートが、わたしと三人の子どもたちを危険《きけん》から救ってくれたのですから。今年の種まきは、単に亜麻《あま》と小麦の種だけでなく、友情の種をもまいたように思えます。

次の日曜日、わたしは教会へ出かけた。新しい家畜小屋《かちくごや》がどこまでできあがっているかたしかめようと、途中《とちゅう》遠まわりをして、ペリリーの家の近くを通る。

先ごろルーテル教会のシャッツ牧師が家畜小屋《かちくごや》を建てなおす会を組織していた。わたしもその日、この手で釘《くぎ》を数本打った。文字どおり、灰《はい》のなかから立ちあがっていく、がっしりした小屋の骨組《ほねぐ》みを見るのはとてもうれしいけれど、それ以上に、ヴァイダの町の人々がそろって手伝ってくれるのを見ていると、胸《むね》がはずんだ。郡国防会議のメンバーがひとりも出てこないのは目立ったが、それ以外はほぼ全員が手を貸したり、ちょっとしたアドバイスをしに顔を見せていた。ミセス・ネフツカーは流感にかかって出てこられないかわりに、手づくりのレーズンパイを三つ送ってくれた。

ペリリーは一日じゅう涙《なみだ》をぬぐっていて、カールは、ここまでしてもらえるとは信じがたいと、ひっきりなしに首を横にふっていた。

「これなら収穫時《しゅうかくじ》までもつだろうよ」一日の仕事の成果を見て、雄鶏《おんどり》ジムがほめた。「それから屋根をふけばいい」

あの日のことを思いだすと、やっぱりわたしも信じがたいほどうれしく、思わず首を横にふってしまう。現実にもどって曲がり角を曲がったところ、ペリリーに出くわしてはっとした。一番いい服を着て、女の子たちの手をにぎり、うしろにチェイスをしたがえている。

「どこへ行くの？」わたしはきいた。

「教会へ」それ以上は何もきいてくれるなという顔だった。「あたしのとなりにずっとはりついていてくれるって、約束してくれる?」

「たんこぶのようにね」わたしは約束した。

ペリリーが、わたしの腕《うで》に自分の腕《うで》を通してしっかり組み、みんなで色とりどりの野の花の咲《さ》くなかを歩いていった。ファーンはわたしとペリリーで順番に抱《だ》っこしていった。マティとチェイスがうしろから子牛のようについてきて、途中《とちゅう》、こっちへ飛んできたチョウや、あっちから出てきた虫、咲《さ》いたばかりのユリの花に気をとられている。

大平原のむこうに、バッファローグラスの海をさっそうと進む小さな救済船《きゅうさいせん》のような教会が見えてきた。近づくにつれ、わたしの腕《うで》にからめたペリリーの腕《うで》に力がこもる。玄関《げんかん》ドアに着いたときには、わたしの腕《うで》がもげるんじゃないかと思ったほどだ。

マティとチェイスはサボー家の子どもたちにひっぱっていかれ、日曜学校へむかった。わたしはファーンを抱《だ》いて、ペリリーをうしろのほうの会衆席《かいしゅうせき》にひっぱっていく。腰《こし》をおろすと座《ざ》席《せき》がゆれた。ウールのスカートのしわをたこのできた手でのばす。

「祈《いの》らせたまえ」ツイード牧師が、お祈《いの》りの最初を先導する。

わたしはペリリーにちらっと目をやる。ペリリーはぎゅっと目をつぶっていて、まつげが見えなくなるほど力をこめていた。ひたいにはしわがくっきりと刻《きざ》まれている。わたしはペリリーの手をつかみ、きゅっ、きゅっ、きゅっとにぎってやった。目をあけたペリリーに、ぱちっと片目《かため》をつぶってみせる。ペリリーはにっこりし、ひたいのしわが消えた。

「賛美歌集の九十七ページをひらいてください」ツイード牧師がまた立ちあがった。「では、『天《あめ》なる喜び』をみんなで歌いましょう」

くたびれたアップライトのピアノから、ミセス・マーティンが曲めいたものをたたきだす。聖歌隊《せいかたい》はおっかなびっくりで歌いだし、正しい旋律《せんりつ》の近くを、よろよろとおぼつかない調子で進んでいく。会衆《かいしゅう》がなんとかそれについていこうとするものの、わたしでさえ、聴《き》いているのがつらかった。

すると、まったくブレのない天使のようなやわらかな声が、めちゃめちゃなメロディーをつきぬけていき、方向を見失っているたどたどしい声たちに正しい着地点を示した。賛美歌は混《こん》乱《らん》した泥沼《どろぬま》からひっぱりあげられ、神にむかって真の賛辞をささげる。

わたしは口を閉《と》じて耳をすましました。

ペリリーだ。

ほかにも数人が、歌うのをやめて首をのばし、このちっぽけな教会で、こんなにすばらしい歌声を響《ひび》かせる人間がどこにいるのだろうとさがしている。わたしの胸《むね》が誇《ほこ》らしさでいっぱいになった。

「あなたは天使のような声をしている」礼拝《れいはい》のあと、ペリリーと握手《あくしゅ》をしながら、ツイード牧師が言った。「うちの聖歌隊《せいかたい》に入ってくれれば、こんなにうれしいことはない」

ペリリーの顔がぱっと輝《かがや》いた。しかし答えるまえに、ミセス・マーティンが口をはさんできた。「うちの聖歌隊《せいかたい》では、アルトはすでに人数オーバーなんですよ」

「それはそうだが――」ツイード牧師が切りだした。

「牧師さま、お誘《さそ》いには心から感謝をいたします」ペリリーがショールをかきあわせて言った。「ですが、もうすぐ赤んぼうが産まれますので、その時間はつくれそうもありません」ペリリーは階段《かいだん》をおりだし、わたしはそのうしろにぴったりついていく。ミセス・マーティンがプルーンのように顔をしわしわにして、わたしたちのうしろについてくるのがちらっと見えた。今度はツイード牧師が、彼女《かのじょ》の説教の聞き手になりそうだ。

ペリリーとわたしは子どもたちに声をかけた。

「あの人、いやな感じ」わたしは言った。

ペリリーは肩《かた》をすくめた。「歌うって、気持ちいいね」あこがれるように言った。

「赤ちゃんが産まれてから、じっくり考えればいいのよ」わたしは言い、よし、なんとしてでもペリリーを聖歌隊《せいかたい》に入れてやろうと、その場で決心した。もしだめだと言われたら、それならかわりにわたしが聖歌隊《せいかたい》に入るとおどしてやってもいい。

ふたたびペリリーはわたしの腕《うで》に自分の腕《うで》をさしいれた。女どうしの気の置けないおしゃべりをしながら、ペリリーの家へむかった。わたしたちのまえでは、子どもたちがカエルのように飛びはねて、わけのわからない鬼《おに》ごっこをしていた。ペリリーは夕食を食べていってくれと言う。「ほんの間に合わせだけどね」とあやまる。

「あなたの間に合わせ料理は、リッツホテル以上においしい」わたしは言って、チキンとお団子をさらに頰《ほお》ばった。

ペリリーは照れて笑った。「食事をおいしくするのは、食卓《しょくたく》を囲む仲間であって、料理じゃないのよ」テーブルを押《お》して立ちあがった。「コーヒーを持ってくるわ」

「すわってて」わたしが大人三人分のコーヒーを持ってくると、あとはみんなですわっておしゃべりをした。ドイツ語と英語のまじったカールの言葉も、いまではほとんど理解できるようになってきた。バイオレットが新たに身につけた悪い習慣をカールがみんなに話す。まるで山羊《やぎ》にでもなったように、バイオレットはカールのズボンに噛《か》みつこうとしているそうだ。

「もう、やめて！」わたしは笑いすぎてお腹《なか》が痛《いた》くなった。それでも、とてもいい気分だった。その気分にすっぽり包まれたように、家に帰る道すがらも、家に帰って晩《ばん》の仕事をしているあいだも、ずっといい気分だった。

14 農場の新しい仲間

一九一八年五月
アーリントン・ニュース～モンタナの田舎《いなか》だより～

鶏《にわとり》を育てる

わたしは高校も卒業していませんが、入植者暮《にゅうしょくしゃぐ》らしを通じて、大切なことを学びつづけています。すばらしい隣人《りんじん》は、どんなたくさんのお金にもまさるというのもそのひとつです。農作業を手伝ってくれるから価値《かち》があると言っているのではありません。たしかにそうした助けがなかったら、亜麻《あま》と小麦の種がいっせいに芽を吹《ふ》いて、あたり一面緑のベルベットでつくったキルトを広げたような光景を見渡《みわた》すことはかなわなかったでしょう。さらには、わたしの農場暮《のうじょうぐ》らしに新たな仲間を迎《むか》えることもなかったでしょう。

おそらくここでの暮《く》らしは、作物の種よりも、わたしの心に思いやりの種を多くまいてくれ、お金よりも、黄金律《おうごんりつ》〔人にしてもらいたいと思うことはなんでも、あなた方も人にしなさい〕を授《さず》けてくれたのだろうと思います。楽な選択《せんたく》よりも、正しい選択《せんたく》をすることが大事なのだと、いまではわかります。

ウルフ・クリークで野生馬の群れと対決してから二週間ほど過ぎたころ、わたしはヴァイダの町へいそいそとむかった。ミルトンバーガーさんからの小切手が送られてくるころだし、手紙も何通か届《とど》いていればいいと思っていた。あのつけ火騒《さわ》ぎがあってからトラフトがわたしの家まで郵便物《ゆうびんぶつ》を運んでくれるサービスはとまっていた。彼《かれ》とは、もう二度とふたたび顔を合わせたくない。

思いがけずうれしかったのは、その日長い距離《きょり》を歩いて町へ出かけていくのが、わたしひとりではなかったことだ。

「リーフィー！」前方を大股《おおまた》ですたすた歩いている人影《ひとかげ》に声をかける。リーフィーはふりかえり、わたしが追いつくのを待ってくれる。

「大平原でのこっけいなダンス、またやってくれるかい？」そう言ってにやっと笑う。

「ペリリーがしゃべったのね！」

「ハティ、そういうおもしろい話は、ずっと隠《かく》してなんかおけないって」リーフィーは首をふった。「その雄馬《おうま》は、あんたをなんだと思ったんだろう、きいてみたくない？」そう言ってくすくす笑った。

「町になんの用事？」わたしは話題を変えることにした。

「ああ、ちょっとした用事があれやこれやあってね」ナップザックをたたいた。「それと、カールの用事も」

「町へ出かけられないほど、何に忙《いそが》しいのかしら？」ぬかるみにユリが咲《さ》いていたのでわきへよける。「種まきはもう終わったと思ったけど」

リーフィーは険しい表情になった。「ああ、そうだってね……でもペリリーをひとりにしておきたくないって言って、だけど……」途中《とちゅう》で口ごもった。

わたしはさらに早足になった。「だけど、何？」リーフィーはわたしより二十歳《さい》も年上だが、この大股歩《おおまたある》きからは、ぜったいそんな歳《とし》だとは想像できないだろう。

「郡国防会議のいやがらせのせいさ。マーティン家の人間と、そのまぬけな仲間が町じゅうの人間の感情をあおってる。先週なんか、ルーテル教会に乗りこんでいって、礼拝《れいはい》をぶちこわしたって知ってるかい？　トラフトがシャッツ牧師に罰金《ばっきん》を科したんだ！　次は監獄《かんごく》に入れてやるなんて言って！」リーフィーは首をふった。「神様はどうしてこんなことを放《ほう》っておくのかって、さけびだしたくなるよ」

「それでカールは町へは行かないことにしたの？」ぞっとした。

「ペリリーがやめてくれって頼《たの》んだのさ」リーフィーは男物のシャツの胸《むね》のポケットから煙草《たばこ》

の入った巾着《きんちゃく》をとりだした。煙草《たばこ》の葉を器用に紙で巻《ま》いて、火をつける。「ルーテル教会での礼拝《れいはい》にも出ないでって、ペリリーは頼《たの》んだんだけど、それはできないって」リーフィーは舌についた葉をつまんでとった。

「男ってやつは。いままで一度だって行ったことがないのに、問題が起きたとなると、何がなんでも行くってことになる」

最後の曲がり角を曲がると、ヴァイダの教会がぱっと視界《しかい》に飛びこんできた。ツイード牧師のこのあいだの説教を思いだす――祖国にいて戦い、勝つ、という題だった。わたしはリーフィーに言う。「まさか教会で人を傷《きず》つけたりはしないでしょう?」

「そんなことを気にするようなやつらじゃないよ」リーフィーはいらいらと煙草《たばこ》を吹《ふ》かした。「エドワード・フォスターの話、聞いた? かわいそうに、連中にリンチまがいのことをされたらしい。戦争で国の若《わか》いもんが続々と死んでるって、ただそう言っただけで。彼《かれ》はりっぱな退役軍人《たいえきぐんじん》なのに」リーフィーは足をとめてブーツのひもをゆるめた。「石が入っちまった」わたしによりかかって、片方《かたほう》のブーツをふる。何も出てこなかった。なかをのぞいて、もう一度ふる。「ばかげた郡国防会議のなかで、誠実《せいじつ》な人間を見つけようとするのと同じだね」リーフィーは言って、自分の冗談《じょうだん》に声をあげて笑い、またするっとブーツをはいた。

「そんな冗談《じょうだん》を言うもんじゃないわ」わたしはあたりをきょろきょろ見まわした。「だれかに聞かれたらどうするの?」

リーフィーはふんと鼻を鳴らした。「文句があるなら、むかってくればいい」となりにいるわたしの手をぱんとはたいた。「いいかい、トラフト一味のいやがらせなんかより、ひどいことはいくらでもあるんだよ。なかでも最も悪いのは、まちがったことをしている人間を傍観《ぼうかん》していること」リーフィーはどこかほかのところへ考えをむけているようだった。「百パーセントアメリカ人なら、ペリリーの前のダンナのレミュエル・ジョンソンでさえ、ずっと偉《えら》いって言うのといっしょ――ちゃんちゃらおかしいよ」ずんずん先を歩いていったリーフィーがふりかえり、わたしと正面からむきあった。「それでもあんたは、あたしに言うのかい――あのまぬけどもが、生まれた場所がどうのこうので、カールにいやがらせをするのをだまって見ていろと？」わたしの顔をじっと見すえてくる。

ここ数か月に起きたことをあれこれ考えてみる。

「いいえ、だまって見ていろなんて、ただ……」わたしは言葉を切った。

「あたしの言いたいこと、わかってくれた？」雌鶏《めんどり》が羽根を収《おさ》めるように、体をぶるぶるっとゆすった。「あのいけすかないやつらのせいで、ついつい興奮《こうふん》しちゃって。ごめんよ、ハティ。チャーリー・メイソンのカフェで、パイとコーヒーにしよう」

いったいどうするとリーフィーみたいな人間ができあがるのだろう。それをいうならトラフトでもいい。自分が正しいことをけっして疑《うたが》わない。おそらくわたしもリーフィーぐらいの歳《とし》になれば、何が正しくて何がまちがっているか、くっきり判断できるようになるのだろう。いまはまだチャーリー・メイソンの出してくれる濃《こ》いコーヒーのようににごっているけれど。

「帰りもいっしょのほうがいいかい？」リーフィーが言い、最後に残ったバターミルクのパイをスプーンですくった。「ここで一時間後ぐらいに落ちあうのでどう？」

わたしはうなずき、パイとコーヒーの代金を支払《しはら》い、チップとして五セントを置いてきた。わたしの用事はネフツカーさんの店と郵便局《ゆうびんきょく》に行くだけで、どちらも同じネフツカー家の芝土《しばつち》の家にくっついている。

店に入るなり、ネフツカーさんがあいさつをしてくれた。「郵便《ゆうびん》が届《とど》いてるよ」

「ありがとう」わたしは封筒《ふうとう》をぱらぱらさぐった。ありがたいことに、「アーリントン・ニュース」の封筒《ふうとう》があった。つまりこれでいくらか物資を買えるということだ。「豆をまたひと袋《ふくろ》ください。それから灯油もいくらか」わたしは言った。

ネフツカーさんはわたしの頼《たの》んだ物資をカウンターの上に置いてくれた。「どうだい、うまくいってるかい？」

「ええ」わたしは財布《さいふ》をひらいた。「うちの畑をぜひ見て。緑のベルベットでつくったキルトを広げたみたいなの」わたしは自分の口から出てきた言葉に笑った。「植物が育っていく光景に、これほどワクワクするなんて思いもしなかった」

「わたしも、いくら見ても見飽《みあ》きないよ」ネフツカーさんが言った。「亜麻《あま》の花が咲《さ》くころまで待っていてごらん。わたしはこの目で海を見たことは一度もないが、いくら海だって、あの亜麻畑《あまばたけ》よりも青いなんてことはないだろうよ」

「楽しみ」わたしは代金を支払《しはら》った。

ネフツカーさんがそこでコホンと咳《せき》ばらいをした。「非常に言いにくいことなんだがね、ハティ。じつはこの店にチェスターのツケが残っているんだ」

「ツケ?」わたしの手が財布《さいふ》の上で凍《こお》りついた。

ネフツカーさんがうなずいた。「柵《さく》の資材を」そう言ってカウンターの下を手探《てさぐ》りし、一枚《まい》の紙切れをとりだした。借用書。わたしはまじまじとそれを見た。

「二百二十ドル?」手をのばし、カウンターにつかまって体を支えた。「まったく支払《しはら》っていなかったと?」

「チェスターは病気になった。そんなときに、せっつきたくなかったんだよ」ネフツカーさんはまた咳《せき》ばらいをした。

わたしは財布《さいふ》をいじくりまわす。二百二十ドル! 「ごめんなさい——一度に全部払《はら》うというわけにはいかなくて」財布《さいふ》のなかで、お札を一枚《まい》一枚《まい》数えて、カウンターの上に置いていく。

ネフツカーさんはお金に手をのばさなかった。「もっと早くに言っておくべきだったね」わたしと同じぐらい、いたたまれない気持ちでいるようだった。「厳《きび》しいときだってわかっている。ただ、わたしのほうも、かけ売りの代金を取り立てろって銀行にうるさく言われてね」

「ありがとう、ネフツカーさん」わたしは麻痺《まひ》したような気分でドア口にむかった。「できるだけ早くお返しします」

何も考えられないままにドア口を抜《ぬ》けた。もしこれほどショックを受けていなかったら、次に出くわした相手を冷たくあしらう元気もあっただろう——相手はトラフト・マーティンだった。

わざわざ帽子《ぼうし》をちょんと持ちあげてあいさつをしてきた。「こんにちは、ミス・ブルックス。入植生活のほうは、最近どう？」

「ええ、おかげさまで」包みを胸《むね》にかかえて歩きだす。二百二十ドルをひきだしたら……あとどれだけ残る？

「カフェに行くの？」トラフトがわたしのとなりを歩いていた。「送っていこう」

「いえ、けっこうです」ああ、どうしよう。頭のなかに元帳を浮《う》かべてみる。結束機を借りるお金は足りる？　脱穀機《だっこくき》は？　穀物袋《こくもつぶくろ》は？　ネフツカーさんは、どんな形で支払《しはら》ってもらおうと考えているのだろう？　ウルフ・ポイントまで行って、銀行口座《ぎんこうこうざ》からありったけのお金をひきだしてこないといけない？

「心ここにあらずだな」トラフトが笑った。「だいじょうぶかい？」

……お金を借りる必要がある？　カールはよいことだと思わないだろうけど、でも……。

「ハティ？」

「えっ？」彼《かれ》がまだとなりを歩いているのに気がついた。わたしは足を速めた。

「しばらく姿《すがた》が見えなかったけど」トラフトが言った。

その言葉で、ショックから現実にひきもどされた。しばらくわたしの姿《すがた》を見ていない、と彼《かれ》は言った。でも、わたしは見ている。それにあなたのしでかしたことも。

「小柄《こがら》な女性にしては、すたすた歩いていくなあ、速いよ」ゆっくり歩かせようと、トラフトがわたしの腕《うで》に手を置いた。「ぼくを避《さ》ける理由が、何かあるのかい？」

いったいどこまで厚かましいのだろう。「理由？　何か、ですって？」

トラフトはわけがわからないというように両手を広げてみせ、わたしに説明をうながす。君子《くんし》危《あや》うきに近よらずという言葉がある。トラブルは避《さ》けるべきだ。それでもわたしの頭のなかを、まだリーフィーの言葉がかきまわしていた。だいたい、この男の無神経さはどうだろう。意地が悪いうえに、まぬけなのだろうか？

「わたしはあなたを見た」

「ぼくを？」

「火事のあと。わたしの家で」

トラフトがびくっと身をひいた。まるでなぐられたとでもいうように。「完全に誤解《ごかい》してる」

「そんなところにはいなかった、なんて言わないでよね」あまりの怒《いか》りに両手をこぶしににぎった。「あなたのよくわからない性格に、嘘《うそ》つきまで加えないでちょうだい」

「嘘《うそ》なんかついてない」元気のない声になった。「きみの家には、たしかに行った。だがそれは、新たなつけ火を阻止《そし》するためだ。火事騒《かじさわ》ぎを起こそうとしたわけじゃない」

「カールのところで起きた火事みたいな？」どんなに声がふるえようと、これだけは最後まで言ってしまわないと。

トラフトは片手《かたて》をあげて、わたしを制した。悲しそうな目。ほんとうに悲しんでいるようだった。「あの火事は、ぼくにはまったく関係ない。あれは――」話しかけて途中《とちゅう》でやめた。

「何を言ってもむだだな。きみはぼくの言うことは信じない」

相手の悲しい口調に、こちらの怒《いか》りがやわらいだ。「いいえ。言ってちょうだい。お願い。わたしのほうはなんの証拠《しょうこ》もなくあなたに罪を――」わたしの声が、男のひきつった声にかき消された。

「とまれ！　とまってくれ！」

いったい何ごとかと、ふたりしてふりかえる。道路のどまんなかを、雄鶏《おんどり》ジムがよろよろと、新品の自転車で走っていた。カフェの正面につっこんでいきそうだった。

「気をつけて！」わたしは声をはりあげた。

「ブレーキをかけるんだ！」トラフトが小走りで追いかけていく。「ブレーキ！」ほかの人々も通りを走っていき、ああしろ、こうしろと口々に忠告《ちゅうこく》した。

ジムはだれの忠告《ちゅうこく》も耳に入らない。オオカミに襲《おそ》われた、あの日のバイオレットのように大声でわめきながら、道路のこっちへよろけ、あっちへよろけしていた。ちょうど染料店《せんりょうてん》から出てきたリーフィーと衝突《しょうとつ》するのを危《あや》ういところで逃《のが》れる。

「ジム！　ちょっとあんた、何やってるの？」リーフィーがどなる。

「このいまいましいやつをとめようとしてるんだよ」道路が下り坂になり、ジムのスピードがあがりはじめた。ミセス・シリンジャーが、間一髪《かんいっぱつ》で、幼《おさな》いエドワードを安全な場所に移す。

「イー・ハー！」ジムが大声をあげる。両足をペダルからぱっと離《はな》し、ガスト・トリシャルトの蹄鉄店《ていてつてん》にまっすぐつっこんでいく。トラフトがジムをなんとかとめようと全速力で駆《か》けだした。

ガストが店のまえに出てくる。ひと目で事情を察し、「藁《わら》につっこめ」と大声で言いながら、腕《うで》をまわす。そうすれば雄鶏《おんどり》ジムを鍛冶場《かじば》の裏《うら》に置いてある、干《ほ》し藁《わら》の束へ追いやれるとでもいうようだった。

トラフトは追いかけるのをあきらめた。肩《かた》で大きく息をし、ガストのまえの杭《くい》によりかかる。

「あの調子じゃ、サークルの町までつっきっていくだろう」

次の瞬間《しゅんかん》、雄鶏《おんどり》ジムは自転車を道路の外へ出し、身をかたむけながら――ドスン！――積んである藁《わら》のなかへ、派手《はで》につっこんだ。ジムは右へ、自転車は左へ飛んだ。

リーフィーとわたしはスカートを両手で持ちあげてジムのそばへと走っていく。ジムのもじゃもじゃの髪《かみ》の毛《け》から、藁《わら》がつんつん飛びだしていた。あごひげにまで刺《さ》さっていた。

「ジム！」動かない相手にわたしは呼《よ》びかけた。「だいじょうぶ？」

リーフィーはジムの頭を抱《だ》きかかえた。「ジム?」彼《かれ》の顔をたたく。やっとジムがぶるぶるっと動いた。

「このあいだ、豚《ぶた》と自転車を交換《こうかん》したんだ」もごもご言う。体を起こし、おそろしい乗り物を立たせる。「こいつのただひとついいところは……」口からペッと藁《わら》をはきだした。「ただのひとつもない」むちゃくちゃな運転をしたというのに、頭を高くあげ、背中《せなか》をぴんとのばして自転車を押《お》していき、堂々と町を出ていった。

ガストはジムが忘《わす》れていった帽子《ぼうし》を拾いあげた。「わたしが持っていくわ。近いうちにチェスの対戦をすることになってるの」そう言って、親指と人差し指で、おずおずと帽子《ぼうし》をつかむ。灯油を買っておいてよかった。灯油に帽子《ぼうし》をつけておけば、そこに間借りしているトコジラミをきれいに立《た》ち退《の》かせることができる。

「どんな映画《えいが》より楽しませてもらったね」リーフィーが言い、わたしの腕《うで》に自分の腕《うで》をするっと入れた。「それじゃ、あたしたちは、遅《おそ》いけれど、着実にまえに進める足で、家に帰るとしましょうか」

ふたりで歩きながら、そういえばトラフトとの会話が終わっていなかったことを思いだした。カールの家畜小屋《かちくごや》のつけ火に、トラフトはまったく関係していないってほんとうだろうか? たしかに嘘《うそ》をついているようには見えなかった。いったいどう考えればいいのだろう。

リーフィーがずっとしゃべりつづけていたので、こちらから話題を提供《ていきょう》する必要はあまりなかった。わたしの頭のなかでは、町に来てわかったことが渦《うず》を巻《ま》いていた。チェスターおじさんが、柵《さく》づくりの資材をすべてそろえてくれてたのに、とても感謝していた。ただしおじさんはひとつ、ちょっとしたことを忘《わす》れていた——代金を払《はら》っていなかったのだ。おじさんがこれだけわたしによくしてくれたのに、こんなことぐらいで不機嫌《ふきげん》になるのは、ずいぶん心のせまい話だが、それでも借用書が出てきたことは、苦い驚《おどろ》きだった。お金のことでやきもきする、そのことからはもう永遠に逃《のが》れられないのだろうか。

リーフィーにさよならを言ったのさえ覚えていなかった。別れたあとも、ずっとあれこれ悩《なや》みながら歩いてきて、いつのまにか自分の家の中庭に着いていたのに驚《おどろ》いた。ヒゲちゃんが階《かい》段《だん》の上でまるくなり、そのわきで、コーヒー缶《かん》に植えたヒマワリが芽をのばしている。どうしてもトラフトのことが頭に浮《う》かんでくる。彼《かれ》の言うことを信じるべきだろうか？　この戦争でトラフトの心の奥底《おくそこ》に何か険悪なものが生まれた。太陽に少しでも近づきたいと願って首をのばすヒマワリのように、それがぐんぐん成長した。けれども彼《かれ》の心が目ざしたのは太陽ではなかったために、まっすぐにのびてはいかずに、心がねじ曲がってしまったとでもいうのだろうか。手をのばして、ヒゲちゃんの耳のうしろをかいてやる。「猫《ねこ》は、人間みたいにややこしくなくていいわ」わたしが言うと、そのとおりだと言うように、ヒゲちゃんが喉《のど》をゴロゴロ鳴らした。

あの自転車事件から一週間たったけれど、雄鶏《おんどり》ジムは通りかからなかった。でもそのあいだに、わたしの柵《さく》づくりはついに完了《かんりょう》した。信じられない気持ちだった。ほんとうに終わった！　土地を自分のものにする要件のなかでも、とりわけたいへんな要件を満たしたのだ。

あなたの飛行場がどれだけ広いものなのか、想像ができませんが、

と、チャーリーに手紙を書こう。

でもどんなに広くても、わたしはそのまわりを何重もめぐらせるほどの大量の柵《さく》をつくったのです。

手で日差しをさえぎり、自分の手で成しとげた仕事の成果をうっとりながめる。四百八十本の杭《くい》からなるすばらしい柵《さく》、と自画自賛する。四百八十本の杭《くい》からなる、モンタナ一すばらしい柵《さく》！　それは言いすぎかもしれない。それでもわたしにとっては、その端《はし》から端《はし》まで——男性の隣人《りんじん》が、妖精《ようせい》のように手を貸してくれた部分はべつだけど——すべてこの手でつくりあげたことが、何より誇《ほこ》らしかった。

これはお祝いをしなくちゃいけない。そこでジムの帽子《ぼうし》を届《とど》けることで、お祝いにかえようと考えた。身だしなみをちょっと整えてから、すぐにジムの家にむかった。

ジムの家は見逃《みのが》しようがない。近づいていくと彼《かれ》の飼っている極上《ごくじょう》の豚《ぶた》たちが大平原をゆったり歩きまわっているのが見える。ジムは豚《ぶた》に対して馬や牛と同じ扱《あつか》いをしていた。わたしが出会ったカウボーイたちは、なぜジムは豚《ぶた》を放牧しているんだと、よく言っている。豚《ぶた》のまえ

を過ぎると、今度は幽霊《ゆうれい》の木に出くわす。長い年月風に吹《ふ》かれてきたせいで、真っ白になっている木だ。かわいそうに、いまでは目印や、恋人《こいびと》たちがイニシャルを刻《きざ》むのにつかわれている。この場所からジムの芝土《しばつち》の――少なくとも屋根はそうだ――家が見える。屋根から生えている一本の木は、ジムに言わせると、モンタナ一すばらしいチェリー・パイの材料を生む木だそうだ。そんなわけないでしょと言いかえすこともできない。何しろこのあたりでほかにチェリー・パイの材料になる木など見たことがない。とりわけ人家の屋根に生えている木などは。七月四日のウルフ・クリークでのピクニックにはきっとチェリー・パイが登場することだろう。

家に近づくにつれて、わたしは声をあげて笑わずにはいられなかった。なんと庭に植わっているのは、あの自転車だった。ジムは新たな利用法を見つけていた。豆のつるをはわせるトレリスだ。

「やあ、いらっしゃい、ご近所さん！」ジムが手をふり、ひと声うめいて、草むしりをしていた腰《こし》をのばした。「日曜日のお散歩かい？」自分で言って笑っているのは、今日が水曜日だからだ。

「柵《さく》づくりが終わったのよ！」わたしは言った。トランペットでも吹《ふ》き鳴《な》らして、この朗報《ろうほう》を伝えたい気分だった。「そのお祝いをしようと散歩に出たの。あたたかくなってきたし、それに、これがなくてこまってるんじゃないかと思って」わたしは帽子《ぼうし》をさしだした。

ジムは帽子《ぼうし》を受けとると、その場で頭にのせた。「あの怪物《かいぶつ》マシンとやりあっているときに、どこかへやっちゃったんだろうって思ってたんだ」けらけら笑ってから、鼻をくんくんさせる。「おや、おや。この春風はすごくいいにおいだ、まるで焼きたてのパンみたいな」

わたしは持ってきた包みをさしだした。「だんだんにコツがつかめてきたみたい。もう最初に水にひたしてから食べるなんてことはしなくてもだいじょうぶよ」

ジムがカラカラ笑った。「そんなにうまいパンなら、お返しをしなきゃな」

「あら、そんなのいいの」わたしは言った。

「ハティ・ブルックスの家には、もう二、三度はおじゃましたと思うが、ずいぶん奇妙《きみょう》な音がしたな」ジムが言う。

「ほんと？　どんな？」

「なんともおそろしい音だったよ」そう言って首を横にふる。「雌鶏《めんどり》が一羽《わ》もいない農場の音」

「ああでも、収穫《しゅうかく》が終わったら何羽《なんわ》か買おうと思ってるの」

「新鮮《しんせん》な卵《たまご》なしに長い夏を過ごすなんて」そう言って、わたしについてくるよう合図する。鶏《にわとり》を飼っている中庭まで出ると、ジムは毛並《けな》みのふぞろいな、三羽《わ》の雌鶏《めんどり》を指さした。「マーサにローズにジューン。みんな卵《たまご》を抱《だ》いてひなを何羽《なんわ》かかえした。それで少し群れをへらさないといけなくなってね。彼女《かのじょ》たちに新しい家をあたえてやる、どうだい興味はないか？　もちろん、アルバート――」そこで、りりしい白色レグホンの雄鶏《おんどり》を指さした。「彼《かれ》も、もれなくついてくる」

もう真珠《しんじゅ》の粒《つぶ》のように、卵《たまご》を貴重品扱《きちょうひんあつか》いしなくていい！　朝食に目玉焼きが食べられる。夕食にはフライドチキン。卵《たまご》を入れて栄養たっぷりにしたスパイスケーキ。「すごく、うれしい」

雄鶏《おんどり》ジムは三羽《わ》のレディと彼女《かのじょ》たちのエスコート役に決めた雄鶏《おんどり》アルバートを慣れた手で集めた。そうしてギャーギャー、キーキー鳴きさけぶ鶏《にわとり》を、四羽《わ》まとめて麻袋《あさぶくろ》のなかにするっと入れてしまった。「こいつらを、自分でなんとかできそうかい？」

「きっとできる。そう願うばかりよ」よじれながら、びくんびくん動いている麻袋《あさぶくろ》は、なかにヘビがぎっしりつまっているように見えた。

「いい子たちだよ。みなすぐに落ちつくさ」そう言って、鶏《にわとり》を集めているあいだに落ちた帽子《ぼうし》を拾いあげた。

わたしは願ってもない贈《おく》り物《もの》を手に、よたよたと家に帰りついた。わたしが袋《ふくろ》を床《ゆか》に置くと、ヒゲちゃんが喜んでミャーと鳴いた。「変な気を起こさないでよね」忠告《ちゅうこく》をする。といっても彼《かれ》のことはさほど心配はしていない。わたしに必要なのは、自分のコケコッコーたちをコヨーテやタカから守ることだった。チェスターおじさんは鶏小屋《にわとりごや》もひとつつくってくれていたが、それを囲う柵《さく》がなかった。なんてことだろう。また柵《さく》のことを考えなくちゃいけないなんて、勘弁《かんべん》してほしい！

新しい家族を家のなかに放し、すばやくドアを閉《し》める。糞《ふん》のほうは、あとでなんとかすればいい。いまはとにかく、安全なところに入れてやらないといけない。鶏《にわとり》を放す中庭の準備が整うまでのあいだは。鶏小屋用《にわとりごやよう》の金網《かなあみ》ひと巻《ま》きが、家畜小屋《かちくごや》にチェスターおじさんが蓄《たくわ》えた最後の資材だった。どうかその代金は支払《しはら》いずみでありますように。声に出して祈《いの》る。とぼしい予算のなかから、もうこれ以上予想外の出費を出すわけにはいかなかった。

いやというほど練習したおかげで、柵《さく》づくりの腕《うで》は上達していたが、それでもまだ作業は遅《おそ》かった。今回の柵《さく》はこれまで手がけたものより少し難《むずか》しい。金網《かなあみ》の底の部分を深くうめなければ、穴掘《あなほ》りが得意なスカンクをはじめ、どん欲《よく》な敵をしめだせないからだ。夕食を抜《ぬ》いて、そのままランプの明かりの下で作業をつづけ、ようやく中庭全体を囲うことができた。指が赤むけて水ぶくれができてしまったけれど、手当てをしているひまはなかった。鶏小屋《にわとりごや》をきれいに片《かた》づけて、新たな家族を迎《むか》える準備をしなければいけなかった。

夕食はどうしたと胃が文句を言いだし、背中《せなか》はベッドに入りたいと泣きだしている。それでもとうとう、翼《つばさ》を持った家族にぴったりのお城《しろ》ができあがった。不機嫌《ふきげん》そうな鳴き声をあげながらも、点々とつづく穀物《こくもつ》の道に誘《さそ》われて、ローズが真っ先に新居へ入っていった。それにならって、マーサ、ジューン、アルバートがあとにつづいた。あとは古い鍋《なべ》を水桶《みずおけ》がわりになかにすべりこませ、鶏小屋《にわとりごや》のとびらをきっちり閉《し》めた。

疲《つか》れきっていて夕食の用意をするのもわずらわしかったので、ボウルにパンのかたまりをちぎって入れ、上から温めた牛乳《ぎゅうにゅう》と糖蜜《とうみつ》をかけたものですませた。

鶏《にわとり》の飼育を開始した最初の夜を境に、あっというまに夜が明けるようになった。夜明けの最初の光が――ものすごい早い時間に――さしてきたのを知らせることに、アルバートは強《きょう》烈《れつ》な使命感を持っていた。わたしはベッドから起きだして、いつもより早くから毎日の仕事を始めた。そのなかに新たに加わったのが、鶏《にわとり》を中庭に出すことだった。アルバートと一度対決しただけで、ヒゲちゃんは、チキンのディナーはあきらめたほうがいいとわかったようだった。

それから数日、わたしは胸《むね》いっぱいに期待をふくらませて鶏《にわとり》小《ご》屋《や》へむかった。ところが朝、とびらをあけてみると、かならずマーサ、ローズ、ジューンが、割《わ》れた卵《たまご》のからが積み重なったなかをあちこちかきまわしている。このレディたちは、自分の卵《たまご》を温めることに、まったく興味がないようだった。この調子では、群れは永遠に増えそうもない。

幸運なことに、それから数日して雄鶏《おんどり》ジムがよってくれた。

「あんたとレディたちが、うまくやってるかどうか気になってね」ジムが言った。「アルバートはすぐきみを好きになったらしい、見ればわかるよ」

わたしのほうはアルバートを好きになったとは言えなかった。早すぎる夜明けを告げる雄鶏《おんどり》のせいで、わたしの目の下には、黒いくまができていた。それでも、鶏《にわとり》を四羽《わ》からもっと増やすためには、どうしてもアルバートがいなくてはならなかった。

ジムはわたしのつくった柵《さく》を調べるように見た。「驚《おどろ》いたな、アンドリュー・カーネギー〔鉄鋼業《てっこうぎょう》で成功して、のちに鋼鉄王《こうてつおう》と呼《よ》ばれた億万長者〕が全財産をつぎこんだとしても、こんないい柵《さく》はできない！」そう言って、わたしの背《せ》中《なか》を思いっきり強くたたいた。「だけど見たところ、レディたちはあんたに協力的じゃないようだな」

少なくとも今朝は卵《たまご》がいくつか手に入り、どれひとつ割《わ》れてはいなかった。「卵《たまご》を抱《だ》かせることができないの」わたしは言った。「どうすればいいのかわからなくて」

ジムはうなずいた。「鶏《にわとり》には強い態度でいかなくちゃいけない。オレが見本を見せてやるよ」まもなくジムは、鶏《にわとり》小屋《ごや》のなかで雌鶏《めんどり》たちをよちよち歩かせた。鶏《にわとり》の片脚《かたあし》に短いひもを結んで、ひものもういっぽうの端《はし》を、壁《かべ》の釘《くぎ》に結びつけたのだ。このひもは、三羽《わ》がそれぞれの巣からおりて、えさを食べ、水を飲めるだけの長さしかなく、それ以外の場所には行けないようになっていた。

「さて、今夜はレディたちにバケツをかぶせとくんだな。自分の仕事を思いだすはずだ」ジムはわたしへの指導を終えると、うしろへさがり、改善《かいぜん》された鶏《にわとり》小屋《ごや》のなかを満足そうにながめた。

「こわがるんじゃないかしら？」わたしはきいた。

「いいや」あごひげを広い胸《むね》にむかってなでおろす。「もしそれでだめだった場合には、天水《てんすい》桶《おけ》をつかえばいい」

「卵《たまご》のために？」

「ちがう、雌鶏《めんどり》のためだ。バケツで言うことをきかないようなら、雨水をためた天水桶《てんすいおけ》に一度か二度つっこんで手を放す。すぐに落ちつくさ」

ジムを夕食に招き、心地《ここち》よい雰囲気《ふんいき》のなか、だまって口を動かした。天水桶《てんすいおけ》の件は、本気なのか、わたしをからかっているだけなのか、よくわからなかった。今夜はバケツをつかってみよう。もしそれでだめだったらどうしよう。自分が鶏《にわとり》を水に沈《しず》める場面など、とても想像できなかった。

次の日、マーサとジューンは巣にきちんと収《おさ》まっていた。自分たちには仕事があるのだと、ちゃんとわかったようだった。ローズはどうやら、バイオレットと同じ気質のようだった。卵《たまご》を温めようとしない。そのまま一週間がたった。

そうして翌朝《よくあさ》。まえの晩《ばん》に少ししか眠《ねむ》れなかったわたしは、アルバートが〝さあみんな、元気よく起きなさい〟とさけんだときには機嫌《きげん》が悪かった。ローズの巣に割《わ》れた卵《たまご》のからがあるのを見て、わたしのなかで何かがキレた。コヨーテのようなすばやさで、ローズの脚《あし》をさっとつかみ、天水桶《てんすいおけ》まで走っていった。逆さまにして――バシャッ、バシャッ、バシャッ――徹《てっ》底《てい》した洗礼《せんれい》を施《ほどこ》した。

三度めにひっぱりあげたときには、ぐったりしていた。わたしは地面にローズをおろした。こてんとローズがひっくりかえった。

「ああ、どうしよう、殺しちゃった！」あまりにつらくて、ヒゲちゃんがこそこそやってくるのに気づかなかった。おぼれ死んだ鶏《にわとり》なら、自分がいただいてもかまわないだろうと思ったのかもしれない。わたしのほうは両手をエプロンでふき、自分の愚《おろ》かさをのろっていた。雄鶏《おんどり》ジムの話なんかに耳をかたむけるんじゃなかった。成功まちがいなしの矯正法《きょうせいほう》なんて、悪ふざけだったに決まっている。結局うちの雌鶏《めんどり》の三分の一を失うことになっただけだ。天水桶《てんすいおけ》によりかかって、死なせてしまったことを悲しんだ。

そのあいだもずっとヒゲちゃんはこそこそようすをうかがっていた。あっちへ行きなさいと、わたしがどならないものだから、しめしめ今夜は羽根つきのおいしいディナーを食べられると思ったのだろう。さて狩《か》りを始めようと、喉《のど》の奥《おく》でゴロゴロと低く鳴いたとき、わたしははっとわれに返り、金切《かなき》り声《ごえ》をあげた。「ヒゲちゃん！　だめっ！」

遅《おそ》かった。飛びかかっていった。

ヒゲちゃんには不運なことだったが、獲物《えもの》の上に着地しようとするより一瞬《いっしゅん》早く、ローズが息を吹《ふ》きかえした。小さくても鋭《するど》いくちばしで、猫《ねこ》のやわらかい下腹《したばら》をつっついた。

「ヨオオオオール！」ヒゲちゃんがパンと飛びあがり、傷《きず》をなめに、小屋の下に走っていった。

ローズは羽をばたつかせて立ちあがり、酔《よ》っぱらったようにぐるぐるまわり、鶏小屋《にわとりごや》の戸口までよろめきながら歩いていった。アルバートがローズの蘇生《そせい》を祝うように甲高《かんだか》い声で鳴くなか、彼女《かのじょ》は鶏小屋《にわとりごや》のなかへよちよち歩いていって落ちついた。それからわかったのだが、ローズは卵《たまご》をよく産み、温めるのもとても上手《じょうず》だった。とはいえ、わたしはそれから二度と鶏《にわとり》に洗礼《せんれい》を施《ほどこ》すことはなかった。

ハティへ

やっときみから、手紙をもう一通受けとった。昔なじみに手紙を書くひまもないくらい、いったいきみは毎日何をしているのか、ぼくには想像ができないよ。

のんびり畑仕事をしているきみにとっては、ここで行われていることのすべてが、なんともあわただしく思えるはずだ。ぼくらはあちらへこちらへと、ひっきりなしに足踏《あしぶ》み行進をしている。つねに長靴《ながぐつ》をぬらさずにおき、乾《かわ》いた足でいることが人生の新たな目的になった。ぼくのなかでフランスに対する敬意《けいい》がいくぶん失われてきている。ふたたびここを訪《おとず》れるのは、もうずっと先でいい！　本や、家族や、友人たちをなつかしく思う。はっきり言うと、軍服の外から見ていたときは、軍隊生活はもっと華々《はなばな》しいものだと思っていた。うわさによると、今夜はあたたかい食事が出て、シャワーがつかえるらしい。

だけどぼくなんかは、まだ恵《めぐ》まれているほうだと思うよ。ハーヴェイ・ブロックを覚えているかい？　彼《かれ》は死んだそうだ。これでアーリントンにかかげられる金の星が十二個になる。これ以上星を増やすことなく、ここでの任務をできるだけ早く終えたいと願うばかりだ。

どろどろになって疲《つか》れきった、きみの友だち
チャーリーより

わたしはペンを手にとり、返事を書いた。

チャーリーへ

ハーヴェイのことを知り、とても残念に思いました。

ペンを置いた。ハーヴェイ——。彼《かれ》のつくった木彫《きぼ》りのリンゴをシンプソン先生がとても誇《ほこ》らしげに机《つくえ》に飾《かざ》っていたのを思いだす。ハーヴェイはどんなことも、けっしてあわてずに取り組んだ。グレてしまった弟とも、ほんとうにしんぼう強くつきあっていた。ハーヴェイの母親が、家の正面の窓《まど》に、軍旗をかかげた日のことを思いだす。彼《かれ》が駐屯地《ちゅうとんち》にむかう、まさにその日だった。いまでもその旗が頭に浮《う》かぶ——白い布地のまんなかに青い星がひとつあり、そのまわりを赤いボーダーがとりまいていた。その星を金色の星がおおうのだ。ブロック家の人々のことを考えると胸《むね》がしめつけられた。自分のことのようにつらかった。チャーリーへの手紙をふたたびつづけ、戦争以外のあらゆることを書きつづった。そうして最後にこうしめくくった。

長靴《ながぐつ》がいつも乾《かわ》いていますように。

そしてそれをはいたあなたが無事でありますように。

いつも変わらない
ハティより

15　雨が降《ふ》らない

一九一八年五月十五日
モンタナ州、ヴァイダより北西へ三マイル

ホルトおじさんへ

おじさんにわたしの畑を見てもらえたらと思います。緑という色がこんなに美しいと思ったのは生まれてはじめて。といっても、それまでは自分の畑など持っていなかったので当然ですね。雄鶏《おんどり》ジムの話では、あらゆるものごとがそろって、今年の豊作を予言しているそうです。そうあってほしいと、心から願っています。わたしのとぼしい予算は、もうこれ以上へらせません。

一番遠い隣人《りんじん》、リーフィー・パーヴィスはどんな人かとおっしゃっていましたね。さばさばした性格ですが、こまっている人を見ると迷うことなく手をさしだす人です。シカゴ出身ですが、ペリリーの知るかぎり、もうずっとヴァイダで暮《く》らしているそうです。雌牛《めうし》を何頭か飼育しながら、馬の調教もひきうけています。雄鶏《おんどり》ジムの話では、このあたりで一番の調教師とのこと。あるときなど、リーフィーに調教を頼《たの》みたくて、はるばるハバーからやってきた男の人もいたそうです。おまけに病気の治療《ちりょう》にも明るく、一番近くの医者が三十マイル離《はな》れたウルフ・ポイントにしかいない状況《じょうきょう》では、とても助かっています。春、風邪《かぜ》をひいたときも、リーフィーのつくってくれた煎《せん》じ薬《ぐすり》を飲んだら、あっというまにシャキッと起きあがれるようになりました。数日まえ、近所の男の子が転倒《てんとう》して腕《うで》の骨《ほね》を折ったときには、わたしがリーフィーの助手をつとめました。

「連れがいるっていうのは、ほんとうにありがたいね」リーフィーは左の腕《うで》にさげていたかごを、右の腕《うで》に移した。

「それ、交代で持っていかせて」わたしは言った。リーフィーはかごをよこし、左の肩《かた》をさすった。

「天気がこれから変わってくるよ。骨《ほね》でわかるんだ」青い空にむかって顔をあげ、じっとにらむ。「まもなく雨が降《ふ》ってくる」

「作物には願ったりかなったりだわ」わたしも空に目を走らせたが、雨の降《ふ》る前兆を何に見いだせばいいのかわからなかった。

リーフィーはシャツのポケットに手を入れて、煙草《たばこ》の葉と紙をひっぱりだした。わたしはもうリーフィーの煙草《たばこ》の煙《けむり》には慣れていた。心地《ここち》よさそうに煙《けむり》をくゆらすリーフィーは、ホルトおじさんを思いださせる。

「ちょっとより道してもかまわないかい？」わたしたちは、ひどい風邪《かぜ》から回復しつつあるペリリーを訪問《ほうもん》する途中《とちゅう》だった。

「どこへ？」

リーフィーは一マイルほど先にある小さな丘《おか》を指さした。「あそこまで行って、メイベル・レンのようすを見てきたいんだ」リーフィーは首を横にふった。「小さな子が六人いて、そのうちの四人が六歳《さい》未満。でもって、一番上のエルマー・ジュニアが、頭の切れる子でね。何ごともおそれない。ただし常識に関しては、ピクニックバスケットのサンドウィッチひと切れ分ぐらい、足りないんだよね」そう言って声をあげて笑う。「去年の夏、豚《ぶた》が空を飛べるかどうか見てみようと考えて、危《あや》うく首の骨《ほね》を折るところだった。父親の飼っている離乳《りにゅう》したばかりの子豚《こぶた》といっしょに家畜小屋《かちくごや》の屋根から垂直降下《すいちょくこうか》をしたんだよ」

わたしも声をあげて笑った。「チェイスを思いだすわ。このあいだ、うちに来て、夕食の食《しょっ》器洗《きあら》いを手伝ってくれたの。いつか自動食器洗《しょっきあら》い機《き》を発明するんだって話を耳が痛《いた》くなるほどしつこく聞かされた」頭の近くでぶんぶんいっている青蝿《あおばえ》を追いはらった。「もちろん、あのチェイスのことだから、いつかきっと実現すると思うけど」

「あの子も頭が切れるからね」リーフィーは足もとをよく見ながら、峡谷《きょうこく》を慎重《しんちょう》におりていく。しばらくふたりともだまって歩いていたのは、同じことを考えていたからにちがいない。ドーソン郡の男の子を全員一列に並《なら》べても、チェイスより頭のいい子はいない。それなのに、ドイツ語の本の一件から、学校へ行くのをやめてしまった。ペリリーがどんなに説得しても、がんとして聞かなかった。わたしもチェイスに言ってきかせようとしたら、「家にいるほうがもっと勉強できるよ」と言われてしまった。「自分でできる」と。それでも、あんな小さな子が、いじめっ子たちに無理矢理《むりやり》学校から追いだされる形になったのが、わたしはどうしても納《なっ》得《とく》できなかった。

「あそこがエルマーの家だよ」

レンの家は、小屋のようなわたしの家とくらべるとしっかりしていた――ここから見たかぎりそう見え、部屋がいくつかあるようだった。近づくにつれ、入植当初につくったらしい三つの粗末《そまつ》な小屋がくっついて、世にもめずらしい形の家になっていることがわかった。けれども新しくペンキが塗《ぬ》られ、窓《まど》には木綿更紗《もめんさらさ》のカーテンがさがっていた。

メイベル・レンはスズメのように、わたしたちが着くなり、あっちへバタバタこっちへバタバタ動きだした。

「メイベル、すわって自分もコーヒーを飲みなさいよ」リーフィーがたしなめた。「あたしたちは何も、世話をかけに来たわけじゃないんだから」

「お客さんなんて、ほんとうに久しぶりだから」メイベルが言った。郡の農産物品評会に出すためにつくったキルトを見せてくれる。

「ペリリーとわたしも、いっしょに一枚《まい》つくってるんです」メイベルに教えた。「赤ちゃんのために」わたしはメイベルのキルトをうっとりながめた。縫《ぬ》い目《め》が細かくて、とてもめずらしいパターンがふっくらと羽根のように広がっていた。「こんなパターンははじめて見ました」

「自分で考えたの」メイベルが答えた。「ダイシャクシギの羽根をイメージしてね」

「ああ、まさにそんな感じだ」リーフィーが言った。「これは最高賞ものだね」わたしもうなずいた。

メイベルは照れて笑った。コーヒーポットに手をのばす。「もっとコーヒーはいかが？」

リーフィーは自分のカップの上に手をかぶせた。「ありがとう、でもいいの。これからペリリーのところへ行くんだ」リーフィーは自分のかごをとりあげた。「ペリリーにヤマヨモギの煎《せん》じ薬《ぐすり》とアメリカカラマツのシロップをつくったんだよ」

メイベルはビスケットをいくつかとベーコンの薄切《うすぎ》りを包んでくれた。「これをペリリーに持っていって、お願い。あの人、うちのバーニスが病気になったとき、とてもよくしてくれたの」

ドアの外が騒《さわ》がしくなった。メイベルがふりかえって窓《まど》をのぞく。「エルマー！」ペリリーに渡《わた》す包みが手から落ちる。そのまま外へ駆《か》けだしていく。

「あのやんちゃぼうず、今度は何をしでかしたんだろ？」リーフィーもばたばたとメイベルのあとを追いかけた。わたしもふたりのあとについていったけれど、エルマー・ジュニアが騒《さわ》ぎの原因でないのはすぐにわかった。エルマー・シニア、すなわちエルマーのお父さんがパットン保安官助手とともに中庭に立っていて、ほかにわたしの知らない男の人がもうひとりいた。

「ふざけるなよ、エルマー」保安官助手がどなった。「徴兵《ちょうへい》登録をしなきゃいかんのは知ってるだろうが」

「おれには家族と農場がある」エルマー・シニアがどなりかえした。

「ほかの大勢の男たちも同じだよ」保安官助手が言った。「だが法律《ほうりつ》は法律《ほうりつ》だ。二十一歳《さい》から三十一歳《さい》まで。登録をしない人間はだれであろうと逮捕《たいほ》せにゃならん」

「おれは三十二だ」とエルマー。

「おまえは、投票権《とうひょうけん》の登録をしたとき二十九歳《さい》だった」べつの男が言った。「二年まえ、一九一六年のことだ」

パットン保安官助手は煙草《たばこ》で茶色くなったつばを飛ばし、それがエルマーのワークブーツのすぐ横に落ちた。「おれは六年生までしか学校へ行っていないが、それだって、二十九足す二は三十一だってわかるさ」

「おれには家族がいる。それに女房《にょうぼう》はまだ赤んぼうを産んだばかりで体が弱ってる」

「エルマー」メイベルが玄関《げんかん》ポーチから呼《よ》んだ。

エルマー・シニアがふりかえって、妻の顔を見る。「なかへ入ってろ、メイベル」

その瞬間《しゅんかん》ふたりの男が馬からすべりおり、エルマーにつかみかかった。

「放せ！」エルマー・ジュニアが鍬《くわ》を手に家畜小屋《かちくごや》から駆《か》けだしてきた。「父さんを放せ！」

「おいおい」保安官助手が言う。「さがってろ。おれたちは、おまえのお父さんを馬に乗せて町に連れていくだけだよ」

「父さんを放せ！」ジュニアは保安官助手らにむかっていき、鍬《くわ》を宙《ちゅう》でふりまわした。

「ジュニア！」両親がそろって大声で呼《よ》んだ。

「それをおろしなさい」父親が命じる。

「父さん、置いてかないで！」ジュニアが鍬《くわ》を手から落とした。「お願いだよ！」

父親にむかって両腕《りょううで》をのばす。エルマー・シニアはもう縄《なわ》でしばられ、保安官助手の馬に乗せられようとしていた。

エルマー・シニアは馬の上で背《せ》すじをぴんと立てた。馬がぐるりとむきを変えて走りだしても、妻のメイベルからずっと目を離《はな》さなかった。息子《むすこ》のほうはめちゃくちゃに興奮《こうふん》して、父を追いかけて走っていく。

「父さん！　父さん！」

馬が足を速める。

「ジュニア！」メイベルが血相を変え、大声で息子《むすこ》を呼《よ》ぶ。「もどってらっしゃい。聞こえないの？」

けれどもジュニアはますますスピードをあげて走っていく。

「ジュニア！」メイベルはポーチから走り出て、息子《むすこ》のあとを追った。「帰ってらっしゃい」

ジュニアと馬たちの距離《きょり》はどんどん広がっていった。男たちは丘《おか》を少しずつあがっていく。ジュニアは走りつづけ、骨《ほね》ばった腕《うで》をトラクターのピストンのように、激《はげ》しく上下にふっている。馬に乗った男たちの姿《すがた》が見えなくなった。それでもジュニアは走りつづける。丘《おか》のてっぺんまであがったところで、転んだ。プレーリードッグの穴《あな》があったにちがいない。強い衝撃《しょうげき》で地面に倒《たお》れ、そのまま丘《おか》を転げ落ちていった。

母親が息子《むすこ》に追いついて抱《だ》きあげた。ジュニアはこちらに聞こえるほど大きな泣き声をあげた。

「あの泣き方はただごとじゃないね」リーフィーが言った。ふたりのいるほうへあわてて駆《か》けていった。わたしはリーフィーのかばんをつかんだ。メイベルのところへたどりつくと、リーフィーはジュニアと同じ高さになるようひざをついた。

「ちょっとリーフィーに見せてちょうだいな」カールの馬、スターとジョーイをおとなしくさせるときにつかう声色《こわいろ》でリーフィーが話しかけた。ジュニアのすすり泣きがしゃくりあげに変わったものの、リーフィーが腕《うで》をさわると、ふたたび甲高《かんだか》い声で激《はげ》しく泣きだした。

「折れてる」リーフィーがそっと言った。わたしはリーフィーのかばんから、言われるままになんでもとりだし、渡《わた》していく。まもなくジュニアの腕《うで》が添《そ》え木《ぎ》で固定された。

メイベルは息子《むすこ》の髪《かみ》をずっとなでている。「おまえは勇敢《ゆうかん》よ」

「だけどとめられなかった」鼻をぐすぐす言わせる。「やつら、父さんを連れていっちゃったよ」

「だいじょうぶよ」息子《むすこ》の頭にキスをする。「父さんはきっと、おまえをとっても誇《ほこ》らしく思うわ」

ジュニアはそでで鼻をふいた。「母さん、父さんはいつもどってくるの？」

メイベルとリーフィーがたがいの目をうかがう。リーフィーはメイベルの腕《うで》をぎゅっとつかんだ。「何言ってるの、さみしいなんて思うまもなく、すぐに帰ってくるわよ」明るい調子で言った。

「キャラメルづくりはどう？」リーフィーがきいた。「いいことを考えたの。ハティとお母さんがシャッツ牧師に会いに行ってるあいだ、あたしといっしょにつくらない？」

わたしは自分の耳を疑《うたが》った。メイベルのことはほとんど知らない。それに、自分はこういった件には関《かか》わりたくないという気持ちもはっきりあった。徴兵《ちょうへい》登録をするのが義務なら、エルマーだって――。

メイベルは両手をエプロンでふいた。「そんなご迷惑《めいわく》はかけられないわ、ミス・ブルックス」

リーフィーがわたしの顔を見る。目が鋭《するど》い。

あらためてメイベルを見たら、ずいぶんやせているのがわかった。肌《はだ》の色はぬれたモスリン布地のようだった。

「だいじょうぶ、なんでもないことよ」わたしは言った。

ジュニアが添《そ》え木《ぎ》をあてた腕《うで》をかかげた。「この手でどうやってつくるんだよ?」

「だいじょうぶ」とリーフィー。「あんたは監督《かんとく》。一番大事な仕事だよ」

ジュニアは頭をくるっとまわし、保安官助手が父親を連れ去った方角をじっとにらんだ。そのまま数秒間じっとしていた。「わかった」そう言って立ちあがった。「父さんはペパーミント・キャラメルが好きなんだ。そういうのをつくろうよ」

「それがいい」そう言って服のほこりを払《はら》うリーフィーに、わたしが手を貸して立ちあがらせた。

数時間後、メイベルとわたしはもどってきた。シャッツ牧師はエルマーの保釈金集《ほしゃくきんあつ》めをしてくれるそうだ。「明日にはきっと牢屋《ろうや》から出ているよ」そう約束してくれた。

わたしたちはまたメイベルといっしょにコーヒーを飲み、それからリーフィーとわたしは荷物をまとめ、ペリリーの家にむかった。去りぎわにリーフィーが言ったようなことを、自分も言えたらよかったのにと思う。「何があろうとも」と、リーフィーは自分のかばんを持ちあげて言った。「あんたにはこうやって、友人たちがついてるんだからね。友だちはたがいに助け合うもの。それを忘《わす》れるんじゃないよ」

メイベルはうなずき、それから背《せ》をむけて家のなかに入った。

ペリリーの家にむかう道すがら、わたしがずっと考えていたのは、つい最近ミルトンバーガーさんに送った記事に自分が書いた、思いあがった言葉だった。ドイツ人兵士の残忍《ざんにん》な行為《こうい》を、とりわけおどろおどろしく書いたものを読んで触発《しょくはつ》されたのだった。

「男性なら、だれでも自分の義務を果たさねばなりません」わたしはそう書いていた。「自分の家族を残しておく、そんな小さな犠牲《ぎせい》がなんだというのでしょう？　あのベルギーの赤んぼうのことを、飢《う》えているフランス人のことを考えてもみてください」

名前も顔も知らない相手に、雄々《おお》しく戦場にむかえと言うのは、とても簡単《かんたん》だった。けれども病弱な妻と大勢の子どもをかかえ、モンタナの大平原の三百二十エーカーの土地で日々忙《いそが》しく働くエルマー・レンに、すべてを置き去りにして戦場に行けとは……とても言えそうにない。

「あんたを負かしても、ぜんぜんおもしろくない」わたしのキングに王手をかけて、雄鶏《おんどり》ジムが言った。「やる気が見えないよ」

「ごめんなさい、ジム」最近は考えることが多すぎて、チェスのことは一番あとまわしになっていた。エルマー・ジュニアの腕《うで》が治ってきて、父親の保釈金《ほしゃくきん》も集まったと聞いていた。日々頭の痛《いた》いニュースばかりが駆《か》けめぐる昨今、こういう話を聞くと、わずかでも心がなぐさめられる。自由公債《じゆうこうさい》のポスターをからかったとして、鉄道員三人が牢屋《ろうや》に入れられ、ドイツにいる母親に二十ドルを送った女性は罰金刑《ばっきんけい》に処《しょ》された。そんな状況《じょうきょう》だったから、最近ではカールもめったに自分の農場から外へ出なくなった。まるでバッファローグラスの草のかげを見れば、どこにでもドイツのスパイや煽動者《せんどうしゃ》が見つかると、みんながたがいに疑《うたが》いの目をむけているかのようだった。それだけでも頭が痛《いた》いというのに、そこに追い打ちをかけるように、一か月のあいだ一滴《てき》の雨も降《ふ》っていなかった。わたしはチェス盤《ばん》のむかい側にすわった隣人《りんじん》の顔をじっと見た。「たぶん、何もかも熱いせいでいらいらしているの」そう言って冷たいお茶を少し口にふくむ。「作物に雨が必要なのに」

「ここの暮《く》らしについて、よく知られている話があるんだ」ジムが言い、椅子《いす》をうしろに倒《たお》して壁《かべ》によりかかった。「ここにはいままさに必要なものは何ひとつありゃしない。それでみんなは『来年になればよくなる』が口ぐせになった。つまりここは〝来年の地〟ってわけだ」まえに身を乗りだし、壁《かべ》によりかかっていた椅子《いす》をもとにもどした。「まあ夏を待ってごらんよ。〝熱い〟なんて言葉じゃ、もの足りない。オレのおやじがよく言ってたよ。東モンタナの人間なら、地獄《じごく》に行っても息抜《いきぬ》きができるって」

ジムが訪《たず》ねてきてから一週間がたっても、雨は一滴《てき》も降《ふ》らなかった。煽動罪《せんどうざい》で逮捕《たいほ》される人はさらに増えた。逮捕《たいほ》されたり罰金刑《ばっきんけい》に処《しょ》されたりした人たちの名前がほとんどドイツ名なのは、いやでも気がついた。おまけに新聞は次のような告知をこぞって掲載《けいさい》した――「アルゴットとグードラン・ソロモンソン夫婦《ふうふ》は月曜日に町で、価格にして一ドルの戦争貯蓄切手《せんそうちょちくきって》を息子《むすこ》のオットーに購入《こうにゅう》させ、これを国への忠誠心《ちゅうせいしん》を示す端緒《たんしょ》とした。みなで彼《かれ》らを見ならい、自身の若《わか》い息子《むすこ》たちに、ふたつの大事な教訓を教えようではないか――自己犠牲《じこぎせい》と愛国心を」

ここで暮《く》らすドイツ人全員が愛国心を証明するのに足りるだけの自由公債《じゆうこうさい》や戦争貯蓄切手《せんそうちょちくきって》はあるのだろうかと、わたしは首をかしげてしまった。

そういう心配は、わたしの胸《むね》に山ほど積みあがっている心配の、てっぺんに落ちたものだった。最近のわたしは、ほこりを蹴《け》ちらしながら、一日じゅう畑のなかをただ歩きまわっている。乾《かわ》いたほこりが舞《ま》いあがるたびに、いまではもうすっかり慣れっこになった、胃のなかをぐしゃぐしゃに噛《か》まれるような痛《いた》みが増えていく。農業にたずさわる者ならみな、同じ痛《いた》みをしずめるために、重炭酸ソーダをたっぷり飲むことを知っている。すぐにでも雨が降《ふ》ってくれないと……。

腰《こし》を曲げて、いつのまにか生えてきた雑草の束をむしる。それを日がな一日くりかえしている。油断のならない雑草をぎっしりつめた袋《ふくろ》がいくつも並《なら》ぶ、それがわたしの懸命《けんめい》な労働の証《あかし》だ。水差しに入れてきた水は、もう数時間もまえに干上《ひあ》がっていた。さあもどって、井戸《いど》の水を入れてくるようにと、わたしの常識はそう言っている。ところがあたりに目をやると、自分をからかうかのように、まだ雑草の生えている一画が飛びこんでくる――やっぱり、おれたちの勝ちだなと、そう言われているような気がしてならない。もう少しむしったら家に入って休憩《きゅうけい》し、そこで水を飲もう。深く息をはいて一度腰《こし》をのばしてから、またかがみ、ずきずきする頭の痛《いた》みを無視《むし》してがんばる。頭にかぶっているボンネットは、この日差しをさえぎるにはあまりに無力だった。視界《しかい》のへりに光の輪がぼうっと輝《かがや》き、手がぶるぶるふるえだした。頭をはっきりさせようと、また息を吸《す》う。やっぱり少し休むべきなのかもしれない。そうだ。家にもどろう。日差しを避《さ》けられるところへ。わたしはよろよろとまえへ進んだ。畑のむこうに、自分の家が蜃気楼《しんきろう》のようにゆらゆらゆれている。ちゃんと家にむかって歩いているのだろうか？　脚《あし》ががくんとなり、亜麻《あま》の列に顔から倒《たお》れこんだ。

「ミス・ブルックス？」男の声が遠くから呼《よ》んでいる。「ハティ？」冷たい布がひたいの上に置かれたのがわかる。

「だ……だいじょうぶ」目をつぶって、このままじっとしていたく動かずにいれば。

「これを飲んで」力強い腕《うで》がわたしの頭を起こし、冷たい水がひりひりする喉《のど》をすべりおりていく。わたしは目をあけた。トラフト・マーティンの顔が飛びこんできた。

「どうして……」なんとか上体を起こそうとするものの、またもめまいの波が襲《おそ》ってきて、あきらめるしかなかった。

「きみが倒《たお》れるのを目にして」トラフトはカップを置いた。「熱射病《ねっしゃびょう》にまちがいない」

わたしは首を横にふる。うっ。痛《いた》みが走る。「いいえ、がんこ病」

トラフトがにこっと笑った。いつものすてきな笑顔《えがお》。「ほら、酢水《すみず》をつくっておいた。日焼けのほてりがおさまるよ」

わたしは自分の腕《うで》に目を落とし、トラフトがよこしてくれた布で腕《うで》をそっと押《お》さえた。「ありがとう」

「ぼくが見つけてよかったよ。ひと晩《ばん》じゅう、あそこで気を失っていたら、どうなったことやら」

それを考えたら、全身にふるえが走った。

「具合はよくなってきた？」

わたしはうなずいた。

「帰るまえに、何か簡単《かんたん》に食事をつくっていこうか？」そう言って室内をきょろきょろ見まわす。「それともお茶がいいかな？」

「お茶をいれてもらえるとうれしい」わたしは言い、目を閉《と》じた。トラフトに世話を焼いてもらったと知ったら、リーフィーとペリリーはどんな顔をするだろう。

トラフトはわたしを休ませておいて――たぶんうとうとしていたのだろう――お湯をわかし、お茶をいれた。

「さあできたよ」

わたしはベッドの上でずりあがり、壁《かべ》に背中《せなか》をあずけて、マグカップを受けとった。

「厚かましいと思ったけど、自分が飲む分もいれてきたよ」

「ぜんぜん厚かましくなんかないわ」わたしは驚《おどろ》いていた。自分の知っている男の人で、お茶を飲む人はめずらしい。みんなたいていコーヒーをがぶ飲みする。「こちらには、どんな用で来たの？」わたしはお茶をひと口飲んだ。

トラフトは映画《えいが》スターのような魅力的《みりょくてき》な笑《え》みを見せた。「悲嘆《ひたん》に暮《く》れるお嬢《じょう》さんを救う以外に？」

自分の顔が真っ赤になったのがわかった。日焼けした腕《うで》より赤いにちがいない。

「実際、きみに会いに馬を走らせてきたんだ。ビジネスの提案があってね」お茶に息を吹《ふ》きかけてさましている。「ただ、いまその話をするのは……」

わたしはひざの上にカップを置いた。「善《ぜん》は急げって言うじゃない」

トラフトはうなずき、それから慎重《しんちょう》にお茶を口にした。

「単刀直入に言おう」うっとりした目で前方を凝視《ぎょうし》して、何か未来を見ているような感じだった。「ぼくは自分の牧場をいまよりずっと大きなものにしたいと考えてる。かつてないほどの大牧場にしたい」それからわたしのほうへむきなおった。「ほら、よく話に出てくる、テキサスにあるっていう大牧場。あれより大きくしたいんだ」

自分の牧場の未来を想像してトラフトの目が輝《かがや》いている。

「すごい夢を持っているのね」

わたしの口調に不思議がっている響《ひび》きがあったにちがいない。「いったいぜんたい、そんな話をなぜ自分にするのかって、そう思ってるよね」トラフトが言った。

「そういうわけじゃないけど」

「つまり、そこでぼくから提案があるんだ。きみの三百二十エーカーの土地は、うちの牧場の南西に接している。たとえ今年、きみの土地で何かしら作物が収穫《しゅうかく》できたとしても」——トラフトは頭をぐいっと動かして外の畑をさした。「次の年はどうだい？　そのまた次の年は？」

「わたしは——」ほんとうを言うと、十一月までのことで頭がいっぱいで、その先にもつづく長い道のりについては、考える余裕《よゆう》がなかった。

「ぼくのほうでは、きみに八百ドル貸す準備がある。それだけあれば、きみは入植者のかかえる頭痛《ずつう》と一気におさらばできる」そう言ってわたしのほうへ身を乗りだす。「八百ドルを一度に支払《しはら》って、一気に土地の所有権《しょゆうけん》を手に入れる。もう柵《さく》のことなんか考えなくていい。背中《せなか》を痛《いた》める労働をしなくてもいいんだ」

「わたし、お金を借りるのはあまり好きじゃないの」

「そうじゃない、ここからがこの提案のすばらしいところだ」トラフトはお茶のカップを置いた。「借りる必要はないんだよ！　きみは四百ドルを持ってエブガードのところへ行き、必要な代金を完済《かんさい》する。そうしてもどってきたら、ぼくは借金を帳消しにする」

「わけがわからないわ」わたしは首を横にふった。数字がめまぐるしい勢いでびゅんびゅん目のまえを飛んでいく。「どうしてあなたがそんなことをするの？」

「なぜなら、きみにその土地をひきわたしてもらうから」目がきらきらと輝《かがや》いた。「きみは心の重荷から自由になり、残った四百ドルを手に新しい生活を始められる」

「あなたに土地をひきわたす、ですって？」

「ちがう、売るんだよ」

「なぜ？」ずきずきする頭で、この話についていくのは難《むずか》しかった。「つまり、どうしてあなたはわたしの土地がほしいの？」

「言っただろう」声にいらだちがにじんだ。「そこで牛を飼うことができる」

「だけど、わたしの土地は、わたしの家は……」

「四百ドル、それだけあれば、町の好きなところにいい家が買える。べつにこの町にこだわる必要もない。とにかくそうなったらきみは、鉄道を敷設《ふせつ》する作業員みたいに、こんな労働をしなくていい」

「わたしに土地の所有権《しょゆうけん》を放棄《ほうき》しろと？」ようやく意味がわかってきた。

「あなたは、わたしの土地で牛を飼うっていうの？」

「あまりあけすけに言いたくはないんだが……」コホンと咳《せき》ばらいをする。「それはつまりぼくの土地になる。トラフト・マーティン牧場の土地」

胃のなかで煮《に》えくりかえる怒《いか》りをなんとか抑《おさ》えようとする。よくよく考えれば、彼《かれ》の申し出には、たしかに一考する余地がありそうだった。この農場は切《き》り盛《も》りしていくのがたいへんだ——日常の仕事に加えて、重いものを持ちあげたり、運んだりして、少なくともわたしの洋服のサイズがふたつは小さくなった。おまけにどんなにひいき目に見ても、うちの作物の状態は良好とはいえない。収穫《しゅうかく》にかかる費用をどうしようかと、いまだに頭を悩《なや》ませているし、チェスターおじさんの借用書にある金額をどうやって全部返すかもわからない。トラフトの提案を受ければ、そういった問題が一気に解決できて、べつのところで新たな生活を始められる。カーテンがかかり、本を入れるちゃんとした書棚《しょだな》があり、古いラード用のバケツではない、ほんものの椅子《いす》がある、まっとうな家。仕事なら新聞社で働いてもいい、おそらく旅行だってできるだろう。あるいはどこかもっと暮《く》らしやすいところで、すぐ両隣《りょうどなり》に人が住んでいて、もう二度と引《ひ》っ越《こ》さないでもすむような場所に落ちついてもいい。土地を手に入れたい一心で、がむしゃらに働くだけで、自分がほんとうにどんな暮《く》らしをしたいのか、考えたこともなかった。トラフトの提案は何もずるいところはなく、むしろ寛大《かんだい》だ。たしかにそれを受けるのがもっともなような気もする。

「なんだかすごくいい提案ね」

「ぼくもそう思うよ」トラフトはウェーブのかかった髪《かみ》を手でなでつけた。

「だけど、お断りするしかないわ」

「いったいどうして？」

「うまく説明するのは難《むずか》しいの」わたしは首を横にふった。「自分でもほとんどわけがわからないぐらいだから」ひらいたドアのむこうから熱い風が吹《ふ》いてきて、大平原の草の甘《あま》い香《かお》りを運んできた。

「でも、いい話を持ってきてくれてありがとう」わたしは握手《あくしゅ》の手をさっとつきだした。

トラフトはいきなり立ちあがり、その拍子《ひょうし》に椅子《いす》をひっくりかえした。帽子《ぼうし》をひったくるようにしてつかむと、頭に乱暴《らんぼう》にかぶせる。

「ハティ、きみは最悪の選択《せんたく》をしようとしてる。ほんとうはつきあうべきじゃない相手と、親しくしている、それといっしょだ」あご骨《ぼね》の筋肉《きんにく》が動いて、顔の左半分がひきつった。怒《おこ》っているのだ。その怒《いか》りがどれだけ強いものなのか、できれば知らずにいたかった。

「きっと収穫《しゅうかく》が終われば、きみも考えが変わる」

わたしは声をやわらげた。「たぶん」

トラフトはドアのほうへ動いた。

「ありがとう」わたしは言った。

「何が？」

「わたしをなかに運んでくださったこと」ひどい日焼けをした両腕《りょううで》を持ちあげてみせる。「世話をしてくれてありがとう」

トラフトはものすごい勢いで出ていった。鞍《くら》がきしむ音が聞こえ、彼《かれ》がトラブルの背《せ》に勢いよく乗り、そのまま走っていくのがわかった。

ひざを胸《むね》にかかえて神様に祈《いの》る。どうか自分の選択《せんたく》がまちがいではありませんように。意地をはって、とんでもないことをしてしまったのではありませんように。

16 出産

一九一八年六月
アーリントン・ニュース～モンタナの田舎《いなか》だより～

キルトが間に合うように

高校の担任《たんにん》だったシンプソン先生は、この新しい生活でわたしが学んだことをきっとほめてくださるでしょう。たとえ本から学んだことはほんのちょっぴりでも。家庭的な仕事についてはぐっと腕《うで》をあげました――必要に迫《せま》られてのことですが。パンを焼くのは、隣人《りんじん》のペリリーにまったくかないませんが、それでもわたしの料理は、まぎれもなく食べることができるようになりました。自慢《じまん》に聞こえるといやなのですが、キルトを縫《ぬ》う針《はり》の扱《あつか》いは、一番上達したと思います。このあたりの静かな夜は、じっくりと考えごとをするのにちょうどよく、そういう夜に、わたしは新しいキルトのパターンについて考えるのが大好きです。最初にここに着いたとき、平べったいばかりで、つまらない土地だなと思いました。それがいまでは、土地のうねりやくぼみのひとつひとつを、かれた川底や切りたった川岸を、愛《いと》しむ目で見ている自分がいるのです。これをぜひキルトのなかに収《おさ》めてほしいと、景色のほうが訴《うった》えているように思えます。

新たなキルトを縫《ぬ》いはじめるまえに、縫《ぬ》いかけのキルトを完成させなければなりません。この地にまもなく産まれる新たな住人のためのキルトです。子どもを産むとき、故郷《こきょう》アーリントンの女の人たちはタッパー医師に頼《たよ》っていましたが、ここではみんなリーフィー・パーヴィスを頼《たよ》りにしています。

「新聞を読んだ？」わたしはペリリーに言いながら、糸端《いとはし》まで縫《ぬ》いおわったので、あと何針《なんはり》か返《かえ》し縫《ぬ》いをする。アイビーおばさんも、ようやくわたしのことを誇《ほこ》らしく思ってくれるだろう。ここではいいかげんな手仕事はぜったいしない。小さなキルトをつなぐのに、ところどころに結び目をつくってごまかすなんてことはしないのだ。「六月は小麦が手に入らないっていうでしょ？」余分な糸をチョキンと切る。

ペリリーのほうはもうひとつ針《はり》を進める。「そうでなくても、食料規則でがんじがらめになっているっていうのに」ため息をついた。「味も素っ気もないパンが恋《こい》しいなんて、まさか自分がそんなことを思うなんてねえ」

「あなたには、すぐかわりのものをつくる才能があるじゃない」わたしは手をとめて、自分の皿の上のコーン・マフィンをひと口かじった。「これなら、いくら食べても飽《あ》きないわ」

ペリリーはキルトから目をあげ、顔をしわくちゃにした。「げっ。もうこれ以上トウモロコシの粉のにおいには、耐《た》えられない」

わたしはキルト用の糸玉から、必要な長さの糸をひきだして切った。ペリリーの顔は心なしか青ざめているようだった。食べ物の話をするのはあまり賢《かしこ》いことではないのだろう。

リーフィーはまえにわたしをわきに呼《よ》んで、赤んぼうがそろそろ産まれるというころ、ペリリーがどうなるか話してくれたことがあった――「まるで雌鶏《めんどり》みたいにさ、巣づくりに夢中になって、食べ物や飲む物にはあまり興味がなくなるんだ」力を落とさないためにも、食べるように勧《すす》めるべきなのだろう。リーフィーはほかにも、赤んぼうが産まれるときに注意したいことなどをいろいろ教えてくれたものの、わたしはあまり気を入れて聞かなかった。赤んぼうが産まれる気配があったら、カールがリーフィーを呼《よ》びに行くのだから。それでもシーツの下に新聞を敷《し》いたり、へその緒《お》を糸で結んだりすることは知っている。「もうそれ以上教えないで」わたしはとうとうリーフィーに訴《うった》えた。「そうじゃないと、自分は赤んぼうなんかぜったい産みたくないって思っちゃう」リーフィーはわたしにむかって、雌鶏《めんどり》のローズみたいな舌打ちをしてみせた。

わたしは話題を変えることにした。「さてと、産まれてくる赤ちゃんのために、いまは指先に全神経を集中してがんばらないとね」それを聞いてペリリーは自分のまるいお腹《なか》をぽんとたたいた。それを見て、わたしはきいた。「彼《かれ》にどんな名前をつけるつもりなのか、教えてくれないの？」

「彼女《かのじょ》かもしれない」ペリリーがにやっとした。

「そっか、女の子かもしれないわね」

ペリリーは首を横にふった。「名前に関しては、まだ決めかねていてね。男の子だったら、カールの名をそのままとって、女の子だったら、彼《かれ》のお母さんの名前、シャルロッタをもらうって、あたしはそう思ってるの」

わたしはうなずき、針《はり》にまた糸を通した。

「でも赤んぼうなら短く、ロティって呼《よ》んだほうがいいわね」ペリリーがつけくわえた。

「それ、すごくかわいい」わたしはキルトを縫《ぬ》う仕事に集中した。布に針《はり》をチクッと刺《さ》し、糸をスーッと通して、キュッとひっぱる。チクッ、スーッ、キュッ。

「カールが首を縦《たて》にふらないのよ」ペリリーは歯のあいだで糸を切った。「そういう名前は最近じゃトラブルの種になるって」

わたしは考えてみる。最近ではみんながみんな鶏《にわとり》小屋《ごや》につかう金網《かなあみ》の巻《ま》きよりも、きりきりしめつけられている。エルマーのところであったような徴兵《ちょうへい》登録騒《さわ》ぎに加えて、トラフトが仲間といっしょに、町の人々にモンタナ愛国連盟《あいこくれんめい》に加入しろと、せっついていた。

「戦場に行かなくとも、この国内で、ドイツ野郎《やろう》をやっつけることもできるんだ」と、トラフトがパー・シリンジャーにしつこく言っているのを聞いたことがある。けれどトラフトはわたしには何も言ってこなかった。すでに加入の招待状は、直接届《とど》けてあるからだろう。

「カールの言うことも一理あるわね」わたしは努めて冷静な声で言う。「それなら、ミドル・ネームにしたら？」

「あたしもそう言ったの。でもカールはだめだって」ペリリーは椅子《いす》の上で背《せ》をそらして、腰《こし》を両手でさすった。「うっ。縫《ぬ》い物《もの》のしすぎね」そう言ってストーブの上の棚《たな》にある古い帽子《ぼうし》に手をのばした。「それでね、これがあたしの解決策《かいけつさく》。みんなにひとつだけ名前を書いて帽子《ぼうし》に入れてもらうの。それでひきあてた名前を赤んぼうにつける！」

「ずいぶん大胆《だいたん》ね」わたしは言った。

ペリリーがにやっとする。「だれにも言ってないけどね、気に入らないのは焼《や》き捨《す》てたの」それからあきれたように目をぐるぐるさせた。「マティなんか、ミュリー・アンド・プリンセスなんて書いてるのよ。チェイスは、ロング・ジョン・シルバー〔『宝島《たからじま》』に出てくる海賊《かいぞく》〕だって」ペリリーはわたしに帽子《ぼうし》をつきだした。「あなたも、ひとつ入れて」

「どうせストーブに投げこまれるのに？」ちょっとからかう。「ありがたいけど、やめとく」わたしものびをした。「さて、今日の仕事はここまで。まだ家でやらなきゃいけない雑用が残ってるの」

ペリリーはキルトをかかげた。わたしたちは四角いパターンのまわりを黄色の更紗《さらさ》でふちどりしていた。「ほんとうにかわいいよね。これはあたしたちのきらきら星キルトって呼《よ》ぼう」そう言って、縫《ぬ》いあわせたキルトの表面を手でなでる。「赤んぼうが産まれるの、待ちきれないわ」

「あら、だめよ」わたしは言った。「このキルトができあがるまでは、産まれてきちゃこまる。わたしの計算では、たぶんあと数週間以上かかるわよ」

「わかった、わかった」ペリリーはふくれる真似《まね》をする。「あなたがそう言うんなら、もう数週間待ちましょうかね」

ペリリーの約束はふつう、オークの木のようにかたいものだったが、今回は結局守れないことになった。

それから幾晩《いくばん》かした夜、ぐっすり眠《ねむ》っていたところ、中庭にバタバタ人が入ってくる音が聞こえた。

「ハティ！」カールが呼《よ》んでいる。「赤んぼうが産まれる」

わたしはそのへんにあるものを急いで着た。

「ここで時間をむだにしないで。リーフィーを呼《よ》んできて」

カールはうなずいて、乗ってきた馬のスターに拍車《はくしゃ》をかけた。プラグのほうは、こんな遅《おそ》い時間に駆《か》りだされるので不機嫌《ふきげん》だったが、もう家畜小屋《かちくごや》にはもどれないことがわかると、ペリリーの家にむかってきびきびと駆《か》けだした。

チェイスが迎《むか》えに出てきた。「母さんが呼《よ》んでる」わたしは彼《かれ》に手綱《たづな》を渡《わた》した。いつもはいたずらっ子のようなチェイスの顔が、心配にひきつっている。仕事をあたえて気をまぎらわさせたほうがいい。

「バケツにチップをいっぱい入れてきてもらえない？　きっとリーフィーが助かると思うの」

チェイスはうなずき、まじめな顔でひきうけた仕事にかかった。

わたしは急いでなかに入った。ファーンとマティは――それにもちろんミュリーも――小さなベッドのなか、毛布に心地《ここち》よさそうにくるまって、ぐっすり眠《ねむ》っていた。この子たちには忍《しの》び歩《ある》きは不要だった。たとえ横殴《よこなぐ》りの嵐《あらし》のなかでも、眠《ねむ》りつづける才能に恵《めぐ》まれているのだ。

ペリリーは奥《おく》の部屋のベッドに寝《ね》ていた。

「つまり、この子はキルトができあがるのを待てないってわけね？」ぬらしてきた布で、ペリリーのひたいをふいてやる。ペリリーは両手でわたしの手を包んだ。

「それにしたって早すぎるの」痛《いた》みに顔がゆがんでいる。寝室《しんしつ》のドアを閉《し》めるよう、わたしに手で教える。

「だいじょうぶよ」わたしは安心させた。「リーフィーがすぐやってくるわ」

ペリリーは首を左右にふった。「今度だけはまえのときとちがうの」

「わたしがいるから」ペリリーの髪《かみ》をなでる。

「カールは、喉《のど》から手が出るほど、この子をほしがってる」涙《なみだ》がひとすじ頬《ほお》を伝った。

「だから、ベタベタに甘《あま》やかしてしまう、そんなことはわかってるじゃない」わたしの言葉に、ほんのり笑《え》みが浮《う》かんだ。けれどその笑《え》みはすぐ消え、顔をぎゅっとしかめた。

「何かしてほしいことはある？」わたしはきいた。ペリリーは苦労してすわる姿勢《しせい》をとり、腰《こし》を指さした。

「まるでだれかにハンマーで打たれているみたい。しばらくさすってくれる？」

片《かた》ひざをベッドの上にのせ、ひざまずくかっこうになってペリリーの腰《こし》をフランネルのネグリジェの上からさする。「少しは楽になった？」ペリリーはうなずいた。腕《うで》が焼けるように痛《いた》くなるまで、さすりつづける。やがてペリリーが言った。「また横にならないと」わたしは手を貸した。

「リーフィーがお湯が大量に必要になると思うの」わたしはドアノブに手を置いてとまった。

「やかんをいっぱいにしたら、すぐもどってくるから」

チェイスはひとつでなく、ふたつのバケツにチップをいっぱいにしていて、ストーブの火がごうごうと燃えていた。

「わたしがするより上手《じょうず》だわ」チェイスに言ってやる。

「さて、あともうひとつ頼《たの》まれてくれる？」わたしはからっぽのラードバケツを渡《わた》した。「やかんをいっぱいにしないといけないの。バケツで三杯《ばい》か、四杯《はい》ぐらいかしら」

言いおわらないうちに、チェイスは表に飛びだしていった。あっというまにやかんはいっぱいになり、ストーブの上でみるみる熱くなった。最後のバケツをからにすると、チェイスはあたりにきょろきょろ目を走らせた。

「次は何をすればいい？」チェイスがきいた。

わたしは自分が持ってきたかごを指さした。「あのなかを見てごらん。あなたを忙《いそが》しくさせるものが入ってるから」

『デイヴィッド・コパフィールド』にチェイスがどんな反応を示すか、それを見るひまもなかった。ペリリーが待っていた。その顔をひと目見たとたん、もう始まっているとわかった。

急いでリーフィー、胸《むね》のうちで唱える。

「リーフィーは……来ない」ペリリーがはあはあと息を切らしながら言う。

「何言ってるの、来るわよ。いままさにこっちにむかっている途中《とちゅう》よ」自分の言葉がほんとうであるよう祈《いの》りたい気分だった。

「だけど……もう……間に合わない」ペリリーがわたしの顔をじっと見る。「新聞紙を……お願い」

わたしのひざがゼリーになったように力が入らなくなった。ペリリーをそっとマットレスから移動させ、シーツの下に数枚《すうまい》重ねた新聞をすべりこませた。

次は何を？　赤んぼうのほうの用意だ。故郷《こきょう》のアイオワでは、豪華《ごうか》な幌《ほろ》つきのゆりかごがほしいと女の子たちが騒《さわ》いでいた。入植地にはそんなものはない。ヤナギで編んだ洗濯《せんたく》かごをつかみ、そのなかに清潔な毛布を何枚《なんまい》か敷《し》く。古い羽根まくらが、マットレスがわりだ。

「ハティ！」ペリリーが大声をあげた。「産まれる！」

ペリリーのそばに走っていく。ペリリーははあはあと荒《あら》い息をしながら、いきんでいた。顔が紙のように真っ白になって、汗《あせ》びっしょりだった。

「産まれる！」また言った。

こうなったらやるしかない。わたしはベッドの足もとのほうへ行き、自分にできるかぎりのことをした。ブシュッという音とともに、小さな命がわたしの腕《うで》のなかにすべり出てきた。

「女の子よ！」わたしはさけんだ。ペリリーは目を閉《と》じて、まくらに頭を倒《たお》した。

キルトの糸でへその緒《お》を結んでから切る。赤んぼうに呼吸《こきゅう》をさせるために、背中《せなか》をちょっとたたいてやるという話は聞いていたものの、この大切な小さな命にそんなことをする勇気はなかった。産まれたばかりの子どもというのは、こんなにも小さなもの？　わたしがこの仕事にはまったく不慣れであることを赤んぼうのほうでわかっていたにちがいない。

「オギャーーッ！」

助かった。

「こんなに小さいのに、なんて大きな声」わたしは驚《おどろ》いていた。ペリリーはまだ目を閉《と》じていたが、にっこり笑っているのがわかった。

わたしは赤んぼうの体をふいてから、お母さんにひきわたした。ペリリーと赤んぼうが初の顔合わせをしているあいだ、わたしはベッドを片《かた》づけて、ペリリーが心地《ここち》よくなれるよう世話をした。そのあいだできるだけ、大量の血に驚《おどろ》かないようにした。リーフィーがいますぐやってきて、これはふつうのことなんだと、安心させてほしかった。

まだあんなに小さいのに、母親の胸《むね》にのせられると、赤んぼうは何をしたらいいかちゃんとわかっていた。ペリリーと並《なら》ぶと、小ささがいっそうきわだった。

寝室《しんしつ》のドアが勢いよくあいて、リーフィーが飛びこんできた。わたしの背中《せなか》をばしっとたたく。「どうやらしっかりやってくれたようね」わたしを部屋から追いだし、ペリリーの世話にかかった。数分して、わたしとカールがなかへ呼《よ》ばれた。

リーフィーがカールに赤んぼうを抱《だ》かせた。赤んぼうはいまではフランネルの毛布にきちんと包まれている。

カールはやさしく抱《だ》いて、赤んぼうの顔を自分の顔に近づける。「マイン・ジューセス・キント、わたしのかわいい子ども」とつぶやいて、その子のひたいにそっとキスをした。

「かわいい子でしょう?」リーフィーの声は明るかったものの、目は心配にかげっていた。

「わたしはどうしたらいい?」

「そうね、まずは産まれたばかりのシャルロッタに、おめでとうって、思いっきりキスしてちょうだい」

わたしはペリリーのほうをふりかえった。

「名前は帽子《ぼうし》のなかからひきあてるんだと思ってたけど」

リーフィーはにやっとした。

カールは赤んぼうをわたしにあずけ、ペリリーのところへむかった。

「こんにちは、ロティ」青白い蝋《ろう》のようなほっぺたにキスをした。

リーフィーが赤んぼうに身を乗りだし、わたしにそっと指示をする。「この天使をずっとあたたかくしてやらないといけない。食パンの焼き型に入れてやって。最初に毛布をなかに敷《し》く。それからオーブンのドアの上に置くの」

わたしはリーフィーの顔をまじまじと見た。「本気で言ってるの？」

リーフィーはうなずいた。「この方法で助けた赤んぼうは、ひとりだけじゃないよ」

わたしは指示にしたがって、ひと晩《ばん》じゅう寝《ね》ずの番《ばん》をした。ロティが子猫《こねこ》のような声で泣きだすとすぐ、ペリリーのところへ急いで連れていく。お乳《ちち》を飲んで、ゲップをしっかり出したところで、またオーブンの上にもどす。それからの一週間、わたしはペリリーの家に毎日通った。朝の仕事をすませてから、ここへ駆《か》けつけ、日が暮《く》れるまえに帰る。ありがたいことに雄《おん》鶏《どり》ジムが、まるまる一週間、わたしの庭の雑草《ざっそう》抜《ぬ》きをしてくれ、鶏《にわとり》たちも幸せだった。そしてようやくリーフィーの顔から完全に心配が消えた。

「峠《とうげ》は越《こ》えたと思う」リーフィーが言った。「ロティちゃんは元気にやっていけそうだよ」

ペリリーも元気をとりもどした。

「ごめんね、まったく心配性《しんぱいしょう》で」

ある日わたしがかわりにパンづくりをしているときに、ペリリーがそんなことを言ってきた。「何か悪いことが起きるんじゃないかって、びくびくしてばかり」そう言って肩《かた》にもたれて眠《ねむ》っている赤んぼうの背中《せなか》をたたく。「ばかみたいだってわかってるんだけど、でもね、戦争があって何もかも……」そこでわたしの視線《しせん》をとらえる。「きっとカールには、自分の赤んぼうを持つなんて許されないいんじゃないかって」

かたいパン生地《きじ》に小麦粉を練りこんでいく作業でわたしの腕《うで》は痛《いた》んだ。悲しいことばかりのなかで、こんなにうれしいことがあったのに、ペリリーが素直《すなお》に喜べないことにわたしの心は痛《いた》んだ。「神様が気晴らしにだれかをいじめようとするんなら、まずいまいましい郡国防会議に一発カミナリを落としてやるんじゃない?」わたしの言葉で、ペリリーの心配顔に少し笑《え》みが浮《う》かんだ。

「あるいはカイゼルに?」ペリリーも調子を合わせる。

「あるいは、ミセス・マーティン。日曜日ごとに、あのぞっとする黄色い絹《きぬ》の服を着てくるじゃない?」ふたりしてケラケラ笑った。

ペリリーはロティを反対側の肩《かた》に移した。「ハティったら、すごいことを言うのね。気をつけたほうがいいわよ、しまいにあなたにもカミナリが落ちてくるから！」

「たしかに、そうかもね」ペリリーが明るさをとりもどしたのを喜びながら、パン生地《きじ》をこねあげて、食パンを二斤《きん》、ロールパンを一ダースつくった。「さて、次は何をしたらいい？」

「ハティ、これだけやってくれればもうじゅうぶんよ」ペリリーはマティの髪《かみ》を編みおえた。

「あなたはほんと、妹以上のことをしてくれる」

わたしはエプロンをするっとはずしてストーブのそばにひっかけた。「もう自分でなんとかなるって言うなら、二、三日、家に帰ってくるわ。新聞の次の回の記事を書かなきゃいけないし、草むしりもしないとね」ほんとうを言うと、雄鶏《おんどり》ジムが手伝ってくれるとはいえ、わたしの仕事はもう遅《おく》れに遅《おく》れていた。それでもペリリーに心苦しく思ってほしくなかった。

ペリリーの家に通いつづけて、しばらくぶりに自分の家に終日いると、なんだか妙《みょう》に静かすぎる感じがした。こんなに長いこと家を留守にしてたと、ヒゲちゃんが不機嫌《ふきげん》に鳴く声が響《ひび》いているのに。胸苦《むなぐる》しさを覚えながら、畑に出て草むしりをし、庭に水を運んで鶏《にわとり》にえさをやり、家畜小屋《かちくごや》のプラグの仕切りから糞《ふん》をかきだして掃除《そうじ》をする。はじめは、夏風邪《なつかぜ》のかかりはじめかと思っていた。ペリリーの家に行かずに、自宅《じたく》でふた晩《ばん》めの夕食をひとりでとっていると、どうして胸《むね》が苦しいのかわかった。わたしをたえず苦しめているのは、病気ではなく孤独《こどく》だった。マティの歌が、ファーンの笑い声が、赤んぼうの甘《あま》いにおいが恋《こい》しい。寝《ね》るまえにチェイスに本を読んでやり、窮屈《きゅうくつ》ながらみんなで夕食のテーブルを囲んだ毎日が恋《こい》しい。

わたしは家族が恋《こい》しいのだ。

一九一八年六月十八日
モンタナ州、ヴァイダより北西へ三マイル

チャーリーへ
フランスに行ってから自分は変わったと、そう書くことであなたが何を言いたかったのかわかります。体の変化のことしか書いてなかったけれど——十二ポンドも太ったなんて、信じられない！——手紙の行間から、あなたはそれ以外にも変わったのだとわかりました。
ペリリーにまもなく赤んぼうが産まれると書きましたね。そうです、六月十一日に小さな女の子が産まれました。シャルロッタという名前で、わたしが出産を手伝ったの！　それだけ言えば、わたしがとげた変化について、ちょっとしたヒントをあげることになるでしょう。ここにやってきたときは、自分のものと呼《よ》べる一区画の土地を手に入れることしか考えていませんでした。けれどもこの厳《きび》しい土地での生活は、わたしにそれ以上のものをもたらしてくれました。
「アーリントン・ニュース」に掲載《けいさい》している、わたしのつたない記事を、あなたのお母さんが送ってくれると聞いていています。軽い調子で書いてはいるものの、それを読んでくれれば、雄鶏《おんどり》ジムのチェリー・パイの木のように、わたしの心はここに根をはっているると、わかってもらえるでしょう。

いつでもあなたの友だち
ハティより

17 パレードの日

一九一八年六月二十二日
モンタナ州、ヴァイダより北西へ三マイル

ホルトおじさんへ
鍋《なべ》をいくら見ていても煮立《にた》たないと、アイビーおばさんがよく言ってましたよね？　ここモンタナでは、空をいくら見ていても雨が降《ふ》ってきません。ウェイン・ロビンズさんとゴーリーさんは、二年まえには恵《めぐ》みの雨が降《ふ》り、バスケットボール大のビーツがごろごろ収穫《しゅうかく》できたとよく話します。今年はだれもその記録を破ることはないでしょう。このあたりの農家の人たちが好きな言葉に、〝来年はきっとよくなる〟というのがあります。とりわけ眠《ねむ》れない夜を数多く過ごしているわたしのような人間にとっては、ここを〝来年の地〟と考えることで、心が安まってきます。

雄鶏《おんどり》ジムが木曜日に、わたしの手紙と新聞を届《とど》けてくれた。チェスの対戦をするのは久しぶりだった。

「やあ、ローズ」雌鶏《めんどり》に呼《よ》びかける。「よかったな、この天気で洗礼《せんれい》の桶《おけ》も干上《ひあ》がって」自分で言った冗談《じょうだん》にくっくっと笑う。

「雨が降《ふ》ったら、今度は浮《う》き袋《ぶくろ》をつけて入れてやろうと思ってるの」わたしは言った。ジムはさらに大笑いした。

「ハティ、その機知と五セント硬貨《こうか》があれば、ふたりで愉快《ゆかい》なコーヒータイムが楽しめる」

「そういえば、コーヒーあるわよ。それとも何か冷たいもののほうがいいかしら」わたしは階《かい》段《だん》で足をとめた。「オートミールのビスケットも焼きあがるから」

「じゃあ、コーヒーがいいな」とジム。わたしのあとについて家に入り、コーヒーのセットを外に運びだすのを手伝ってくれる。こう暑いと家のなかにはすわっていられなかった。

「満足満足！」コーヒーを盛大《せいだい》にすすったあとでジムが言った。ビスケットをちょびちょびかじる。「驚《おどろ》いたよ、ハティ、あんたパンを焼くときに鉛《なまり》を抜《ぬ》くようになったんだってな」

わたしはしかめっ面《つら》をしてみせた。ジムは人をからかうのが大好きだ。チャーリー以上だ。

「で、学校でひらかれるっていう大きな集会の準備はしたかい？」ジムが言って、もう一枚《まい》ビスケットに手をのばす。

「なんの集会？」

「ああ、あんたに持ってきた新聞に全部書いてあるよ」そう言って家のほうをあごでさした。新聞は、わたしがほかの郵便物《ゆうびんぶつ》といっしょに家のなかに持っていったのだ。

立ちあがって新聞をとりにもどり、その記事をさがす。

「六月二十八日、国民の戦争貯蓄《せんそうちょちく》の日」と書いてある。「男女を問わず、アメリカ合衆国《がっしゅうこく》の国民は、戦争貯蓄《せんそうちょちく》切手を購入《こうにゅう》すべし」

「だけどわたしはもう自由公債《じゆうこうさい》を買ってるわ」わたしは新聞をおろした。

ジムは肩《かた》をすくめた。「戦争ってのは、金がかかるんだよ。ドイツ野郎《やろう》が大平原で暮《く》らすオレたちのふところ具合なんか気にしてくれるもんか」

もう一度新聞に目を通す。「ふつうの状況《じょうきょう》にある農家は、百ドル以上の寄付をしなければならない」声に出して読んだ。「わたしたちがそんなに寄付できるわけがないわ。いまだってトラクターのガソリン代さえ足りないっていうのに！」

ジムは首を横にふった。「あのトラフトが仕切るとなれば、オレたちのポケットには、ほこりしか残らない」

戦争貯蓄《せんそうちょちく》の日、学校の校舎内は、なかでパンが焼けるほどに暑かった。人々の神経もふところも、とことんすりへっていた。けれどもトラフトは室内の奥《おく》に屈強《くっきょう》そうな仲間をずらりと一列に並《なら》べていた。

「ぼくは、布告に書かれている指示にしたがっているだけですよ」午後も仕事が待っているんだという愚痴《ぐち》に対して、そう答えている。「今回の寄付を足しても、まだ割り当《わあ》て分には達しない」

わたしは自分のカードに署名《しょめい》し、左下に書いてある「作物の状況《じょうきょう》にしたがって」という言葉に下線をひいた。それを教壇《きょうだん》のうしろにすわっているトラフトの仲間に渡《わた》す。相手はそのままつき返してきた。

「寄付は百ドル以上」男が言った。

わたしは手のなかで寄付カードを裏返《うらがえ》した。「たとえ作物の状況《じょうきょう》がよかったとしても、残っている請求書《せいきゅうしょ》の支払《しはら》いをすませるには足りないんです」

男は噛《か》んでいる煙草《たばこ》を頬《ほお》の内側へどかした。「郡の監督者《かんとくしゃ》、フランク・L・ホウストンの命令により、農家一軒《けん》あたりの寄付の割り当《わあ》ては百ドルとされている」

わたしはふるえる手で寄付カードを机《つくえ》にもどした。「それはそうかもしれませんが、わたしにはこれで精いっぱいなんです」

「だれだってたいへんながら、協力しているんだ」相手は食いさがってくる。

泣くもんか。「だから、こうして寄付をしています。すでに五十ドルの自由公債《じゆうこうさい》も買ってるし」

「どうやらきみは、愛国心についてちょっと勉強をする必要がありそうだな」相手はせせら笑った。「判事のまえにつきだしてやらないといけないな」

エルマー・レンのこと、カールの家畜小屋《かちくごや》の火事、倒《たお》れた柵《さく》を思いだして、ぐっと言葉をのみこみ、それ以上言いかえさなかった。ペンをひったくるようにしてとり、バッテンで消して、「百ドル」と書きこんだ。

相手は帽子《ぼうし》を持ちあげてあいさつするふりだけした。「おやおや、これはまた太《ふと》っ腹《ぱら》ですな、お嬢《じょう》さん」フライパンにひいたラードのようになめらかな声だった。わたしはスカートをたくしあげ、トラフトのしたがえるごろつきどものあいだを押《お》しわけて外に飛びだした。胃がかきまわされているような気分――頭のなかも同じだった。新鮮《しんせん》な空気が必要だった。

「ハティ！　待って」リーフィーがうしろから近づいてきた。「明日ウルフ・ポイントに行くつもりなの。大きな町で買ってくるものはあるかい？」

「奇跡《きせき》を」わたしは言った。

リーフィーがにやっとした。「で、どの店で売ってるんだい？」

「リーフィー、わたしの夢、砕《くだ》けそう」指を折って数える。「七月、八月、九月、十月。期限までの四か月、どうしてやっていけばいいんだか」そこまで言って、自分の言葉を取り消すように、さっと両手をふってみせる。「わかってる、わたしもじきに正真正銘《しょうしんしょうめい》の地主になれる、作物さえ収穫《しゅうかく》できれば――」

「雹《ひょう》やイナゴの被害《ひがい》がなければ――」リーフィーが口をはさむ。

「――収穫物《しゅうかくぶつ》を売って利益が得られれば――」

「連邦議会《れんぽうぎかい》が価格をひどくつりさげなければ――」

「――それに、最終手続きに必要な三十八ドルがあればね」わたしは言いおえた。

「三十七ドル、七十五セント」リーフィーが言ってにやっとする。「わたしたちみたいな入植者について、みんながどんなことを言ってるか、知ってるかい？　いまだに生きて動きまわっているのは、葬式《そうしき》をする金がないからだって」

わたしもにやっとした。「すごくおもしろい」リーフィーにはこういう冗談《じょうだん》を言える余裕《よゆう》があるのだ。彼女《かのじょ》は自分の土地をすでに手に入れている。それに、馬を調教する技術があるかぎり、一生お金の心配をする必要はない。馬に夢中のこの郡では、彼女《かのじょ》のような調教師はひっぱりだこなのだ。

リーフィーがわたしの腕《うで》をぽんぽんとたたく。「きっと全部うまくいくよ、ハティ。心配しない。あんたが思ったようには進まないかもしれないが、でも最後にはうまくいくって」

「心からそう願ってるわ」

「そうだ、ウルフ・ポイントにはペリリーの子どもたちも連れてくんだった。パレードを見に。どうだい、いっしょに行かないかい？」

「うーん、そういう気分じゃないから」頭に飛んできた蚊《か》を手で追いはらう。

リーフィーはわたしに腕《うで》をからめてきた。「行こうよ。きっと気分がよくなるから」そう言って、空にむかって片手《かたて》をすっとあげた。「やきもきしていても、雨は降《ふ》ってこないって、わかってるだろ」

わたしは唇《くちびる》をぎゅっと噛《か》みしめる。

「早い時間に迎《むか》えに行く。ジョーイとスターに順番に乗っていけばいい」そう言ってうなずいた。「頭のもやもやを追いはらうのに、パレードほど効果のあるものはないよ」

ウルフ・ポイントはにぎわっていた。国民戦争貯蓄《こくみんせんそうちょちく》の日については、お祝いしたい気分ではなかったものの、そういうことをファーンやマティやチェイスに知らせる必要はない。子どもたちは、これから始まる音楽や行進やちょっとしたおもちゃで、胸《むね》をわくわくさせていればいいのだ。

パレードを見るのに一番いい場所をさがして歩いているとき、グレーシャー劇場《げきじょう》のまえを通りかかった。いま上映《じょうえい》されているのは、『好戦将軍《こうせんしょうぐん》』だった。きっと山ほどのチケットを売るのだろう。あちこちの通りに人々が列をつくっていた。子どもたちはとっておきのよそゆきを着ていて、わたしも愛国心を示そうと、一番いい帽子《ぼうし》に赤・白・青で彩《いろど》ったリボンを結んできた。

リーフィーはチェイスに五十セントを渡《わた》して、紙の旗を買わせた。よちよち歩きのファーンの手を右手でつかみ、わくわく気分のマティの手を左手でつかみ、ハンソン現金払《げんきんばら》い食料雑貨店のまえの板張り歩道の上に、ちょうどいい見物場所を見つけた。

「ほら、おまえたちのだよ」チェイスはふたりの妹に旗を渡《わた》した。

市民国法銀行では「率先《そっせん》してことをなせ。カイゼルに先を越《こ》されるな」というスローガンの書かれたうちわを配っていた。わたしもひとつもらい、ありがたくつかった。日ごとに暑く、乾燥《かんそう》がひどくなっていく。わたしの家には温度計がないので、カールがつねに気温を知らせてくれた。「五日連続で、三十五度」心配そうに頭をふって、カールはそう言った。ゴーリーさんも暗い顔をしていた。「これじゃあ、小麦が茎《くき》についたまま焼けちまう」

人が集まると決まって暑さの話になった。

「暑さは足りてる？」リーフィーが言い、ひしゃげた古いボンネットの下から真っ赤な顔をのぞかせる。

「卵《たまご》を持ってきてないかい？」雄鶏《おんどり》ジムがきく。今日は一番清潔な服を着てめかしこんでいる。「この階段《かいだん》の上ですぐ焼けるよ」

「よく冷えたサルサパリラをなかで用意してるよ」ハンソンさんが言った。「パレードが終わったらもどってきて、好きなだけ飲むといい。わたしのおごりだ」ハンソンさんはファーンのあごの下をこちょこちょやる。それからわたしに、赤、白、青のちりめん紙でつくった造花を三本くれた。

「見て！」チェイスがわたしのスカートをひっぱった。「バンドが来るよ！」

正しい音よりも、ほこりのほうをたくさん舞《ま》いあげているようだったが、サークルの町のバンドはみんなからあたたかく迎《むか》えられた。『神よ、アメリカに祝福を』の演奏《えんそう》が始まると、さざ波のようだった拍手《はくしゅ》が、とどろくばかりに大きくなった。

リーフィーが目もとをぬぐうのがわかり、自分まで涙《なみだ》がもりあがってきた。気持ちをゆさぶられたのは、壮麗《そうれい》な音楽のせいばかりではなかった。まるで美少女が次から次へ押《お》しよせるダンスの誘《さそ》いにとまどうように、わたしの心にどっと押《お》しよせてくるものがあった。最初はチャーリー。最後に届《とど》いた手紙から、もう長い時間がたっていた――彼《かれ》はわたしのかわりに自分の身を危険《きけん》にさらしている。そしてペリリーとカール。これ以上すばらしい友人たちはどこをさがしてもいないだろう。友人というより、すばらしい家族。だけど彼《かれ》らとつきあうことをチャーリーはどう思うだろう？　ドイツ生まれだからって、カールと親しくしちゃいけないということがあるだろうか？　これを考えると、難《むずか》しいパズルを解くときのように頭がくらくらしてくる。わたしのなかではもう答えは出ていた。ただそれをチャーリーに説明するとなると――頭がこんがらかってくるのだ。

わたしのまわりを風が吹《ふ》き、頭のなかの考えがいっそうめまぐるしく動きだす。心配なのは戦争のことだけじゃないぞと、風にせっつかれるようだった。お金はどうしよう？　元帳には、いやになるほど目を通した。たとえ大豊作になったとしても、その脱穀《だっこく》にかかる費用をどう工面したらいいかわからない。そのうえ、あのいまいましい戦争貯蓄《せんそうちょちく》切手を買ってしまった。無理なんだ、自分の土地を手に入れるなんて不可能なんだと、そうは考えたくないけど。暑さと心配と不安が胃のなかを激《はげ》しくかきまわす。自分の居場所を手に入れるなんて、きっとそれは高望みなんだ――わたしはこれからもずっと根なし草のハティなのだろう。

マティがわたしの手をつかんでにぎる――きゅっ、きゅっ、きゅっ。にぎりかえすと、心配が指の先からすうっと外へ出ていった。さまざまな苦労に怖《お》じ気《け》づいてアイオワにトンボ返りし、この小さな女の子と、その家族のことをまったく知らずにいたら？　それに対する答えだけは、わたしのなかではっきりしていた。

からからに乾《かわ》いた熱風が曲の最後の音を運び去った。男たちが帽子《ぼうし》をかぶりなおすと、バンドは次の曲に入った。行進するバンドのあとを「貸し馬と農業資材のフォートペック」の幌馬《ほろば》車《しゃ》がついていく。全体を赤、白、青の垂《た》れ幕《まく》で飾《かざ》っていた。ミセス・マーティンが馬車のうしろにすわり、自由《じゆう》の女神《めがみ》に扮《ふん》している。そのあとには、「パイパル駐車場《ちゅうしゃじょう》・給油所」の垂《た》れ幕《まく》をつけた自動車が二台つづく。

「あれ、ルバーンだ」チェイスが歓声《かんせい》をあげる。「最新モデルだ」それに負けじと、フラー自動車工場の大型自動車がつづく。「ツーリングカーか」とチェイスはばかにする口調で言った。ツーリングカー、旅行むきの幌型《ほろがた》自動車はもうめずらしくなかった。

自動車のうしろにつづくのは、郡国防会議で、みなマーティン牧場の馬に乗っている。わたしの横を通りかかったトラフトが、帽子《ぼうし》のつばに指をふれてあいさつをしてきた。わたしは知らんぷりを決めこんだ。馬に乗った人間のあとにつづくのは、愛国的な絵をかかげたメソジスト派《は》の人々で、そのあとウルフ・クリーク小学校の子どもたちがつづく。ただ、最も優秀《ゆうしゅう》な児童、チェイスが欠けていた。青い帯をしめて、『戦地へ』を歌いながら、行進してくる。わたしの連れている子どもたちもそれにこたえて旗をふると、一陣《いちじん》の風が勢いよく通りを駆《か》けぬけていった。

ファーンの旗が手から離《はな》れた。「ハあタ！」声をはりあげて、階段《かいだん》のほうへよちよち歩いていく。

「だめ、危《あぶ》ない」わたしはファーンをひきもどした。「踏《ふ》みつぶされちゃうわよ！」

「ハあタ！　ハあタ！」まんまるい涙《なみだ》が、ぷっくりしたほっぺたを転がり落ちる。

「ほらほら」ハンソンさんが声をかける。「なんでもないよ」ポケットに手を入れて、しましま模様《もよう》の棒《ぼう》キャンディを三本とりだした。「ちょっと待っておくれ」ファーンに言う。チェイスとマティに一本ずつキャンディを配ってから、ファーンにあげるために最後の一本の包み紙をむいてやる。

「みんな、なんて言うの？」わたしはせっついた。

「ありがとう、ハンソンさん！」マティとチェイスが声をそろえて言った。

ファーンは早くもキャンディにかぶりついて、幼《おさな》い顔をにこにこさせている。ハンソンさんが声をあげて笑った。「甘《あま》いものがあれば、どんなつらいこともへっちゃらだ、そうだろ、ファーン？」ファーンのほうは、棒《ぼう》のキャンディをひたすらぴちゃぴちゃなめている。

パレードの最後尾《さいこうび》から、ミスター・コグズウェルの配達用幌馬車《ほろばしゃ》がやってくる。「国民戦争《こくみんせんそう》貯蓄《ちょちく》の日パレード」と両サイドに手書きの看板《かんばん》をつけていた。宣伝《せんでん》にはもってこいのチャンスにあらがえなかったのか、馬車のうしろには「新鮮《しんせん》なサクランボをコグズウェルの店で。町一番の安値《やすね》で提供《ていきょう》」と小さな横断幕《おうだんまく》をつけている。

ハンソンさんはそれにむかって軽い野次《やじ》を飛ばしたあとで、子どもたちに声をかけた。「さあ、みんな」と言ってマティと手をつなぎ、「なかに入って冷たいものを飲もう」と誘《さそ》う。チェイスがついていき、そのあとから町のあちこちからやってきた子どもたちがつづいた。

「先に行ってて」わたしは子どもたちにそう言って、ファーンをリーフィーにあずけた。「パレードが終わったから、ファーンの旗をとってくるわ」

「急いだほうがいいよ」とリーフィーが言い、つぶれたボンネットを頭にしっかりかぶせた。「この風じゃ、いまにノース・ダコタまで吹《ふ》き飛《と》ばされちゃうから」

わたしは階段《かいだん》を飛びはねるようにしておりて通りへ出た。ファーンの小さな旗は、パレードの参加者の足に踏《ふ》みつぶされてしまっていた。破れてしまった悲しいおみやげを拾いあげると、頭のなかでファーンの泣く声が聞こえた。今日の日を涙《なみだ》で終わらせたくない、そう思って旗を一枚《まい》買いに行く。五セントぐらい、なんだっていうの？

男たちが騒《さわ》ぐ声がして、そちらへ注意がむいた。通りの先の、パレードが終わったところから、またべつのパレードが始まったようだった。先頭を歩いているのはトラフト・マーティンのようだ。

一行は土地管理事務所のとなりでとまった。ばかでかい男が数人、肩《かた》をそびやかしてなかに入っていった。まもなくもどってきて、眼鏡をかけたやせた男をまえに押《お》しだした。ミスター・エブガードだった。

「聞いたところによると、エブガード、あんたは戦争遂行《すいこう》に協力していないようだが」知らない男が、おどすような声で言った。

「そりゃあ、愛国者の風上にも置けないな」べつの男が言った。

「おそらく、エブガードなんて名前だから、カイゼルが勝てばいいと願ってるんだろう」

背《せ》の高い男が一歩まえへ進みでて、自分より背《せ》の低いミスター・エブガードのまえにおどすように立った。「きっとウルフ・ポイントからどれだけの数の若《わか》い男が戦場に出ていってるのか、忘《わす》れているんだろう――」

「サークルやヴァイダの町からもな」いつのまにか人の数が増えていて、そのなかからまたべつの声が飛んだ。

「このあたり一帯のあちらこちらから、おれたちがいっしょに育った男たちが……」背《せ》の高い男の次の言葉は、みんなが口々にどなる声にほとんどかき消されそうになった。「よその国の人間なんかより、そういう仲間のことを考えるべきだろうが」

わたしは管理事務所のまえへ近づいていった。ミスター・エブガードの鼻とひたいに、汗《あせ》の玉が浮《う》かんでいるのが見えた。眼鏡が曲がっている。それをまっすぐに直した。「わたしは何も悪いことはしていないよ」穏《おだ》やかに言った。

「悪いことはしてない？」トラフト・マーティンが口を出し、集まった男たちの顔を見まわす。「どうしてパレードを見に出てこない？　それに、州知事に宛《あ》てて書いている手紙はなんだ？ブロックウェイの牧師を支持しようって？」

「彼《かれ》の教会に来るのはほとんど移民だ。牧師が英語で説教をしても理解できない」ミスター・エブガードの声は冷静だった。

「それが忠誠《ちゅうせい》なるアメリカ人の言語だ」トラフトはミスター・エブガードに一歩迫《せま》った。その首の両側に血管が浮《う》きあがるのが見えた。わたしの背《せ》すじに、汗《あせ》の粒《つぶ》が冷たいすじになって流れた。

「これから何が始まるか、教えてやるよ、エブガード」トラフトは相手の名前をはき捨《す》てるように言った。「いまここで、あんたに忠誠心《ちゅうせいしん》を見せてもらおう。フレッド？」

背《せ》の高い男――フレッド――が、小さなアメリカの国旗をひっぱりだした。それをミスター・エブガードの鼻先でゆらす。

「この国を愛しているか？」トラフトがきいた。

「当然だろう」ミスター・エブガードはあごを少しふるわせたが、声は力強く、はっきりしていた。

フレッドが通りへさがっていき、ほとんどエリクソンホテルまで行きそうだった。トラフトが彼《かれ》のほうを指さす。「それじゃあ、証明してもらおう。両手両ひざをついて地面をはい、あんたの旗のところまで行くがいい」そう言ってミスター・エブガードに迫《せま》っていく。「そうしてたどりついたら、旗にキスをする。聞いてるか?」

男たちの一行はミスター・エブガードを追いつめていく。わたしは生まれ落ちたばかりの子牛のようによろよろし、汗《あせ》のにおいに圧倒《あっとう》される。それに恐怖《きょうふ》と、悪意のかたまりに。

行かなきゃ。とめなきゃ。自分にむかって言う。

男たちは卑劣《ひれつ》ないじめをつづけている。だれかがミスター・エブガードを強く押《お》した。ミスター・エブガードが地面にひざをついた。眼鏡がわたしのほうへ飛んできた。

「はいずっていくんだ」トラフトが命じる。

恐怖《きょうふ》と信じられない気持ちに圧倒《あっとう》されて、わたしは銅像のようにその場にかたまった。なんとかして立ちあがろうとしているミスター・エブガードをじっと見守る。上着のそでが肩《かた》の縫《ぬ》い目《め》から破れ、ズボンが馬の糞《ふん》でよごれている。

なんとかするのよ! わたしの理性が大声で命じる。でも脚《あし》は言うことをきかない。おそろしい場面から目をそらすことができない。

だれかがミスター・エブガードを蹴《け》った。ミスター・エブガードは顔から地面に倒《たお》れた。血が鼻からしたたり落ちる。

わたしはあたりを見まわした。どうしてだれかとめてくれないの？　はき気がこみあげてくる。畑で気を失ったときと同じだ。こういうときに、「だれか」などいないのだ。いるのは自分だけ。

「トラフト」ふるえる唇《くちびる》からようやくのことで名前が出ていった。もう一度言ってみる。「トラフト！」

相手がびっくりしてふりむいた。

「お嬢《じょう》ちゃんは家にお帰り」男のひとりが大声で言った。

わたしはおずおずとまえに進んでいった。なんとか足ががんばってくれているのが、ありがたかった。

「わた——わたしは——」こういう男たちを相手に、何が言えるだろう？「わたしはミスター・エブガードに用事があって」おぼつかない足どりでもう一歩まえへ進む。それからもう一歩。腰《こし》をかがめて眼鏡をほこりのなかから拾う。「法律《ほうりつ》の件で」ふるえる手で、眼鏡をミスター・エブガードに返した。「ごめんなさい、遅《おそ》くなってしまって」

ミスター・エブガードは立ちあがり、するっと眼鏡をかけた。「事務所のなかへ入ってくれないかね？」わたしは彼《かれ》の腕《うで》をとった。自分の体を支えるために。

だれかの手がわたしの肩《かた》をつかんだ。「いったい何をしようっていうんだ？」知らない声だったが、ふりむかなかった。胃のなかがかきまわされる——喉《のど》に苦いものがこみあげるのがわかる。ぐっと踏《ふ》んばって、次にやってくる殴打《おうだ》に備える。

「彼女《かのじょ》は関係ない」その声なら知っていた。トラフトだ。「放してやれ」そう言った。

知らない男はびくっとして、わたしをミスター・エブガードのそばからつき放した。

「おまえたちみんな、反逆者だ」知らない男が言った。けれどもほかの男たちのほとんどは、じりじりと離《はな》れていき、町に急に用事を思いだしたような顔をした。フレッドは旗といっしょにどこかに消えていた。トラフトはわたしをじっと見て、何か言いたげに口をあけた。それから首をふり、歩み去った。

わたしはミスター・エブガードの事務所に入るなり、がくんと力が抜《ぬ》けて手近な椅子《いす》にすわりこんだ。「ちょっと……」わたしは息を大きくのみこんだ。「気分が悪くて」

ミスター・エブガードは机《つくえ》のうしろにある棚《たな》をさぐった。瓶《びん》を一本とグラスをふたつ出してきた。それぞれのグラスに瓶《びん》の中身をそそいだ。「これを飲むといい」

その液体は、焼けるような熱さで、わたしの喉《のど》をおりていった。ひと口飲んだあと、グラスを机《つくえ》の上に置いた。「なんてひどいことを」わたしは言った。「あの人たち——」

ミスター・エブガードもグラスを置いた。ハンカチで口もとをぬぐうとき、手がふるえているのがわかった。

「見かけはみんなふつうの人間なのに」自分の体のなかを吹《ふ》き荒《あ》れる感情をどう説明していい

のかわからなかった。「隣人《りんじん》みたいに見えるのに」

ミスター・エブガードはグラスにもう一杯《ぱい》そそいだ。「何人かはそうだよ。わたしの隣人《りんじん》だ」

「いったいどうして」腕《うで》も脚《あし》も頭も、何もかもが重かった。重すぎて動けない。

ミスター・エブガードはグラスを唇《くちびる》に持っていき、すすりはじめたところで、またグラスをおろした。「戦争だよ」

わたしは両手を机《つくえ》の上に置き、深く息を吸《す》った。「戦争が、カールの家畜小屋《かちくごや》を焼いたと?」

わたしはゆっくり言った。「エルマーの腕《うで》を折ったの? あなたを犯罪者扱《あつか》いするの?」

「いいや」ミスター・エブガードは椅子《いす》にどっかりとすわった。「そうじゃない。だがこの戦争という魔物《まもの》は、相当にでかい。戦場を越《こ》えて広がっているんだよ。牧師と、その教徒にかわって手紙を書くことさえ、反逆行為《はんぎゃくこうい》と見られるようなところまでね」

ミスター・エブガードの声はまえより穏《おだ》やかになっていた。わたしの手のふるえも、いつのまにかとまっていた。

「リーフィーと子どもたちのところへもどらないと。きっと何かあったんじゃないかって心配してる」わたしはゆっくりと立ちあがり、脚《あし》の具合をたしかめた。汽車に乗ってやってくる途《と》上《じょう》、太った男にがんがん言われたときと同じに、ぐらぐらしている。それでもなんとか歩けそうだった。

「きみは勇気のある女の子だ」ミスター・エブガードがわたしの腕《うで》をぽんとたたいた。「ほんとうに勇敢《ゆうかん》だ」

わたしは相手の、すりむいて傷《きず》ができた顔を見た。「きれいにしてから、家に帰られたほうがいいと思います」わたしは言った。「よい一日を、ミスター・エブガード」

「よい一日を、ミス・ブルックス」そう言うとドアをあけて外に目を走らせた。「もう何も心配ない」

わたしはひらいたドアから外へ踏《ふ》みだし、歩道の上でとまって、もう一度深く息を吸《す》った。ハンソンさんの店にもどるときにも、いったん足をとめた。さっきあったことを頭から追いだしたかった。頭のなかをきれいさっぱり掃除《そうじ》して、何もなかった顔で店に入ろう。なかに入ったときには、脚《あし》はもうほとんどふるえていなかった。

「お帰り」ハンソンさんが、サルサパリラをわたしにくれた。「そろそろ喉《のど》をうるおしてもいいという顔だね」

「ハあ夕？」ファーンがきいた。わたしはぼうっとして踏《ふ》みつぶされた旗をさしだしていた。

「ハティ？」リーフィーがわたしの顔をまじまじと見る。わたしは首をふって、リーフィーにそれ以上何も言わせなかった。

「きちゃない」ファーンが旗を放《ほう》りなげた。

怒《おこ》ったスズメバチのように群れていた、トラフトと彼《かれ》の仲間のことを思った。目をさっとぬぐう。そして、「ええ、そうね、きたないね」と言った。

18　独立記念日のピクニック

一九一八年七月

アーリントン・ニュース〜モンタナの田舎《いなか》だより〜

独立記念日

豪華《ごうか》な野外《やがい》演奏《えんそう》の舞台《ぶたい》や町の公園がないから、独立記念日といっても大きな町のような活気に満ちたお祝いはできない、なんてことはありません。ここではウルフ・クリークの土堤《どてい》に四方八方から人が集まり、ピクニックをし、野球をし、ひどい乾燥《かんそう》つづきの天気をたがいに気づかいあいます。明るく過ごす一日ではありますが、正午にはいっさいの活動をやめて、軍人さんたちのために、お祈《いの》りをささげます。そうしてひとりひとりが——とりわけこれを書いている筆者が——カンティーニの戦いで連合軍がいまのところ勝利を収《おさ》めていることが、戦争が早く終わるきざしであるよう祈《いの》ります。

「それにバニラアイスクリームも出るんだ」チェイスがまるまる五分かけて、来《きた》る七月四日、独立記念日のピクニックのことを話しまくっている。「あっ、それに野球の試合もするんだよ！」

「聞いているだけで楽しそう」わたしは井戸《いど》からやかんに水をくんで運んでいき、乾燥《かんそう》に苦しむ庭にまいてやる。チェスターおじさんが深い井戸《いど》を掘《ほ》ってくれたことに、いまさらながら感謝の気持ちがわいてくる。サヤインゲンに、もう何杯《なんばい》運んだかわからなくなるほど水をやりおえたころには、両腕《りょううで》が肩《かた》のつけ根からすっぽり抜《ぬ》け落《お》ちてしまう気がした。

チェイスはやかんより小さな鍋《なべ》に水を入れて、慎重《しんちょう》な手つきでわたしのヒマワリに水をやっている。「母さんも去年は花を植えたんだ。コーヒーの缶《かん》に。でも今年はかわりに赤んぼうを植えたんだって」チェイスの言葉に、ふたりいっしょに笑った。

タマネギ、ビーツ、メロン、ニンジンに水を運びながら、ここに来るまえの暮《く》らしで惜《お》しげなくつかっていた大量の水のことを思う。いまはそんなことはとんでもない！　一滴《てき》一滴《てき》の水をとことん活用してつかっている。土曜の夜のお風呂《ふろ》につかう水でさえ、自分の体を洗《あら》ったあとは家の床《ゆか》を磨《みが》くのにつかい、それが終わると、階段《かいだん》にざーっと流し、庭から飛んでくる土ぼこりを洗《あら》い落《お》とすのだ。

立ちあがり、がちがちに凝《こ》った背中《せなか》をのばす。「うっ」

「カールはさ、三十日連続で雨が降《ふ》っていないって。でもネフツカーさんは三十一日連続だって言うんだよ」チェイスは鍋《なべ》のなかに手を入れ、ぬらした指で顔にぱっぱと水をはねちらかす。

「ぼくはカールが正しいと思うんだ」

「わたしもカールが正しいのに賭《か》ける」そう言って、チェイスの髪《かみ》をくしゃくしゃにしてやる。

「もしわたしがギャンブルの好きな人間ならね」

チェイスが手伝ってくれたので、外の仕事はすぐに終わった。チェイスを家に送りかえす。

「明日は早くに迎《むか》えに来るからね!」チェイスは首をねじって、そう言った。わたしは家のなかで忙《いそが》しく働き、まもなくチョークチェリーのパイ四つが、熱をさますためにキッチンのテーブルの上に並《なら》んだ——このいまいましい暑さのなかでは、さますという言葉もおかしく思える。先週はマットレスを家の外に出して寝《ね》るようにしていた。夜になると、ドアをあけていても、なかには風ひとつ入ってこないのだ。

外で寝《ね》た最初の夜は、外の音があれこれ気になってよく眠《ねむ》れなかった。目のまえに大平原がひらけたところで横になると、こんなにもいろんな音が聞こえるのかとびっくりする。鶏《にわとり》たちが落ちついたかと思うと、今度は夜行性の鳥がしゃべりだす。それからはひと晩《ばん》じゅう、草をガサガサさせる音が鳴りやまない。あの音は風が起こしていることを祈《いの》る。けれども空気はコーンシロップのようにねっとり動かない。やっぱり風じゃない、あれは夜の大平原で活動する生き物たちがたてる音だ——モリネズミやプレーリードッグ、ほかにも何がいるかわからない。まえにスカンクを見たことがあるとペリリーが言っていた。わたしがあまり心配しないでいい唯一《ゆいいつ》の動物は、バイオレットのしっぽをかじっていったオオカミだ。あの冬の日以来、一度も現れた形跡《けいせき》がない——賞金稼《しょうきんかせ》ぎのハンターが仕とめたにちがいない。このあたりのオオカミはほぼみんな、そういうハンターたちに仕とめられていた。

マットレスを外に出したふた晩《ばん》めは、睡眠不足《すいみんぶそく》と暑さのなか、一日じゅう草むしりをしていたせいで、へとへとだった。タカが野ネズミをひっつかんでいくように、その日はわたしも眠《ねむ》りにさっと持っていかれた。マットレスを敷《し》いても地面のでこぼこは気になるけれど、オーブンのような家のなかで眠《ねむ》るよりましだった。

独立記念日の朝は、ヒゲちゃんの紙ヤスリのような舌で起こされた。ヒゲちゃんをなでてやり、大きくのびをする。

「痛《いた》い」外で寝《ね》ると、翌朝《よくあさ》決まって首や背中《せなか》のどこかがひきつっていた。ぎくしゃくと腰《こし》をかがめてマットレスを持ちあげ、なかへ運んでいってから、ウルフ・クリークに出かける準備にかかる。パイと毛布数枚《すうまい》に、国民戦争貯蓄《こくみんせんそうちょちく》の日のパレードでもらったうちわ、それに、これもかごにつめよう。ピクニックに来た人たちが見たらきっと驚《おどろ》くにちがいない。

準備が整うと、チャーリーへの書きかけの手紙に文章をつけくわえた。

リーフィーとわたしは、最初ロティのことを、あまりに小さすぎると心配していました。それがいまではラード缶《かん》のようにしっかり太ってきました。ファーンやマティたちがやきもちを焼くのではないかと心配でしたが、そんなことはなく、みんなでかわいがっています。マティなんか、完全に母親気どり！　なんとロティにキルトまで――〝ねえさんキルト〟だそうです――つくってあげています。縫《ぬ》い目《め》はばらばらでも、愛情がいっぱいつまっています。

馬車の音が聞こえてきた。手紙をしまって帽子《ぼうし》をつかみ、最後にもう一度家のなかに目を走らせた。もし何か忘《わす》れているものがあるとしても、それはそれでかまわない。荷物をつめたかごを持ちあげて外に出ると、ミュラー家のみんなが迎《むか》えてくれた。

「あたしどう見える？」ペリリーが言った。わたしは思わず笑顔《えがお》になった。ペリリーの頰《ほお》がチェリーピンクになっている。元気になったしるしだと、うれしくなった。ロティを産んでから、なかなか体調がもとにもどらなかったのだ。

「ガチョウを焼いてきたみたいに、頰《ほお》がピンク色ね」わたしはペリリーの横の席に乗り、うちわであおぎだした。「ずっとこんなに暑いのかしら？」

「クリークにつけば、すずしくなるわよ」ペリリーはうけおった。「気持ちよくてすずしいから」それからわたしたちは、だまって馬車にゆられていた。なごやかな気分だったけれど、あまりに暑くておしゃべりもできないほどだった。

「やあ、待ってたぞ！」ピクニックをする場所に到着《とうちゃく》すると、雄鶏《おんどり》ジムが子どもたちを馬車からおろすのを手伝ってくれた。マティはミュリーの新しいボンネットを見せびらかしに、リーフィーのところへまっすぐ走っていった。チェイスはカールが馬を落ちつかせるのを手伝ってから、エルマー・ジュニアと、ルーテル教会の男の子たち数人と連れだって、クリークの生き物と遊びに行った。

「日陰《ひかげ》の場所をとっておいたよ」リーフィーがわたしたちを手招きする。そこに毛布を敷《し》いて、ロティのベッド用にリンゴ箱を置いた。

わたしは甘《あま》いお茶をみんなにつぎ、教会からやってきた女の人たちとおしゃべりをした。

「これでみんなそろったのかしら?」わたしはきいた。

「バブ・ネフツカーは、正午に店を閉《し》めてから来る」リーフィーは自分の冷たいグラスをおでこの上で転がす。「みんな野球の試合だけは逃《のが》さないよ、あのバブでさえね」

わたしは自分のアイスティーのグラスを見つめながらにやっと笑った。待ってなさい。アーリントン、これからアイオワの力を見せてやるから!

「グレースとウェインの夫婦《ふうふ》もいっしょに来るよ」リーフィーは指を折りながら、近隣《きんりん》の人たちの出欠を確認《かくにん》していく。「マーティン家の人間はめったに来ない」

それはわたしにとっては朗報《ろうほう》だった。

リーフィーの予想どおり、ネフツカーさんは正午を過ぎて現れた。

「みんな、試合の準備はいいか?」バブは馬車をおりるなり呼《よ》びかけた。

しばらく暑さについて軽く文句を言っていたが、すぐにフィールドの準備ができ、チーム分けが始まった。野球のフィールドに立つのはほんとうに久しぶりだ。近所の人はだれも知らないが、野球なら、わたしだってできるのだ。それもチャーリーが忍耐強《にんたいづよ》く教えてくれたおかげで、かなりうまい。

わたしは持ってきたかごのなかをさぐって、みんなを驚《おどろ》かせるものをとりだした。「だれか、いっしょにやる?」そう言って、野球のミットを右手にはめた。

「おいおい、なんの真似《まね》だ?」ガスト・トリシャルトがわたしのほうへ、威勢《いせい》よく言葉を投げてきた。ついさっきまで、ルーテル教会のドイツ人が野球をするのはどうのこうのと、ぶつぶつ文句を言っていた。ウェインがトリシャルトという名前もドイツ語に聞こえると言ったら、ガストは首を横にふった。「スイスだよ、スイス」と。彼《かれ》はルーテル教会の人たち以上に、わたしなんかとプレーするなんて冗談《じょうだん》じゃないと腹《はら》を立てているのだ。

「期待のルーキーよ」わたしはガストに言った。

ガストは野次《やじ》を飛ばしてきた。「それじゃあ、さぞいいプレーをしてくれるんだろう」若《わか》いポール・シリンジャーのいるほうを親指でさす。「相手チームでな」

わたしはうなずき、ポールのチームに加わった。こちらが先攻《せんこう》だった。バッティングはそれほど得意じゃない。それでもポールがヒットを打ったのにつづいて、シングルヒットを飛ばした。ヘンリー・ヘンショーが強烈《きょうれつ》な二塁打《にるいだ》を放ってポールをホームベースに送りこむ。次にバットをにぎったのはチェイスだ。

「セーフティ・バントよ！」三塁《さんるい》にいるわたしは大声で言った。この暑さのなかでも、バントを打ってもらえれば、ホームベースに駆《か》けこんで一点入れる自信があった。

ところが、やはりチェイスも男の子だった。こちらはすでにツーアウトだというのに、バットを豪快《ごうかい》にふりまわし、三回立てつづけにそれをやった。

「アウト！」ツイード牧師がさけんだ。

チェイスはくやしそうにバットを放《ほう》った。「もう少しだったのに」

ツイード牧師はチェイスの肩《かた》を励《はげ》ますようにたたく。「またチャンスはまわってくるよ。さあ、守備についてくれ」

チェイスはレフトを守った。若《わか》い者たちはみな守備に立たされた。どんな球が飛んでこようと、彼《かれ》らなら、そこまで走って全力で追いかけるエネルギーがあると見こんでのことだ。ポールがボールをつかみ、ピッチャーズ・マウンドにむかった。彼《かれ》が相手にする最初のバッターは、ウェイン・ロビンズ。

「さあ、この球が打てるかな」ポールが豪語《ごうご》する。

ウェインはいい目をしていた。バットの芯《しん》でみごとにとらえて、ボールをかっ飛ばした。つづく五人のバッターも同じだった。

「ノーアウト」ツイード牧師が言い、また新たなバッターが位置についた。「得点は五対一」

「ちょっと、ポール」わたしは三塁《さんるい》から大声で呼《よ》んだ。「こっちへ来て」ポールは何を言われるのかと、不思議そうな顔でこちらへやってきた。ポジションを交代しようとわたしが言ったときの、彼《かれ》の表情をカメラに収《おさ》めておきたかった。

「だけど、ピッチャーはいつもおれがやってるんだ」とポール。

わたしは満塁《まんるい》のベースを指さした。「このままでいいの?」

ポールは首を横にふってボールをよこした。わたしはピッチャーズ・マウンドに走っていった。

「おい、ちょっと待てよ」ガストが言う。

「片《かた》っぱしから倒《たお》してやれ!」リーフィーがさけんだ。

ツイード牧師は顔をぬぐった。「プレーボール!」

わたしが最初のバッターふたりを倒《たお》すところを見ていたら、チャーリーはきっと誇《ほこ》らしく思ってくれたことだろう。そこまで、こちらは六球投げるだけでよかった。

それからウェインがまたバットをにぎった。「とっておきの球を投げてこいよ」彼《かれ》が言う。

「速すぎて見えないわよ」大口をたたくのは、たしなみのある女性のすることではないけれど、これもまた野球の楽しみのひとつだ。

「お嬢《じょう》ちゃんが投げるにしては速いってことだろう」ウェインがあおりたてる。

言ったわね! ナックルボールをお見舞《みま》いしてあげる。

わたしはカチンコチンに緊張《きんちょう》して投げた。ボールが回転しながらホームベースへむかっていく。そしてウェインはそれをみごとにかっ飛ばした。ボールはわたしの頭上はるか高くに舞《ま》いあがり、フィールドのずっと先まで飛んでいった。走者一掃《そうしゃいっそう》の満塁《まんるい》ホームランで、ゲーム終了《しゅうりょう》となった。わたしたちは堂々と戦って負けた。

「ごめんなさい、ポール」そう言って、わがチームのキャプテンにボールを返した。

「ただの遊びじゃないか」ポールが言い、それから片目《かため》をつぶってみせた。「あんた次はきっと、やつを負かせるよ」わたしたちは握手《あくしゅ》をした。

「次こそね」わたしは言った。

「アイスクリームの用意ができたぞ」パー・シリンジャーがみんなに知らせた。わたしのつくったチョークチェリーのパイを切って、その上にアイスクリームをのせただけで、主役はパイなのにと、言いたい気分だった。

みんなでおしゃべりをしながら食べた。ペリリーとわたしはクリークまで歩いていき、靴《くつ》と靴下《くつした》をぬいで足を水で冷やした。クリークの土堤《どてい》に生える野生のプラムの実でランチ用のかごをいっぱいにすると、またみんなのところにもどって、さらにおしゃべりをした。パー・シリンジャーが最初に荷物をまとめた。「晩《ばん》の仕事があるんでね」とみんなに断る。

「わたしたちも帰ったほうがいいわ」ペリリーが言った。わたしはペリリーを手伝って、ピクニックでつかったものを片《かた》づけ、疲《つか》れて、どろどろになった子どもたちを幌馬車《ほろばしゃ》に乗せた。

ペリリーがマティを幌馬車《ほろばしゃ》の奥《おく》のほうへ乗せようとしたとき、マティが声をはりあげた。

「あたし、ハティといっしょにすわりたい！」

「いいわよ、おいで」わたしはマティを母親の腕《うで》から抱《だ》きとり、幌馬車《ほろばしゃ》のまえの座席《ざせき》に抱《だ》っこしてすわった。何分もしないうちにマティはすやすや眠《ねむ》ってしまい、小さな体が、ひざの上にのっかっている熱いお湯の瓶《びん》のようだった。わたしのワンピースのまえは、汗《あせ》でびしょびしょになっている。

わたしの家の近くを通る道にさしかかると、マティをペリリーのひざの上に移した。「ここでおろしてちょうだい」カールに言った。「歩きながら、すずむから」マティの頭のてっぺんにキスをして、うしろの座席《ざせき》から自分のかごをとりあげ、残りの道をぶらぶら歩いて家へもどった。ワンピースの胸《むな》もとがほぼ乾《かわ》いたころ、家が見えてきた。正面の階段《かいだん》に腰《こし》をおろし、かごのなかに入った野生のプラムの甘《あま》い香《かお》りを吸《す》いこんで、まずは楽しかった一日をふりかえり、それから今月の〝田舎《いなか》だより〟の結びをどうしようかと思案をめぐらせる。

だれかが馬を走らせてくる音がして、はっと現実に返った。家のまえの道は、マーティン牧場のはぐれ牛を追って、カウボーイがよく通る。いまやってくるのも、そういうカウボーイのうちの三人で、東のマーティン牧場へむかっているようだった。そのうちのひとりが集団から離《はな》れた。大きな馬のむきをぐるっと変えて、わたしの家のほうをむいた。

「こんばんは、ハティ」わたしのいるところからでも、ウイスキーのにおいがわかった。「ピクニックは楽しかったかい？」

「ええ、ミスター・マーティン」わたしは立ちあがり、家に入ろうと彼《かれ》に背中《せなか》をむけた。今夜は外で眠《ねむ》るのはなしだ。

「ほんと、暑いよな？」手綱《たづな》の端《はし》で、飛んできた蚊《か》をピシリとやった。「去年よりひどい」

「ええ、暑いわね」単に天候の話をしに馬を乗りつけてきたのではないはずだ。

「去年はイナゴもやってきた」トラフトは鞍《くら》の上で体を動かした。「ウルフ・クリークのようにすみきっていた空が」そう言って空に顔をむけ、またたく星をじっと見る。「イナゴの大群で、一瞬《いっしゅん》のうちに夜のように真っ暗になった」

わたしはぞっとした。

「ゴーリーの小麦は数分で全滅《ぜんめつ》したよ」トラフトは首をふって、大げさに同情するふりをした。「ロビンズの小麦もそうだった。次には亜麻《あま》をやられた。ふたりとも、残った作物だけでは種を買う金もままならなかった」それから鼻を鳴らし、いやな笑い声をたてた。「もちろん、やつらが襲撃《しゅうげき》したのは作物だけじゃなかった。上等の上着を柵《さく》の杭《くい》にひっかけておいたんだが、驚《おどろ》いたよ。イナゴときたら、そいつまでむしゃむしゃ食ったんだ」

「何がおっしゃりたいの、ミスター・マーティン？」言いたいことがあるはずだった。きっとよいことではないだろうと、わたしの背《せ》すじをいやな予感が走る。

「きみに注意を呼《よ》びかけてあげようと思って」トラフトが言って馬からするっとおりた。「それだけだ」

カサカサいう大平原の物音がふんわり風に運ばれてきた。その音のなかに、イナゴの脚《あし》や羽がたてるカチカチいう音がまじっていないかと、緊張《きんちょう》して耳をすます。

「注意ならありがたくいただきます」

トラフトがわたしのほうへ二、三歩近づいてきた。「厳《きび》しい暮《く》らしだよな」やさしい声で言った。

わたしは思わず声をあげて笑った。「やめてちょうだい！」

「ハティ」一瞬《いっしゅん》トラフトが動きをとめた。「ぼくらはどうしてか、出足でつまずいた」

「つまずいた？」

一瞬《いっしゅん》のうちに、軽ふざけの気分が吹《ふ》き飛《と》んだ。「あなたは、人の家畜小屋《かちくごや》に火をつけたことを、つまずきなんて言うの？　暴徒を率いてミスター・エブガードにいやがらせをしたことを？」怒《いか》りのあまり、自分のスカートを両手でぴしゃっとはたいた。

トラフトが大きく一歩踏《ふ》みだして、わたしの腕《うで》をつかんで強くゆさぶった。かごからプラムが飛びだした。「ちゃんと聞いてほしい。一度話しかけたが、最後まで言えなかった」

わたしは彼《かれ》の乱暴《らんぼう》なやり方に慣れてきたのだろうか？　脚《あし》はまったくふるえていなかった。

トラフトの手をじっとにらんでやると、相手はわたしの腕《うで》を放した。

「ぼくはカールの家畜小屋《かちくごや》に火をつけてなんかいない。その話を聞きつけたときには、もう手《て》遅《おく》れでとめられなかったんだ。だれがやったのかはきかないでくれ」降参《こうさん》だというように、両手をぱっとあげた。「だが、きみの家畜小屋《かちくごや》からは、燃えている藁《わら》の束をひきずりだせた。燃えうつるまえにね」

「なんですって？」彼《かれ》はわたしの家畜小屋《かちくごや》が燃えないよう、救ってくれた？

「それにエブガードの件。あれは自分でもまずかったと認《みと》める。抑《おさ》えがきかなくなったんだ」首を横にふり、それから悪態《あくたい》をついた。「ぼくらはこの国を支えなきゃいけないと、法律《ほうりつ》が定めている。いまは戦争中なんだ。だから、エブガードのように自分の義務を怠《なま》けているやつがいたら――」

「よくもそんなことが言えるわね」わたしはぴしゃりと言った。「義務を怠《なま》ける？　そういうあなたはどうなのよ？　こうしてあなたが無事でいるあいだ、エルマーや――それに――」この男を相手にチャーリーの名前を出す気はなかった。「数え切れない人たちが、戦いに行くのよ」

トラフトは、まるでむちで打たれたかのような反応をした。「きみの言うとおりだ。みんなそう思ってる。ぼくは自分のほんとうの義務を怠《おこた》っていると」ひたいをこする。「ぼくはほかの人間のように徴兵《ちょうへい》されるのを待ってはいなかった。志願した」

「それじゃあ、どうしてまだここに？」

「同じことを、ぼくも何度考えたかわからない」そう言うと手を地面にのばして、わたしのかごから飛びださせたプラムを拾った。「しばらくして理由がわかった。ぼくが郡国防会議のメンバーに任命されるよう、うちの母親が州知事に頼《たの》んだんだ。徴兵委員会《ちょうへいいいんかい》はそれが、ぼくの義務だと言った」手のひらの上でプラムを転がしていたかと思うと、いきなりふりかぶって夜空の高みに放《ほう》りなげた。

トラフトの顔に浮《う》かんだ表情は、わたしにはなじみがありすぎた。アイビーおばさんといっしょに暮《く》らしているときに、自分の顔にそれと同じ表情が何度浮《う》かんだかわからない。手ごわいキルトの最後のピースが、ようやく縫《ぬ》いあがったような気分だった。この人は怒《おこ》っているのだ。そう、自分の母親に対して。けれどもそれ以上に、人生の主導権《しゅどうけん》を人にあずけている自分に怒《いか》りを抱《いだ》いているにちがいない。わたしの胸《むね》に、ある思いが自然にわきあがってきた——その気持ちはよくわかる、と。トラフトとわたしは同じ思いを抱《いだ》いていた。ここへやってくるまえ、わたしもまた、自分の人生の主導権《しゅどうけん》をにぎっていたとは言えなかった。

そう考えたら、許す気になった。彼《かれ》の内側にある苦い思いが、卑劣《ひれつ》な行為《こうい》にむかわせたのだと、そう思わざるをえなかった。

「ごめんなさい」わたしは言った。「あなたもたいへんなのね」〝最も小さい者たちのひとりに、これをしてやりなさい〟と、聖書《せいしょ》は教えている。こんなふうに言ってあげることで、天国での幸せな暮《く》らしを約束する王冠《おうかん》のダイヤが、ひとつ増えるような気がした。

トラフトがわたしにむきなおった。「これでわかっただろう、どうしてぼくがきみの土地を必要としているか」

「えっ？」王冠《おうかん》がずり落ちた。「いいえ、そうじゃなくて、あなたのたいへんさはわかったと言っただけで、べつに――」

「いつも手紙を書き送っている、そいつのためか？」トラフトの視線《しせん》がわたしを貫《つらぬ》く。「その男のために、きみはこの土地を手に入れようとがんばっているのか？」

「チャーリー？」会話が、マティのワンピースにくっついているリックラック〔服などの縁飾《ふちかざ》りにつかうジグザグ型の平ひも〕のように、ぐにぐにとねじ曲がっていく。「ねえトラフト、わたしの家畜小屋《かちくごや》を救ってくれたことには感謝するわ。それに、カールの小屋を救おうとしてくれたことにも。それでもうこの話はおしまいよ」

「売らないって言うのかい？」もうすっかり暗くなっていて、顔もはっきり見えなかったが、声の調子から、かろうじて怒《いか》りを抑《おさ》えているらしいのがわかった。

不思議なことに、この瞬間《しゅんかん》、アイビーおばさんの声が聞こえてきた――「きちんとした娘《むすめ》なら、相手の申し出を受けるまえに、少なくとも二度は、お断りをするものですよ」いつだったか、そんなことを言われたことがあった。おばさんはもちろん、結婚《けっこん》の申し出について言っているのだが、とにかくこのアドバイスにしたがうことにする。

「お断りするわ」わたしの土地を買いたいという申し出を、これで二度断ったことになる。

「おやすみなさい、トラフト」できるかぎりの誇《ほこ》りを呼《よ》びおこして、ガタのきた階段《かいだん》をずんずんあがっていく。ドアをあけてふりかえったとき、すでに相手はトラブルにまたがり、大きな馬の方向をぐるりと変えていた。そしてわたしの中庭から稲妻《いなずま》のように駆《か》けていった。

その夜、わたしが耳にした雷鳴《らいめい》は、それで終わりではなかった。空がぱっくり割《わ》れて、雨が――恵《めぐ》みの雨が――からからに乾《かわ》いた大平原をうるおしていった。

屋根を打つ雨音を聴《き》きながら腰《こし》をおろし、七月分の〝田舎《いなか》だより〟の結びを書いた。

わたしのおじさんの英雄《えいゆう》、エイブラハム・リンカーンはまぎれもなく、独立の究極の象徴《しょうちょう》です。リンカーンにまつわる話のなかで、わたしが最も好きなのは、選挙で選ばれたあと、自分につらくあたった手ごわい敵の何人かを自分の内閣《ないかく》に入れたというものです。それはつまり、最大の自由は許しのなかにこそ見つかるということを表しているように思えます。自由というもののひとつの要素として、おたがいを許しあうように敵を許すことを加えたらどうでしょう。

一九一八年六月十五日
フランスのどこか

ハティへ

最近よくきみのことを考える。そういえばあんなふうに笑っていたとか、ボールを投げるまえに、よく風車のように腕《うで》をぐるぐるまわしてふりかぶってたとか、ひたいにかかっている髪《かみ》にふうと息を吹《ふ》きかけてた、なんてことをね。男っていうのは、こういう愉快《ゆかい》なことを考える時間が必要なんだよ。

ここに来たばかりのころは戦争で勝ちをあげて、すぐに家に帰れるものと思っていた。ところがいまとなっては、この泥《どろ》と寒さとみじめさのなかから永遠に出られない気がしている。

きみとしては、昔の友だちには、いつもにこにこ笑っていてほしいだろう、でも今朝、一番の親友が亡《な》くなったんだ。ぼくはやつから二十ヤードも離《はな》れていないところにいた。長いこと軍事教練を受けてきたけれど、死のにおいについては一度も教わらなかった。

ここに来てはじめて、家に帰れるかどうか、あまり自信がなくなってきた。どんなことにも、これでいいという自信が持てなくなっている。ドイツ野郎《やろう》を殺しに行くんだからなと、ぼくはいつも自慢《じまん》していた。人を殺すということは、少しも自慢《じまん》するようなことじゃない。まったくそうじゃない。

きみの、チャーリーより

19　白い死神

一九一八年八月
アーリントン・ニュース～モンタナの田舎《いなか》だより～
種から育てたものの収穫《しゅうかく》

いまではもう、州の農業大学で穀物《こくもつ》の刈《か》りとりと脱穀《だっこく》の手本を見せることだってできそうです。プラグは友だちのジョーイとスター、それにウェイン・ロビンズの馬、セージといっしょにチームを組みました。四頭は刈《か》りとり機《き》の結束機につながれたあと（職人さんたちの手にかかると、これはじつに簡単《かんたん》でした）、わたしの小麦畑に入っていきました。亜麻《あま》のほうはすでに刈《か》りとりがすんでいます。亜麻《あま》を刈《か》るのはずいぶんつらいことでした。何しろわたしのほうでは、自分の小さな海をあきらめる心の準備がまだできていなかったのですから。何エーカーにもわたって一面に咲《さ》き乱《みだ》れる、海の青そっくりの花が八月の風にそよぐさまといったら、まさに大海そのものです。
いまは馬たちが刈《か》って集めた刈《か》り束《たば》が、小麦畑のなかに並《なら》んでいます。回転するリールが麦を押《お》しやり、切りとるべき茎《くき》の部分を鎌《かま》に食いこませながら、次々と刈《か》っていきます。いったい結束機のなかでどんな魔法《まほう》がつかわれているのかわかりませんが、最終的に出てきたときには、しっかり束に結ばれています。この刈《か》り束《たば》――わたしたち農家のあいだではそう呼《よ》ばれます――は乾燥《かんそう》させるために、切り口を上にむけて立たせておくのです。生まれてはじめての結束が終わった日は、ちょっとした王様気どりで、自分の王国をほんとうに満足げにながめました。数週間もすると、近所の人たち総出で、わたしの麦の脱穀《だっこく》を手伝ってくれることになっています。わたしの麦。いったいぜんたい、これ以上に愛《いと》しい言葉があるでしょうか？　長いこと農業をやってきた人は、こんなに興奮《こうふん》しているわたしを笑い飛ばすことでしょう。そういう人には、あなたの最初の収穫《しゅうかく》のときのことをふりかえってみてくださいとお願いします。きっとわたしと同じ気持ちだったことを思いだすでしょう。

八月の最初の数週間に雨が降《ふ》って、あらゆるものが息を吹《ふ》きかえした。それから天候はまえよりさらに暑くなった。カールとウェイン・ロビンズのおかげで、わたしの畑の刈《か》りとりは数日まえに終わっていた。こちらが手伝ってもらったように、わたしもふたりの手伝いをして数週間が過ぎ、そのあいだにも、わたしの畑に誇《ほこ》らしげに立つ刈《か》り束《たば》の乾燥《かんそう》が進んでいった。

この天候は小麦にとってはいいかもしれないが、それ以外のものにとってはいらいらのタネでしかなかった。あのしっかりもののプラグでさえ、ロビンズの畑の手伝いに駆《か》りだされるのを尻《しり》ごみしたぐらいだ。

その夜、夕食は簡単《かんたん》にすませようと家のなかに入り、皿を一枚《まい》テーブルの上に置いたまま、料理しないでも食べられるものがないか考えていた。そうして食べられそうなものをあさっていたわずか数分のうちに、皿はさわれないほどに熱くなっていた。

食べおえたあとで、ホルトおじさんに書きかけていた手紙をとりだし、最後まで書きあげようと玄関《げんかん》まえの階段《かいだん》に腰《こし》をおろした。ヒゲちゃんは戸口から半分体を出して長く寝《ね》そべり、外の空気ですずんでいた。わたしが手を下にのばしてお腹《なか》をかいてやっても、まったく動こうとしない。わたしは手紙のつづきを書いていく。

この天候だと、わたしの麦はあと二週間もすれば脱穀《だっこく》ができると、カールが言っています。トウモロコシを栽培《さいばい》しないでよかったとつくづく思います——だってこの暑さに畑に植わったままはじけていたでしょうから！

前方に見える峡谷《きょうこく》でほこりが舞《ま》いあがった。だれかが馬に乗ってやってくる。おそらくウェインが狩《か》りから家にもどる途中《とちゅう》によってくれるのだろう。先週はキジオライイチョウを二羽《わ》持ってきてくれた。

ところが、わたしの視界《しかい》に入ってきたのはキジオライイチョウではなかった。やってきた馬はマーティン牧場の焼き印がおしてあった。馬の背《せ》に乗っているのは、トラフト・マーティンだった。

「馬に水をもらえないかな？」大きな声でわたしに言い、井戸《いど》の近くで馬をとめる。

「もちろんよ」馬にはなんの恨《うら》みもない。たとえ乗り手にどんな感情を抱《いだ》いていようと。

トラフトは井戸《いど》のポンプを動かして桶《おけ》に水をくんだ。「このへんは、何もかもからからに乾《かわ》いてるね」頭の上の帽子《ぼうし》をうしろへずらす。「完全にからっからだ」

「ああ、あれを心配してるのね」わたしもまったく同じことを心配して、夜も眠《ねむ》れずにいたのではなかったか？　ひとたび小麦が刈《か》られて束になって立つと、つねに火事の心配がつきまとう。

「もうすぐ脱穀《だっこく》をするのかい？」

「あと数日で」

トラフトはうなずいた。「グレンダイヴの収穫《しゅうかく》は、がっかりだったそうだ」

この話がどこへ進んでいくのか見えてきた。「グレンダイヴはグレンダイヴよ」

トラフトはしぶしぶ笑った。「ここはそうじゃないと」

わたしはうなずいた。

トラフトは手の甲《こう》でひたいをさっとふいて、帽子《ぼうし》をかぶりなおした。「まだ遅《おそ》くない」

「まだ遅《おそ》くない？」オウム返しに言った。「何が？」

「ぼくの提案」カップを井戸《いど》のそばにひっかけた。

「ほんとうに興味はないのよ」努めて平静な口調で言う。どうして何度もせっついてくるのだろう？「このまえ言ったとおりよ。あなたの提案を受けることはできないの」

「きみは最大のまちがいを犯《おか》すことになる」トラフトの緑の目がかげった。

わたしは相手の顔を負けずに見かえす。おどしに立ちむかうのは、これがはじめてじゃない。

「そうかもしれない。だけど自分で選んですることだから」

トラフトはトラブルの手綱《たづな》をぐいとひっぱった。「勝手にすればいい」それだけ言うと、中庭から走って出ていった。〝わたし〟の中庭から。

いまのところは。


トラフトがやってきた日から二日たって、カールと近隣《きんりん》の人数人がわたしの畑にやってきて脱穀《だっこく》を始めた。午前中はわたしも男たちといっしょに畑に出て働いた。それからリーフィーとペリリーがやってきて、お昼のごちそうをつくるのを手伝ってくれた。ペリリーのパイ――レーズンとチョークチェリーとプラム入り――が食べられるとわかっているから、みんなせっせと仕事に精を出しているような気がする。けれどもわたしのビスケットだって捨《す》てたものじゃない。カールはひとりで半ダースも食べた。

「あら、それはね、リーフィーがつくったバッファローベリーのおいしいジャムをのせるものが必要だからよ！」ペリリーがからかった。

子どもたちをそばで遊ばせながら、わたしたちは次々とよごれた皿の山を洗《あら》っていく。チェイスはうずうずしている。まだ八歳《さい》だけど脱穀《だっこく》の仕事だってじゅうぶん手伝えると、自分では思っているのだ。

「とんでもない」ペリリーは断固とした態度をとる。「ああいう機械は子どもの手におえるものじゃないんだから」それでチェイスは冷たい飲み物を畑に運んでいく仕事で、がまんしなければならなかった。陶器《とうき》の水差しに水を入れ、麻袋《あさぶくろ》で包んでから、ぬるくならないように刈《か》り束《たば》につっこんでおく。水差しをつっこんだ刈《か》り束《たば》には、作業中の人間がすぐに見つけられるよう、てっぺんに藁《わら》を斜《なな》めにかぶせておく。チェイスが、水を補充《ほじゅう》した水差しを持って外へ出ていったあと、わたしは脱穀機《だっこくき》のてっぺんにカールといっしょに立っている小さな人影《ひとかげ》を見つけた。そのことはペリリーにはだまっていた。

「次の山にとりかかるまえに、ひと休みしようか」ペリリーが腰《こし》をおろし、エプロンをぱたぱたやってあおぐ。「ロティがお腹《なか》をすかせているし」

「ううっ。オーブンのなかにいるみたい」わたしは三つのグラスにレモネードをそそいだ。

リーフィーは靴《くつ》と靴下《くつした》をぬいだ――わたしも同じことをした。

「婦人共済組合《ふじんきょうさいくみあい》って、どう思う？」ペリリーがきいて、両の眉《まゆ》をつりあげた。それから同じように靴《くつ》と靴下《くつした》をぬぎ、はだしの爪先《つまさき》を動かした。「だれも見ちゃいない。極楽《ごくらく》だわ」

わたしたちはだまってすわっていた。聞こえるのは、たまに鳴くダイシャクシギの声と、ロティがおっぱいを満足げに吸《す》う音だけだった。

「トラフト・マーティンが、このあいだ、そこの道を馬で通っていったよ」リーフィーが言った。

「ふーん、少なくとも今回はうちの柵《さく》には手をつけなかったらしいわね」とペリリー。ロティをもういっぽうの乳首《ちくび》に移す。

「このあいだ、うちにもよったの」わたしは冷たいグラスを首すじに転がした。「それも、単にあいさつによったってわけじゃないのよ」

「あんたの土地を買いたいって？」リーフィーが言った。「あいつ、ずうずうしくも、売ってくれないかって、しばらくあたしに言いよってきてたんだ」

わたしはうなずいた。「マーティン牧場を、サークルの牧場にも負けないぐらい大きなものにしたいんだって」

リーフィーが強く息をはいた。「あんた、やつになんて言ったの？」

わたしは両手をあげてみせた。熱ではれあがり、農作業と水仕事でひび割《わ》れている。「ここでの生活はすばらしすぎて、とても手放す気にはなれません」

ペリリーがケラケラ笑った。「またずいぶんと、すごいことを言うわね」

リーフィーの顔が真剣《しんけん》になった。「気をつけたほうがいい。あたしがノーと言うのとはわけがちがうよ。あいつはあたしにはちょっかいをかけない。だけど――」

「わかってる。わかってる」わたしは片手《かたて》をあげてリーフィーの言葉を制した。怒《おこ》ったトラフトが何をするか、すでに頭のなかで始まっている想像をこれ以上ふくらませたくなかった。

「なんとか十一月まで、しがみついてるわ」

「この土地にしがみつくには、助けが必要よ」ペリリーが言った。「なんでも言ってちょうだいね」

「こっちにも助けが必要になってきた」リーフィーが言い、首をのけぞらせた。「まずいね、空を見てごらん」

黒い雲がもくもくと大平原の上空に広がっていく。トラフトとの会話を思いだした。「あれはイナゴじゃないわよね？」喉《のど》もとがドクドクと脈打ってきた。

「イナゴじゃないが」リーフィーが勢いよく椅子《いす》から立ちあがった。

「雨！」ペリリーもぴょんと立ちあがった。「片《かた》っぱしから家のなかに入れたほうがいい。マティ！」ペリリーはエプロンをふった。「ファーンを連れて、すぐなかにお入り」

何もかも―― チェイスをのぞいて子どもたちもすべて―― なかに入れたとき、ちょうど空が割《わ》れた。

「雨じゃない」わたしはひとつしかない窓《まど》におでこをくっつけた。みんなの湿《しめ》った体で、まるで洗濯《せんたく》の日のように、部屋のなかに蒸気《じょうき》が立っている。

「ちきしょう！」リーフィーが片手《かたて》で自分の胸《むね》をたたいた。「雹《ひょう》だよ」

かたい豆粒《まめつぶ》のようだったものが、みるみる卵大《たまごだい》の石になった。

「チェイス！」ペリリーがドアに走っていって乱暴《らんぼう》にあけ、息子《むすこ》の名前をさけぶ。

「だいじょうぶだって」リーフィーがペリリーをひきもどす。「カールたちが、避難場所《ひなんばしょ》を見つけてるよ。何がなんでもカールはあの子を守るって」

空がわたしの畑に次から次へ雹《ひょう》を投げつけてくる。むきになったピッチャーのように、次から次へ速球を投げ、わたしを徹底的《てっていてき》に打ちのめそうとしている。刈《か》った亜麻《あま》が、乾《かわ》かすためにきちんと列に並《なら》べてあったそれが、真っ先にやられた。それから小麦の束が地面になぎたおされた。まるで巨人《きょじん》がそこらじゅうを踏《ふ》みつけていくようだった。わたしの夢のすべてが踏《ふ》みつけられていく。わたしは見ているしかなく、胸《むね》が張《は》り裂《さ》けそうだった。永遠とも思えるような時が過ぎたころ、屋根をたたく音がゆるやかになった。

「収《おさ》まったみたいだ」とリーフィー。

ドアが勢いよくあいた。カール、ウェイン・ロビンズ、チェイスが飛びこんできた。

「カール！」ペリリーが駆《か》けよった。血がひたいを流れている。

「くそいまいましい。オレンジぐらい大きいのが落ちてきた」ウェインが言った。「それも石炭みたいなかたさだ」

ペリリーがカールの手当てをしているあいだ、わたしはお茶をいれにかかった。「甘《あま》くておいしいわよ」そう言って、ふるえるチェイスにマグカップを渡《わた》す。「これを飲めばあったまるわ」わたしは目を閉《と》じた。お茶がふるえる少年を温めてくれる。でもわたしは何に助けを求めればよいのだろう？

チェイスはふるえながらお茶をすすった。「カールがぼくをトラクターの下に入れてくれたんだ。カールとウェインは腕《うで》だけで頭を守るしかなかった」

みんなのあいだに沈黙《ちんもく》が広がる。ついさっきまで聞こえていた雹《ひょう》のたたきつける音と同じぐらい、圧倒《あっとう》される静けさだった。ひらいたドア口からのぞいている外に目をやる。野菜を植えた庭がめちゃめちゃになっていた。鶏小屋《にわとりごや》の屋根の一部は、井戸《いど》のポンプにたたきつけられていた。アルバートと雌鶏《めんどり》たちは鶏小屋《にわとりごや》の屋根の下で身をよせあっているが、依然《いぜん》として元気だった。大事に育ててきたヒマワリの茎《くき》はまっぷたつに折れ、黄色い花びらが土の地面にたたきつけられていた。

自分にむちを打つようにしてドアの外に出ていき、畑にむかった。ウェイン・ロビンズがあとからついてきて、首を横にふる。

「白い死神って、おれのオヤジが呼《よ》んでたよ」破壊《はかい》のあとを見ながら、ウェインが言った。

「亜麻《あま》はもうだめだ、ハティ。だが小麦のほうはいくらか救える」ウェインの声が尻《しり》すぼみになった。まるで自分に言いきかせているかのようだった。「えさとして売れる」

「えさ?」何か月ものあいだ、収穫《しゅうかく》と収益《しゅうえき》について計算をしてきたが、小麦は穀類《こくるい》の価格で製粉業者に売るものと考えていた。それがまさか、農家に家畜《かちく》のえさとして売ることになるとは。

「あんただけじゃない、ハティ」ウェインは、わたしをなぐさめるためにそう言ったのだろう。だがそれを聞いて、わたしのほうはさらに心配が募《つの》った。この雹《ひょう》で、どれだけ多くの畑が壊滅《かいめつ》したのだろう? せめて、まだつかえそうな小麦をなんとかしようと思う農家は、山ほどいるにちがいない。逆に家畜《かちく》のえさを買う必要のある農家はどれだけいるのだろう? 売る側より少ないのは確実だ。涙《なみだ》が目をちくちく刺《さ》してくるものの、それを流すわけにはいかなかった。泣いたからといってどうなるだろう?

元気を出し、救えるものを救おうとみんなで立ちあがった。カールは干《ほ》し藁用《わらよう》の荷馬車を出した。それをジョーイ、スター、セージ、プラグが、荒《あ》れ果《は》てた畑のなかを黙々《もくもく》とひっぱっていく。小麦畑の小さな一画が雹《ひょう》の被害《ひがい》を免《まぬが》れていた。わたしの土地のかぎ形に曲がった部分だ。そこにある刈《か》り束《たば》を、ウェイン、チェイス、わたしの三人で、熊手《くまで》をつかって荷馬車に積みこんだ。リーフィーはしんぼう強くわずかな刈《か》り束《たば》を脱穀機《だっこくき》に入れていく。わたしのほうでは、脱穀《だっこく》した麦をつめるために大量の麻袋《あさぶくろ》を用意してあった。ふつうなら、脱穀機《だっこくき》から出てくる麦を麻袋《あさぶくろ》に入れ、袋《ふくろ》の口をきっちり七目で縫《ぬ》いとめる作業には、男が三人いないと間に合わないとカールは言っていた。けれども今日は、白い死神のおかげで、ウェイン・ロビンズひとりで間に合った。

あとで、このことについてチャーリーに手紙を書いた。

今日の終わりに隣人《りんじん》たちにお礼を言いながら、まるで自分が葬儀《そうぎ》の場にいるような気がしていました。ある意味、たしかにそうなのです。ひとつの夢の葬儀《そうぎ》。何か月にもわたる労働の成果が数分でなきものにされる、どうしてそんなことになるのでしょう？

手紙を書きおえたところで、元帳をとりだして、今月のページをひらく。このあいだトラフトに対して、ずいぶん生意気なことを言った。あのときは、収穫《しゅうかく》の希望が胸《むね》にあった。それがいま、悩《なや》みに悩《なや》んで、数字をいじくりまわしている。どんなふうに計算してみても、返せない借金が残ってしまう。「アーリントン・ニュース」から入るお金を見こんでも赤字になるのは確実だった。結束機を借りた代金はどうやって支払《しはら》う？　脱穀機《だっこくき》は？　ネフツカーさんの借用書は？　それに種は？　目もあてられない無惨《むざん》な状況《じょうきょう》で、唯一《ゆいいつ》明るい事柄《ことがら》は、「ふつうの状況《じょうきょう》にある農家」ではなくなったので、戦争貯蓄《せんそうちょちく》切手を百ドル分買って寄付しなくていいことだ。しかしそれを考えたところでほっとできるわけもなく、自分が情けなくなるばかりだった。

自分にお茶を一杯《ぱい》いれる。わたしが打ちのめされているのを感じとったのか、ヒゲちゃんがひざにぴょんとのってきて、ゴロゴロ喉《のど》を鳴らして、なぐさめ、励《はげ》ましてくる。

「何か方法があるはずよ」わたしはもう一度最初から計算をしなおした。

「トラフトに頼《たよ》る方法以外に」そう言ってヒゲちゃんの耳のうしろをかいてやる。祈《いの》りをささげた。それからもう一度数字を足してみる。また祈《いの》りをささげた。何も答えは返ってこなかった。

何もかも投げだして、ワーワー泣きだしたかった。やらなければいけないことがたくさんあった——あわれな小さな庭を生きかえらせ、鶏小屋《にわとりごや》を掃除《そうじ》し、鍋《なべ》に豆を入れて夕食用にコトコト煮《に》る。家畜小屋《かちくごや》の掃除《そうじ》をしていると、チェスターおじさんのトランクが目に入った。熊《くま》手《で》を置き、そのまえにひざまずいて、正面に彫《ほ》られたイニシャルをなでた。上体を乗りだしてトランクに頭をのせ、頬《ほお》をくっつけた。なぐさめてほしかった。チェスターおじさんはわたしの力を信じていた。わたしも自分ならできると思っていた。

「どうすればいいか教えて」留《と》め金《がね》をがちゃがちゃはずす。「トラフトに売るなんて、わたしの心は——おじさんの心も——耐《た》えられない」涙《なみだ》をふいて背《せ》すじをのばし、トランクをあけた。きっとこれまで中身をあらためたときに見逃《みのが》していたものがあるはずだ。こういうときのためにと、内張りの下にお金をいくらか隠《かく》してあるにちがいない。おじさんは自分のことを〝やくざ者〟といってなかった？　やくざ者というのだから、人に言えないような方法で手に入れたお金をどこかに隠《かく》しているはずでは？

今回はトランクの隅々《すみずみ》まで、ていねいに見る。入っているものをひとつひとつとりだして、自分の横に置いていく。すべて出しおわると、今度は内張りを手でなでて調べていく。何か手にあたる感じがあれば、押《お》すなり引くなりして、秘密《ひみつ》の仕切りがひらくかもしれない。秘密《ひみつ》の仕切りも、隠《かく》し金《がね》も、何もなかった。

そんな期待を持つこと自体ばかげているとわかっていたが、とことん追いつめられると、人はどんなに望《のぞ》み薄《うす》なことにもすがりつきたくなる。ていねいに中身をトランクにもどしていく。『モヒカン族の最後』の古びた一冊《さつ》をなかに収《おさ》めようと手にとったとき、ページのあいだから何かがはみだしているのに気づいた。ぱっとそのページをひらく。

「あっ！」しゃがんでいたかっこうで思わずのけぞり、両手のなかにある写真をじっと見る。お母さんとお父さんの写真だった。お母さんはひざに赤んぼうを抱《だ》っこしている――わたしだ。もうひとり、男の人がお母さんのうしろに立っている。だれだろうと思い、写真をひっくりかえしてみる。キャスリーン、レイモンド、赤んぼうのハティといっしょに。一九〇二年一月。三か月の赤んぼうの顔を、まじまじと見る。すごくかわいい。とてもうれしそう。その顔はまさに希望にあふれていた。

それから両親の顔を見つめる。お母さんがわたしに歌ってくれた声が聞こえてきそうだった。お父さんのあごひげがわたしのほっぺたをくすぐる感触《かんしょく》までする。写真を唇《くちびる》に押《お》しあて、そのまましばらくのあいだじっとしていた。

それから、もうひとりの男の人を見た。写真の裏《うら》に書かれた文字は、文字どうしがぎゅっとくっついて斜《なな》めにかしいだ、おじさんの筆跡《ひっせき》だった。この人がチェスターおじさん。

おじさんの顔をじっくり見る。がっかりした表情がわずかでもある？　とがめてる？　おじさんの顔には、見ているだけで元気が出るあったかい表情が浮《う》かんでいるばかりだった。「いいんだ、いいんだ」と、そう言っているようにさえ思える。写真を本のあいだに大事にしまう。残りのものも、全部トランクにもどし、ふたを閉《し》め、留《と》め金《がね》をとめた。

「ありがとう、チェスターおじさん」そっとささやいた。今日写真が見つかったのは、わたしにとって一番つらい日に見つかったのは、おじさんからの、もうひとつのプレゼントだった。

おじさんはこの写真を通じて、わたしにどうしろと教えているのだろう。それを知りたいというのが、いまのわたしの、たったひとつの願いだった。

20 年齢《ねんれい》

一九一八年九月
アーリントン・ニュース〜モンタナの田舎《いなか》だより〜

年齢《ねんれい》の問題

年齢《ねんれい》っていったいなんでしょう。男性は十八歳《さい》にならないと軍に入隊できず、選挙権《せんきょけん》は二十一歳《さい》にならないともらえない。女性は二十四歳《さい》にもなるとオールドミスと見なされます。この大平原で暮《く》らしていると、年齢《ねんれい》は、その人の知的能力や身体的能力とはほとんど関係ないのだとつくづく思います。ある隣人《りんじん》は、自分のことを〝老雌鶏《ろうめんどり》〟などと呼《よ》んでいますが、馬の調教技術を買われて、舞踏会《ぶとうかい》にはじめて参加する若《わか》い女性のように、どこからもひっぱりだこです。雄鶏《おんどり》ジムは、自称《じしょう》六十歳弱《さいじゃく》ですが、ふつうの若《わか》い男でも、すぐベッドに倒《たお》れこむようなきつい労働を平気でしています。子どもたちだってすごいのです！　十二歳《さい》の女の子が荷馬車を操《あやつ》り、十六歳《さい》の男の子が、東部へ働きに出た父親のかわりに農場の管理を任されるのですから。わたし自身も、まだ九歳《さい》にもならない男の子を先生にして、いろいろ教えてもらっています。チェイスというこの少年がもしいなかったら、入植した翌日《よくじつ》でさえ、うまく乗り切れなかったことでしょう。誕生日《たんじょうび》のケーキに、ろうそくが一本足りないというだけで、人を正しく評価しないのは不公平な気がします。

郡内の——いや国内の——女性はみな、おそらく九月十一日の夜を、わたしと同じように眠《ねむ》れずに過ごしていたことだろう。とうとう眠《ねむ》るのをあきらめて、コーヒーをいれる。朝の仕事をするには時間が早すぎるので、階段《かいだん》に腰《こし》をおろし、コーヒーをブラックで飲みながら、空がうっすらピンク色に染《そ》まっていくのをながめる。

あと数時間後、午前七時には登録の日がスタートする。戦場に送る兵士を決める、第三次徴《ちょう》兵《へい》だ。ウィルソン大統領は、十八歳《さい》から四十五歳《さい》までの男八千万人に対して、兵籍《へいせき》に入ることを呼《よ》びかけている。「始めたことを終わらせよう」と「ウルフ・ポイント・ヘラルド」がでかでかと喧伝《けんでん》していた。コーヒーを飲みながら、メイベル・レンのことを考える。エルマーはすでに登録をすませている。奥《おく》さんと六人の子どもと、あの大きな農場を残して戦場に行ってしまうのだろうか？　刈《か》り入《い》れがすんでいるのがせめてもの救いだ。

ミセス・マーティンは日曜日、入隊する人々のために祈《いの》りましょうと、みんなに呼《よ》びかけていた。どうやらトラフトを自分のもとに置いておくのは、もう無理になってきたらしい。きっと彼《かれ》は真っ先に志願したことだろう。

頭のなかに、ヴァイダの町で徴兵《ちょうへい》される可能性のある男の人たちの顔が次々に浮《う》かぶ。その人たちひとりひとりの名前を呼《よ》んで、祈《いの》りをささげる。徴兵《ちょうへい》された人全員が、自分の家と家族のもとに帰れますように。チャーリーから、つい最近届《とど》いた手紙のことを思う。軽い調子で書いてあったものの、そこに書かれている話は、いっそう心配を募《つの》らせるものだった。

今日はいつもとちょっとちがう任務についた。くわしく言うと、標的を守備すること だ。その標的にむかって飛行機が射撃《しゃげき》練習をする。イギリスから来た仲間が、歩哨《ほしょう》に立つのははじめてかときいてきた。そうだと言うと、「心配するな。標的のまんなかが一番安全なんだから」と言われた。わかるだろう、やつはパイロットの射撃《しゃげき》の腕《うで》をあまり高く評価してないんだ!

手紙の最後には星が十五個描《えが》かれていた。つまりは、十五人の仲間が死んだということだ。自分のなかの割《わ》り切《き》れない気持ちを、「アーリントン・ニュース」に送る最新号の記事として書き送った。ところがミスター・ミルトンバーガーはそれをこちらへ送りかえしてきた。「うちの読者が求めるのは入植生活の話であって、哲学《てつがく》じゃない」と書きそえて。それでわたしは、収穫《しゅうかく》とその苦労について手早く書いて送っておいた。小切手が届《とど》いたところを見ると、一応あれで通ったらしい。

ドア枠《わく》によりかかる。ひと晩寝《ばんね》なかっただけでもこんなにぐったりするなら、チャーリーやほかの兵士たちはどうなるだろう？　まんじりともせずに眠《ねむ》ることのできない夜を幾晩《いくばん》も経験しているにちがいない。

のぼりだそうとする太陽が、空に濃《こ》いピンク色の指を何本ものばしていく。バラ色から赤、紫《むらさき》、青と、みるみる色を変えていく空には、こんなときでも目を奪《うば》われずにはいられない。刻々《こくこく》と変化するはてしない空に、一羽《わ》のワシがくっきり映《うつ》った。大きな翼《つばさ》を力強く広げ、大平原の上空にゆるやかな弧《こ》を描《えが》いている。ワシがとつぜん急降下《きゅうこうか》を始め、大地まで一直線におりていった。それからまたさっと飛びあがった。何か――ダイシャクシギ？――がかぎ爪《づめ》に捕《と》らえられている。ワシは狩《か》りの成功を甲高《かんだか》い声で知らせながら、遠くの丘《おか》へ飛び去っていった。目を凝《こ》らしてじっと追いかけていたが、やがてのぼる朝日のなかに消えてしまった。日曜学校で教わった詩節が頭に浮《う》かんだ。

「主を待ち望む者は新しく力を得、鷲《わし》のように翼《つばさ》をかってのぼることができる。走っても弱らず、歩いても疲《つか》れない」わたしは立ちあがった。たとえ、弱って疲《つか》れていても、わたしには依《い》然《ぜん》として、外に出して草を食べさせないといけない馬がいるし、朝の仕事があった。そしてそれを鷲《わし》の翼《つばさ》ではなく、二本の足で立ってやらねばならないのだ。

サヤインゲンの支柱を立てなおしていると、馬に乗ってだれかがやってくる音が聞こえた。

顔をあげ、草の汁《しる》のついた右手で目もとの日差しをさえぎった。雄鶏《おんどり》ジムだった。

「いらっしゃい、なかでコーヒーを飲んでちょうだい」わたしは鍬《くわ》を置き、アッシュに乗って庭に入ってきたジムのほうへ行く。

ようすがいつもとちがう。いったいどうしたのだろう。「いや、遊びに来たんじゃないんだ、ハティ」アッシュから飛びおり、いつになく時間をかけて草原のほこりをズボンから払《はら》っている。

「何かまずいことでも？　ペリリーがどうかしたの？」わたしはよごれたエプロンで両手をふいた。「赤んぼう？」

「いやいや、みんなだいじょうぶだ」アッシュの手綱《たづな》を鞍《くら》がしらに巻《ま》きつけた。つやつやした灰色《はいいろ》の毛をした馬は、タマネギ畑を乗っとって生えてきたクローバーをちびちびかじっている。

「ミスター・エブガードに、あんたに伝えてくれって頼《たの》まれたことがあるんだが」

わたしはジムに迫《せま》っていく。「だから何。さっさと言ってちょうだい」

ジムは帽子《ぼうし》をさっとぬいだ。「マーティンのことだ」両手で帽子《ぼうし》のつばをいじくりまわしている。「やつが、あんたの土地所有権《とちしょゆうけん》に異論《いろん》を唱えてきたんだ」

「えっ？」わたしは強く息をはいた。「意味がわからない。どういうこと？」

「たまにあることなんだが。数か月まえにも、カウ・クリークに住むリサ・エドワーズが、土《と》地所有権《ちしょゆうけん》について、ある隣人《りんじん》から異論《いろん》を唱えられた。リサは実際そこに住んでいない、だから、自身が居住すべしという要件を満たしていないって」

「でもわたしはここに住んでる」思わず早口になった。「ここに来たときからずっと」

「うんそうだ、だがトラフトが異論《いろん》を唱えているのは、そのことじゃないんだ」ジムは頭をひょいっと落として自分の爪先《つまさき》に話しかける。「あんたの歳《とし》」

胸《むね》からわいた怒《いか》りが首すじを通って頭のてっぺんまでのぼっていった。「歳《とし》？」

ジムが顔をあげた。「ああ、土地の所有権《しょゆうけん》を申請《しんせい》するには二十一歳《さい》以上の世帯主じゃないとだめなんだ」

「だけど申請《しんせい》はチェスターおじさんが――」

「トラフトが言うには、まだ正式に自分のものになっていないものを人に相続させる権利《けんり》はないって」

「ほんとうにそうなの？」わたしはひたいをごしごしこすった。「わたしが相続できないっていうのは？」

ジムは咳《せき》ばらいをした。「厳密《げんみつ》に解釈《かいしゃく》すれば、たぶん」

頭がくらくらして失神しそうだった。「だけど、どうしてトラフトが？」わざわざジムにきくまでもない。答えは自分でわかっている。トラフトはわたしみたいな入植者に、牧場の境界にいすわられては、牧場をどんどん大きくすることはできないからだ。おそらくわたしが最初に断った日から、この手を考えていたのだろう。ああ、どうしてあんなに自信たっぷりに生意気な言い方をしてしまったんだろう？　もう少しやんわりと言っていれば……。

「どうすればいい？」

「それでオレがやってきたというわけだ。ミスター・エブガードのところが一番近い土地管理事務所だったもんで、この話が持ってこられた。トラフトは本日中に裁定《さいてい》を下してくれと迫《せま》ったんだが、エブガードのほうで、あんたにも言いたいことを言う権利《けんり》があると言ったんだ」

チェスターおじさんの手紙の文句が頭に浮《う》かんだ。

「おまえはお母さんに似て、肝《きも》っ玉《たま》がすわっていると信じている」。その肝《きも》っ玉《たま》で、トラフトと対決できるだろうか？「それじゃあ、ウルフ・ポイントに行かなきゃならないのね？」

ジムがうなずく。

「いつ？」

「明日だ」

「だけどそれじゃあ時間が――」わたしは言いよどんだ。何をする時間？　五年の歳月《さいげつ》？　自分が十六歳《さい》だという事実は変えようがない。まもなく十七歳《さい》になるけれど。十月二十八日に。

「オレもついていこうか？」ジムがきいた。

そうしてほしい。ジムもカールもペリリーもリーフィーも。友人みんなについてきてほしい。またトラフトと対決できるほどの、気力の持ちあわせがなかった。しかし、友人たちが見守るなかで、自分が土地所有権《とちしょゆうけん》を失うのだと考えると、それも耐《た》えられなかった。トラフト・マーティンにひきわたすなんて！

「ありがとう。でもひとりで行くわ」

ジムは帰りぎわに、わたしの肩《かた》をぽんとたたいた。

「どういう結果になるにせよ、あんたは自分を誇《ほこ》りに思っていいんだ、ハティ。自信を持つんだ」

ベッドに入るときに、雄鶏《おんどり》ジムの言葉を考えた。自分を誇《ほこ》りに思ったら、何か事態が変わるだろうか？　だいたい、どこで誇《ほこ》りに思えばいいのだろう？　わたしにはもう我《わ》が家《や》と呼《よ》べる場所さえないのだ。


ドアの鈴《すず》がちりんと鳴るなか、ミスター・エブガードの事務所に入っていった。ミスター・エブガードはぱっと立ちあがって、わたしに椅子《いす》をあてがう。

「こんにちは、ミスター・エブガード」あごをつんと持ちあげる。そうすると涙《なみだ》がこぼれなくていい。

「今回のことはほんとうにすまないと思うよ、ハティ」机《つくえ》の上の書類をばさばさやりながら言う。「だが、これもわたしの仕事でね」

「わかっています」さらに高くあごを持ちあげる。「じゃあ、さっそく始めてくださいませんか？」

ミスター・エブガードがため息をついた。「そうだな」

また鈴《すず》が鳴った。トラフト・マーティンが肩《かた》をいからせて入ってきた。大げさに帽子《ぼうし》を持ちあげて、わたしにあいさつをする。「こんにちは、ミス・ブルックス」

わたしのほうは、そっけなくあごを動かすだけにした。

ミスター・エブガードは自分のうしろに手をのばし、ファイルの列をさぐりはじめたが、あまりに時間がかかっているので、しまいにトラフトがじれて、足をゆすりはじめた。「おいおい、エブガード。Bのファイルがそんなにたくさんありゃしないだろう」

それからしばらくして、ミスター・エブガードが一冊《さつ》のファイルをひっぱりだした。「わたしの書いた覚え書きを見直しさせてほしい」

トラフトがあいた椅子《いす》にどすんと腰《こし》をおろした。

「何を見直すんだ？」親指をわたしにぐいとむける。「彼女《かのじょ》は二十一歳《さい》になっていない。まぎれもない事実だ。自分であちこちにそう言ってるんだから」

わたしは何か言おうと口をあけたが、そこへミスター・エブガードが割《わ》りこんできた。「きみの誕生日《たんじょうび》はいつだね、ミス・ブルックス？」

「もうすぐです。十月の終わり。十月二十八日です」

「ふーむ」ミスター・エブガードが何かささっと書きつけた。

「よし、それで彼女《かのじょ》にお祝いのケーキを焼いてやれるな」トラフトが椅子《いす》から身を乗りだした。

「ここで問題なのは誕生日《たんじょうび》じゃない。年齢《ねんれい》だ。彼女《かのじょ》にいくつかきいてみればいい」

「この審問《しんもん》の責任者はわたしだ」ミスター・エブガードが言った。「だから、どう進めるかは、わたしに任せるべきじゃないかね、ミスター・マーティン。さもないと、この審問《しんもん》を十月の二十九日に延期《えんき》しようと思うが」

わたしは思わず笑《え》みをこぼした。十月二十九日になっても、わたしの歳《とし》はまだ足りない。それでもミスター・エブガードが、なんとかうまい方向に話を持っていこうとしているのがわかった。

「さて、ミス・ブルックス。きみはどこで生まれたのか、教えてくれないかね？」

「おい、冗談《じょうだん》じゃない――」トラフトは自分の腿《もも》を手でぴしゃっとたたいた。

「生まれた場所は？」ミスター・エブガードは変わらず冷静な口調だ。「それと生まれた年は？」

「アイオワ州アーリントンで、一九〇一年の十月二十八日に生まれました」

「そら！」トラフトが目をつぶって計算する。「それなら十六歳《さい》だ。ぜんぜん歳《とし》が足りない」

「ご両親の名は？」ミスター・エブガードがたずねた。

「レイモンドとキャスリーン・ブルックスです」

ミスター・エブガードはうなずいて、メモをとった。

「でも、ふたりとももう生きていません」ブラウスにピンでとめてある母の腕時計《うでどけい》にふれる。

「おや？」ミスター・エブガードが何かまた書きつけた。「それじゃあ、きみの保護者は？」

わたしは下唇《したくちびる》を噛《か》んだ。「いないんです。つまり、いろんな人にひきとられてはいるんですが、正式な保護者というのはいないんです」

「保護者がいない？」ミスター・エブガードは書類の上にペンをかかげた。

「はい」

「同じ年ごろの娘《むすめ》さんたちとは、異《こと》なる育ち方をしたというのかね？」

「そんな茶飲み話みたいなことはやめて、さっさと本題を片《かた》づけてくれ！」

ミスター・エブガードはトラフトに片方《かたほう》の眉《まゆ》をつりあげてみせた。「そうやって育ってきて、どうだったかね？」

わたしはちょっと考えた。ミスター・エブガードの質問に、わたしまで首をかしげたくなってきた。いったいそういうことが、わたしの土地所有権《とちしょゆうけん》とどう関係してくるのだろう？「まあ、それはそれでよかったと思っています。つまり、ほかの女の子たちみたいに、うるさく世話を焼いてくる家族がいなかったので」たとえばミルドレッド・パウエルのように。ちょっと鼻風《はなか》邪《ぜ》でもひこうものなら、母親がベッドに寝《ね》かしつけて、手とり足とり世話をするのだ。「おかげで、ずいぶん早くから、自分のめんどうは自分でみられるようになった気がします」

「どれぐらい早くから？」

「どれぐらい？」わたしはひたいにしわをよせた。それからにんまりした。ミスター・エブガードがどこへ話を持っていこうとしているのか、はっきりわかったからだ。わたしも調子を合わせることにした。「ええと、五歳《さい》か、六歳《さい》かしら、おそらく」それから言い足す。「いえ、たしかに五、六歳《さい》だったと思います」

「エブガード！」トラフトはいまにも爆発《ばくはつ》しそうだった。

「五、六歳《さい》。ふーむ」ミスター・エブガードは書類に猛烈《もうれつ》な勢いでペンを走らせる。「これは非常におもしろい」さらに何か書いていく。わたしはちらっとトラフトに目をやる。紙巻《かみま》き煙草《たばこ》を巻《ま》いていて、はみだした煙草《たばこ》の葉をミスター・エブガードの事務所の床《ゆか》に落としている。煙草《たばこ》が巻《ま》きおわったところで、ミスター・エブガードがまたしゃべった。

「ミスター・マーティン」

トラフトは椅子《いす》の上で身を動かし、巻《ま》いた煙草《たばこ》をポケットのなかに落とすと、こちらにきざな笑いを浮《う》かべてみせた。

「ミスター・マーティン、法律《ほうりつ》では入植者が土地の所有権《しょゆうけん》を得るには、本人が成年でなければならないと――」

「ああ、十六歳《さい》じゃだめなんだ！」

「さらに、独り者の女性の場合、自分を世帯主として申請《しんせい》できるとも定めている。そこから推《すい》論《ろん》すると、この場合の成年というのは――」

「だからだめだと言ってるだろう！」トラフトが勢いよく立ちあがった。ミスター・エブガードがどういう結論《けつろん》に持っていこうとしているのか、彼《かれ》もわかったようだった。

「りっぱに独り立ちしている人間のことをさすのでしょう。つまり世帯主であることが、年齢《ねんれい》の定めより先に来ると、そう考えられますな。で、ミス・ブルックスの場合は、彼女《かのじょ》が自分で言ったように、十六歳《さい》というのは、もっと恵《めぐ》まれた状況下《じょうきょうか》で育てられた女性の二十一歳《さい》に相当するものと考えられる」ミスター・エブガードは最後にもう一度ペンを走らせた。「よって、この訴《うった》えは無効であると裁定《さいてい》します」

いますぐミスター・エブガードの首に飛びつきたい気分だった。うれしさのあまり、思いっきり首をしめて息ができなくなってしまうかもしれない。「わたしは所有権《しょゆうけん》を維持《いじ》できるのね！」

「いや、正確に言えば、これからもその達成にむけて働かなければならんということですな」ミスター・エブガードがにやっと笑った。

「エブガード、ばかなことは言わないでくれ」トラフトは顔を片手《かたて》でこすった。「郡国防会議がだまっちゃいないぞ。いいかい、彼女《かのじょ》はカール・ミュラーと家族のようにつきあってるんだぞ。それにレンの家にいるところも見たし――」

「それにミス・ブルックスは国に忠誠《ちゅうせい》をつくし、自由公債《じゆうこうさい》も戦争貯蓄《せんそうちょちく》切手も買っている」ミスター・エブガードがいつのまにか立ちあがっていた。「自分に多大な犠牲《ぎせい》を払《はら》ってだ。そういう人に対して何かしら訴《うった》えを起こそうとする場合、わたしなら細心の注意を払《はら》うと思うがね」

そう言って机《つくえ》からぐっと身を乗りだした。

このままではひと悶着起《もんちゃくお》こりそうだと思い、わたしはぱっと立ちあがった。「おたがい気持ちよくいきませんか、ミスター・マーティン？」わたしは握手《あくしゅ》の手をさしだした。トラフトはそこにつばでもはきかけそうだった。くるっとまわれ右をして、ドアの外へ飛びだしていった。ドアについたガラス窓《まど》がガタガタいって、それが静かになるまで、わたしは息をつめていた。

それからミスター・エブガードのほうへむきなおった。「なんて感謝したらいいのか」

「それを言うなら、わたしもだよ」ミスター・エブガードが言った。「これから家に帰って、必要なことをすませるんだな。そうしたら今度の十一月に、わたしからきみに、最終的な証書をあげることができる」

「あげる？」わたしはからかった。「三十七ドル七十五セントとひきかえに、ですよね？」

「きみから現金がもらえるなら、こちらも喜んで受けとって、きみの証書にわたしが署名《しょめい》をしてあげよう」そう言って帽子《ぼうし》に手をのばした。「きみに敬意《けいい》を表して、いっしょに昼食はいかがかな？　わたしがごちそうするよ」

ここに来るまでは、何ひとつ喉《のど》を通らなかったのに、急にお腹《なか》がすいてきた。「喜んで」ミスター・エブガードの腕《うで》に自分の腕《うで》を通し、ふたりでぶらぶら歩いてエリクソンホテルまで行き、そこで一番豪華《ごうか》なごちそうをいただいた。

21　スペイン風邪《かぜ》

一九一八年十月
アーリントン・ニュース〜モンタナの田舎《いなか》だより〜

第三の風

スペイン風邪《かぜ》の爆発的《ばくはつてき》な流行は、わたしたちの住む田舎《いなか》でも、新聞にのっている話題というだけではなくなりました。この疫病《えきびょう》に苦しむ大勢の人たちのために祈《いの》ってきましたが、正直に言うと、どれだけたいへんなことか、実感としてわかってはいませんでした。結局のところ、ボストン、サンフランシスコ、カンサスといった土地の被害者《ひがいしゃ》は、わたしの知らない人たちであり、犠牲者《ぎせいしゃ》が驚《おどろ》くべき数に達したと聞いても、あまりぴんとこなかったのです。

ところがパン屋さんも兼《か》ねているハンソン現金払《げんきんばら》い食料雑貨店のパン焼き職人、バラグさんがスペイン風邪《かぜ》で亡《な》くなったと知ったときには、胸《むね》がひどく痛《いた》みました。何百万人という人の災難《さいなん》よりも、身近にいるたったひとりの悲《ひ》劇《げき》が、胸《むね》に深い傷《きず》をつけるようです。

スペイン風邪《かぜ》の知らせを持ってきたのは、しょっちゅうウルフ・ポイントに出かける雄鶏《おんどり》ジムだった。「ひどいもんだ」とジムは言った。「ハンソンさんをはじめ、家族全員がかかったそうだ。エブガードの家も同じだよ」それから、ミセス・マーティンが娘《むすめ》のセアラのまくらもとにつきっきりで看病《かんびょう》してからもう三日になるということもわかった。

リーフィーは、ヤマヨモギの煎《せん》じ薬《ぐすり》を大量に煮出《にだ》すのに大わらわだった。「なんて味！」わたしはひと口飲んではきだした。

「体にきくものっていうのは、たいていそういうもんだよ」とリーフィー。大きな水差しに、にごった煎《せん》じ薬《ぐすり》を入れたものをわたしの台所のテーブルに置いた。

「これを一滴《てき》残らず飲むんだよ」きっぱりと言う。「新種の風邪《かぜ》のことは、あたしにはほとんどわからないけど、ヤマヨモギの煎《せん》じ薬《ぐすり》は、たいていの病気にきくからね」ふたりで夕食を食べたあと、リーフィーはペリリーの家に水差しに入れた煎《せん》じ薬《ぐすり》を届《とど》けに行った。

次の朝、とても早い時間に、ふたりのお客さんがやってきた。

「やあ、ハティ！」チェイスが大声で呼《よ》ぶ。「ぼくたち、これからどこへ行くと思う？」

「ニューヨーク？」

チェイスがケラケラ笑う。「もっといいとこだよ。カールにリッチーまで連れていってもらうんだ。トラクターの部品をとりに行くんだよ」幌馬車《ほろばしゃ》からぴょんと飛びおりて、ペリリーが持たしてくれたシュトルーデルをひとつよこした。「それにね、母さんにはないしょだけど、そこで食器棚《しょっきだな》も買うんだ」わたしに打ちあける。「カールがまえに町に行ったとき、いくらか頭金を払《はら》っているんだ」にこにこっとする。「これで母さんもやっと、ちゃんとした場所にナイフやフォークなんかをしまえる」

ふたりを見送ったあと、家の用事をすませ、それからペリリーや女の子たちといっしょに夕食を食べるためにミュラー家にむかった。しばらく、いまいっしょにつくっているキルトを縫《ぬ》う。「飛翔《ひしょう》するガチョウ」というパターンだ。わたしたちがこれまでつくったなかでも、すばらしいもののひとつに入る——来年のドーソン郡品評会に出そうと考えていた。

「目がぼやけてきちゃった」わたしは自分の糸をつかいきった。「今日はもうここまで。明日また来て縫《ぬ》えば完成できるわ」

ペリリーがあくびをした。「なんだかくたびれちゃった。あの興奮《こうふん》した男たちを送りだすので、エネルギーを全部つかいきっちゃったんだと思う」わたしはマティとファーンとロティにキスをしてから家に帰った。

翌朝《よくあさ》、どうしたことか、プラグがまったく言うことをきかなかった。思わず声に出してきいてみる。「いったい何に腹《はら》を立ててるの？」やっとのことでえさをあたえ、外に出してやった。

それでも仕事が全部片《かた》づいたのは昼食の時間が過ぎたころで、それからペリリーの家へむかった。空気のそこここに秋らしさを感じる。ちょっと寒気がした。夏のあいだには、ひんやりした風をあれほど待ち望んでいたのだ、ちょっと寒気を感じたぐらいで文句を言ったら申《もう》し訳《わけ》ない！

歩きながら、ずっとつくりたいと思っているキルトのことを考える。「新しいパターンをつくりたい」と、チャーリーへの手紙に書いていた。プロペラのキルトへのお礼を書いてくれたあとだった。「何かこれまでにない新しいものがいいと思ってるの。モンタナの風景をキルトに収《おさ》めたい」と。すでに染料店《せんりょうてん》で、やわらかな青に染《そ》めたシャンブレーの布地に目をつけてある。それを空にして、あとはまえからとってある茶色のギンガム地を大平原に見たてるつもりだった。なんと呼《よ》ぼうか？「モンタナの泥《どろ》」？　思わず笑《え》みがこぼれる。まだキルトづくりを始めたばかりのころの作品は、たしかにそんな名前が似合いそうだった。けれどもそれから、わたしの針運《はりはこ》びは上達し、色を見る目も鋭《するど》くなった。いまでは、兵士たちにつくって贈《おく》るパッチワークは、どんな色のとりあわせがいいかと、赤十字の女の人たちがこぞって相談に来るようにもなった。「ビッグ・スカイ・スター」がいいかしら？　すごくすてきな響《ひび》きだ。もっといい名前が浮《う》かんだ――「ハティーズ・ハートランド」また笑《え》みがこぼれる。これがいい。自分のひらめきをペリリーに早く伝えたくて、待ちきれなくなる。

ペリリーの家のそばの丘《おか》を歩きながら、大平原に目を走らせた。今日はどうも何かが変だった。それがなんだかわかるまでに、時間はかからなかった。ペリリーの家の煙突《えんとつ》から煙《けむり》があがっていないのだ。こんな気温の低い日に。産まれてまもない赤んぼうがいるのに。

わたしは飛ぶように丘《おか》を駆《か》けおりていった。

「ペリリー？　マティ？」ドアをドンドンたたく。「わたしよ」答えはなく、産まれたばかりの猫《ねこ》の鳴き声のように、ミューミューとかぼそい声が聞こえるばかりだ。錠《じょう》がかかっていないので、かけ金をはずし、なかに入った。

「なんてこと！」ひざから下の力が一気に抜《ぬ》けていく。ペリリーがベッドで寝《ね》ていて、胸《むね》の上に赤んぼうを横たえている。マティとファーンは床《ゆか》にぐったりして、灰《はい》の山のように顔が熱かった。ショールをわきに投げてストーブへむかうあいだ、わたしはずっと言葉をかけつづけた。

「ペリリー、来たわよ。ハティよ。もうだいじょうぶだからね」火をつけて、やかんの水をわかす。だれもがみんな熱で燃えるように熱くなっているので、お湯をわかす必要はなかった。それでも、手を動かしていると、自分が何をしたらいいのか考えることができた。リーフィーを呼《よ》びに行っている時間はない。自分がここを出たあと、どんなことになるのか、それが心配だった。

「赤ちゃんを」ペリリーがそっと言い、ロティをわたしによこす。オーブンからとりだしたばかりと言われても、ここまで熱くはない。

「熱をさまさないと！」わたしが言うと、ペリリーは弱々しくうなずき、何か言おうとした。口をひらいたとたん、激《はげ》しく咳《せ》きこんでしまった。ペリリーは顔をさっとそむけたものの、口から血のようなものをはきだしたのがはっきりわかった。

ロティを入れる水風呂《みずぶろ》の準備をしているとき、水差しに入ったヤマヨモギの煎《せん》じ薬《ぐすり》が、まったく手つかずで残っているのが目に入った。「何やってんのよ、ペリリー」わたしは小さな声で毒づいた。味はひどいけど、これを飲んでいればましだったかもしれないのだ。いまそれを言ってもしかたない。煎《せん》じ薬《ぐすり》を小鍋《こなべ》に移してストーブの上で温めた。

赤んぼうの汗《あせ》びっしょりになった服とおしめをぬがす。ロティが泣いた。さっきドアの外で聞いたミューミュー言う声は、ロティの泣き声だった。舌に真っ白な膜《まく》がはり、まぶたが重たげにはれている。

「ほーらほーら、だいじょうぶよ」やさしい声であやしながら、冷たい水にロティをそっとひたす。少し楽になったように見える。お風呂《ふろ》のあと、おしめだけ新しいのをつけてやって、あとは裸《はだか》のままにしておく。ボウルにパンをちぎって入れ、牛乳《ぎゅうにゅう》をそそぎ、ヤマヨモギの煎《せん》じ薬《ぐすり》も入れてよくまぜ、ロティに少しずつ食べさせる。それからベッドに寝《ね》かせ、次にマティとファーンの世話にかかる。

ファーンは水風呂《みずぶろ》に入れて、食事をさせると、少し元気を回復したようだったが、マティのほうはよくなかった。ベッドに寝《ね》かせようと抱《だ》きあげると、その頭が力なく、あっちへぶらん、こっちへぶらんと動いてしまうのを見て、わたしの胸《むね》にパニックの波が押《お》しよせてきた。

次は母親の番だと世話をしようとしたら、ペリリーは抵抗《ていこう》してきた。「女の子たちを」しゃがれ声で言ってわたしの手をはねのける。

「みんなちゃんと世話をしたわ。今度はあなたの番」わたしは冷たい水で、ペリリーの顔、腕《うで》、脚《あし》を洗《あら》った。ほんの三口だけ食べ物を口にすると、ペリリーは死んだように眠《ねむ》りこんだ。咳《せき》をするときだけ目をさまし、その咳《せき》というのが、内臓《ないぞう》をしぼりあげているように苦しげで、体を裏返《うらがえ》しにしようとしているようだった。わたしは台所でタマネギをふたつ薄《うす》く切って、ストーブの上で炒《いた》めた。やわらかく透《す》きとおってきたら、小麦粉といっしょにまぜて湿布剤《しっぷざい》をつくり、それを全部ペリリーの胸《むね》に塗《ぬ》りひろげた。アイビーおばさんがいつも言っていた。「咳《せき》にふくまれる悪い蒸気《じょうき》を外に出すのに、タマネギが最適なのよ」と。わたしはほかに方法を知らなかった。

その湿布《しっぷ》がきいたのか、咳《せき》は少しおさまった。ペリリーは眠《ねむ》ったようで、数時間は目をさましそうになかった。そのあいだに、女の子たちをお風呂《ふろ》に入れ、食べたがらなくても無理矢理《むりやり》、煎《せん》じ薬《ぐすり》か水か牛乳《ぎゅうにゅう》にひたしたパンをお腹《なか》に入れさせた。

ファーンはわたしが世話をするたびに、弱々しくても泣き声でこたえてくれた。けれどもマティのほうは、うんともすんとも言わない。いつまでもぜいぜいと荒《あら》い息をはいていたので、息といっしょに気力まで、全部はきだしてしまったかのようだった。何度冷たい水に入れてやっても、マティの顔は熱くほてって、赤みがとれなかった。

昼から夜、夜から朝へと、中断することなく、順番にお風呂《ふろ》に入れ、なだめ、さすり、なぐさめた。そのくりかえしに忙《いそが》しく、祈《いの》ることもできなかった。

マティをまたお風呂《ふろ》に入れおわる。ベッドに寝《ね》かせたときには、ミュリーのようにぐったりしていた。

「ぐっすりおやすみ、マティ」ぬれた髪《かみ》をなでてやる。「元気になったら、好きな味のソーダをいくらでも買ってあげる！　約束するから」

小さな微笑《ほほえ》みが土気色《つちけいろ》の顔に浮《う》かんだ。マティの手をつかんで、きゅっ、きゅっ、きゅっとにぎる。わたしたちの秘密《ひみつ》の伝言だ。マティはにぎりかえしてこなかった。

「ハティ」ペリリーが寝室《しんしつ》から小さな声で呼《よ》ぶ。わたしは体をひきずるようにしてペリリーがしびんをつかうのを助けに行く。だんだんに目をあけているのもつらくなってきた。それでも今度はロティとファーンをまたお風呂《ふろ》に入れる時間だ。今度はファーンが牛乳《ぎゅうにゅう》にひたしたパンを十口食べた。

「いい子ねえ！」たったそれだけのことで、こんなに心が軽くなるのがおかしかった。

あくびをしながら、ボウルを水ですすぐ。さすがにすわらないと耐《た》えられなくなってきた。揺《ゆ》り椅子《いす》がすぐそこにあった。ああ足が楽ちん、天国だ。一分だけ。

びくっとして目がさめた。心臓《しんぞう》が激《はげ》しく鼓動《こどう》していた。あわててみんなのようすを確認《かくにん》する。

ロティは熱がさがり、すやすやと眠《ねむ》っている。ファーンも顔色がよくなった。ペリリーはまだぐっすり眠《ねむ》っている。マティは、と見ると、春に咲《さ》くあざやかな花のように唇《くちびる》が紫色《むらさきいろ》になり、肌《はだ》はぬれた灰《はい》のような色になっていた。口をかすかに動かしてミュリーを呼《よ》んでいる。

「ほら、ちゃーんとここにいるわよ」人形を腕《うで》のなかに入れてやる。ところがマティにはわかっていないようだった。手をさまよわせ、ひたすら呼《よ》びつづけている。

「ママ！」マティが言った。それからだまった。わたしはマティを抱《だ》いて揺《ゆ》り椅子《いす》をゆらし、小さな熱い体を自分の胸《むね》にぴったり押《お》しつけた。そうやって数分ほどゆらしていた。いつのまにかゼーゼーといういやな音がしなくなっていた。

「マティ？」答えがない。熱い手をつかみ、にぎる。きゅっ、きゅっ、きゅっ。反応がない。

「マティ、お願い、目をさまして」ぎゅっと抱《だ》きしめる。ああ、神様、この子を連れていかないでください。どうかこの子を連れていかないで。

そのままずっとゆらしつづけた。こうやってゆらしていれば、これは現実でなくなる。マティが眠《ねむ》りからさめ、ミュリーの名を呼《よ》び、希望にあふれる自分の夢を際限なくしゃべりだす。身をくねらせてわたしのひざからおり、看病《かんびょう》ごっこを始める。わたしにしてもらったのと同じことを、ミュリーを相手にしだすのだ。ファーンとロティに、さえずるように子守歌《こもりうた》をうたってやり、母親の頬《ほお》をパタパタはたく。いまにそういったことを全部やって、ほかにもいろんなことをしてくれる。わたしがこうしてゆらしつづけていれば、やがて目をさますのだ。

ファーンが目をさまし、「ママ」と、泣く。

「いい子だからね、じっとしててね。いまはマティの番だからね」

ファーンの声でロティが目をさまし、泣きだした。わたしは揺《ゆ》り椅子《いす》の動きをゆっくりにした。みんながわたしを必要としている。また立ちあがらないと。

もう何も感じないとわかっていても、マティのひたいをなでてやる。身を乗りだしてキスをしたとき、胸《むね》が張《は》り裂《さ》けそうになった。どうしてこんなかわいい子が？　どうして？　揺《ゆ》り椅《い》子《す》の動きをとめ、そのまましばらくじっとすわっていた。愛《いと》しい子の体を抱《だ》いていると、目に涙《なみだ》があふれてくる。

「ママ」ファーンが泣きそうな声で言った。

わたしは立ちあがり、マティを客間に運んでいく。小さなカササギちゃんをソファーにそっと横たえ、その胸《むね》にミュリーをのせてやる。一枚《まい》のキルトをゆっくりと、ぷっくりした爪先《つまさき》から、自分の手で何度包んだかわからないその両手にかけ、最後に、茶色い巻《ま》き毛《げ》までかけた。

「ハティ？」ペリリーの弱々しい声が寝室《しんしつ》から苦しそうに聞こえた。

「いま行く」エプロンで目をふいた。悲しみをだれかと分け合いたくてたまらない。でも、ペリリーに言ってはいけないこともわかっていた。いまはまだ。ペリリー自身が、命の危険《きけん》から逃《のが》れるまでは。

お風呂《ふろ》に入れ、片《かた》づけをし、食事をとらせ、飲みにくい薬草のお茶をファーン、ロティ、ペリリーに無理矢理《むりやり》飲ませる。もうろうとしてくる意識のなかで、そういったことをくりかえしているうちに、いつのまにかまた一日が過ぎていった。眠《ねむ》ろうなどとは考えもしなかった。眠《ねむ》るわけにはいかない。この家にふたたび死をよせつけないためには、自分が目をしっかりひらいて見はっているしかないのだ。

三日めの朝食の時間にリーフィーがやってきた。「あんたのところへ行ったら、鶏《にわとり》たちがギャーギャー怒《おこ》っていて、えさをくれって殺到《さっとう》してきたよ」とリーフィー。「きっとここなんじゃないかと思ってね」

「たいへんなの、リーフィー」そのまま相手の腕《うで》のなかに倒《たお》れこんで、なぐさめてもらいたかった。自分はペリリーをなぐさめることができなかったくせに。

リーフィーは、わたしがキルトで包んで客間に置いた体を抱《だ》きあげた。

「なんてこと。あたしたちのカササギちゃんを。あたしたちのマティを」しばらくソファーのまえにひざまずいている。「ペリリーは知っているの?」

わたしはうなずき、あのおそろしい場面を思いだして、また胸《むね》が張《は》り裂《さ》けそうになった。わたしがマティの死を伝えたとき、ペリリーは奇妙《きみょう》に落ちついていた。まるでもうわかっていたかのようだった。たとえどんなに熱があったとしても。

リーフィーは目を閉《と》じた。わたしはハンカチを渡《わた》した。ふたりで立ちあがり、たがいの腰《こし》に腕《うで》をまわして、理不尽《りふじん》な死を悲しんで泣いた。

リーフィーは目をふいた。「お風呂《ふろ》に入れてあげないと。きれいな服を着せて」そこまで言って喉《のど》をつまらせた。「ペリリーは何を着せてやりたいかしら?」その言葉をきっかけに、またふたりとも涙《なみだ》があふれてきた。それでもなんとか気をしっかりもって、リーフィーはペリリーと話をしに行った。それからマティをお風呂に入れ、最後の着がえをさせた。

ちょうど着がえが終わったとき、馬車のやってくる音が聞こえた。カールとチェイスだ!

わたしはふたりをドアのまえで押《お》しとどめた。

「入らないで。この家は疫病《えきびょう》だらけなの」わたしはカールと目を合わせられなかった。「しばらく、わたしの家へ行っていて」

カールはうなずいた。チェイスにしなくてもいい用事を言いつけて家畜小屋《かちくごや》に送りだした。

「よくない知らせがあるんじゃないか」カールが言った。

わたしは胸《むな》もとでショールをぎゅっとかきあわせた。

「マティが」それだけ言うのが精いっぱいだった。

カールは両手で目をおおった。それからまたうなずいて、背中《せなか》をむけた。

翌日《よくじつ》、カールはしっかりした小さな棺《ひつぎ》を持ってもどってきた。自分でつくったものだった。

わたしが十七歳《さい》になる十月二十八日が、マティの葬儀《そうぎ》の日になった。

ペリリーはまだ具合が悪くて動けないので、カール、リーフィー、チェイス、わたしの四人でわたしたちのマティを埋葬《まいそう》することになった。

わたしの濃紺《のうこん》のワンピースをとってきてくれるよう、カールに頼《たの》んであった。それと合わせて、もうひとつお願いする。「うちの花はみんなしおれちゃってるの。だから家畜小屋《かちくごや》に置いてあるチェスターおじさんのトランクを見つけて。そのなかにちりめん紙でつくった造花が入ってるから」

葬儀《そうぎ》の朝、わたしはストーブの上でパラフィン蝋《ろう》をとかし、ちりめん紙の造花をていねいにひたした。蝋《ろう》でかためた花のブーケをこわさないように持って、葬儀《そうぎ》の列に加わった。カールが棺《ひつぎ》のふたを閉《と》じるまえ、最後にもう一度見たとき、ミュリーがマティの胸《むね》に抱《だ》かれているのを見て、ほっとした。

「ぼくが入れたんだ」チェイスが言う。「さびしがるから」

わたしは指先を唇《くちびる》に押《お》しあてて、チェイスのまえで泣くまいとした。気持ちが落ちついたところで、チェイスの腕《うで》に自分の腕《うで》を通し、リーフィーとカールにつづいて家の先まで歩いていった。

「ここがいいって、ペリリーが言ったから」とカール。

峡谷《きょうこく》のてっぺんに掘《ほ》ったばかりの墓穴《はかあな》のそばに、カール、チェイス、リーフィー、わたしの四人が立った。ちょうどミュラー家の東にあたる場所だ。「ここなら毎朝、のぼる朝日を見られる」カールが言った。

「何か言葉をかけてあげてくれない？」リーフィーが言った。

「わたしが？」

リーフィーが顔をじっと見てきた。わたしは深く息を吸《す》い、胸《むね》のうちで十まで数えた。何を言ったらいいのかわからない。それでもとにかく始めた。

「神様、わたしたちのマティに慣れるまでには時間がかかるかもしれません。小さなカササギのように、とにかくほんとうにおしゃべりなんです」

チェイスとカールがうなずいた。

「それでもマティに出会ったら、お日さまの光とストロベリーを毎日味わうような幸せをもらえると思います。わたしたちの小さなカササギちゃんをどうかよろしくお願いします。それから……」そこで声がふるえた。「この子の笑い声と話し声に満ちていた場所が、いまはからっぽになってひっそりしています。それにわたしたちが慣れるのに、どうか力をあたえてください」

リーフィーが鼻をぐすんとさせた。「アーメン」

チェイスがわたしの腰《こし》に腕《うで》をまわしてきた。わたしはチェイスの体をぎゅっとひきよせる。カールがシャベルをつかって、手製の美しい木の箱に、少しずつ土をかけていく。わたしたちは穴《あな》が完全にうまるまで、ずっとそこにいた。それからわたしが、持ってきた三本の蝋《ろう》の花のブーケをそなえた。体がまっぷたつに割《わ》れてしまいそうに思いながら、みんなで悲しみを家に持ち帰った。

この大平原で大切な人を失ったのは、わたしたちだけではなかった。ネフツカー家では子どものレタを失い、ミスター・エブガードは奥《おく》さんを亡《な》くした。マーティン家のように裕福《ゆうふく》な家でも、財力では家族を救えなかった——セアラは難《なん》を逃《のが》れたものの、一番幼《おさな》い男の子ロンと、子どもたちを献身的《けんしんてき》に看病《かんびょう》した母親はこの世を去った。

染料店《せんりょうてん》では、死を悼《いた》む人たちがつかう喪章《もしょう》を何枚《なんまい》も売ることになり、それは十一月に入っても依然《いぜん》として売れつづけた。

22 心の妹

一九一八年十一月

アーリントン・ニュース〜モンタナの田舎《いなか》だより〜

キルトの教え

大平原で生活するなかで、わたしはキルトづくりを覚えました。最初は指先からしょっちゅう血を流していました。わたしの持つ針《はり》は、布よりも指のほうによく刺《さ》さっていたようです。縫《ぬ》いにくい布二枚《まい》をはぎあわせるときには、より目になって針目《はりめ》をすくいました。キルトの枠《わく》にかがみっぱなしの姿《し》勢《せい》なので、首がすぐに痛《いた》くなっていました。

それからだんだんに腕《うで》があがってきました。指先にたこができるころには、布のとりあわせにも目がきくようになり、ひとつのパターンにしっくり収《おさ》まるように布を配置できるようになりました。いまでは上体をかがめる姿《し》勢《せい》にも慣れました。みすぼらしいシャツならさがしてよい部分を見つけ、ハサミで切りとってキルトのりっぱなピースにすることもできるようになりました。どうしようもない元帳というものにも、この腕前《うでまえ》が生かせればどんなにいいでしょう。どこをどうさがしても、損失をうめあわせられるような「よい部分」など見つけられないものですね。

コーヒーを入れたカップを持って玄関《げんかん》まえの階段《かいだん》に腰《こし》をおろし、はてしなく広がるモンタナの空を見あげる。数か月まえにはそれが、わたしの夢を運んでくれる魔法《まほう》のじゅうたんのように見えていた。いまでは空を見てもなんの期待も胸《むね》にわかない。

チェスターおじさんのトランクから家族の写真を見つけたことを思いだす。このままつづけていけばきっと最後は全部うまくいくと、そういうメッセージではないかと考えていた。ところが事態はいっこうに変わらず、土地を自分のものにする要件はいつまでたっても満たせずにいた。昨晩《さくばん》は、自分の元帳に五回以上も目を通した。何度見ても同じ答えしか出てこなかった。つまりは、このままではだめだということ。元帳には、ホルトおじさんなら赤字で記すような数字ばかりが並《なら》んでいた。祈《いの》るような気持ちで計算をしなおし、あれこれ策《さく》を練るものの、それを少しでもよい数字にする道は見つからなかった。この分では、三十七ドル七十五セントという最終手続きにかかる費用さえままならない。借金をしないといけない。だれかに借りをつくったりするのがいやで、ここへ出てきたはずだった。数ブッシェルの小麦が残っていた。でもそれがえさとして売れたとしても、わたしの赤字の財布《さいふ》にはなんの足しにもならないだろう。

青リンゴを大量に食べたあとのように、胃のなかが酸《す》っぱく感じられる。要件を満たそうといくらがんばっても、カール、ウェイン・ロビンズ、ネフツカーさんといった、わたしにとってかけがえのない隣人《りんじん》たちへの借りが増えるばかりだった。これまで自分をひきとってもらった親戚《しんせき》以上に、大きな借りをつくってしまった。

以前の自分なら、負けるもんかと奮起《ふんき》したことだろう。しかしマティが死んでからというもの、まるで自分が自分でなくなってしまったみたいに、踏《ふ》んばりがきかなくなってしまった。「アーリントン・ニュース」に送る最終回の記事を書きあげるのでさえ、とてつもない大仕事に感じられた。どうやって借金を清算したらいいのか、まったくわからない。どうにかしようという気力も失ってしまった。

ひとりでだまってすわっていた。涙《なみだ》も出ない。神様に、にぎりこぶしをふるう気もしない。かつて心を満たしていた希望と可能性が、いまでは胸《むね》のなかの重たい石に変わっていた。せめて希望が破れるときには、花火くらいに派手《はで》にはじけてもよさそうなものだ。ところがわたしの希望は、タンポポの種のように、あっけなく散っていった。

〝根なし草ハティ〟の看板《かんばん》はきっと一生おろせないのだろう。それがわたしの運命なのだ。神様がそう決めた。問題なのは、それを頭ではわかっていても、心がついていかないことだ。わたしの心は自分の居場所をほしがっている。我《わ》が家《や》がほしいのだ。

峡谷《きょうこく》の北東でもうもうと土ぼこりがあがり、お客さんがやってきたことをわたしに教える。峡谷《きょうこく》のてっぺんにとつぜん雄鶏《おんどり》ジムの姿《すがた》が現れた。オートバイにまたがって、がくんがくんゆれている。見たところ、自転車よりも相性《あいしょう》がよさそうだ。

「ハティ、聞いたか？」エンジン音をとどろかせて中庭に入ってきた。「戦争が終わったんだ。男たちがみんな家に帰ってくる」

ジムはオートバイをとめると、階段《かいだん》に腰《こし》をおろしているわたしのとなりにやってきた。「あんまりうれしがらないな」

「そんなことない、すごくうれしい」チャーリーは無事に家に帰ってくるだろう。わたしが知り合ったヴァイダの男たちもみんな。もうだれかの家の窓辺《まどべ》に金の星が飾《かざ》られることもない。それに、カールやエルマー・レンや、ほかの多くの人たちも、暮《く》らしやすくなることだろう。

「ほんとうに、すばらしいニュースよ」

雄鶏《おんどり》ジムは手をのばしてきて、わたしの手の上にのせた。「女優《じょゆう》になろうなんて考えてないよな。かわいそうだが、演技の才能はこれっぽっちもないと言わなくちゃならんよ」

その言葉で、わたしの顔に弱々しい笑《え》みが浮《う》かんだ。ジムにわたしの元帳を見せた。「新しいチェスの対戦相手を見つけなきゃいけなくなりそうよ」

ジムはぼさぼさの頭を左右にふった。わたしたちはそれから口もきかずに長いことすわっていた。ジムが何を考えているかは、さっぱりわからなかったけれど、わたしのほうは、これまでふたりで対戦したチェスのことを考えていた。それにジムが自転車を乗りこなせずにたいへんな目にあったこと。ローズをまっとうな雌鶏《めんどり》にしようとして、危《あや》うくおぼれさせそうになったこと。愉快《ゆかい》な思い出に、ほんとうならお腹《なか》をかかえて笑うはずだった。それがどうして泣けてくるんだろう。

「あんたは勇気を持ってチャレンジしたんだよ、ハティ。何もはじることなんか、ありゃしない」

わたしはそれについて考えた。はじてはいないけれど、胸《むね》が張《は》り裂《さ》けそうだった。「よくがんばったでしょ？」そう言って、くすんと鼻を鳴らした。

「ああ、がんばった」ジムはポケットに手を入れてパイプと煙草《たばこ》をとりだした。パイプに煙草《たばこ》をつめて火をつけ、すぱすぱ音をたてて吹《ふ》かす。「うちのおふくろが、よく言ってたよ。神様は思いがけない形で――」

わたしは手をあげて相手の言葉を制した。「その言葉は、アイビーおばさんも好きだったの。だけど、わたしの努力を無にするなんて思いがけないどころじゃないわ。手をさしのべたことになる？　ものすごく意地悪だと思う」

「うちのおふくろは、まだあっちでオレのことを心配してると思うけどさ」そう言って空を指さし、わたしに片目《かため》をつぶってみせる。「でも、その言葉をオレが信じていると知ったら、偉《えら》い息子《むすこ》だって喜んでくれると思うよ」

「どういうこと？」

「人生ってのは、最後には、いいところへ出られるようになってるんだ。途中《とちゅう》に通る山も谷も、ひとつひとつ意味がある」

「それじゃあ谷に落ちこんだわたしを次に待っているのは山ってことね。じゃあ、急いでのぼる準備をしないと」わたしは立ちあがり、スカートのほこりを払《はら》った。

「たぶんあんたは自分のなかにいる神を信じるべきなんだ。あんたみたいな人間には、きっとすごい未来が用意されているって、そんな気がするよ」ジムも勢いよく立ちあがり、乗ってきたオートバイのほうへむかった。

こんなに早く追いかえしてしまって悪いような気もした。いまの言葉で、ジムはたしかにわたしの心を励《はげ》ましてくれた。「ジム、わたし、どうにも気持ちがめいっちゃって。追いかえそうってわけじゃないのよ」

ジムがゲラゲラ笑った。「ちょっとやそっと冷たくしたからって、このオレは追いはらえないさ。暗くなるまえに、戦争が終わったことを知らせてまわりたいんだ」オートバイにまたがって、エンジンをかける。ジムが舞《ま》いあげていった土ぼこりのあとを、わたしはいつまでも見ていた。

過ぎていった月日が頭のなかによみがえってきた。自分は何もわかっていなかったのだと気がついて、あきれて首をふる。ここに着いたときには、なんでも自分の力でやろうと心に決めていた。それなのにその翌日《よくじつ》にはもう、チェイスに危《あぶ》ないところを救われた。それからはほんとうにたくさんの人に助けられてきた。泣きだしそうになる唇《くちびる》を指で押《お》さえてこらえる。たしかにここがわたしの居場所だった。口は乱暴《らんぼう》でも、親切なリーフィーがいる。それに雄鶏《おんどり》ジム。ペリリー、カール、チェイス、ファーン、ロティ、そしてマティ。

助けてもらった人の顔をさらに思いうかべる。教会のグレース、バブ・ネフツカー、ミスター・エブガード。ああ、ミスター・エブガードは、トラフトと対決することになった日、白い騎士《きし》のように、あざやかな手並《てな》みでわたしを救ってくれた。

そうだ、白い騎士《きし》！　あのとき助けてくれたのはミスター・エブガードだった。それならきっと今度も助けてくれるにちがいない。この状況《じょうきょう》を切《き》り抜《ぬ》けるために、わたしにできることを何か教えてくれる。さっと着がえをして、プラグにまたがり、ウルフ・ポイントにむかった。

ミスター・エブガードの事務所に飛びこむなり、一気に本題に入った。

「落ちついて、ハティ。まずはおかけなさい」

わたしは言われたとおりにし、それから考えをまとめた。「思ったんです……」ここまで馬に乗ってやってくるあいだ、頭のなかに、ある考えができあがっていた。「もう一度申請《しんせい》することはできませんか？　最初からやりなおすってことは？」わたしは身を乗りだす。「そのまえに借金を返さないといけないけど」

「ああ、ハティ」ミスター・エブガードは眼鏡をはずして目もとをこすった。「わたし自身、ほかからお金を借りている身でね——」

「お金を貸してほしいって言ってるんじゃないんです」わたしは背《せ》すじをぴんとのばした。「ただもう一度チャンスがほしいんです。ほら、チェスターおじさんがしたように、わたしも自分で」

ミスター・エブガードは口ひげを噛《か》んだ。「それができたらと思うよ。だが……」机《つくえ》の上の書類をぱらぱらやる。「そういう条項《じょうこう》はどこにもない。三年の期限は動かせないんだよ」

ここまでやってくるあいだ、大きくふくらんでいた希望が、落としたケーキみたいにぺしゃんこになってしまった。「なんとかしないと……」わたしは立ちあがった。「ありがとうございました。ミスター・エブガード。いろいろお世話になりました」

口の両端《りょうはし》をさげて、ミスター・エブガードまで泣きだしそうな顔だった。「こんなことを言ってもなぐさめにならないとわかっているが、あんただけじゃないんだよ」机《つくえ》の上の書類をそろえなおす。「メイベルとエルマー・レン、サボー、それに……」声が尻《しり》すぼみになった。「今年はよくない年だった。だれのせいでもないんだ。来年はきっと、挽回《ばんかい》できる」

「来年」相手の言葉をくりかえす。ここは〝来年の地〟と呼《よ》ばれてるって、わたしに教えてくれたのはだれだったっけ？　でも、わたしにはあてはまらない。来年はここにはいないのだ。

頭をふって、外へ出る。十一月の風が背中《せなか》からびゅっと吹《ふ》いてきて、よろける。まるで風までが、ここを出ていけと言っているようだった。

「ミス・ブルックス」

呼《よ》ばれてふりかえった。いったい今日という日はどこまで運が悪いんだろう？「ミスター・マーティン」相手の顔がいつもと少しちがうのに気がついた。自信たっぷりの感じが消えて、目の奥《おく》がやわらかい。無理もない。「お母さまのことは、残念でした」わたしは言った。

「ありがとう」悲しげな笑《え》みを浮《う》かべた。「だけど、母の願いはかなった、そうじゃないか？ぼくが戦場に行くまえに戦争が終わったんだ」

それに対しては、どう反応していいかわからなかった。「あとは郡国防会議と縁《えん》が切れるのを楽しみに待つとするだけだ。牧場主にもどるんだ。その仕事が、ぼくには一番勝手がわかっているんだ」

牧場主にもどる。いまがチャンスだ、これを逃《のが》すわけにはいかない。「ミスター・マーティン」わたしは相手の腕《うで》に手を置いた。「トラフト。コーヒーを一杯《ぱい》ごちそうさせてくれない？」もうこれ以外に道はない。トラフトに土地を売るのだ。それでもわたしには家を一軒《けん》買えるだけのお金が残る。たぶんウルフ・ポイントに。あるいはヴァイダでもいい。

「いやそれは――」

わたしは咳《せき》ばらいをした。「土地を売るわ」

トラフトは首を横にふった。「買うつもりはない」わたしの胸《むね》には痛《いた》くつき刺《さ》さったが、相手の口調に怒《いか》りは感じられなかった。

胃がとんぼがえりをして、きゅっと結び目をつくったような気がした。「買うつもりはないって？　でもマーティン牧場を大きくしたいって言ってたじゃない。放牧地がほしいって――」

相手はわたしにむきなおった。「ぼくだって素人《しろうと》じゃない。どうして、いまさらきみの土地を買う必要がある？」

「四百でいい。あなたがまえに言った値《ね》の半分でいい」

トラフトは大げさにため息をついた。「ハティ、ぼくはそれを、タダ同然の値《ね》で手に入れられるんだ。今月末に、土地が郡にもどればね」目に、一瞬《いっしゅん》悲しげな色がよぎったような気がした。「追徴金《ついちょうきん》を払《はら》えば、その土地はぼくのものになるんだ」わたしの手を――まだトラフトの腕《うで》にのせっぱなしだった――そっと腕《うで》からはずし歩み去った。

翌朝《よくあさ》、ミュラー家に行くと、ペリリーが玄関《げんかん》のドアをあけてくれた。一月以来、この階段《かいだん》を何度のぼりおりしたことだろう？　数えるひまもなかった。

「コーヒーがはいってるの、シュトルーデルもオーブンから出したばかりよ」と、ドア口をまたいだ瞬間《しゅんかん》、わたしの体をひきよせて、いつも以上に長い時間、ぎゅっと抱《だ》きしめた。体を放したとき、ペリリーはさっと顔をそむけたものの、茶色い目が疲《つか》れて悲しそうなのがわかった。

わたしは新しい家畜小屋《かちくごや》のまえにウェイン・ロビンズといっしょにいるカールに手をふった。ふたりしてカールのトラクターをいじっている。「やあ、ハティ」ウェインが大きな声で言った。カールはただ手をふりかえしただけだった。

「トラクター、どこか調子が悪いの？」わたしはきいた。ウェインはエンジンの修理が得意だった。

ペリリーはふたり分のコーヒーをマグカップにそそいだ。「すわってちょうだい。話があるの」

ペリリーのいれてくれたコーヒーを飲み、目のまえに置かれた、リンゴのシュトルーデルを食べていると、自分の話を切りだす勇気を失いそうだった。声に出して言わなければ、現実にならないと、そんなふうにも思えてきた。

「わたしも話があるの。昨日ウルフ・ポイントに行ってきたの」切りだした。「ミスター・エブガードに会ってきた」

「それで？」ペリリーはシュトルーデルの上でフォークを浮《う》かせた。

「わたし――」顔を伏《ふ》せたとたん、トラフトのまえではなんとかこらえていた涙《なみだ》がどっとあふれて、ぼたぼた落ちていった。顔をあげて、大好きな友人の顔を見る。「失っちゃうの、ペリリー。チェスターおじさんの土地」流れてきた洟《はな》をふこうと、スカートをさぐってハンカチをさがす。「わたしの土地」

「まあ、ハティ！」ペリリーが飛びあがり、テーブルをさっとまわってやってきて、わたしの肩《かた》に手を置いた。

「自分の家が持てると思ってたの」ほとんど泣き声になっていた。「な、なのに、なのに、もうなんにもなくなっちゃった」

「古い掘《ほ》ったて小屋《ごや》なんかより、もっといいものが持てたじゃないの」ペリリーがわたしのあごを持ちあげる。「たくさんの隣人《りんじん》。みんなあなたのことが大好きでたまらないのよ」

わたしは鼻をぐしゅぐしゅさせた。眠《ねむ》れずにひと晩《ばん》じゅう起きていて、それとまったく同じことを自分も考えていた。それで、ある計画が頭に浮《う》かんだのだ。

「わたし……」鼻をかむ。ペリリーが椅子《いす》をこっちへ持ってきて、わたしとひざをつきあわせてすわる。「もしできれば、ここに少しいさせてもらえないかしら。チェイスに勉強を教えられるし、カールの手伝いも――」ペリリーの表情を見て、はっと口をつぐんだ。ペリリーはため息をつき、首を横にふった。「そうよね、それじゃいくらなんでも甘《あま》えすぎよね」わたしは言い足した。

「あなたが甘《あま》えてくれなかったら、悲しかったわ」そう言ってわたしの手をとる。「話すのに、これ以上悪いタイミングはないんだけど……」ペリリーの目が室内をきょろきょろ見まわす。「あなたと暮《く》らせるなら、なんだってさしだしたいぐらいなのよ。ただ、この家は……」そう言って両手をふる。「どこを見ても、マティを思いだすの。それがなぐさめになるって人もいる。だけどあたしはだめなの」

「どういうこと？」

ペリリーは唇《くちびる》をぎゅっと閉《と》じ、それから息をはきだした。「この家を売るの。引《ひ》っ越《こ》すのよ」頭を窓《まど》のほうへ、ぐいっとむけた。「ウェインがうちのトラクターと子牛を一頭買ってくれるの。カールが明日、ウルフ・ポイントに自動車を一台とりに行ってくる。真新しいドッジのツーリングカーよ！」そう言って、わたしに泣き笑いのような顔をよこした。「そのなかに入りきらないものは、なんでもオークションで売っちゃうの」

わたしは両手で胸《むね》を押《お》さえた。そうしていないと体から心臓《しんぞう》がすっぽり抜《ぬ》け落《お》ちてしまいそうだった。「だめよ！」しかしわたしにも、ペリリーが話すそばから、それが一番いいとわかっていた。そうするしかない。

「それが一番いいと思ってね」今度はペリリーの顔が涙《なみだ》にぬれた。「カールのいとこが、シアトルで機械工場を経営してるの。マティのことがあってから……いろんなことがあってから、カールが手紙を書いて、何か仕事はないかきいてみたの。そうしたらすぐ返事が来て、こっちへ来いって。あたしたちが借りる家まで見つけてくれたの」

「昨日や今日決まったことじゃないのね？　どうして言ってくれなかったの？」

ペリリーは両手に目を落とした。ようやく聞きとれるほどの小さな声で答えが返ってきた。

「言えなかった。さよならなんて言えなかった。あなたには」

わたしは椅子《いす》の背《せ》もたれに勢いよく背中《せなか》を倒《たお》した。「いつ出発するの?」ロティの泣き声が寝室《しんしつ》から聞こえてきた。連れてこようとペリリーが立ちあがった。「すぐよ」ペリリーが言った。「ほんとうにすぐ」それからロティを抱《だ》いてもどってきた。わたしは両腕《りょううで》をつきだして、ロティを受けとり、胸《むね》に押《お》しつけるようにしてぎゅっと抱《だ》いて、赤んぼうの甘《あま》いにおいをかいだ。「このにおい、もう当分かげなくなるのね」

ペリリーがそばによってきて、わたしの腰《こし》に腕《うで》をまわす。

「あなたは心の妹よ」ペリリーが言う。「距離《きょり》なんか関係ない」

わたしはペリリーに身をあずけた。

「わかってる、わかってる」けれども、シアトルとモンタナの距離《きょり》を縮《ちぢ》めてくれるなら、何をさしだしてもいいと、わたしはそう思っていた。

その週末、リーフィーにしつこくせがまれて、休戦記念日のパレードを見にウルフ・ポイントへ出かけた。町じゅうの人たちがこぞって出てきていた。エブガード家の娘《むすめ》のひとりは、勝利の女神《めがみ》ヴィクトリアのかっこうをして、大きな旗をトーガ〔古代ローマ人が着用した大きな布〕のように体に巻《ま》きつけていた。褐色《かっしょく》の巻《ま》き毛《げ》の上に、「平和」の文字を書いた冠《かんむり》をのせて。トラフト・マーティンをはじめ、郡国防会議のメンバーが先頭に立って、みんなに愛国的な歌をうたわせていた。ついこのあいだまでミスター・エブガードが、裏切り者《うらぎりもの》と見られていたことをふりかえらずにはいられない。連邦政府《れんぼうせいふ》に働きかけ、農家が春にまく種を買うために財政援助《ざいせいえんじょ》をとりつけているのはその人なのだから。トラフトの仲間たちがやったこととは、雲泥《うんでい》の差《さ》だ。

リーフィーがわたしをつっつく。「見てよ、あれ！」

雄鶏《おんどり》ジムがオートバイのエンジンをとどろかせてやってきた。そこらじゅうにベタベタと旗をくっつけて、ひしゃげた帽子《ぼうし》にまでさしていた。

リーフィーはわたしの腕《うで》に自分の腕《うで》を通した。「あたしに冷たい飲み物をごちそうさせて」

ふたりでオーケー・カフェへ歩いていった。

「じゃあ、売らなきゃいけないものは、全部売ったのね？」リーフィーがきいた。チェリーソーダを飲んでいる。

わたしはうなずいた。「書類への署名《しょめい》は昨日終わった」チョコレートソーダのなかでストローをまわす。

「このあたりも、がらっと雰囲気《ふんいき》が変わっちまうね」リーフィーはグラスを押《お》しやった。

わたしは何も言えなかった。無理に言おうとすれば、泣きだしてしまうに決まっていた。

「シアトルに、会いに行けばいい。若《わか》い女が冒険《ぼうけん》するのにちょうどいい距離《きょり》だ」リーフィーは財布《さいふ》のなかをさぐって、飲み物代の硬貨《こうか》をさがす。ずいぶん時間をかけているのは、わたしの気がしっかりするのを待ってくれているのだ。「あったあった。三十五セント。これでよしと」硬貨《こうか》をカウンターの上に置いた。

いまこの人生で「これでよし」なのは、リーフィーが代金ぴったりの硬貨《こうか》を見つけたことだけだ。

家に帰ると、あちこちさがして、ペリリーと家族のためにお別れのプレゼントを用意した。人にあげられるようなものはほとんどなかった。ぎりぎりで間に合ったキルトがあり、それで満足だった。

プレゼントを入れたかごを腕《うで》にさげて、ペリリーの家の階段下《かいだんした》に立った。

「あなたへのプレゼント、あけてみて」わたしはチェイスをからかう。「エプロンかな、それともフリルのハンカチかな？」

おずおずと、チェイスはさしだされた包みを受けとる。

包装紙《ほうそうし》を破り、「うわっ！　これハティの本じゃないか！」と驚《おどろ》いた。スティーヴンソンの本数冊《すうさつ》を胸《むね》に抱《だ》きしめる。「シアトルへむかう旅のあいだ、ずっと読んでられる。ありがとう、ハティ。ありがとう」本の表紙をたたく。「シアトルにはね、図書館がひとつじゃなく、三つもあるんだって。すごいよね？」

「あなたの願いがかなったわね。あの大嵐《おおあらし》の日にそう言ってた」わたしは握手《あくしゅ》をしようと手をさしだした。もうチェイスも九歳《さい》、そろそろ異性《いせい》を気にしはじめる歳《とし》だ。ところが相手はなんのこだわりもなく近づいてきて、わたしを抱《だ》きしめた。ぎゅっと。

ペリリーにも小さな包みを渡《わた》す。「これは女の子たちに。もう少し大きくなったらつかってね」なかをあけると、母のべっこうのコームが出てきた。ひとつはファーンに、もうひとつはロティに。

「きっとあの子たち、宝物《たからもの》にするよ」ペリリーはコームをハンドバッグのなかにしまった。

「カールに。たいしたものじゃないけど、楽しんでくれるとうれしいわ」

自分の包みをあけると、カールがにっこり笑った。「ダンケ。ありがとう、ハティ」チェスターおじさんのゼイン・グレイの作品を何冊《なんさつ》かあげた。これがあれば、英語を読むのが楽しくなるんじゃないかと思った。

「ハティ、こんなにしてもらって」ペリリーは首を左右にふった。

「それから、これ」わたしはもうひとつ包みをひっぱりだした。「あなたへのプレゼント」

ペリリーは茶色の包装紙《ほうそうし》を破いた。中身を見るなり、星が爆発《ばくはつ》したように顔がぱっと輝《かがや》いた。

「キルト！」ペリリーは布をなでさすった。

「まったく新しいパターンでしょ」わたしはまばたきをして涙《なみだ》をこらえた。「名づけて『マティの魔法《まほう》』」

ペリリーはキルトの隅々《すみずみ》までじっくり見ていく。どんなにじっくり見られてもかまわなかった——これはわたしのなかで最高のできばえだった。細かい縫《ぬ》い目《め》で、しっかりはぎあわせてある。それぞれのブロックのまんなかに四角く切ったシャンブレー地を置き、モンタナのはてしない空を表現した。そのまわりに、茶色のギンガム地をのこぎり歯のように三角に切ったものを並《なら》べていって、空より小さな四角をいくつもつくった。これはだだっ広い大平原を表す。茶色い三角のむかい側にはあざやかな色の三角を置いて、色が爆発《ばくはつ》したように見せた。わたしたちの小さなカササギちゃんを思わせるよう、あざやかで生き生きとした色の布地をつかった。

「あら、ここにあなたがダンスのときに着たワンピースの布地が」ペリリーがキルトのてっぺんを指でなでる。「これはチェスターの古い作業着の布地で、こっちはあたしがあげた更紗《さらさ》」

何か言おうと口をあけ、それからキルトをくしゃくしゃにして心臓《しんぞう》の近くに持っていき、しばらく立ったまま体をゆらしていた。

カールが新品の自動車の警笛《けいてき》を鳴らした。「出発だ！」

ペリリーが車のほうへ足を踏《ふ》みだした。わたしはぱっと腕《うで》をまわして、全身の力をこめてペリリーを抱《だ》きしめた。ペリリーはしばらくわたしの背中《せなか》をなでていたが、やがてそっと肩《かた》を押《お》しやって離《はな》れた。

「ハティ、真の友だちどうしは、さみしくなんかないのよ」自分の胸《むね》をぽんとたたく。「だって、いつだってここにいるんだから」

ふたりして目をぬぐった。

「あんたはうちに来る」カールが言った。誘《さそ》いというより命令だ。

「はい、そうします！」わたしは声をあげて笑った。

「もし来なかったら、あたしはカールにいらいらをぶつけるから」ペリリーが言った。「あなたならシアトルでだって仕事が見つかるよ。その気になれば、いつでもそばで暮《く》らせる」「新しい年になったら、きっと」わたしは言った。これについては、何度も何度も考えた。ペリリーたちといっしょに自分も行きたいと思いながら、何かがわたしをひきとめていた。自分でもうまく言えないが、まだ何かやり残したことがある気がしていた。

「約束破りはなしだからね」ペリリーがわたしの顔のまえで指をチッチとふる。

「はい、わかりました」わたしはもう一度ペリリーを抱《だ》きしめた。「ペリリー――」

「わかってる、わかってるって」ペリリーはカールからロティを抱《だ》きとり、ファーンの手をつかむと、それからちょっとのあいだ目を閉《と》じていた。もしかしたら、小さなかわいいカササギちゃんのことを考えているのかもしれない――わたしもそうだった。

ペリリーは背《せ》すじをぴんとのばした。「カールに置いてかれちゃうね」そう言うと、車に乗りこみ、ドアを閉《し》め、一度もふりかえらずに去っていった。

荷物はチェスターおじさんのトランクにつめた。オークションで不要品を売り、家に残しておいてもいいものは置いていくので、わたしの所持品は――べつの箱につめた本をのぞいて――すべてなかに収《おさ》まった。よしと、ふたをパタンと閉《し》め、留《と》め金《がね》をとめて、革《かわ》ひもをしめた。雄鶏《おんどり》ジムがウルフ・ポイントの駅まで運んでくれると言ってくれていた。結局わたしは求人広告に応募《おうぼ》し、二週間後からモンタナのグレート・フォールズにあるブラウン下宿屋で部屋係として働くことにした。おかしなものだった。アイオワでするはずだったのと、まさに同じ仕事につくことになったのだから。今回はこの仕事をありがたいと思っていた。六か月も働けば借金をみんな返して、また新たにスタートを切ることができる。どこでスタートをするかは、まだ決めてない。

ホルトおじさんが汽車賃《きしゃちん》を送ってくれた。

これだけあれば、また東部へ帰れるだろう、

そうおじさんは手紙に書いていた。

だが、おまえの未来はこのアーリントンにはない気がする。これをつかって、どこまでも西へむかえばいい。ありがたいことに、わたしたちからとことん離《はな》れたところへは行かないよう、海がとめてくれる。

ジムがわたしのトランクをとりにやってきたとき、わたしに来た郵便物《ゆうびんぶつ》を持ってきてくれた。チャーリーからの手紙が三通あった。一通一通をゆっくりと読む。三通めを読みおえたとき、自分がずっと息をとめていたことに気づいた。

どうやら生きて帰れるようだ。これほど運のいいやつは、そうたくさんはいない。

数週間後に船で帰ることになったよ。アンクル・サムはいいやつで、少しだが蓄《たくわ》えも

させてくれた。きみがあれだけ自慢《じまん》していた空。いったいどれだけすごいのか、見てみたいと思ってる。客をひとり迎《むか》える気はあるかどうか、うちの母気付《きづけ》で手紙を送って知らせてほしい。

きみのチャーリーより

追伸《ついしん》――ミルドレッド・パウエルがフランク・リトルと婚約《こんやく》したそうだ。母はぼくにそれを知らせるのをずいぶんためらったそうだ。失意のあまり、最前線勤務《きんむ》を志願するのじゃないかと心配したらしい。どうしてみんな、ぼくが彼女《かのじょ》にぞっこんだなんて思うのか。どんなまぬけなやつだって、ぼくを見てれば、ぼくが好きなのは、大きな夢を抱《いだ》いたサウスポーだってわかるはずなのに。彼女《かのじょ》もぼくを好きかな？

ペンを手にとり、チャーリーへ返事を書いた。

23 輝《かがや》かしき挫折《ざせつ》

一九一八年十二月十二日

チャーリーへ

ウルフ・ポイントに着いたら、ミスター・エブガードの家に立ちよってください。あなたを車に乗せて連れていくと言っています。わたしがそこからあなたに何度も手紙を書き送った——モンタナ州のヴァイダから三マイル北西にある場所へ。車は最新のしゃれたルバーンだから、わたしだったらふたつ返事で乗せてもらうでしょう。できれば春、大平原にやわらかな緑のうぶ毛がうっすら生えそろったような土地を見てもらえたらと思います。あるいは晩夏《ばんか》になって、亜麻《あま》が畑を深い海の青に染《そ》めるときでも。

家の階段《かいだん》——トラフト・マーティン牧場の牛の放牧のじゃまになるからと階段《かいだん》をとりのぞいていなかったら——に立ってみれば、たぶん、そうたぶん、切れぎれの思い出を、風が運んできてくれるでしょう。ほら、耳をすましてみて――井戸《いど》の取っ手からわたしを救出してくれたチェイスの声が聞こえてこない？ミュリーが新品の服を破いてしまったのを、マティがしかる声が聞こえてこない？リーフィーがあっちの人、こっちの人と、隣人《りんじん》たちの看病《かんびょう》をしている声は？雄鶏《おんどり》ジムの庭でローズとジューンがコッコと鳴く声は？寄せ集めのコーラスの声を、ペリリーの天使の歌声がつきぬけて、ヴァイダの教会の天井《てんじょう》まで朗々《ろうろう》と響《ひび》くのが聞こえませんか？ただそこに立っているだけで、どこまでもはてしなく広がるモンタナの高い空が、わたしにとってどんな意味を持っていたか、わかってもらえると思います。

自分でもおかしいと思うのだけれど、わたしはこの一年のできごとを早くもバラ色の眼鏡で見ています。もちろん、つけ火された家畜小屋《かちくごや》が燃える焦《こ》げ臭《くさ》いにおいや、異《こと》なる国に生まれた人たちが感じる恐怖《きょうふ》のにおい、パラフィン蝋《ろう》にひたしたちりめん紙の、胸《むね》が痛《いた》くなるほど清純《せいじゅん》なにおいは、けっして忘《わす》れることができません。モンタナで暮《く》らした一年をキルトにたとえれば、そういったつらいピースがたしかに目に痛《いた》く飛びこんできます。それでもありがたいことに、キルト全体を見渡《みわた》せば、そこに広がっているのはまぎれもない希望のパターンなのです。

あなたが手紙できいてきた大事なこと。わたしはまだ答えられません。でもグレート・フォールズで汽車をおりてもらうことはできます。いっしょに食事ができたら、やっぱりうれしいです。それができたらどんなにすてきでしょう。いまのところわたしに考えられるのは、ブラウン下宿屋で働き、そのお給料で借金を返すところまでです。ほんとうだったら、完全な敗北を喫《きっ》して、打ちのめされていることでしょう。でも大平原で過ごした日々が、わたしの心に希望を焼きつけてくれました——今年より来年はもっとよくなる、と。

新しい仕事ではペットを飼うことができなかったが、それについてヒゲちゃんからはなんの文句も出なかった。自分の居場所はヴァイダなのだと、ヒゲちゃんは、その点をはっきりわたしに示した。つまり、少なくともわたしたちのいっぽうは自分の家を見つけたということだ。リーフィーは、仲間ができると大喜びだった。

「このあたりもさみしくなるよ。あんたもペリリーも行っちまうんだから」リーフィーは首をふった。「さびしさを薄切《うすぎ》りにして、トーストにのせてやろうじゃないの!」

リーフィーにヒゲちゃんの旅行用バスケットを渡《わた》した。「もういらないとは思うんだけど。ただ、寒い夜なんかに、ときどきこのなかでまるまって寝《ね》るのが好きなの」彼《かれ》がわたしを温めてくれた、いくつもの夜を思いださないようにする。

雄鶏《おんどり》ジムはアルバート、ジューン、ローズを昔の群れに喜んで迎《むか》えた。卵《たまご》を産まなくなったマーサはわたしのさよならパーティーのメインディッシュになってくれた。ほとんどのものはオークションにかけて売ったものの、プラグはエルマー・レン・ジュニアにあげた。

駅ではだれにも見送られたくなかった。ひとりでここへやってきたのだから、出ていくときもひとりがいい。汽車の座席《ざせき》に腰《こし》を落ちつけたとき、思わず笑ってしまった。今度の汽車旅の相手も、モンタナに来るときにいっしょだった太った男と、双子《ふたご》の兄弟のように似ていた。いままでは、相手の粗野《そや》な物言いや、あかぬけないかっこうに、いやな感じを覚えず、むしろ心地《ここち》よかった。あの太った男の言っていたことは、やはり正しいと認《みと》めないわけにはいかない。モンタナのこの地には、夢を抱《いだ》いてやってくる人間が大勢いる。モンタナが精いっぱい迎《むか》えようとしてくれても、入植者をひとり残らず支えるのは無理なのだ。にわか農家！　あの男はそう言っていた、いまにして思えば、たしかにそうだった。

汽車が、がくんと動いて駅を出発した。一通の手紙がスカートのポケットでかさかさ音をたてる。文面はもうほとんど覚えてしまった。

ボーイング航空会社が優秀《ゆうしゅう》な整備士をさがしていて、それにふさわしい人物を見つけたんだ。ぼくだよ！

チャーリーはそう書いていた。

きっとぼくたち、最終的にはシアトルにいっしょにいることになるんじゃないかな。

わたしは座席《ざせき》に背《せ》をあずけて目を閉《と》じた。一年のあいだに、なんてたくさんのことがあったのだろう！ そしていま、わたしはグレート・フォールズにむかっている。その先はどこへむかうのかわからない。それでも書くことはずっとつづけていきたいと思っていた。ペリリーからこのあいだ来た手紙には、「シアトル・タイムズ」の新聞社には女性記者がひとりいると書いてあった。おそらく、ふたりいたってかまわないだろう。

線路のつなぎ目で汽車が大きくゆれ、とりとめのない空想から現実にひきもどされた。外にはモンタナの青い空が、どこまでもはてしなく広がっている。ふりかえればモンタナは約束を守ってくれた。大平原で過ごしたあいだに、わたしは自分の居場所を見つけたのだ。自分の心のなかに。そして、出会った人々の心のなかに。

リーフィーは荷づくりをするわたしを見て驚《おどろ》いていた。「この本、全部持っていくの？」けれどもひとつだけ、あとに残してきたものがある――〝根なし草ハティ〟。彼女《かのじょ》をなつかしく思いだすことはないだろう。けっして。

わたしは座席《ざせき》に腰《こし》を落ちつけ、西の方角をむいた。

著者覚《ちょしゃおぼ》え書き

わたしの曾祖母《そうそぼ》、ハティ・アイネズ・ブルックス・ライトは、若《わか》いころにホームステッド法に基《もと》づいてモンタナ州東部の土地を入手し、たったひとりで入植しました。それをはじめて聞いたときには、とても信じられませんでした。小柄《こがら》で、これといって目立ったところもない曾《そう》祖母《そぼ》と開拓者《かいたくしゃ》精神は、どう考えても結びつかないからです。興味をひかれて、数週間ほどいろいろ調べてみたのですが、くわしいことはわかりませんでした。それでもあれこれさがしていると、ある日偶然《ぐうぜん》、モンタナの土地管理局の記録にめぐりあいました。そこに曾祖母《そうそぼ》の名前のついた申請《しんせい》番号を見つけたとき、なんとワクワクしたことでしょう！　国立公文書館に頼《たの》んだところ、曾祖母《そうそぼ》の申請《しんせい》した書類がすぐ手に入りました。そこからはもう夢中です。

曾祖母《そうそぼ》自身は、日記や作業日誌《にっし》のようなものはつけていませんでしたが、ほかの「にわか農家」の人たちがつけており、わたしは図書館相互《そうご》貸出制度を利用して（神よ、われらが司書と図書館制度に祝福を！）、それらを片《かた》っぱしからとりよせて、何十冊《さつ》も読みこみました。西部へむかった理由は人それぞれです。しかしどの日記にもかならずといっていいほど書かれている共通のテーマがありました――たえまない労働、心痛《しんつう》、喪失《そうしつ》、そして苦しい入植生活のなかで育《はぐく》んだ、たまらなく愛《いと》しい日々の思い出。

はっきりとした構想もないまま、気がつくとわたしは本を書きだしていました。T型フォードの時代の入植生活をテーマに、ちょっとしたお話を書こうぐらいの気持であって、まさか幌《ほろ》馬車《ばしゃ》で移動した生活の奥《おく》にまで踏《ふ》みこむとは思っていませんでした。調べていくうちに、一九一八年を舞台《ぶたい》にした話を書くのなら、反ドイツ感情にふれずにはすまされないことがすぐわかりました。『ハティのはてしない空』に出てくるエピソードの多くは、実際に起きたことで、ミスター・エブガードがむごい仕打ちを受けた場面もそのひとつです。

この本を書きだした時期は、イラク戦争が勃発《ぼっぱつ》した時期とほぼ重なっていました。一九一八年には商店が「ザウアクラウト」を「リバティ・キャベツ」と呼《よ》ぶようになったという記述を読んだのが、二〇〇三年。ちょうどそのころ、イラクへの即時攻撃《そくじこうげき》に異《い》を唱えたフランスに対して、レストランでは「フレンチフライ」を「フリーダム・フライ」と呼《よ》ぶようになったというニュースが流れました。一九一八年の生活をくわしく知れば知るほど、現在の状況《じょうきょう》と似ていると思えてきました。

最終的に、これはひとりの女性の入植生活を伝える本にしようと決めました。現実のハティはどんな夢をかなえようとして、アイオワ州アーリントンを出てモンタナ州ヴァイダの粗末《そまつ》な小屋にむかったのでしょうか？　できることなら本人にききたいものですが、曾祖母《そうそぼ》はわたしが十歳《さい》のときに亡《な》くなっています。そのころのわたしは曾祖母《そうそぼ》を、曾孫《ひまご》たちにスニッカードゥードルを焼いてくれる白髪頭《しらがあたま》の弱々しいおばあさんとしてしか見ておらず、それ以上のことはとても想像できませんでした。
わたしの曾祖母《そうそぼ》は土地を自分のものにすることができましたが、〝わたし〟のハティにはそれがかないませんでした。にわか農家の多くは破産したのです。モンタナ行きの汽車のなかで、太った男がハティに言ったように、モンタナに来さえすれば、だれでも成功できると、当時の鉄道は安請《やすう》け合《あ》いしていたのです。成功する者がいれば、失敗する者もいる。それでもふたりのハティは、ともにモンタナの大平原で、お金では買えない、すばらしいものを見つけました――自分の居場所です。それより幸せな結末があるでしょうか？

カービー・ラーソン

訳者《やくしゃ》あとがき

かつて『大草原の小さな家』というテレビドラマがありました。米国西部に移住し、厳《きび》しい自然のなかで土地を切りひらいていく一家のお話です。そちらの主人公には、頼《たの》もしい家族がついていましたが、『ハティのはてしない空』の主人公ハティは幼《おさな》いころに両親を亡《な》くしており、たったひとりで開拓地《かいたくち》へむかいます。親戚《しんせき》の家をたらいまわしにされて育ったハティにとって、西部での開拓《かいたく》は、自分のほんとうの居場所を見つけるまたとないチャンスでした。

ハティのチャレンジしたことが、当時どれだけたいへんなことだったのか、物語の背景《はいけい》にあるホームステッド法について、少し説明しておきましょう。一八六二年に成立したこの法律《ほうりつ》は、アメリカ西部の未開拓《みかいたく》の土地を、特定の条件を満たした者に無償《むしょう》で払《はら》い下《さ》げるというもの。その後この法律《ほうりつ》は改定されますが、伯父《おじ》さんから開墾途中《かいこんとちゅう》の土地を引《ひ》き継《つ》いだハティにとってたいへんなのは、残り十か月のうちに、最低でも四十エーカーの土地を耕して作物を植え、四百八十本の杭《くい》を打たなければならないという条件です。四十エーカーというのは、わかりやすい例をあげれば東京ドーム三つ半ほどの広さです。土地の開墾《かいこん》などしたことのない十六歳《さい》の少女がたったひとりで、どうやって耕し、作物を植え、育て、収穫《しゅうかく》するのでしょう？

たったひとりで開拓地《かいたくち》へむかわないにしても、人は若《わか》いうちからさまざまな困難《こんなん》にぶつかるもの。できれば少ない労力で、何ごともすいすいうまく行けば、それにこしたことはないのですが、なかなかそうはいきません。この自分をふりかえってみても、まさに失敗だらけです。それでも、なんとか今日まで生きてこられたのは、ここでくじけてしまっては、あの日あのとき、一生懸命《いっしょうけんめい》がんばった自分に申《もう》し訳《わけ》ないという気持があったからです。もうぜったい無理だと思いつつも、泣きながらやりとげた自分。とんでもない失敗をして、もう二度とはいあがれないと思いながらも、がむしゃらにはいあがった自分。ハティにおいても、このモンタナで奮《ふん》闘《とう》した十六歳《さい》の自分が、これからの人生で困難《こんなん》にぶつかったときの、このうえなく強力なサポーターになってくれることでしょう。

ハティがむかった土地は、そこで生活を立てようとがんばる人たちのあいだで、「来年の地」と呼《よ》ばれています。極寒《ごっかん》の日も熱暑の日もたゆまず働き、苦労に苦労を重ねてようやく収《しゅう》穫《かく》のときを迎《むか》えたというのに、無惨《むざん》にも天から落ちてきた雹《ひょう》の一撃《いちげき》で、一瞬《いっしゅん》のうちに作物が全《ぜん》滅《めっ》する。自然が相手の仕事はほんとうに厳《きび》しいものです。それでもそこで生きていこうと決めた人々は、今年より来年はもっとよくなるを口ぐせに、また一から畑を耕し、作物の種をまくのです。はてしない空を見あげて、自分たちには無限の可能性があるのだと信じて。

今日よりあしたはもっとよくなる「あしたの国」日本でも、ハティのようにはてしない空を見あげ、かぎりない希望を胸《むね》に生きていけたらと、心より願ってやみません。

二〇一一年　六月

杉田七重《すぎたななえ》

Kirby Larson　カービー・ラーソン

アメリカ合衆国ワシントン州ケンモア在住。本作は、2007年ニューベリー賞オナーブックに選ばれたほか、2006年モンタナブック賞をはじめ、数々の賞を受賞している。作品に、『The Fences Between Us』、『The Friendship Doll』、ノンフィクションに『Two Bobbies: A True Story of Hurricane Katrina, Friendship, and Survival』などがある。

ホームページ（英語）：http://www.kirbylarson.com/

杉田七重（すぎた ななえ）

東京生まれ。東京学芸大学教育学部卒業。小学校での教師経験を経たのち翻訳家として、児童書、ＹＡ文学を中心に、一般ミステリ・サスペンス、ノベライゼーションの翻訳まで、フィクションを中心に幅広く活動。主な訳書に、『トロール・フェル』シリーズ、『キョーレツ科学者・フラニー』シリーズ、『カイト　パレスチナの風に希望をのせて』（いずれもあかね書房）、『残された天使たち』（求龍堂）など多数。

鈴木出版の海外児童文学　この地球を生きる子どもたち

ハティのはてしない空

2011年 7月21日　初版第1刷発行
2012年 8月28日　　 第3刷発行

作　者／カービー・ラーソン
訳　者／杉田七重
発行者／鈴木雄善
発行所／鈴木出版株式会社
〒113-0021　東京都文京区本駒込 6-4-21
電話　代表　03-3945-6611
編集部直通　03-3947-5161
ファックス　03-3945-6616
振替　00110-0-34090
ホームページ　http://www.suzuki-syuppan.co.jp/
印　刷／図書印刷株式会社

Printed in Japan　ISBN978-4-7902-3246-9 C8397
乱丁・落丁は送料小社負担にてお取り替えいたします

鈴木出版の海外児童文学　刊行のことば

この地球を生きる子どもたちのために

芽生えた草木が、どんな環境であれ、根を張り養分を吸収しながら生長するように、子どもたちは生きていくエネルギーに満ちています。現代の子どもたちを取り巻く環境は決して安穏たるものではありません。それでも彼らは、明日に向かって今まさにこの地球を生きていこうとしています。

そんな子どもたちに必要なのは、自分の根をしっかりと張り、自分の幹を想像力によって天高く伸ばし、命ある喜びを享受できる養分です。その養分こそ、読書です。感動し、衝撃を受け、強く心を動かされる物語の中に生き方を見いだし、生きる希望や夢を失わず、自分の足と意志で歩き始めてくれることを願って止みません。

本シリーズによって、子どもたちは人間としての愛を知り、苦しみのときも愛の力を呼び起こし、複雑きわまりない世界に果敢に立ち向かい、生きる力を育んでくれることでしょう。そのとき初めて、この地球が、互いに与えられた人生について、そして命について話し合うための共通の家（ホーム）になり、ひとつの星としての輝きを放つであろうと信じています。